Tishani Doshi

DIE GLÜCKSSUCHER

Roman

Aus dem Englischen von
Werner Löcher-Lawrence

bloomsbury taschenbuch

FSC
www.fsc.org
MIX
Paper from responsible sources
FSC® C018072

Dezember 2011
Die Originalausgabe erschien 2010 unter dem Titel
The Pleasure Seekers
bei Bloomsbury Publishing Plc, London

Umschlaggestaltung: Rothfos & Gabler, Hamburg,
unter Verwendung eines Bildes von © Juliet White/getty images
Druck und Bindung: Clays Ltd, St Ives plc
Printed in Great Britain
ISBN 978-3-8333-0806-2

www.bloomsbury-verlag.de

BLOOMSBURY
LONDON · BERLIN · NEW YORK · SYDNEY

Für meine Eltern, die ursprünglichen Glückssucher

TEIL EINS

Die Sylvan Lodge
1968–1974

1
Aufbrüche und Augenwischerei

In den frühen Stunden des 20. August 1968, dem Morgen, an dem sein Sohn abreisen sollte, gab sich Prem Kumar Patel einem Luxus hin, der ihm in den siebenundvierzig Jahren seines Lebens noch nie zuteil geworden war: Er träumte. Es war ein langer, schrecklicher Traum, der ihn zurück in den Leib seiner Mutter und zugleich bis ans Ende seines Lebens zu schleudern schien, in ein Tal, das in Eis getaucht war. Prem Kumar träumte, auf Berge zu steigen und nach seiner Frau und seinen vier Kindern zu suchen. Er hatte sie verloren, in einem seltsamen Reich, in dem die Männer die Geister ihrer Vorfahren auf dem Rücken trugen und die Frauen sich in den Bäumen versteckten und mit vergifteten Pfeilen schossen. Prem Kumar stand vor einem großen hölzernen Durchgang und hörte seine Kinder schreien. Besonders Babo, seinen Ältesten, dem kalt war und der eine zusätzliche Decke zum Schlafen wollte. Babo war die frostige Luft nicht gewöhnt, seine dunkle, walnussfarbene Haut wurde pistazienblass, und er rief nach Prem Kumar: »Warum hast du mich hergeschickt? Warum hast du mich weggeschickt?« Und die anderen Kinder, Meenal, Dolly und Chotu, stimmten ein: »Warum hast du ihn weggeschickt? Warum hast du unseren Bruder weggeschickt?«

Während auf der anderen Seite der Welt sowjetische Panzer in die Tschechoslowakische Sozialistische Republik rollten, lag Prem Kumar Patel im südindischen Madras reglos wie ein Toter auf dem Rücken und sah sein Leben in einer Abfolge silbriger, flüchtiger Szenen an sich vorbeiziehen. Er sah seine weißhaarige Mutter auf den Stufen zu ihrem Haus in Ganga Bazaar Mangos schälen für Enkel, die noch nicht geboren waren. Er sah Schakale durch die mit Trümmern übersäten Straßen einer zerstörten Stadt ziehen. Er sah Flammen, meterhoch auflodernd, und ein himmlisches Flugzeug sich zur Erde senken. Er sah Dinge, die es so niemals geben konnte, die aber dennoch so wirklich schienen, dass er sich voller Angst zu seiner neben ihm liegenden Frau drehte und an ihren wundersam leuchtenden Brüsten saugte. Er versuchte sie zu fragen, was die Omen bedeuteten, aber Trishala stieß den Mund ihres Mannes gereizt zur Seite und wollte nichts davon wissen. »Hör auf, lass das«, sagte sie. »Was ist denn mit dir los? Mich so früh schon zu belästigen.« Und sie zog ihm die Laken weg, wickelte ihren mächtigen Körper darin ein und blieb lieber in ihrem eigenen Traumland.

Als sich Prem Kumar an jenem Morgen, an dem Babo abreisen sollte, endlich aus seinen Träumen zu lösen vermochte, hatte er dunkle Ringe unter den Augen und seine breite Nase war voller roter Moskitostiche. Auf dem Balkon nebenan konnte er die morgendliche Tirade seines Nachbarn Darayus Mazda, eines Parsen, hören: »Oh! Sie reißen mich in Stücke. Meine Familie reißt mich in Stücke. Sie wollen mich noch vor meiner Zeit in die Türme des Schweigens werfen. Will mich denn keiner vor ihrer Boshaftigkeit retten ...« Und so ging es immer weiter und weiter, bis Prem Kumar zum ersten Mal in all den Jahren, da sie Nachbarn waren, daran dachte, hinüberzugehen und seinen Leidensbruder zu trösten. Dass ihn niemand loswerden wolle und dass stattdessen er, Prem Kumar, weit größerem Leiden ausgesetzt sei.

Prem Kumar war kein sentimentaler Mann, aber er war religiös und glaubte an Vergeltung. Für ihn war Babos Abreise weit mehr als eine Investition in die Zukunft der Familie Patel. Es ging um sein persönliches Dharma, seine Verantwortung. Babo, der am Jain-College einen hervorragenden Abschluss in Chemie gemacht hatte, würde der Erste aus ihrer Gemeinde sein, der seine Ausbildung mit einem Studium im Ausland fortsetzte. Gleichzeitig würde Babo im sagenhaften Alter von einundzwanzig Jahren der erste Patel sein, der den ganzen Weg nach London in einem Flugzeug zurücklegte.

Zu Beginn des Jahres hatte Prem Kumar an das Büro von Joseph Friedman & Sons in London geschrieben, der Firma, von der er farbigen Putz und Rohstoffe bezog, und angefragt, ob sein Sohn, der Abendkurse an der Fachhochschule besuchen werde, bei Friedman untertags eine praktische Ausbildung bekommen könne. Fred Hallworth, der für den Export zuständig war, schrieb zurück, sie seien entzückt, den jungen Dharmesh Patel in ihrem Büro in Wandsworth aufnehmen zu können. Sie böten ihm ein wöchentliches Salär von zehn Pfund und fünfzehn Shilling an und gäben ihm darüber hinaus den Mittwoch frei, damit er seine Ausbildung am Polytechnikum schneller beenden könne.

Das ist alles mehr als angemessen, antwortete Prem Kumar, *und ich kann nur hoffen, dass sich unsere Partnerschaft mit dieser Unternehmung mehr und mehr festigen wird.* Einen Monat später kam ein Brief der Geschäftsleitung, in dem es hieß, dass eine Arbeitsgenehmigung für Babo organisiert werden würde, und wenn noch Weiteres zu arrangieren sei, helfe man nur zu gern.

Das alles erfüllte Prem Kumar mit großem Stolz. Seit die indische Regierung jede Einfuhr von fertigen Produkten verboten hatte, um die heimische Industrie zu stärken, stellte er sich vor, eine eigene Farbenfabrik zu eröffnen, Patel & Söhne. Babo und Chotu, der eine mittels seines im Ausland erworbenen Wissens, der andere unter Anleitung seines Bruders, sollten so die Familie in eine sichere, einträgliche Zukunft führen. Prem Kumar dachte weit voraus und sah alles genau vor sich: die Etiketten auf den

Farbdosen, das Logo, den Leitspruch der Firma, die Arbeiter, die wie Ameisen lautlos kamen und gingen, dazu die Aktenschränke voller Geschäftsbücher, in denen er mit seiner sorgsamen, verschnörkelten Handschrift Jahr um Jahr wachsende Gewinne verzeichnen würde.

Selbst an seinem Schreibtisch erlaubte es sich der sonst so würdevolle Prem Kumar, in Zukunftsvisionen zu schwelgen. Über ihm hing ein Schild, das er vor Jahren, in seiner idealistischen Zeit, dort angebracht hatte:

BITTE REDEN SIE NUR VOM GESCHÄFT,
ERLEDIGEN SIE, WAS SIE ZU TUN HABEN,
UND LASSEN SIE MICH MEINE GESCHÄFTE FÜHREN.

Erst später, viel später, am Tag, als das befürchtete Telegramm tatsächlich eintraf, neun Monate nachdem Babo an jenem nur leicht verregneten Tag im August 1968 Madras verlassen hatte, wurden Prem Kumar die gefährlichen Auswirkungen seiner Schwelgereien bewusst. Er begriff, dass er für ein Versäumnis bestraft wurde – dafür, der Zukunft nachgehangen zu haben, als er sich um die Gegenwart hätte kümmern sollen.

Am Morgen von Babos Abreise schleppte Prem Kumar seinen geplagten Körper auf die Veranda, um sich zum Rest der Familie zu gesellen, behielt jedoch seinen Traum für sich. Auch Trishala erzählte er nichts davon, nicht während der Monate des Schweigens, als sie krank war, ja nicht einmal, als sie fantasierend auf ihrem Totenbett lag und wissen wollte, wie und wann er sie betrogen hatte. Denn Prem Kumar glaubte nicht an Geister und Omen. Dann, nach Trishalas Tod, konnte er natürlich nicht schlafen, lag rastlos da und ergab sich religiösen Liedern, die ihm aus seinem Walkman in die Ohren plärrten, weil er die füllige Präsenz seiner Frau neben sich vermisste und nach seinem ersten und einzigen Traum die Folgen eines weiteren fürchtete.

Prem Kumar musste mit der Schuld leben, seiner Frau nicht von seinem Traum erzählt zu haben, denn hätte er es getan, hätte sie ihrem Sohn an jenem schicksalhaften Tag niemals erlaubt, davonzufliegen. Stattdessen stand er mit dem Rest der Familie da und sah zu, wie Babo in seinem neuen, übermäßig gestärkten Anzug von Jamal's das Haus verließ und sie mit seinen funkelnden Zähnen anlächelte, voller Unschuld, was die stürmischen Veränderungen betraf, die seine Abreise über sie alle bringen sollte.

Die Fahrt zum Flughafen Madras-Meenambakkam verlief ziemlich trübsinnig. Chotu, Prem Kumars jüngstes Kind, saß auf der Vorderbank zwischen seinem Vater und dem Fahrer eingeklemmt und schmollte wütend, weil er den verlieren sollte, den er am leidenschaftlichsten liebte, seinen älteren Bruder. (An Cricket hing er ähnlich, aber das reiste nicht einfach so ab.) Hinten am Fenster saßen Trishala und Babo, zwischen sich Meenal und Dolly, die Mädchen. Ab und zu schrie Prem Kumar den Taxifahrer an: »Vorsicht! Wo fahren Sie denn hin?«, oder: »Passen Sie auf die Kuh auf!« Sonst herrschte Schweigen.

Babo sah aus dem Fenster und studierte die Muster, die der Regen auf den Straßen hinterlassen hatte. Zwei Wochen lang hatte es in Madras geregnet, heute Morgen schien der Himmel jedoch den Atem anzuhalten, wie aus Ehrfurcht vor dem bedeutungsvollen Anlass.

»Papa«, sagte Babo, als komme ihm der Gedanke gerade zum ersten Mal, »wenn mich die Leute in England fragen, aus was für einer Kaste ich stamme, was soll ich dann sagen?«

»Dann erklärst du ihnen genau, wer du bist – der Sohn von Prem Kumar Patel, der Enkel von Shantilal Kumar Patel und der Urenkel von Kuntinath Paras Kumar Patel.«

»Und wenn sie mich fragen, welcher Religion ich angehöre?«

»Dann sagst du ihnen, du bist ein hingebungsvoller, praktizierender Jaina, genau wie der Vater unserer Nation, Mahatma

Gandhi, und dass du an die Ahimsa und die Gleichheit aller Seelen glaubst.«

Gut, dachte Babo, das werde ich ihnen antworten, wenn sie fragen.

»Chotu«, sagte er und langte nach vorn, um seinem elfjährigen Bruder den Kopf zu tätscheln. »Glaubst du, dass du eines Tages auch in England studieren wirst?«

»Natürlich, Bhai. Wenn ich groß bin, werde ich ein Farbenmacher, genau wie du und Papa.«

Nachdem das geklärt war, lehnte sich Babo zurück, lächelte und dachte, dass alles so zu sein schien, wie es sein sollte. Als sie über die breiten, baumgesäumten Straßen von Madras fuhren, sah Babo die Blumenverkäufer bereits Jasmin und Ringelblumen für die Frauen aufreihen, die nach Erledigung der häuslichen Aufgaben hier vorbeikommen würden, um im Tempel ihr Morgengebet zu sprechen. Die Kaffee- und Teeverkäufer in ihren kleinen Buden mit Namen wie Balaji Snacks und Hot Point richteten ebenfalls schon alles her, und die Zeitungsverkäufer boten den ersten Spaziergängern ihre Zeitungen an. Madras lebte, es sang und tanzte gerade so, wie das Öl schillernde Regenbogen auf den flachen Pfützen hervorzauberte. Babo sah ein junges Mädchen, das auf dem Fahrrad ihres Vaters mitfuhr und in seinem hellrosa Kleid mit den Silberkettchen an den Füßen wie eine Prinzessin aussah, die von einem Troubadour durch den tiefen Wald des Morgens geleitet wurde.

Wie alles andere an diesem Morgen betrachtete Babo auch die kleine Prinzessin mit dem Wissen, dass es lange dauern würde, bis er etwas von dem hier wiedersah. Doch nachdem er sich eine halbe Stunde um einen Ausdruck höchster Konzentration auf seinem Gesicht bemüht hatte, wurde er von einem plötzlichen, unwiderstehlichen Bedürfnis nach Schlaf übermannt.

Prem Kumar kämpfte noch immer mit den Folgen seiner schlaflosen Nacht und sah mit Widerwillen, dass das Armaturenbrett des Ambassador voller Gottesbilder klebte. Da waren

Baby Krishna, Jesus Christus, Guru Nanak, Gautama Buddha und sogar Mahavira, der vierundzwanzigste Tirthankara und große Held der Jainas. Seite an Seite klebten sie dort und schimmerten ebenso bunt wie wohlwollend. Der Taxifahrer, der offenbar versuchte, alle Götter gleichzeitig gnädig zu stimmen, hatte Prem Kumar bereits in Zorn versetzt, als er, Bidi um Bidi rauchend, den armen Selvam, ihren halbblinden Wachmann, das gesamte Gepäck allein in den Wagen laden ließ. Dem Burschen mangelte es eindeutig an jedem Begriff vom richtigen Denken, Handeln und Verstehen, den Grundsätzen des Jainismus, die Prem Kumar seinen Kindern, besonders Babo, nahezubringen versucht hatte.

Dennoch, manchmal kam es Prem Kumar so vor, als stammte sein Ältester aus einer anderen Familie. Babo machte sich zwar nie offen über seinen Vater lustig oder widersprach ihm, aber Prem Kumar wusste sicher, dass sein Sohn weder betete noch dreimal täglich das Navkar Mantra rezitierte (was als Minimum vorgeschrieben war), dass er nicht an die Idee der Buße glaubte und schon gar nicht daran, sich das Vergnügen der Selbstbefriedigung zu versagen.

Einmal, da war Babo zwölf gewesen, hatte er seine Geschwister (einschließlich des zweijährigen Chotu, den er auf den Rücken nahm) und die Kinder aus der Nachbarschaft zusammengerufen und war mit ihnen zum fünf Kilometer entfernten Marina Beach gezogen, weil er es für eine tolle Idee hielt, mit den Fischern auf ihren Katamaranen hinauszufahren und mit den Delphinen zu schwimmen. Als Trishala, die beim Einkaufen gewesen war, in die Sylvan Lodge zurückkam und sie leer vorfand, begann sie vor der Tür ein gewaltiges Gejammere, und die Mütter aus der Nachbarschaft stimmten ein, glaubten sie doch, Dämonen und Asuras hätten ihre Kinder fortgeholt. Stunden später kam Babo endlich zurück, wie Alexander der Große, der den Fluss Jhelum überquerte, um König Porus mit einer Armee braungesichtiger, von der Mittagssonne verbrannter Kinder zu besiegen, die sich die Taschen ihrer vom Meerwasser durchnässten Kleider mit Muscheln gefüllt hatten. Prem Kumar, der von der Arbeit nachhause gerufen worden war, nahm seinen Sohn mit nach oben und verabreichte ihm die Tracht Prügel seines Lebens. Später kam Trishala und erklärte Babo mit sanften Worten, dass er der Älteste sei, auf dem alle Hoffnungen seines Vaters ruhten, und es damit in seiner Verantwortung liege, den Jüngeren ein Vorbild zu sein, statt mit ihrer Einbildung und ihren Fantasien zu spielen. Sie versuchte ihn mit den Samosas zu füttern, die sie extra für ihn gemacht hatte, aber Babo blieb versteinert. Er pflegte seinen Groll wie eine Schildkröte, die nie vergaß. Nach außen hin tat er so, als schüttele er alles ab und es mache ihm nichts, tatsächlich aber fraß er es tief in sich hinein, ganz besonders das, was ihm ungerechterweise zugefügt worden war. So hielt er eine Fülle von Erinnerungen in seiner Brust verborgen, die auch lange später noch wie frische Wunden waren.

Trotz allem wusste Prem Kumar, dass sein Sohn ein guter Junge war und zumindest an die Ahimsa glaubte, die Gewaltlosigkeit gegenüber allen Lebewesen, und die Idee der Wahrhaftigkeit, denn die war die wichtigste von allen. In Prem Kumars Augen musste jeder seine eigene Wahrheit finden, war das Leben ohne sie doch ein sinnloser Zirkel aus Betrug und Streit. Nur wer seine eigene Wahrheit fand und ihr folgte, durfte darauf hoffen, die Fesseln zu zerreißen, die ihn an das Leid dieser Welt banden, und die Moksha zu erreichen, die endgültige Erlösung. Aber das Problem mit den jungen Menschen war, dachte Prem Kumar, dass sie so unverbrüchlich an die eigene Unbesiegbarkeit glaubten.

Prem Kumar warf einen Blick auf Babo, der auf dem Weg war, all diese Dinge für sich herauszufinden. *Klopf klopf klopf* nickte Babos Kopf gegen die Scheibe. Prem Kumar betrachtete seinen schlafenden Sohn und lächelte, ein für ihn ungewohnt offener Ausdruck von Liebe.

Am Flughafen stieg die Familie aus, und alle nahmen die ihnen zugeteilten Gepäckstücke. Dolly und Meenal, in aufeinander abgestimmten grünkarierten langen Röcken und Blusen, holten die nötigen Utensilien hervor, um sich fürs Fotografieren vorzubereiten: Talkumpuder, Kamm, Spiegel und Handtuch. Chotu stand ein Stück entfernt beim Korb mit dem Proviant und der Teeflasche und starrte auf den Boden, um sich nicht zu blamieren, indem er wie ein Mädchen öffentlich in Tränen ausbrach. Trishala schob sich in ihrem rotbraunen Sari mit der dazu passenden rotbraunen Brille durch die Menge, hielt eine Rosengirlande in der einen und ein Puja-Tablett in der anderen Hand und rief den Mädchen zu, nahe bei ihr zu bleiben. Prem Kumar zog frische Banknoten aus der Brieftasche und hielt dem Taxifahrer einen Vortrag über die gesundheitsschädlichen Folgen des Rauchens, während er gleichzeitig einen weiteren wenig verlässlichen Faulenzer im Auge behielt, Lilaj-Bhai, der Fotos von der Abschiedszeremonie für Babo machen sollte.

Babo wurde herausgeputzt und für die Bilder ins richtige Licht gerückt. Meenal zupfte an seinen Haaren herum und versuchte, seine Locken zu bändigen. Meenal war die Zweitälteste und ruhiger als ihre Geschwister. Sie neigte zu kurzen Gefühlsausbrüchen und langen nachdenklichen Phasen, wobei sie wie alle weiblichen Familienmitglieder ganze Tränenfluten vergießen konnte, wenn es um ihre Männer ging.

»Du wirst uns doch nicht vergessen, Bhai?«, sagte sie, nahm seine Hand und strich über den dicken goldenen Ring an seinem linken Finger, den sie ihm auf Trishalas Geheiß gegeben hatte.

»Red keinen Unsinn«, erwiderte Babo genau wie am Abend zuvor auf der Terrasse, wo sie ihn beim heimlichen Rauchen einer letzten Zigarette gefunden hatte. »Ich wünschte, ich könnte es«, hatte er dann gesagt, »aber nachdem ich neunzehn Jahre mit euch zusammengelebt habe, sieht es ganz so aus, als kämen wir in diesem Leben nicht mehr voneinander los, oder?«

Als er Meenals ausgiebig gepudertes Gesicht darauf wie einen Luftballon, dem die Luft herausgelassen wurde, in sich zusammenfallen sah, zog er ihr an den Zöpfen und sagte: »Ach, du Miesepeter, warum dieses ganze Drama? Habe ich nicht versprochen, euch zu schreiben?«

»Und Falguni«, sagte Meenal und kicherte.

Babo hatte gerade an Falguni gedacht, als Meenal über ihn gestolpert war. Er hatte sich während des Navrati-Festes in sie verliebt, als sich die Mitglieder ihrer Gemeinde, alt und jung, an neun aufeinander folgenden Abenden in der großen Halle getroffen hatten, um die Göttin Durga zu feiern und ihr Ehrerbietung zu erweisen. Die religiöse Bedeutung des Festes sagte Babo nichts. Ihm reichte es zu feiern, war es doch eine der wenigen geduldeten Möglichkeiten, Mädchen kennen zu lernen.

Falguni war Babo gleich am ersten Abend aufgefallen. Er kannte sie zwar schon seit Jahren, schließlich war sie die Tochter von Prem Kumars und Trishalas engsten Freunden, Kamal und Meghna Shah. Auf dem Fest kam es ihm jedoch so vor, als sähe er sie zum ersten Mal, wie sie da in ihrem brautroten Ghagra und mit bunten Glasreifen von den schlanken Handgelenken bis hinauf zu den Ellbogen neben Meenal stand. Sie hatte eine weiche milchweiße Haut und Mandelaugen, eine gertenschlanke Taille und dickes schwarzes Haar, einem wilden Strom gleich, der in sittsamen Zöpfen gebändigt war. Ihr größter Vorzug war jedoch die besondere Anordnung ihrer Zähne, die sie lispeln ließ und so allen s-Tönen die Schärfe nahm. Daran, und dass ihr über die letzten Monate zwei ansehnliche Brüste gewachsen waren, lag es, dass sich Babo, wie gleich eine ganze Gruppe Bewunderer, kaum von ihr losreißen konnte.

Aus dem Kino wusste Babo, dass die größten Helden elegant, weltmännisch und oft auch grausam waren, und so schnappte er sich, nachdem er den Mund wieder zubekommen hatte, eine von Meenals weniger gut aussehenden Freundinnen und tanzte mit ihr bis zum frühen Morgen, und als die Leute um sechs endlich mit schweren Füßen zum Frühstück aufbrachen, setzte sich

Babo mit unverminderter Nonchalance zu Dollys sechzehnjährigen Freundinnen, riss laut Witze, gab damit an, der Erste zu sein, der bald schon ein Flugzeug besteigen würde, und tat verschämt, was sein Gute-Reise-Foto anging, das tags zuvor in der Zeitung *The Hindu* erschienen war.

Kurz bevor er seine Schwestern nachhause bringen wollte, kam Falguni mit tränengefüllten Augen zu ihm geschlichen. »Verfprich mir, daff du morgen nur mit mir tanft«, sagte sie entschlossen, aber Babo streichelte ihr nur die zierliche, milchzarte Hand und zwinkerte ihr ohne ein Wort spitzbübisch zu, so dass sie sich den ganzen Tag wegen seiner Absichten sorgen musste.

Seitdem hatten sie über die bereitwillige, ja begierige Meenal Nachrichten ausgetauscht, die mit Babos nahender Abreise täglich leidenschaftlicher geworden waren. Und Meenal hatte Trishala nicht nur den Ring abgepresst, sondern Falguni auch einen tränennassen Brief, in dem das Mädchen versprach, *nicht einen Tag auf dem Pfad def Glückf fu wandeln*, bis Babo aus London zu ihr zurückkam.

Als sie ihm Ring und Brief gab, hatte Babo das Gefühl, seine Schwester noch nie richtig angesehen zu haben. Sie war nicht schön, an ihr war nichts wirklich Besonderes, aber sie verbreitete eine Aura um sich, wie es nur junge, gänzlich unschuldige Frauen können. Das hatte etwas so Herzzerreißendes, dass er es nehmen und für sich behalten wollte. Ein solches Mädchen anzusehen – ihr offenes Gesicht und den unberührten, in einen Chiffonsari gehüllten Körper, die kurzen Puffärmelchen und das zu zwei Zöpfen geflochtene und mit Bändern zurückgehaltene Haar –, erfüllte ihn mit einer unbestimmten Sehnsucht.

All jene Momente, auch dieser mit Meenal, gingen in Babos Annalen der *Letzten Male* ein. Monate und Jahre später noch hatte er das Bild seiner Schwester im Kopf, wie sie auf der Terrasse stand und ihn wehmütig ansah, die Wangen tränennass. Wie sie ihn fragte, wann er zurückkommen werde, um Falguni zu heiraten, und was, wenn sie, seine Schwester, schon vor ihm heiratete? Er sah die magentafarbenen Bougainvilleen aus den Terrakottatöpfen quellen, die Luft ruhig und unbewegt, und hörte, wie er ihr schroff erklärte, nichts geschehe auf dieser Welt vor seiner Rückkehr. Er erinnerte sich, dass er das tatsächlich geglaubt hatte, während sie dort standen, Schwester und Bruder, die Füße auf den roten Steinen der Terrasse. Meenal, die schon bald nach ihrer sehnlich erwarteten Hochzeit ihre noch so dürre Gestalt verlieren würde, und Babo in seinem frischen weißen Kurta-Pyjama, die Fingernägel geschnitten und gefeilt, das Haar glänzend von Kokosnussöl, das Trishala ihm reichlich hineingerieben hatte, während sie die Versuchungen auflistete, die in der Ferne zu meiden waren: Fleisch, Alkohol, Tabak und, am allerwichtigsten, Frauen.

Lilaj-Bhai versuchte die Familie zu organisieren. Kaum dass er den Ambassador am Abfluggate hatte vorfahren sehen, war er fröhlich und mit einem schlauen, betelfarbigen Lächeln darauf zugegangen. Er wusste, wenn er seine Karten richtig ausspielte, konnte er an den Patels ein Vermögen verdienen. Familien waren am verletzlichsten, wenn es um Aufbruch und Ankunft ging. Todesfälle, Geburten und Hochzeiten rangierten ganz oben auf der Gefühlsskala – und was waren Fotografien anderes als der Versuch, diese Gefühle damit einzufangen und zu konservieren, so dass sie sich später wieder hervorholen und bestaunen ließen.

Eine Hochzeit war das zentrale Ereignis von Aufbruch und Ankunft. Das Mädchen verlässt das Haus und betritt ein anderes, und in ähnlicher Weise lässt die Familie des Jungen ein altes Leben hinter sich und beginnt noch einmal neu. Für genau diese Momente des Übergangs lebte Lilaj-Bhai, denn dann waren die Menschen gewillt, Dinge wie Geld und Kosten zu vergessen. Genau wie jetzt die Patels auf dem Bürgersteig vor dem Flughafen Madras-Meenambakkam – Lilaj-Bhai war sicher, sich die Situation zunutze machen zu können.

Während sich der Fotograf daranmachte, seine Ausrüstung aufzubauen, nahm Prem Kumar Babo beiseite und gab ihm seinen liebsten, teuersten Besitz, das Medaillon seines Großvaters, Babos Urgroßvaters, Kunthinath Paras Kumar Patel, den Prem Kumar aus zwei Gründen bewunderte: weil er sich wegen seines Glaubens an die Ahimsa geweigert hatte, im Kampf gegen die Engländer zur Waffe zu greifen, und ein Leben von beispielloser Tugendhaftigkeit geführt hatte. (Nur zweimal am Tag hatte er gegessen, sich um die herrenlosen Tiere im Dorf gekümmert und war gestorben, ohne dass die Nachbarn auch nur ein schlechtes Wort gegen ihn hätten sagen können.)

»Deine Mutter wollte, dass ich es dir gebe, Sohn. Ich hoffe, du trägst es mit der Würde deines Urgroßvaters. Möge es dir die Kraft geben, immer die richtigen Entscheidungen zu treffen.«

Das Medaillon war eine Platinkugel von der Größe einer Fünfzig-Paise-Münze, in deren Inneren sich eine verblichene Darstellung Mahaviras befand. Ba, Prem Kumars Mutter, die große würdige Matriarchin des Dorfes Ganga Bazaar, hatte es ihm nach dem Tod ihres Mannes gegeben. Damit sollten symbolisch die Zügel an ihn übergehen. Es war Trishalas Idee, Babo das Medaillon als Glücksbringer und Erinnerung an zuhause mitzugeben. Prem Kumar nahm jedoch an, dass die Kräfte des Medaillons, seinem Träger ein Ziel zu geben und ihn mit Tugend zu erfüllen, bei Babo nicht greifen konnten, würde der sich doch eher eine Krawatte wie Dev Anand umbinden, als sich ein altmodisches, religiöses Medaillon um den Hals zu hängen.

Ursprünglich hatte Prem Kumar, mit seiner Schwäche für Sprichwörter, seinem Sohn im Moment des Abschieds etwas besonders Bedeutungsvolles sagen wollen: Alle Menschen leiden an ihren eigenen Fehlern, und sie können ihr Glück finden, indem sie diese Fehler ausräumen. Aber jetzt, da der Moment gekommen war, kamen Prem Kumar die Worte zu feierlich und aufgesetzt vor, und er erlaubte ihnen, wieder in seiner Kehle zu verschwinden.

Babo stand neben seinem Koffer, auf dem die Londoner Adresse seines Cousins Nat klebte – Nummer 172, Wohnung B, Belsize Park Gardens –, und betrachtete seine Familie, als käme er nie zurück. Trotz seiner jugendlichen Unerfahrenheit wusste er, dass sein Leben in diesem Moment eine Wende nahm, die weit über alles hinausging, was er sich vorstellen konnte. Wäre es möglich gewesen, hätte er jedes einzelne Mitglied seiner zerstreuten Familie an die Brust gedrückt und sie dort festgehalten, bis auch sie es begriffen.

Vielleicht kam er ja eines Tages zurück nach Madras, und alles wäre unverändert: Der Himmel berührte das Meer wie ein alter Liebhaber, die Menschen, die hinter den Absperrungen auf eine unbekannte Zukunft zustrebten, rochen nach wie vor nach Staub und Tabak, Rosenwasser und Jasmin, und die Luft, die an seinen Kleidern zog, war immer noch wie Teer. Sogar seine Familie stand womöglich noch ebenso aufgereiht da wie heute – Prem Kumar in seinem beigefarbenen, bis zum Hals zugeknöpften Safarianzug, Trishala in ihrem voluminösen Sari, der sie wie ein Zelt im Sturm umwehte, Meenal und Dolly, angezogen wie Zwillinge, die ihm zuzwinkerten und die Zunge rausstreckten. Und Chotu, der ein Stück abseits gebannt zu den mächtigen metallenen Vögeln auf der Rollbahn hinüberstarrte. Vielleicht standen sie dann ja alle noch so hier und warteten darauf, durch seine Rückkehr erlöst zu werden. Aber Babo spürte bereits, wie er sich veränderte. Er wusste, er gab das alles hier für etwas anderes, etwas Größeres auf, etwas, das er noch nicht benennen konnte.

Einen Moment noch würde er mit seiner Familie im Morgenlicht stehen, umgeben von Sonnenstrahlen, die durch die regenschweren Wolken stießen, und Lilaj-Bhai würde sagen: Okay, *je-hetzt* mal ernst bitte, oder: Okay, *lä-hächeln* bitte, und sie fotografieren, steif wie Schaufensterpuppen, die Arme in Habachtstellung an den Seiten. Und nach und nach, während sie sich entspannten und die Kamera zu vergessen begannen, tauchten

Babos funkelnde Zähne auf den Bildern auf, und seine Familie stimmte in sein Lächeln ein, als wäre es das Natürlichste der Welt, diesen Jungen davonfliegen zu lassen. Zum ersten Mal in seinem Leben. Weit, weit weg. *Zisch zisch zisch* in den Himmel hinauf.

2
Unter falschen Himmeln

Drei Monate und fünf Tage brauchte Babo, um Falguni in London zu vergessen. Seit seiner Ankunft hatte es viel zu tun gegeben, und sich nach einem großbrüstigen, lispelnden Mädchen in Madras zu verzehren, hielt ihn nur von seinem eigentlichen Ziel ab, an das ihn sein Vater mit jedem neuen Brief und Telefonanruf erinnerte: die Goldmedaille für besondere Leistungen an der Fachhochschule zu erlangen und sich bei Joseph Friedman & Sons unentbehrlich zu machen.

Im Übrigen wurden Falgunis Briefe immer rührseliger und drängender, und sie verlangte Antworten und Liebeserklärungen, die Babo angesichts seines engen Stundenplans einfach nicht zu geben vermochte. Wie sollte er ihr sein neues Leben beschreiben, ihr oder irgendeinem aus seiner Familie? Nichts war so, wie er es erwartet hatte, oder glich den englischen Filmen, für die er in Madras zusammen mit seinen College-Freunden den Unterricht geschwänzt hatte. Durch dieses London liefen keine Alec Guinnesses und keine Humphrey Bogarts und auch keine Gina Lollobrigidas, unnötig zu erwähnen, dass sie auch nicht in seinem City County Hostel in Wandsworth auftauchten, wohin ihn sein Cousin Nat abgeschoben hatte.

Es ging schon damit los, dass ihn Nat und seine Frau Lila nicht vom Flughafen abgeholt hatten. Babo hatte gewartet und gewartet, seinen Koffer fest im Griff und alle Sinne in höchster Alarmbereitschaft. Alle fünf Minuten sah er auf seine neue Uhr, um sich zu vergewissern, dass sie noch funktionierte, und als er schließlich feststellte, dass er schon drei Stunden wartete, suchte und fand er einen Sardarji-Taxifahrer, der sich bereiterklärte, ihn für drei englische Pfund zu Nats Adresse in Belsize Park zu fahren – mehr Geld hatte ihn die indische Regierung nicht umtauschen und mitnehmen lassen. In den fünfundvierzig Minuten, die sie brauchten, um ihr Ziel zu erreichen, steigerte sich Babo in eine weinerliche Wut hinein, weil er schon jetzt kein Geld mehr hatte und es ihm nicht gerade vielversprechend erschien, an einem neuen Ort anzukommen, ohne von jemandem willkommen geheißen zu werden.

»Wo wart ihr?«, fuhr Babo die überraschte Lila an, als sie ihm die Tür öffnete. »Habt ihr das Telegramm von Papa nicht gekriegt? Ich verstehe das nicht. Ihr seid meine Familie! Ihr hättet mich abholen sollen.«

Nat und Lila hatten kein Telegramm bekommen, sondern nur gewusst, dass Babo heute ankommen sollte. Die genaue Ankunftszeit war verloren gegangen. »Was soll's«, sagte Nat etwas zu lässig für Babos Geschmack, »du hast es ja auch so hergeschafft, oder?«

Nat war in London fett geworden. Babo hatte ihn vor vier Jahren zuletzt gesehen, bei seiner Hochzeit in Baroda. Damals war er ein ganz normaler, etwas stämmiger Gujju-Junge gewesen, mit ganz normalen Haaren. Jetzt sah er aus wie ein Kohlkopf, alles an ihm war rund, seine Gesichtszüge unter einer Fettschicht verschwunden, und das Wenige, was ihm noch von seinem Haar geblieben war, hatte er sich gewagt über den kahlen Schädel gekämmt. Vielleicht, um diese Schwächen auszugleichen, sprach Nat jetzt lauter und schneller als früher, und während sie Tee tranken und einen kleinen Imbiss zu sich nahmen, verpasste er Babo den zweiten Tiefschlag des Tages. »Nun«, sagte er und nahm sich sein fünftes Gemüsekotelett, »wir sollten uns wohl langsam überlegen, wo wir dich unterbringen können, meinst du nicht auch?«

»Wie? Wohne ich nicht bei euch?«

»Schau dich doch mal um, wie wenig Platz wir haben!«, sagte Nat und machte mit seinen fetten Armen eine Geste zu den schmutzigen Wänden der Einzimmerwohnung hin. »Der reicht ja kaum für Lila und mich. Im Übrigen sind wir hier in England, Babo, und in diesem Land wohnt man nicht zusammengequetscht wie die Sardinen. Hier geht es nicht immer nur um die Familie, die Familie, die Familie. Hier wird nicht tagaus, tagein zusammen gegessen, geschlafen und geschissen. Verstehst du, was ich meine? Ohne Sinn für Privatsphäre, nur für Verrücktheiten. Ich sage dir, das ist das Beste an diesem Land. In ein paar Monaten wirst du dein Alleinsein genießen und wirst mir dankbar sein.«

Auch wenn Nat am Ende Recht behalten sollte, vergab es ihm Babo nie, dass er ihn gleich am ersten Tag aus Hampstead, dem Viertel der Wirtschaftskapitäne und Filmstars, ausquartierte und in ein Wohnheim des London City Council in Wandsworth steckte, das wir im Weiteren nur noch LCC nennen wollen – mit einem Darlehen von fünf Pfund und einem Stadtplan als Gesellschaft. Babos Schlafstätte war etwa halb so groß wie das Badezimmer seiner Eltern in der Sylvan Lodge und hatte nicht einmal ein Fenster. Wenn er die Hände ausstreckte, stieß er gegen den Stoff des Wandschirms, der seinen Bereich von dem seines Nachbarn abgrenzte, und ein paar Zentimeter weiter hätte er wahrscheinlich das Glas mit dem Gebiss auf dessen Nachttisch umgestoßen, denn das Durchschnittsalter der LCC-Bewohner lag bei etwa siebzig.

Auf dem eigenen Nachttisch legte Babo seine Uhr ab, das Medaillon und seine wenigen Toilettenartikel (Zahnbürste, Zungenreiniger, Zahnpasta, Rasiercreme und Rasierpinsel, Seife und Haaröl, das bald schon durch Brylcreem ersetzt werden sollte). Den Rest seiner Besitztümer – zwei Anzüge, vier Hemden, eine Hose, vier Unterhosen und vier Paar Socken, zwei Krawatten, Familienfotos und Falgunis Briefe – bewahrte er in seinem Koffer auf, den er unter dem Bett verstaute. Den Pass, die Brieftasche und die Arbeitspapiere behielt er in seiner Aktentasche. Das eine Paar Bata-Schuhe, das er besaß, schwarz und auf Hochglanz poliert, zog er gleich beim Hereinkommen aus und stellte es an der Tür ab. Für diese Unterkunft, einschließlich der ständig gleichen Verpflegung, bestehend aus Toast, Tee, gekochtem Gemüse und Vanillepudding, zahlte Babo vier Pfund und fünfzehn Shilling, fast die Hälfte seines wöchentlichen Einkommens.

An seinem ersten Morgen in London stand Babo früh auf und benutzte die Gemeinschaftstoilette vor allen anderen, um ungestört zu sein. Dazu nahm er den Plastikbehälter mit, den er auf Trishalas Geheiß hatte einpacken müssen, weil sie gehört hatte, die Engländer säuberten sich ihren Hintern mit Papierfetzen, statt ihn zu waschen, was ihm Nat bestätigt hatte. Nachdem er sich angezogen und gefrühstückt hatte, ging Babo zum Büro von Joseph Friedman & Sons. Den Weg hatte er am Abend zuvor auf dem Stadtplan nachgesehen und sich eingeprägt. Er war so aufgeregt, dass es in seinem Magen wie verrückt gurgelte und er auf halbem Weg schon dachte, er müsse noch einmal umkehren und auf die Toilette. Um Punkt acht Uhr betrat er mit der Aktentasche in der Hand und mittlerweile beruhigtem Magen den Empfang, wo ihm gesagt wurde, aus der Abteilung Export sei noch niemand im Haus. Als Fred Hallworth schließlich hereinkam, Babos Hände auf und ab pumpte und sagte: »Wunderbar, einfach wunderbar, Sie kennen zu lernen«, hatte Babo den Inhalt seiner Aktentasche bereits einmal ausgeleert und neu gepackt und einen Brief an seinen Vater aufgesetzt, der so begann: *Lieber Papa, wie es aussieht, ist die Kunst des Wartens das Erste, was ich in England lernen muss.*

»Gehen wir zunächst nach oben, damit Sie Joe kennen lernen, einverstanden?«, sagte Fred und schob den verblüfften Babo hinauf in den achten Stock ins Büro des Chefs. Der alte Joseph saß auf einem Drehstuhl und rauchte Pfeife.

Er sah Babo an und sagte: »Sie haben den indischen Sommer mitgebracht, Bob. Ich darf doch Bob zu Ihnen sagen?«

»Ja, natürlich.« Babo blinzelte mit den Augen und hatte keine Ahnung, was mit dem indischen Sommer gemeint war, er sollte den Ausdruck während der nächsten Monate aber noch öfter hören.

»Und wann wollen Sie anfangen, für uns zu arbeiten?«, dröhnte der alte Joseph.

Babo wurde langsam etwas warm in seinem blauen Wollanzug. »Heute?«

»Wollen Sie sich nicht erst ein paar Tage frei nehmen, mein Junge? London ein bisschen kennen lernen, bevor Sie sich in die tägliche Tretmühle begeben?«

Und da strömte alles aus Babo heraus: seine finanziellen Nöte, die Sache mit dem Taxifahrer, dem er sein gesamtes Geld hatte geben müssen, und dass sich sein eigener Cousin nicht die Mühe gemacht hatte, ihn am Flughafen abzuholen. Alles das floss in seinen stark indisch eingefärbten Sätzen zusammen, bis der alte Joseph, der die Tiefe von Babos Verzweiflung spürte, von seinem Stuhl aufstand, ihm eine Fünfzig-Pfund-Note in die verschwitzten Hände drückte und sagte, das sei eine Art Startkapital – ja, sicher, es sei eine Menge Geld, aber er sehe Babo an, dass er hart arbeiten würde und ganz sicher einen Gewinn für die Firma darstelle. Wenn er im Übrigen sonst noch etwas brauche, solle er nicht zögern und Fred Hallworth um Hilfe bitten.

Das war eine Freundlichkeit, mit der Babo nicht gerechnet hatte. »Ich würde dennoch gern heute schon anfangen, Sir«, sagte er, bevor er den Raum verließ, die Fünfzig-Pfund-Note fest in der Hand.

Fred Hallworth erwies sich als Babos Beschützer und Mentor in London. Er sorgte dafür, dass Babos Foto mit der Schlagzeile WILLKOMMEN BEI JOSEPH FRIEDMAN & SONS, DHARMESH PATEL in der Septemberausgabe der Firmenzeitung abgedruckt wurde. Babo schnitt den Artikel samt Foto noch am selben Tag aus und schickte ihn seinem Vater, der ihn liebevoll mit Babos College-Zeugnissen, dem Abschiedsfoto aus *The Hindu* und dem offiziellen Einstellungsbrief der Firma aufbewahren würde.

Fred war schon auf den ersten Blick sympathisch. Er war groß, bärtig, hatte Hände wie zum Steine zermahlen und eine Stimme, die bestens zu dem flotten MG passte, mit dem er herumkurvte, aber er war auch ein erstaunlich guter Zuhörer, und in jenen frühen Tagen war es eine Wohltat für Babo, ein offenes, verständiges Ohr für seine Sorgen gefunden zu haben. Fred war so oft in Indien gewesen und belieferte Prem Kumar schon seit so langer Zeit, dass Babo das Gefühl hatte, Fred verstand genau, woher er kam.

Jeden Tag aßen sie im Brewer's Inn zusammen zu Mittag, und jeden Tag scherzte Fred: »Wie wär's mit einem Glas Bitter, Bob? Oder einem Steak oder einer Pastete mit schönen saftigen Nierchen?«, und wusste, dass Babo nur gutmütig lachend sagen würde: »Heute nicht, Fred. Ich glaube, ich bleibe bei dem, was ich immer nehme«, und sich ein Käsesandwich und einen Orangensaft bestellte.

Babo lernte, Fred nicht mehr Mr Hallworth zu nennen. Wenn sie nicht im Büro waren, ging es leichter, aber in den Räumen von Joseph Friedman & Sons verfiel Babo sofort wieder in seinen lange eingeübten Ton der Ehrerbietung, den er Älteren gegenüber gewohnt war. Es dauerte seine Zeit, bis er sich an die in England fehlende Strenge und Steifheit zwischen den Generationen gewöhnte. Zuhause wäre es zum Beispiel unmöglich gewesen, mit einem seiner Professoren eine Tasse Tee zu trinken oder ihn mit seinem Vornamen anzureden. Sich das nur vorzustellen! Oh, hallo, Harindranath. Guten Morgen, Subramanium! Das war undenkbar. Und noch undenkbarer war, dass sich ein Professor während des Unterrichts eine Zigarette ansteckte – und ein Schüler es ihm nachtat! In der Fachhochschule geschah das regelmäßig, was Babo trotz seines grundsätzlich rebellischen Charakters zunächst unangenehm war. Das jahrelange heimliche Rauchen hatte es ihm unmöglich gemacht, in aller Öffentlichkeit eine Zigarette zu genießen. Aber wie Fred ganz richtig sagte, richtete man sich am besten nach den Sitten des Landes, in dem man lebte, und so übte sich Babo darin, während des Unterrichts zu rauchen, bis es ihm so vorkam, als hätte er nie etwas anderes getan.

Alles, was er in diesen ersten Monaten in London erlebte, war weiterhin so verwirrend, dass Babo kaum wusste, womit er in seinen Briefen nachhause anfangen sollte. *England ist ein erstaunliches Land*, schrieb er seiner Großmutter Ba in Gujarat. *Überall gibt es Parks, in der ganzen Stadt. Manchmal riecht es auf dem Weg zur Arbeit intensiv nach feuchtem Laub, das sich in dieser Jahreszeit verfärbt und von den Bäumen fällt, und irgendwie erinnert mich der Geruch an Ganga Bazaar und natürlich an dich, Ba.*

Seinem Vater berichtete er von der Genauigkeit des englischen Lebens. *Dir würde es hier gefallen, Papa. Das Leben verläuft sehr geordnet. Die Autos folgen vorgegebenen Spuren, niemand hupt, und es gibt Zebrastreifen, an denen der Verkehr automatisch anhält, damit die Fußgänger sicher über die Straße gelangen – und es sind absolut keine Tiere auf der Straße, nicht mal Hunde! An einiges gewöhnt man sich natürlich nur schwer: Das Essen, selbst die Engländer werden da zustimmen, ist schrecklich, und dann das Wetter, es ist sehr kalt. Das Leben im LCC ist fürchterlich langweilig. Das Haus ist voller alter Opas, die den ganzen Tag über nichts anderes tun, als Karten spielen. Es gibt auch ein paar Jüngere, aber die stinken unerträglich, weil sie wohl nur einmal in der Woche duschen und jeden Tag die gleichen Kleider tragen. Die gute Nachricht ist, dass mir Mr Hallworth ein Zimmer im YMCA in Croydon besorgen will, wo ich für nur fünfzehn Shilling zusätzlich ein größeres Zimmer mit Fenster und Waschbecken bekomme, mit der gleichen wöchentlichen Verpflegung. Es gibt da auch einen Billardtisch und regelmäßige Scrabble-Abende. Ich freue mich schon darauf. Vielleicht finde ich Freunde in meinem Alter und fühle mich dann weniger allein.*

Allein zu sein bereitete Babo die größten Probleme. Sein ganzes Leben lang war er von Menschen umgeben gewesen, Familie, Freunden, Nachbarn, Bediensteten. Und wenn das Zimmer unterm Dach der Sylvan Lodge theoretisch auch sein eigenes gewesen war, hatte er doch kaum je allein darin geschlafen. Chotu schleppte regelmäßig seine Matratze herauf oder kroch zu ihm ins Bett, und wenn Besuch kam, was ziemlich oft der Fall war, breitete gleich eine ganze Gruppe Kinder ihre Laken auf dem Boden aus und hielt sich gegenseitig mit Gespenstergeschichten vom Schlafen ab.

Wenn für Babo in London abends um halb neun der Unterricht an der Fachhochschule zu Ende ging und er von Elephant & Castle nachhause lief, um sein gekochtes Gemüse zu essen und ins Bett zu kriechen, empfand er neben aller Verdrossenheit vor allem eine lähmende Langeweile, wie er sie früher nie gekannt hatte. Das Einzige, was jene frühen Abende für ihn rettete, war das Hitachi-Transistorradio, das sich Nat bei der Arbeit erstritten hatte. Es war eine Art Friedensgabe, die Babo zwar nur widerwillig angenommen hatte, die jetzt aber einen prominenten Platz auf seinem Nachttisch hatte. Spätabends, wenn die Alten schnarchten oder durch die Räume geisterten, stellte Babo All-India ein und lauschte den Nachrichten und gelegentlich auch einem Vortrag auf Hindustani, leise und mit großer Ausdauer, denn es war die einzige direkte Verbindung, die er nachhause hatte.

Neben der Einsamkeit machte ihm das Essen fürchterlich zu schaffen. Er verstand nicht, wie etwas, das für ihn in der Vergangenheit so unwichtig gewesen war, plötzlich zu einer solchen Obsession werden konnte. Die Kantinenfrauen im LCC bedauerten ihn, weil er so kränklich wirkte und mit jedem Tag dünner wurde. Zum Ausgleich für seine mageren Hauptgänge luden sie ihm zum Nachtisch doppelte Portionen Vanillepudding und Reispudding auf den Teller, aber das half auch nicht. Mehr noch als von Falguni, mehr noch als von seiner Familie, träumte Babo von Essen. Morgens wachte er hungrig auf und wünschte, es wäre bereits Freitag, denn Freitag war Zahltag, und freitags ging Fred mit ihm in das Star of India, wo es für Babo ein vegetarisches Thali und für Fred ein Hammel-Vindaloo und Butter-Naan gab.

Hin und wieder wanderte Babo den langen Weg bis hinaus nach Lewisham, wo einer seiner Freunde aus der Fachhochschule wohnte, Bhupen Jain, ein Gujju aus Kenia, dessen Frau Mangala etwa so kochte wie Trishala zuhause in Indien. Und an den Wochenenden lud er sich bei Nat und Lila ein, um mit ihnen zusammen zu kochen, nur dass Babo ein so schlechter Koch war, dass er meistens den Abwasch übernahm.

Das alles berichtete Babo in seinen Briefen vor allem Trishalas wegen (nur Freds Vindaloos ließ er aus, die sie unnötig beunruhigt hätten), wusste er doch, dass sie sich hauptsächlich um seine Ernährung sorgte: Bekam er genug zu essen und war das, was er bekam, auch gesund? Im Übrigen wollte Babo seiner Mutter mit diesen Berichten zeigen, dass die Menschen in London nett zu ihm waren und er sich nicht ausgeschlossen fühlte.

Eine Woche vor Babos Abreise nach London war Vimal-Bhai, einer von Prem Kumars Kartenspielfreunden, zu Besuch gekommen und hatte von den Erfahrungen seines eigenen Sohns in London erzählt. »Babo, mein Guter«, sagte er, »wenn dich in England jemand einen Farbigen nennt, musst du dich deswegen nicht aufregen, hörst du?«

»Warum?«, fragte Babo unschuldig. »Ich bin doch farbig … Hier!«, und deutete auf seine nussbraunen Arme.

»Aber sie meinen es nicht freundlich, mein Junge. Dennoch, stör dich nicht daran. Lass dich nicht davon beeinflussen. Konzentriere dich einfach auf deine Ziele und Aufgaben. So kannst du sie auf ihrem eigenen Feld schlagen.«

Vimal-Bhais Rat hatte Trishala sehr beunruhigt, weil sie nicht sicher war, wie ihr so sensibler Babo mit solchen Aggressionen würde umgehen können. Aber Prem Kumar tat ihre Bedenken ab und meinte, Babo müsse sich eben eine dicke Haut zulegen, wenn er in einem fremden Land Erfolg haben wolle.

Tatsächlich hatte sich Babo in England noch kein einziges Mal bedroht gefühlt. Alle hatten sich bislang bemüht, ihm seinen Aufenthalt so angenehm wie möglich zu machen. Wenn in dieser Hinsicht überhaupt etwas enttäuschend gewesen war, dann der lustlose Empfang durch Nat und Lila, wovon er seinen Eltern bis ins Detail berichtete. Später würde Babo alle Verbindungen zu seinem Cousin und dessen Frau abbrechen, aber das geschah wegen einer Hässlichkeit, die erst noch kommen sollte.

Babos erste Briefe an Falguni handelten alle davon, dass er schnell reich werden wollte, indem er im Fußballtoto gewann. Nat und Lila wohnten im hässlichsten Haus von ganz Hampstead, aber es gehörte einem Inder, der in einer Tankstelle gearbeitet und nach fünfzehn Jahren Totowetten mit einem Dreifachlos das große Geld gewonnen hatte. Wenn er jede Woche eine kleine Summe einsetzte, kalkulierte Babo, würde auch er am Ende ein Haus in London kaufen können. Falguni bedrängte ihn ihrerseits wegen möglicher Termine für ihre Verlobung, was Babo allerdings nur eine dumpfe Leere in der Magengegend und ganz und gar kein aufgeregtes Kribbeln verursachte. Er antwortete ihr, wie erstaunlich es doch sei, dass in der kurzen Zeit, die er nun von ihr getrennt sei, so viel habe passieren können.

Nach einer Weile – besagten drei Monaten und fünf Tagen – hörte Babo schließlich auf, Falguni zu schreiben. Etwa um die Zeit, als er ins YMCA in Croydon zog, geschah etwas Großes in seinem Leben, das Falgunis schnell verblassendes Bild endgültig vom Altar seiner Anbetung stieß. Babos letzter Brief an Falguni war unverblümt und mitleidlos: *Aus Gründen, die ich dir in diesem Moment nicht erklären kann, schlage ich vor, dass du mich vergisst und dein eigenes Leben lebst. Was du dir für uns vorstellst, wird nie Wirklichkeit werden.* Nachdem er sich das von der Seele geschrieben hatte, verbrannte Babo feierlich alle Beweise seiner vergangenen Liebe im Waschbecken seines neuen Zimmers, um völlig unbelastet in diese nächste Phase seines Lebens eintreten zu können.

Das Gefühl, das Babo am 25. November 1968 überkam, als er sie in ihrem weißen Minikleid und mit einem leuchtend roten Band im Haar in der Tür zur Kantine stehen sah, war ihm bereits vertraut. Es hatte ihn erfüllt, als er Falgunis eindrucksvolle Brüste beim Navrati-Fest sah, und auch neulich im Dominion Theatre, als Liz Taylor ihre Kleopatra-Augen auf ihn gerichtet hatte. Babo war es gewöhnt, sich Hals über Kopf zu verlieben. Das war ihm schon im College so gegangen. Da lief er ins Kino, um Meena Kumari und Sharmila Tagore anzuhimmeln, die in ihren schimmernden Kleidern pure Erotik ausstrahlten und perfekt gezwirbelte Locken auf Wangen und Stirn und diesen Chori-Chori-Blick hatten, mit dem sie ihn ansahen und sangen: »Akele Akele kahan ja rahe ho? Wohin gehst du so allein?« Aber das jetzt war anders. Vor ihm stand ein Mädchen aus Fleisch und Blut, mit einer winzigen Lücke zwischen den Zähnen, und dieses Mädchen lächelte ihn an und sagte: »Da lerne ich den Übeltäter also endlich selbst einmal kennen.«

Später sollte Babo herausfinden, dass sie Siân Jones hieß, seit einem Jahr eine der Sekretärinnen des Chefs war und aus einem kleinen Dorf in Nordwales stammte. Ihr Vater arbeitete in einem Kalksteinbruch und ihre Mutter war Grundschullehrerin. Am schönsten sah Siân aus, auch das sollte er noch herausfinden, wenn sie betrunken war. Und wenn sie sich unbeachtet fühlte, führte sie gern lange Selbstgespräche. Sie war zusammen mit Ronda, ihrer besten Freundin, nach London gekommen, weil sie mehr wollte als das, was ihr kleines walisisches Dorf zu bieten hatte.

Fürs Erste war die Frage »Den Übeltäter?« alles, was Babo zu antworten vermochte.

»Nun, du bist offenbar der Grund, warum der Zuckerbedarf hier so angestiegen ist«, sagte Siân und machte eine Geste zu der Tasse frisch gebrühtem Tee hin, in die Babo gerade den vierten Löffel Zucker schaufelte.

»Ich beobachte dich schon eine Weile«, sagte sie lachend. Kleine Fältchen umgaben ihre grünen Augen, und wie sie ihren zierlichen, geschmeidigen Körper so federleicht gegen den Türrahmen lehnte, wirkte sie auf Babo wie ein Model aus der Zeitschrift *Vogue*.

»Wo kommst du her?«

»Aus Indien.«

»Das weiß ich, Dummerchen. Ich habe dein Bild in der Firmenzeitung gesehen. Aber woher genau?«

»Aus Madras. Das ist eine Stadt im Süden, an der Küste. Da bin ich aufgewachsen, aber meine Familie stammt ursprünglich aus Gujarat.«

»Klingt hübsch. Davon musst du mir mal erzählen.«

Ba-ba-bumm, ba-ba-bumm, ba-ba-bumm-bumm-bumm.

»Hey, ich muss das hier hoch zu Mr Joe bringen, aber meine Freundin Ronnie und ich geben Samstag eine Party bei uns in der Wohnung. Magst du kommen? Die Adresse ist 38 Canfield Gardens, gleich bei der U-Bahn Finchley Road. Bis dann.«

Und damit war sie verschwunden. Wie ein Schmetterling flog das Band in ihrem Haar aus der Kantine an einen Ort, an den Babo ihr sofort folgen wollte.

Am Samstag kam Babo, der noch nie auf einer richtigen Party gewesen war, mit einer Flasche Pfefferminzschnaps in Siâns und Ronnies Wohnung in der Finchley Road. »Soll ich Blumen mitbringen?«, hatte er Fred gefragt.

»Was? Einem Mädchen, das du für zwei Minuten in der Kantine gesehen hast und das dich ganz zwanglos zu einer Party eingeladen hat? Ähm, nein, Bob. Da nimmst du was Alkoholisches mit, egal, was.«

Babo hatte nicht vorgehabt, an diesem Abend Alkohol zu

probieren, und schon gar nicht, sich zu betrinken. Es passierte einfach. Er saß auf dem Sofa, nippte an einem Tonic und überlegte, wann er wohl am besten ging, um die letzte U-Bahn nachhause noch zu erwischen, als Siân sich neben ihn plumpsen ließ und sagte: »Was hältst du davon, wenn wir was von dem Zeugs probieren, das du mitgebracht hast?«

Babo brachte es nicht fertig, ihr zu erklären, was er schon so vielen Leuten erklärt hatte: dass er ein Jain war, dass die Jains weder Fleisch aßen noch Alkohol tranken, noch irgendeiner Person oder irgendeiner Sache Gewalt antaten, und dass seine Mutter lieber erblinden würde, als ihn so zu sehen – mit einem Mädchen, rauchend und drauf und dran, eine Flasche Schnaps zu leeren. Stattdessen sagte er: »Okay, probieren wir's.«

Nach dem dritten Glas hatte Babo das Gefühl, in Flammen zu stehen. So muss sich Liebe anfühlen, dachte er, wie Feuer. Ein Feuer, das in deinem Bauch ausbricht und sich im ganzen Körper ausbreitet, dich mit dem Geruch von Pfefferminz erfüllt und federleicht macht. Siân legte ihren weichen goldbraunen Kopf an seine Schulter und sagte: »Du bist nett, weißt du? Wirklich nett. Das habe ich gleich gesehen. Ich bin froh, dass du gekommen bist.«

Babo wünschte, dass sie für immer so an ihn gelehnt bleiben würde. Er wollte die Hand heben und ihr die Strähne zur Seite streichen, die ihr über die Augen gefallen war. »Ich hoffe, das ist jetzt nicht zu dreist«, sagte er. »Aber würdest du mal mit mir ins Kino gehen?«

Nach langem Hin und Her entschied sich Babo für *Doktor Schiwago* im Curzon in Soho. »Bist du sicher?«, fragte Fred. »Ist das nicht ein bisschen schwer? Wäre es nicht besser, wenn ihr euch *Die Reifeprüfung* oder *Some Girls Do* ansähet?«

Babo erschrak. »Nein, nein. Omar Sharif und Julie Christie, das ist perfekt.« Er hatte den Film in der vergangenen Woche bereits gesehen und wollte jetzt herausfinden, ob Siân an den gleichen Stellen weinen würde wie er.

Als sie dann abends im bedeutungsvollen Zwielicht des Kinos saßen und die Hände wie Schlangen ineinander verwanden, spürte Babo etwas in sich heranwachsen. Ihm war, als öffnete die Stadt nun wirklich die Arme und sagte: Willkommen, willkommen in London. Und später, als sie zurück in Siâns blaues Schlafzimmer kamen, sich aufs Bett legten und gegenseitig auszogen, wusste Babo nicht recht, was er tun sollte, aber er spürte dieses Gefühl in sich, das ihn ganz und gar ausfüllte.

Noch nie war er einer Frau so nahe gewesen. Falguni hatte ihm nicht mehr erlaubt, als ihre Hand zu halten, und nur einmal, ein einziges Mal, kurz vor seiner Abreise, hatte er sie küssen dürfen. Aber selbst da hielt sie die Lippen so fest geschlossen, dass seine Zunge nicht erkunden konnte, wo ihr wundervolles Lispeln entstand. Und jetzt lag Siân neben ihm, nackt und weiß und bot sich ihm dar wie ein Weizenfeld dem Wind. Doch er vermochte sie nur anzustarren, voller Angst, sie könnte verschwinden oder plötzlich zu Sand zerfallen, wenn er sie berührte.

Aber dann bekam er den Dreh heraus, und sie befummelten sich. Babo ergoss sich zu früh und sagte: »Es tut mir so leid, aber du bist so schön, so unglaublich schön. Können wir es noch einmal versuchen?«, und Siân nickte und geleitete ihn in den Tempel ihres Körpers, bis Babo lernte, sie lange und kraftvoll zu halten, während draußen die Züge vorbeikreischten.

»Ich möchte Fleisch probieren«, verkündete Babo Fred eines Nachmittags. »Ich meine es ernst. Irgendetwas. Schlag mir was vor. Wenn ich in diesem Land leben will – und das will ich! –, muss ich Fleisch essen lernen, oder? Mal ehrlich, Fred, kann ich es mir erlauben, immer wieder krank zu werden? Kann ich es mir erlauben, schwach zu sein?«

»Langsam, Bob. Was ist denn? Das kannst du nicht machen. Dein Vater bringt mich um. Im Übrigen ist es gegen deine Religion, gegen deine Tradition. Warum willst du plötzlich alles ändern?«

»Weil ich sie liebe, Fred, deswegen. Ich möchte sie heiraten, und wenn ich sie heirate und mit ihr in London bleibe, muss ich wie die Menschen hier leben. Ich kann an den Traditionen nicht festhalten. Das ist zu mühsam.«

Fred war zwar nicht ganz überzeugt, ließ Babo aber dennoch ein Ei essen. »Fang langsam an, mein Junge. Iss nicht gleich Fleisch, sondern erst mal ein Ei, und später heben wir die Latte mit ein paar Würstchen und Speck an.«

Innerhalb eines Monats hatte sich Babo durch die Nahrungskette probiert und festgestellt, dass ihm einige Dinge besser bekamen als andere. Corned Beef in Sandwiches mochte er zum Beispiel, und Shepherd's Pie mit viel Soße. Manchmal dagegen, wenn Fred etwas besonders Ekliges wie Leber oder Ochsenschwanzsuppe bestellte, hob Babo den Kopf von seinem Teller und sagte mit elender Stimme: »Ich hatte gedacht, Fleisch würde das Essen hier besser machen, aber mit ist es genauso schlecht, oder? Alles, egal ob vegetarisch oder nicht, ist gleich schlecht.«

»Ich fürchte ja, mein Junge, aber wenigstens weißt du jetzt, dass du nichts verpasst. Im Übrigen sage ich immer, dass man die Dinge versuchen muss, immer wieder versuchen, schließlich weiß man nie, ob sie nicht irgendwann besser werden.«

Und er hatte Recht. Am Ende des Jahres sah alles schon anders aus. Babo hatte es geschafft, fünf Kilo zuzunehmen und sich jedem einzelnen von Trishalas Verboten zu widersetzen: Fleisch, Alkohol und Frauen – einfach so.

3
Alle Kontinuität ist Lüge

Ihr ganzes Leben hatte Trishala gehört, dass englische Frauen nicht schön seien. Da müsse sie sich keine Sorgen machen. Babo, dessen Schönheitsideal Nargis war, rehäugig, mit schimmernder Haut und ganz eindeutig indisch, würde die weißhäutigen, pferdegesichtigen Frauen in England nicht anziehend finden. Nein. An die würde sie ihn nicht verlieren.

Trishala hätte es besser wissen sollen, aber die alten griechischen Weisheiten wie »Erkenne dich selbst!« und die Warnung vor Selbstüberschätzung waren ihr fremd.

Am Morgen, als sie das Telegramm von Nat und Lila bekam, saß sie mit einem Flaschenkürbis im Schoß auf dem Küchenboden. Genauso hatte sie in ihren ersten Ehejahren dort gesessen, als sie verzweifelt versuchte, ein Kind zu empfangen. Ihre Schwiegermutter in Anjar hatte ihr dazu geraten. Früchte und Gemüse nahe an den weiblichen Geschlechtsorganen zu halten, meinte sie, würde dabei helfen, die Fruchtbarkeit anzufachen. Und wenn das nicht funktioniere, solle sie ein Stück roten Stoff um den Stamm des Neem-Baums draußen vor ihrem Schlafzimmerfenster binden, damit der Baum verdorre und seine Vermehrungskräfte in ihren Leib übergingen.

Natürlich trug sich Trishala an dem Morgen, als das Telegramm kam, nicht mit dem Gedanken, ein weiteres Kind zu empfangen, sondern dachte darüber nach, wie sie den bitteren Flaschenkürbis am besten zubereiten könne. Im Übrigen erinnerte sie die geschwungene Form der Flaschenkürbisse sehr an den neuen Schmuck von Bapalal's, den ihr Prem Kumar, dazu versuchte sie ihn gerade zu überreden, kaufen sollte.

Als sie das Telegramm öffnete, fragte sie sich zunächst, ob sie es mit ihren kümmerlichen Englischkenntnissen wohl lesen könne oder ob sie eines der Kinder um Hilfe bitten müsse. Aber die Worte machten sich erschreckend gut verständlich, laut und klar, wühlten sie auf, und ihre Gefühle glichen in ihrer Intensität durchaus denen, die sie als junge Braut überkommen hatten.

Oh, es trat ihr alles wieder vor Augen, als wollte sich das Schicksal über sie lustig machen. Jener gewagte Abend in Anjar, als Ba sie gefragt hatte, was die sechzehn Monate mit Gemüse im Schoß denn nun bewirkt hätten.

»Was soll ich denn tun? Es geschieht nichts«, sagte Trishala.

Tatsächlich lag das Problem bei Prem Kumar. Er verstand nichts von Lust und Verlangen. Wenn er abends nachhause kam, berührte er ihren Körper mit der gleichen Sorgfalt, mit der er die tägliche Säuberung seiner Maschinen überwachte. Er ging äußerst vorsichtig mit ihr um, experimentierte nie, wusste nur, was wohin gehörte und wie man es am schnellsten und mit dem kleinsten Aufwand an seinen Platz brachte. Wie sollte er Lust und Verlangen verstehen, wenn er den Körper nicht verstand? Er wünschte sich einen Sohn, ja, Kinder, ja, eine Frau, ja. Aber es war das belangloseste, gewöhnlichste Verlangen der Welt, das ihn durchströmte, ohne Umwege, ohne zu brechen, zu wachsen oder gar zu explodieren. Und irgendeine Art von Explosion war vonnöten, sollte Trishala je schwanger werden.

»Wenn du Erfolg haben willst«, erklärte ihr Ba, »musst du nach oben wechseln.«

Und so salbte sich Trishala eines Abends während der Novemberstürme des Jahres 1946 mit den Kräutermischungen und Ölen ein, die Ba ihr mit der Erklärung (und die war so unnötig gewesen) gegeben hatte, dass sich damit Prem Kumars Manneskräfte auf die Spitze treiben ließen. Sie betonte ihre Augenlider mit zusätzlichem Kajal, um sie wie Regentropfen auf den Federn einer Krähe glänzen zu lassen, und dann, als sie die Pfauen auf dem Dach tanzen hörte, eilte sie, wie von Ba instruiert, hinaus in den Garten, öffnete ihr Nachthemd und ließ den Regen durch den dünnen Stoff dringen und auf ihre Brüste fallen. Dabei tanzte sie wie die Sirene aus einer alten Legende im Kreis. Am Ende knöpfte sie sich ihr Nachthemd sogar ganz auf und stieg hinaus, um wirklich sicherzugehen, dass der Regen in ihr etwas wachsen ließ – wie er es auch in der Erde tat.

Später weckte sie ihren komatösen Ehemann, indem sie sich seine Hände auf die nassen Brüste und zwischen die nassen Schenkel legte. Sie leckte an den Spitzen seiner Finger und führte sie an Orte, an die er sich nie getraut hätte. Wie eine kriegführende Göttin setzte sie sich auf ihn und empfing den Nektar, den sie brauchte.

In jener Novembernacht der Leidenschaft und Berechnung bewegte sich etwas in ihr. Trishala spürte, dass sie ein Kind empfing, einen Sohn, der all diese Dinge wissen und sich an sie erinnern würde. Der glauben würde, dass sich die Menschen auf diese Weise lieben sollten, dass sie sich mitten in der Nacht an einen Leib klammern, sich im Schlaf umdrehen und nach den weichen Körperteilen des anderen greifen sollten.

Am Morgen danach fühlten sich Prem Kumar und Trishala gleichermaßen überrascht von den Geschehnissen der Nacht, sagten sich, dass es ein Traum gewesen sein müsse, und schwiegen darüber. Ganz sicher versuchten sie nie wieder etwas Ähnliches. Trishala war überzeugt, im Laufe dieses einen Abends genug Fruchtbarkeit in sich aufgenommen zu haben, um noch drei weitere Kinder auf konventionellere Weise zu empfangen.

Als sie nun das Telegramm las, begriff Trishala, dass wir manchmal noch in diesem Leben für die Sünden zu bezahlen haben, die wir begehen, und es nicht auf das nächste verschieben können. Wie konnten sie die Neuigkeiten von Nat und Lila so überraschen? Hatte sie es nicht selbst so vorherbestimmt? Hatte sie ihren Babo nicht eigenhändig dazu gebracht, den Pfad zu verlassen? Ihren Erstgeborenen, dieses Kind der Lust – wie hätte Babo sich anders entscheiden können?

Und doch war es schrecklich. Unmöglich zu ertragen! Trishala schloss sich im Schlafzimmer ein und betete eine Stunde lang. Sie betete zum Anbetungswürdigen, zu den Befreiern, den Lehrern, den Ältesten und Heiligen. Sie betete um eine Antwort auf ihre Qual, denn das war es doch, zu Prem Kumar gehen und ihm dieses Telegramm zeigen zu müssen.

Sollte sie warten, bis er aus dem Büro zurück, gebadet und gesättigt war und es sich mit seiner Schachtel Betelnüsse für den einen verschwenderischen Moment des Tages bequem machte? Ihm das Telegramm in den Schoß fallen lassen, während er mit gekreuzten Beinen in seinem Sessel saß, und sagen: »Sieh! Lies, was dein Sohn getan hat!«? Oder sollte sie gleich zu ihm laufen, schluchzend an seine Brust sinken und ihm berichten, dass ihr hell leuchtender Spross, ihre älteste Freude, dabei war, ihr größter Sorgenquell zu werden?

Trishala beschloss zu warten.

Prem Kumar kam an diesem Tag später als gewöhnlich, gereizt und erschöpft von den gewohnten Auseinandersetzungen mit den Arbeitern, die immer noch mehr von ihm wollten: mehr Geld, mehr Freizeit, mehr Prämien – mehr, als er geben konnte. In seinem farbverschmierten Hemd kam er herein, zog die Sandalen aus und marschierte sofort zu seiner abendlichen Wäsche ins Bad, um den Terpentingeruch loszuwerden, und wechselte dann in seine gewohnte Hausgarderobe, Dhoti und Hemd, setzte sich die Brille mit den flaschenbodendicken Gläsern zurück auf die fleischige Nase, ließ sich auf dem Küchenboden nieder und wartete hungrig auf sein Essen.

Trishala kam herein und hielt das Telegramm in der Hand. »Neuigkeiten von deinem Sohn«, sagte sie mit fester Stimme und legte das Telegramm neben seine leere Blechschüssel.

Prem Kumar griff vorsichtig nach dem Stück Papier. Für ihn

waren Telegramme gefährliche Dinge. Viel zu oft brachten sie schlechte Nachrichten, und bei diesem würde es nicht anders sein.

BABO TRIFFT SICH MIT ENGLISCHER FRAU STOPP SIEHT ERNST AUS STOPP WAS SOLLEN WIR TUN STOPP

Wie eine lebensmüde Motte hielt sich Trishala an der Seite ihres Mannes und wartete auf eine Antwort. Er schien ernsthaft überrascht. Offenbar hatte er im Unterschied zu Trishala diese Gefahr bisher nicht bedacht gehabt. Er hatte an Ausbildung, Geld und Arbeit gedacht. Mit möglichen Gefühlsverwicklungen hatte er sich nicht befasst.

»Was für ein dummer Junge«, sagte er endlich, legte das Telegramm beiseite und fuhr dann seine Frau nach einem Moment drückenden Schweigens an: »Bekomme ich heute Abend noch etwas zu essen oder faste ich gerade, ohne davon zu wissen?«

Trishala ging schweigend zum Herd mit dem dampfenden Topf Daal Dhokri und stellte ihn auf die Warmhalteplatte. Sie löffelte das suppige Essen in seine Schüssel, füllte sein Glas mit warmem Wasser aus dem Tonkrug und nahm ihren gewohnten Platz an seiner Seite ein.

Normalerweise war es Prem Kumars Art, die Nase zu rümpfen und an allem, was sie ihm vorsetzte, etwas auszusetzen. Von Melonen und Gurken musste er aufstoßen, Tomaten verursachten Blähungen, zu viel Salz ließ seine Beine anschwellen und zu wenig trieb ihm das Wasser in die Augen. Essen, das nicht langsam oder lange genug gekocht worden war, führte zu weißen Strichen in seinen Fingernägeln. Von Kokosnuss bekam er Kopfschmerzen und Quark, der nicht genau richtig geronnen war, ließ sein linkes Auge unkontrollierbar zucken.

Manchmal wurde sein Gemecker unerträglich, dann verzog Trishala missmutig das Gesicht und sagte, wenn er ihr Essen so sehr geliebt habe, warum habe er dann nicht seine Mutter geheiratet? Meist aber sagte sie nichts und tat stattdessen, was sie konnte: pflückte die besten Curryblätter, wärmte die Senfkörner nur ganz leicht, schnitt die verfaulten Teile aus dem Gemüse, warf sie in die Grube hinten im Garten und bemühte sich bei der Zubereitung von Prem Kumars Essen, auch nicht einer einzigen Fliege oder Ameise etwas zuleide zu tun, so dass sie beide mit allem Recht von jedem Fehlverhalten freigesprochen werden konnten.

Heute verfolgte sie mit besonderer Beklommenheit, wie ihr Mann langsam und sorgsam jeden Bissen zerkaute, bevor er ihn die Kehle hinunterrutschen ließ. So aß er seine Schüssel ohne ein Wort bis auf den letzten Rest leer und wartete. Es war seine Gewohnheit, fünf Minuten zu warten, bevor er entschied, ob er noch eine zweite Portion wollte.

»Was für ein dummer Junge«, sagte er wieder. »Kann ich noch etwas haben, Trishala?«

Diesmal reichte sie ihm die Schüssel voller Zorn. »*Was für ein dummer Junge, was für ein dummer Junge*. Was für ein dummer Ehemann! Ist das alles, was du dazu zu sagen hast? Ist dir klar, was das bedeutet?«

»Frau, Liebes, mir ist völlig klar, was das bedeutet. Es bedeutet, dass unser Sohn unfähig ist. Dass er kurzsichtig ist und nur auf den Weg blickt, den er geht, auf die Wand, an die er sich lehnt. Wir werden ihn zurückholen müssen.«

»Und was ist mit all dem Geld, das wir ausgegeben haben? Mit seinem Studium? Mit der armen Falguni?«, kreischte Trishala.

»Trishala, bitte hör mit dieser sinnlosen Schreierei auf. Nichts auf der Welt ist von Bedeutung, wenn ein Mann keine Wurzeln hat. Verstehst du das? Babo hat schon immer diesen Zug an sich gehabt, nur hätte ich nicht gedacht, dass er ihm folgen würde. Er ist vom Weg abgekommen und hat ein anderes Denken angenommen. Wenn ein Mann das tut, ist er verloren. Wenn wir trotzdem den Respekt für diese Familie erhalten wollen, muss er zurückkommen. Wir haben mit Kamal-Bhai und Meghna-Behn verabredet, dass er sich nach seiner Rückkehr mit Falguni verlobt. Was sollen wir ihnen sagen? Wir müssen jetzt an die Familie denken. An nichts anderes. Geld ist nicht wichtig, und lernen kann man überall.«

Gemeinsam entschieden sie, dass es sich um einen allerhöchsten Notfall handelte, und so schickten sie bereits am nächsten Tag ein Telegramm an Babo.

MUTTER IM KRANKENHAUS STOPP ERNST STOPP RÜCKKEHR SO SCHNELL WIE MÖGLICH STOPP

Und dann warteten sie.

Babo war faul geworden, was seine Besuche bei Nat und Lila anging. Zwar stieg er freitags nach dem Unterricht immer noch in den gleichen Zug Richtung Norden, aber statt bis nach Hampstead zu fahren, stieg er an der Finchley Road aus, um seine zwei freien Tage mit Siân zu verbringen. Lila hatte ihn deshalb schon mehrmals bei der Arbeit angerufen und ihm in den Ohren gelegen: »Lernst du wirklich so viel, Babo, oder hast du dir eine Freundin gesucht? Komm schon, ja? Wir machen dieses Wochenende Bhel Puri.«

Sogar Nat ließ sich einmal dazu herab, ihn anzurufen. »Babo, ist alles in Ordnung? Hast du Sorgen? Haben wir dich beleidigt? Etwas falsch gemacht? Das würdest du uns doch sagen, oder? Dein Bapuji schreibt ständig und fragt, wie es dir geht, und ich weiß nicht, was ich ihm sagen soll, weil ich dich so lange nicht gesehen habe. Hör zu, warum kommst du Sonntag nicht her? Die Westindischen Inseln spielen gegen Australien. Ich habe ein brandneues Radio von der Arbeit, das ist allererste Klasse. Was meinst du?«

Babo ging, widerwillig, weil er eine Art Verpflichtung empfand, nicht weil er dachte, dass sie es verdienten. Nein. Sie hatten ihn am Tag seiner Ankunft im Stich gelassen, und das würde er ihnen nie vergessen. Im Übrigen genoss er sein »Alleinsein«, genau wie Nat es ihm vorhergesagt hatte, warum kapierten sie das nicht und ließen ihn in Ruhe? Er ging, weil er wusste, wenn er es nicht tat, würde sein Vater bei ihrem nächsten Telefongespräch etwas dazu zu sagen haben. Deshalb, um sich den Ärger zu ersparen, fuhr er am späten Sonntagmorgen nach Hampstead und blieb gerade lange genug, um zu essen, sich bedeckt zu halten und die ganze Zeit auf die Uhr zu sehen. Dann war er auch schon wieder unterwegs zur Tür und sagte: »*Aujo aujo*, bis möglichst bald«, ohne sich die Mühe zu machen, die Unaufrichtigkeit in seiner Stimme zu verbergen.

Als er im Juni das Telegramm von seinen Eltern bekam, waren Babo und Siân schon ziemlich weit. Kaum einen Monat nach ihrem Kennenlernen hatte sich Babo beim Tanzen zu Otis Reddings *Sitting on the Dock of the Bay* an Siân gedrückt und gesagt: »Charlie-Girl« (so nannte er sie mittlerweile), »ich hoffe, du weißt, wie sehr ich dich liebe, und dass ich vorhabe, dich zu heiraten.« Das war auf der Weihnachtsparty in Siâns Wohnung in der Finchley Road, die unter dem Motto stand: Wie exotisch kannst du sein?

Babo sah aus wie ein Prinz aus Tausendundeiner Nacht, mit einem Bart, den er sich extra hatte wachsen lassen, und dem Turban von einem jungen Rajput aus dem YMCA. Siân war eine Bauchtänzerin, mit roter Pluderhose, glitzerndem, trägerlosem, bauchfreiem Stretch-Top und rauchschwarzem Kajal um die Augen. Babo und Siân, einer der Kontrast des anderen, die Lippen voll, die Haut so weich.

Silvester lud Fred sie zu einer Dinner-Dance-Kasino-Nacht in einen Club nach Surrey ein. Babo hatte eine Glückssträhne am einarmigen Banditen. Es war genau wie in seinen Träumen, das Geld sprudelte nur so aus dem Automaten – *ka-tsching ka-tsching* –, allerdings waren es nur Pennys, mit denen er kein

Haus in London kaufen konnte. Aber es reichte, um seine Reisekasse erheblich aufzubessern. »Jetzt kannst du doch nicht aufhören, Bob«, sagte Fred. »Du musst weitermachen. Vielleicht mit Blackjack?«

»Nein, nein«, wehrte Babo eilig ab, sammelte die Münzen ein und ging damit zur Wechselkasse wie ein guter Gujju-Junge. »Es ist genug. Ich weiß, wann ich aufhören muss.«

Den ganzen Winter über machten Siân und Babo Pläne, was sie im Sommer unternehmen konnten, wenn Babo keinen Unterricht an der Fachhochschule mehr hatte. Sie wollten quer durch Europa trampen, angefangen mit Deutschland, hatte Babo durch seine Freunde im YMCA doch herausgefunden, dass man dem Deutschen Jugendherbergswerk beitreten musste, wollte man die besten Herbergstarife und billigsten Zugfahrkarten bekommen. Siân fand in einem Secondhand-Buchladen einen alten Baedeker, der für eine Weile ihr wertvollster Besitz war. Babo und Siân verbrachten fast alle Wochenenden auf der Couch, sagten auf Deutsch »Ich liebe dich« und träumten von all den Orten, die sie gemeinsam erkunden wollten, und wie diese Orte sie verändern würden.

Am Samstag, bevor das Telegramm kam, trafen Babo und Siân zufällig Nat und Lila im Everyman Theatre in Hampstead, wo *Rat mal, wer zum Essen kommt* lief. »Oh, hallo, hallo«, sagte Nat, trat zu ihnen und legte Babo den Arm um die Schultern. »Jetzt verstehe ich, warum du dich seit Monaten nicht bei uns hast sehen lassen.« Er schenkte Siân einen anerkennenden Blick. »Ist die hübsche junge Dame eine Arbeitskollegin oder eine Freundin aus dem College?«

»Wir arbeiten zusammen«, sagte Siân und gab Nat und Lila die Hand. »Seid ihr Babos Cousins?«

»Jaja, wir gehören zur Familie. Was macht ihr nach dem Film? Warum kommt ihr nicht mit zu uns? Wir wohnen gleich nebenan.«

»Gern«, sagte Siân, »das ist sehr nett von euch«, obwohl Babo ihr verzweifelt die Hand drückte und zu signalisieren versuchte, dass sie nicht zusagen sollte.

»Wolltest du mich vor deinen Cousins geheim halten? Ist das der Grund? Soll ich ein Geheimnis sein?«

»Natürlich nicht«, sagte Babo und fühlte sich ganz elend. »Das verstehst du nicht. In meiner Familie sind die Dinge so anders. Die beiden sollen meine Cousins sein, aber sie warten nur darauf, dass ich etwas falsch mache. Das ist das Größte für sie, das Unglück anderer Leute. Aber was soll's, jetzt wissen sie sowieso Bescheid, da können wir ruhig mitgehen.«

»Oh, verstehe. Ich bin das Problem. Ich bedeute Unglück. Sag mir, was es ist, dann kann ich versuchen, sie umzustimmen.«

»Nein, das stimmt nicht. Es hat nichts mit dir zu tun. Nun gut, vielleicht ein bisschen. Siehst du, weil ich der Älteste bin, erwartet meine Familie gewisse Dinge von mir, dem Sohn. Meine Eltern setzen große Erwartungen in mich. Zum Beispiel soll ich dieses Mädchen heiraten, das sie für mich ausgesucht haben …«

»Ah«, unterbrach ihn Siân, hatte Babo ihr doch bereits ausführlich von Falguni berichtet. »Verbessere mich, wenn ich es falsch verstehe, aber du hast sie mit ausgesucht, oder?«

»Jaja«, fuhr Babo auf. »Aber das ist lange her und war so anders als alles, was ich für dich empfinde. Ich weiß nur einfach nicht, wie ich mich verhalten soll. Was ich meinen Eltern sagen soll, und vor allem, wann und wie. Ich will nicht, dass mein blöder Cousin ihnen etwas erzählt, bevor ich die Möglichkeit hatte, persönlich mit ihnen zu sprechen. Natürlich werden sie enttäuscht sein, aber wenn sie dich erst kennen, werden sie es begreifen. Sie werden sehen, wie wundervoll du bist und wie gut wir zusammenpassen, und am Ende, da bin ich sicher, wollen sie nur mein Glück. Ich liebe dich so sehr, meine kleine Waliserin. Ich liebe dich. Zweifle nie daran.«

»Nun, wenn das so ist«, sagte Siân, »schlage ich vor, dass du deinen Eltern einen Brief schreibst und ihnen die Situation erklärst. Das solltest du tun.«

Aber noch bevor Babo diesen Brief schreiben konnte, kam das Telegramm von Prem Kumar.

Nat und Lila hatten zutreffenderweise angenommen, dass zwei und zwei in diesem Fall zehn ergaben. Das warnende Telegramm war Lilas Idee gewesen.

»Es ist deine Pflicht, Natvar«, sagte sie zu ihrem Mann, der dachte, dass Babo durchaus richtig daran tat, sich die Hörner abzustoßen, bevor er nachhause zurückkehrte und sich in das Unvermeidliche schickte.

»Lass gut sein, Lila. Das löst sich von selbst. Das verpufft wie ein fehlerhafter Feuerwerkskracher. Die beiden stammen aus völlig verschiedenen Welten. Der Osten ist der Osten und der Westen der Westen. Die beiden werden nie zusammenfinden. Warum sollten wir uns da einmischen?«

»Erzähl mir nichts vom Osten und kaputten Feuerwerkskrachern! Ich werde Trishala-Behn eine Warnung schicken, weil ich es nicht ertrage, wenn man uns später vorwirft, wir hätten unsere Pflicht nicht getan.«

»Oh, die Pflicht, die Pflicht, die Pflicht«, murmelte Nat. »Gut, schreib du nur. Tu deine Pflicht, und dann komm und massier deinem Mann die Beine. Das ist auch deine Pflicht.«

Nat war der Erste, den Babo anrief, als er das Telegramm seines Vaters bekommen hatte. »Nat, ich muss nachhause. Ma geht es nicht gut. Papa hat ein Telegramm geschickt, aber er schreibt nicht, was sie hat, nur, dass es ernst ist und ich so schnell wie möglich nachhause kommen soll.«

»Was? Was soll das heißen? Du meinst Trishala-Behn ist krank?«

»Ja«, rief Babo ungeduldig. »Es ist ernst. Papa sagt nichts Genaues, nur, dass ich sofort nachhause kommen soll.«

»Ach komm, ganz ruhig, Babo. Ich bin sicher, es kommt alles wieder in Ordnung«, sagte Nat auf die lässige Art, die Babo so ärgerte. »Bapuji reagiert wahrscheinlich zu heftig, aber wir sollten trotzdem gleich ein Ticket für dich buchen. Soll ich meinen Freund Somnath anrufen, der bei Air India arbeitet? Er kann versuchen, dir so schnell wie möglich ein Ticket zu besorgen. Soll ich ihn fragen?«

Abends ließ Babo zum ersten Mal seinen Unterricht an der Fachhochschule ausfallen und ging gleich nach der Arbeit mit Siân nachhause. »Das ist immer die Angst«, flüsterte Babo, als sie zusammen im Bett lagen. »Dass etwas passiert, während du weit, weit weg bist. Machst du dir deswegen keine Sorgen? Dass deiner Familie etwas zustößt, während du zu weit weg bist, um zu helfen?«

»Es hat keinen Sinn, dich deswegen verrückt zu machen, mein Liebster«, sagte Siân und strich über die straffe braune Haut von Babos Rücken. »Warte, bis du nachhause kommst und siehst, wie es steht. Mach dir um mich keine Sorgen, Liebling. Wir haben noch unser ganzes Leben, um gemeinsam zu verreisen. Fahre du jetzt zu deiner Familie. Sie brauchen dich.«

4
Traurig zu sagen, dass ich unterwegs bin

Babos Abreise aus London verlief so unauffällig wie seine Ankunft. Nur, dass es in Strömen regnete. Es gab keine Fotos, keine Girlanden, nur Siân in einer Schlaghose aus Feincord und einem rostfarbenen Hemd, die kleinen, runden Brüste an ihn gedrückt, ihre schmalen Schultern, die Arme um seine wirren Locken geschlungen.

»Hier«, sagte Babo und gab Siân eine Flasche Chanel No. 5, die er nicht mehr in Geschenkpapier hatte wickeln können. »Ich wollte dir etwas schenken«, sagte er und war ganz verlegen, weil er noch nie jemandem ein Geschenk gekauft hatte.

Der verlorene Sohn hatte auch noch genau das gleiche Gepäck, mit dem er von zuhause aufgebrochen war (bis auf ein paar Briefe weniger und eine Wrangler-Jeans mehr). Auf der Rückreise hing jedoch das alte Medaillon seines Urgroßvaters um seinen Hals, wie ein Amulett, das Wunder zu vollbringen vermochte. Babo war angespannt. Er lief hinten im Flugzeug auf und ab, rauchte Zigaretten und stellte sich seine Mutter vor, wie sie in einem schrecklichen erbsengrünen Operationshemd in ihrem Krankenhausbett lag, die Augen ungeschminkt und das Bindi von der Stirn gewischt. Er malte sich aus, dass sie an einer schrecklichen, unbenennbaren Krankheit starb, drückte sich aus purer Verzweiflung das Medaillon an die Brust und sang eins der Gebete, die er vor langer Zeit aufgegeben hatte: »Namo Arihantanam, Namo Siddhanam ...«

Als er in Madras ankam, war er bereits über vierundzwanzig

Stunden unterwegs. Er wusste weder, wie spät, noch, welcher Tag es war. Seine Nägel waren völlig heruntergebissen, und das metallische Grau seiner Augen schien wie ausgewaschen. Als er seinen Vater am Gate warten sah, mit düsterem Blick und in demselben beigefarbenen Safarianzug, den er vor neun Monaten bei seiner Abreise getragen hatte, fragte sich Babo, wie er noch genauso aussehen konnte, wo sich doch so viel in ihrem Leben geändert hatte.

»Papa«, sagte er und beugte sich vor, um Prem Kumars Füße zu berühren. Tränen rannen ihm über das Gesicht.

»So kommst du also nachhause, Sohn«, sagte Prem Kumar, berührte den Kopf seines Ältesten und trug dann zielstrebig das Gepäck zum Taxi hinüber.

Nach einer, wie er annahm, angemessenen Zeit des Wartens fragte Babo: »Wie geht es Ma?«

»Viel besser. Eine Weile lang wussten wir nicht, was sein würde, aber jetzt geht es ihr viel besser. Zu wissen, dass du nachhause kommst, hat ihr sehr geholfen. Seit Tagen spricht sie von nichts anderem.«

»Du meinst, sie kann sprechen?«

»Natürlich, was dachtest du denn? Dass sie im Koma liegt?«

»Na ja, nein. Oder doch. Ich dachte, sie sei sehr krank.«

»Es ist nichts, was ein Arzt nicht heilen könnte.«

»Oh, Gott sei Dank«, sagte Babo und verspürte mit einem Mal Interesse, aus dem Fenster zu sehen.

Madras wirkte zu groß geraten, wie ein erwachsener Mann, der immer noch darauf bestand, seine Kindershorts zu tragen. Nach den Monaten in London kam Babo die Stadt auch schmutziger und schäbiger vor. Es gab neue Reklametafeln und glänzende Schaufenster, aber die Blumen in der Mitte des Kreisverkehrs verdorrten und die Bäume schnappten nach Luft. Der Verkehr bewegte sich nach seinem eigenen Rhythmus, ohne auf die Ampeln und die in Khaki gekleideten Polizisten auf den Kreuzungen zu achten, die hektisch mit den Armen fuchtelten.

Und die Leute! Sie waren überall – und bei allem! – zu beobachten. Babo hatte das Gefühl, das Ganze zum ersten Mal zu sehen, und er begriff, wie weit weg er gewesen und dass es nicht länger möglich war, einer von ihnen zu sein.

Endlich fuhren sie die Sterling Road hinunter, vorbei an der Taylor's Lane, wo sie nach der Schule Cricket und Kabaddi gespielt hatten, und einem Stück Brachland, da hatte er mit seinen College-Freunden seine erste Zigarette geraucht. Die Sylvan Lodge stand an der nächsten Ecke, umgeben von schwermütigen Ashoka-Bäumen. Wie ein Hochzeitskuchen hockte sie da, herausgeputzt mit einem neuen pistaziengrünen Anstrich.

Trishala stand mit Meenal, Dolly und Chotu am Tor. Den dreien war nichts von der Affäre ihres Bruders erzählt worden. Soweit sie wussten, kam Babo, um die Sommerferien zuhause zu verbringen. Selvam sah von seinem gewohnten Posten herüber, auf seinen Stock gestützt und mit einem roten Handtuch um den kahlen Schädel, als Schutz vor der Hitze. Trishala schob ihn zur Seite, weil er ihr die Sicht nahm. Wie gut sie aussieht, dachte Babo, ganz und gar nicht so, als sei sie krank. Wenn überhaupt, sah sie noch gesünder und kräftiger als bei seiner Abreise aus.

Als Babo aus dem Taxi stieg, ließ Trishala, deren Gesicht bis dahin ein einziges Lächeln gewesen war, einen lauten Schrei hören: »Sieh doch, wie dünn du geworden bist! Hast du nichts gegessen? Haben sie dir in diesem Land nichts zu essen gegeben?«

Meenal und Dolly standen schüchtern um ihn herum, als wäre er ein Fremder, der vorübergehend die Gestalt ihres Bruders angenommen hatte. Er sah anders aus, dieser Rückkehrer aus dem Ausland. Sein Haar war nicht mehr mit Öl geglättet wie früher, sondern moderner, ein bisschen so wie bei einem Filmstar. Sein Gesicht war schmaler. Der dünne, jugendliche Oberlippenbart war durch einen Kinnbart ersetzt worden, und seine Augen waren voll mit etwas – Gott allein wusste, womit –, auf jeden Fall sahen sie nicht mehr so weich aus wie früher. Nur Chotu drängte sich mutig vor und wollte, dass Babo ihn auf die Schultern nahm, wie er es immer getan hatte. »Uff, was bist du groß geworden«, sagte Babo und tat so, als schaffe er es kaum, seinen kleinen Bruder hochzuheben. »Ma, warum sorgst du dich um mein Gewicht, wenn du schon einen Sohn hast, der sicher mal Schwergewichtsmeister wird?«

In der Küche seiner Mutter setzte er sich mit seinen Geschwistern auf den Boden und aß all die Dinge, von denen er seit seiner Abreise geträumt hatte. Hin und wieder stopfte ihm seine Mutter etwas in den Mund – ein zuckriges gelbes Penda hier, ein frittiertes Chili-Bhajjiya da. Babo, im Schneidersitz, kaute, aß mit den Fingern und genoss all die Dinge, die so wunderbar schmeckten und in seinem Mund förmlich explodierten: aromatische, unbehandelte Mangos mit Limettensaft, mit warmem Butterfett bespritzte Chappathis, heiß aus der Tava, pikante weiche Blumenkohlstrünke und rohrzuckergesüßtes Daal.

Während Babo spürte, wie die Kraft all dieser Speisen seinen Körper durchströmte, versuchte er seiner Familie zu erklären, dass der Vegetarismus eine den Engländern fremde Idee sei, ganz zu schweigen von der Religion des Jainismus. Er erzählte ihnen von seinen rettenden Wohltätern, von Fred Hallworth und Bhupen Jain, seinem Freund von der Fachhochschule, bei dem zuhause er so manches selbst bereitete Mahl eingenommen habe. Er verschwieg, was der Doktor gesagt hatte: »Mein Junge, wenn du in diesem Land überleben willst, fängst du besser an, deinem Körper etwas Fleisch zu gönnen«, und verriet auch nichts davon, wie unbedingt er in diesem Land überleben musste, weil er einen Menschen kennengelernt hatte, in dem er sich selbst wiederfand. Er konnte mit Siân über die Ungerechtigkeiten des Krieges und die Notwendigkeit von Revolutionen sprechen, zusammen fühlten sie sich so leicht wie eine Sommerbrise, die über ein leuchtend grünes Reisfeld strich. Er sagte auch nichts von seinem Alkoholkonsum und seinen Ausflügen unter die Fleischesser, oder dass er regelmäßig rauchte.

Und die Liebe? Babo sprach nicht von der Liebe. Er gab sich

ganz der Behaglichkeit der Situation hin, dem Gefühl, zuhause bei seiner Familie zu sein. Seine dunklen Augen glänzten und verdrehten sich, verdrehten sich und glänzten – während Prem Kumar in der Diele durch die Aktentasche seines Sohnes wühlte, dessen Pass daraus hervorholte und ihn hoch oben im Schrank versteckte.

An seinem ersten Morgen zuhause war Babo noch ganz desorientiert von der Reise. Seine Träume waren gehetzt und drängend gewesen: Siân tauchte in jedem einzelnen von ihnen auf und rief ihn zu sich zurück. Babo hatte nicht gedacht, dass er nach all den Monaten des Heimwehs so wenig finden würde, was er als Teil von sich empfand. Im Gegenteil, er hatte das Gefühl, als wäre sein ganzes früheres Leben das Leben eines anderen gewesen. Alles, woran er denken konnte, waren Siâns große, runde Augen und wie er sich daran gewöhnt hatte, gleich morgens beim Aufwachen in ihnen zu versinken. Er fragte sich, wie es kommen konnte, dass sich sein Zuhause so fremd anfühlte, wo es doch noch vor einem Jahr seine einzige Wirklichkeit gewesen war.

Dann sah er seinen kleinen Bruder in der Tür stehen, auf diesen dürren Beinen und mit dem Mittelscheitel eines Matadors, und sein Herz fing an zu pochen.

»Hattest du Angst, als Ma krank war?«, fragte Babo und klopfte neben sich auf das Bett, damit Chotu kam und sich zu ihm setzte, statt wie ein Fremder in der Tür zu stehen.

Chotu sah ihn verständnislos an. »Ich bin acht Zentimeter gewachsen, seit du weggegangen bist, und Papa sagt, ehe er sich versieht, gehe ich mit ihm in die Fabrik. Aber Bhai, erzähl mir von der Fahrt mit dem Flugzeug. Wie fühlt es sich an so hoch im Himmel?«

Chotu kam auf das Bett zu und setzte sich auf den Rand. Als er Babos offenen Koffer daliegen sah und oben auf den Sachen die Schokolade, die sein Bruder in der Wartehalle noch gekauft hatte, weiteten sich seine Augen, doch er blieb ruhig und geduldig.

Babo versuchte es noch einmal. »Sag erst, als Ma krank war, haben sich da Meenal und Dolly um dich gekümmert?«

»Hä? Bhai, warum sagst du immer, dass Ma krank war? Das letzte Mal, als ihr schlecht war, das war, als sie zu Diwali all die Puris in Meghna-Behns Haus gegessen hat. Siebenunddreißig waren es, und dann musste sie zuhause die ganze Nacht spucken. Hahaha ... Aber hör mal, weißt du, dass Papa einen Mann für Meenal gefunden hat? Er wohnt in Bombay und ist Schiffsmakler.«

»Ach ja?«

»Ja, Bhai, aber das Beste ist, dass Papa noch nicht ja gesagt hat, weil er gehört hat, der Schiffsmakler hinkt vielleicht.«

»Was?«

»Du weißt schon, ein lahmes Bein, aber bei den Verhandlungen hat er nichts davon gesagt. Natürlich will Meenal keinen Lahmen heiraten, und deshalb heult sie die ganze Zeit. Aber der Mann, mit dem Papa geredet hat, ist sicher, dass der Schiffsmakler hinkt.«

»Mach keine Witze.«

»Ich schwör's, Bhai! Ich hab gehört, wie sie Sonntag beim Kartenspielen drüber geredet haben. Vimal-Bhai hat vorgeschlagen, dass Papa selbst nach Bombay fährt und ihn sich ansieht, wenn er zur Puja im Tempel ist. Das ist die beste Gelegenheit, oder? Wenn er einen Dhoti trägt, weil man dann die Beine sieht, und Papa kann sofort sagen, ob er lahm ist oder nicht. Kannst du das glauben? Papa fährt nach Bombay, geht in ein Hotel und spioniert ihn aus. Ich wünschte, ich könnte mitkommen.«

Prem Kumar versteckte sich hinter der Tür, beobachtete seine beiden Söhne und überdachte seinen nächsten taktischen Schritt. Die erste Nacht hatte er Babo in dem Glauben schlafen lassen, dass alles so war, wie es sein sollte, und seine Familie nichts von seinem Vergehen wusste. Währenddessen hatte sein Vater wach gelegen und über die vielen Verzweigungen des unbeschrittenen Pfades nachgegrübelt, der noch vor ihm lag. Die Zeiten waren hart, und er musste seiner Familie beweisen, dass er sie da hindurchzusteuern vermochte. Wobei es das Wichtigste war, seinen Sohn zu den drei Juwelen jainistischer Weisheit zurückzuführen.

Durch den schmalen Spalt der Tür konnte Prem Kumar Chotus Beinchen vom Bett baumeln sehen, und er spürte, wie Babo den Raum mit der Kraft füllte, die er von Geburt an besessen hatte – als komme alles auf ihn an. Prem Kumar wusste immer noch nicht, was er seinem Sohn sagen sollte. Nach seiner ruhelosen Nacht war er früh aufgestanden, hatte sich die Zähne mit seinem Neem-Zweig gereinigt, seine gesamte Toilette erledigt, das Navkar-Mantra zwölfmal wiederholt und stand jetzt, wie er es sich vorgenommen hatte, um Punkt acht Uhr vor der Tür seines Sohnes.

»Chotu!«, rief Trishala. »Geh mit Selvam zum Hotel Annapurna und hol Iddlis fürs Frühstück. Los doch. Beeil dich.«

Während Chotu die Treppe hinunterlief, klang Darayus Mazdas tägliche Klagelitanei zu ihnen herüber. »Oh! Meine Familie zerreißt mich. Oh! Da kommt die große Wolke meiner Familie und will den Geiern meine Knochen noch vor der Zeit hinwerfen …«

Prem Kumar hörte sein Klagen und verspürte wieder einmal eine große Nähe zu seinem Nachbarn, dem Parsi. Auch er kannte die unablässige Last der Sorgen, die eine Familie bedeutete, die ewigen Bande, die einen mit Frau und Kindern verknüpften und den Weg zur Erleuchtung versperrten. Aber dennoch, dachte er, Pflicht ist Pflicht, trat, die noblen Worte murmelnd, ins Zimmer seines Sohnes und verharrte bewegungslos kurz hinter der Tür.

»Papa?«, fragte Babo zögernd. Wann war sein Vater das letzte Mal zu ihm ins Zimmer gekommen? Babo konnte sich nicht erinnern. Es passte nicht zu seinem Vater.

Prem Kumar fühlte sich wie in einem der Hindi-Filme, die

Babo so mochte und in denen ständig jemand starb, kämpfte oder sich verliebte. In diesem Film trat der Vater in das Zimmer seines Sohnes, und jeder Schritt vorwärts schmerzte wie ein Messerstich. Tränen drohten Prem Kumar in die Augen zu steigen, doch er kämpfte gegen sie an. Mit tränennassem Gesicht in eine Schlacht zu ziehen, war der sichere Weg, sie zu verlieren. Er hatte morgens gebetet, nicht um eine Gunst, denn das wäre gegen den Glauben gewesen. Er hatte gebetet, dass ihm Einsicht und Stärke zuteil werde, um seine Seele (und die Babos) von den Dornen der Täuschung befreien zu können.

»Sohn«, sagte er mit ernster Stimme, »wir wissen von dem Mädchen. Natvar und Lila haben uns davon berichtet. Warum hast du solch ein Geheimnis vor uns gehabt?«

In allen Familien gibt es eine Zeit des Aufwachens, wenn sich das Selbst vom Körper löst und man die eigene Familie als etwas erlebt, das nicht mehr zu einem gehört. Babo – und der Grund dafür waren sein Jetlag und seine Vorstellungen von der Liebe, stärker als alles, was er bisher erlebt hatte – erfuhr solch ein Aufwachen am Morgen nach seiner Rückkehr nach Madras.

Er sah seinen Vater an, zu dem immer eine Distanz bestanden hatte, der als Person nie infrage gestellt, nie angerührt worden war. Wie verletzt er sich fühlte, wie aufgewühlt! Sein Gerechtigkeitsempfinden, seine Liebe und seine Bestürzung über seinen verfluchten Cousin, der ihn so hinterhältig bespitzelt hatte, das alles brach sich in ihm Bahn und kannte keine Zweifel. Oh! Sein Groll wuchs und wuchs, eins kam zum anderen, *wamm bamm*, krachte gegeneinander, türmte sich auf und ließ keinen Raum für etwas anderes in seinem Kopf.

»Dann gibt es ja nichts mehr zu erklären, oder, Papa?«, sagte Babo. »Nur, dass ich sie heiraten werde.«

Trishala, die die ganze Zeit wie ein Elefant, der sich hinter einer Topfpflanze verstecken wollte, vor der Tür gestanden hatte, ließ ein Kreischen hören, das hohe Kreischen der betrogenen Mutter. Schon stürzte sie in den Raum, lange vor ihrem Stichwort (das kommen sollte, falls Babo Trost brauchte, nachdem Prem Kumar ihm den Irrtum seines Handelns aufgezeigt hatte), lief zu ihrem Sohn und gab ihm eine schallende Ohrfeige.

»Was ist mit Falguni, hmm? Was ist mit ihr, du egoistischer Kerl? Denkst du denn nur an dich? Was ist mit Kama-Bhai und Meghna-Behn, denen wir versprochen haben ... Streite es nicht ab, du Schuft, du wusstest, was du damit anrichtest, und jetzt, und jetzt ...«, rang sie nach Luft. »Du fährst weg und suchst dir eine weiße Frau, irgendein Mädchen von irgendwoher, um dich in sie zu verlieben, eine, die nichts von uns versteht, von unseren Sitten, unserer Kultur, nichts. Eine, die nicht mal« (und hier machte sie eine dramatische Pause), »die nicht mal eine Jain ist? Wie können wir das akzeptieren? Erklär mir, wie wir das akzeptieren können?«

Trishala wollte schon zu einer weiteren Tirade ansetzen, aber Prem Kumar nahm sie beim Arm und setzte sie seitlich aufs Bett. »Dein Herz, meine Liebe, bitte achte auf dein Herz.«

Babo war mit einem Mal ganz leer. Alle Luft war aus ihm gewichen. So musste es sich anfühlen, das Innerste nach außen gekehrt zu bekommen oder ins Auge eines Tornados gewirbelt zu werden. Aber er war auch merkwürdig ruhig. Alles lag plötzlich offen vor ihm. Alles wartete auf einen Anfang. Er war versucht, selbst loszuschreien. Er war voller Tiraden für solche Tage, Tiraden über Gott und die Engstirnigkeit, aber das war jetzt weder die Zeit noch der Ort, sich auf so finsteres Terrain zu begeben. Seine Argumentation war denkbar einfach: Er folgte schließlich allem, was sein Glaube ihn gelehrt hatte: Maitri, Pramoda, Karuna, Madhyasta – Liebe, Freude, Mitgefühl und Toleranz. Sagte der Jainismus nicht, das höchste Ziel des Lebens bestehe darin, das freie, glückselige Stadium unseres wahren Seins zu erreichen? Mit der Reinigung der Seele alle Fesseln abzuwerfen? Reinigte seine Liebe zu Siân nicht seine Seele? Hatte sie ihn nicht in den glückseligsten Zustand seines Lebens versetzt?

»Ihr sollt wissen, dass ich sie heiraten werde. Ganz gleich, was ihr sagt, ich werde sie heiraten. Ihr habt mich belogen, um mich zurückzuholen. Aber ihr könnt tun, was ihr wollt, meine Gefühle könnt ihr mir nicht nehmen. Im Übrigen heißt sie Siân und ist nicht ›irgendeine weiße Frau‹. Ich liebe sie, und ich werde sie heiraten. Das ist alles, was dazu zu sagen ist.«

Prem Kumar fühlte, wie sich die Welt um ihn herum auflöste. Von dem Moment an, da Trishala das verflixte Telegramm vor ihn hingelegt hatte, von dem Moment an, da er aus seinem ersten und einzigen Traum aufgewacht war, hatte er gewusst, dass diese Sache kein gutes Ende nehmen würde. Jetzt half nur noch Härte, unnachgiebige Härte. Wie ein Fels musste er sich der Auflösung widersetzen.

»Gut, wenn du es so willst. Aber ich habe dir deinen Pass weggenommen, und ohne den kannst du es dir aus dem Kopf schlagen, in das gottverlassene Land der Kolonisierer zurückzukehren. Sehen wir mal, wie lange deine große Liebe anhält, hier, auf der anderen Seite der Welt.«

Als das gesagt war, zerrte Prem Kumar Trishala an ihrem schwabbeligen, mit Metallreifen geschmückten Arm vom Bett hoch und aus Babos Zimmer, hinein ins alles überdeckende Schweigen der Sylvan Lodge.

5
Gott hat die Wahrheit mit vielen Türen ausgestattet, um jeden Gläubigen willkommen heißen zu können, der an sie klopft

Kaum eine Woche nach dem Streit um den Pass wusste die ganze Madrasser Jain-Gemeinde, dass Babo sein Verlöbnis mit Falguni Shah gebrochen hatte. Solche Nachrichten verbreiteten sich wie ein Virus, schnell und heimtückisch, so dass selbst Babos Großmutter Ba, weit weg in Anjar, bereits eine Version der Geschichte von der weißen Frau gehört hatte, bevor Babo ihr davon erzählen konnte.

Babo entschied, wenn er schon nicht in London bei Siân sein konnte, wollte er zu seiner Großmutter nach Ganga Bazaar, in deren Haus er als Kind die Sommer verbracht hatte. So ging er am nächsten Morgen um acht nach unten, wo sich die Familie die Schuhe anzog, und verkündete voller Selbstgerechtigkeit: »Ich gehe morgen weg. Es hat keinen Sinn, es mir ausreden zu wollen. Ich fahre zu Ba.«

Für Babo war das Dorf Ganga Bazaar in Anjar immer ein magischer Ort gewesen, an dem die Zeit ihre Bedeutung verlor. Er wusste noch, wie er als Kind mit seiner Mutter zu Ba gefahren war, mit dem Zug nach Bombay und dann mit einem weiteren Zug nach Navlakhi Port, wo sie eine Dau bestiegen, mit der sie den Golf von Kutch überquerten, hinüber zur Küste von Kandla. Zur Zeit seiner Eltern war es von dort mit dem Ochsenkarren ins Dorf Ganga Bazaar gegangen, aber Babo konnte sich nur an den Bus oder ein Taxi für das letzte, aufregende Stück der Reise erinnern. Die Reise von Madras nach Anjar dauerte so lange und war so voller Abenteuer, dass Babo auch heute noch dachte, alles, was er sich währenddessen wünschte, könne Wahrheit werden.

Ganga Bazaar war genau das, was er jetzt brauchte. In Madras wurde er verrückt. Sein Vater weigerte sich, mit ihm zu sprechen, und hatte es auch den anderen verboten, allerdings missachteten sie seine Regeln, wenn er nicht in Sicht war, ganz besonders Trishala, die wartete, bis sich das Haus geleert hatte, und dann ihren täglichen Versuch unternahm, ihren Sohn zur Besinnung zu bringen.

»Beta, warum triffst du Falguni nicht noch einmal? Vielleicht kommen die Gefühle für sie zurück, wenn du sie wiedersiehst? Es war eine lange Zeit. Es kann dir nicht schaden, es zu versuchen, oder? Man weiß nie, was geschieht. Sollen wir es so machen? Papa müssen wir nicht davon erzählen. Ich sage Meghna-Behn einfach, sie soll Falguni herbringen, und wenn du dann immer noch denkst, es geht nicht, vergessen wir es.

Möchtest du ein paar Fotos von anderen Mädchen sehen? Die hier sind noch schöner als Falguni, und noch gescheiter. Sieh mal, wie wäre es mit der? Hübsch, was? Genau wie Saira Banu, von den Augen her.«

Und als all das wohlüberlegte Drängen nicht wirkte: »Hör zu, Babo, du kannst hier nicht ewig so sitzen, nichts tun und nichts sagen.«

Aber genau das hatte Babo vor. Er baute eine Mauer um sich, um seine Erinnerungen zu erhalten. Das Bild von Siân in seinem Kopf begann bereits leicht zu verblassen. Es war schwer zu glauben, dass sie vor noch gar nicht so langer Zeit gemeinsam im Bett gelegen hatten, nackt – Siân so berührbar, so *schabing-schabangbar* –, und darüber geredet hatten, was sie in Deutschland und ganz Europa sehen wollten. Und jetzt war Babo auf seine zuverlässige Hand und einsame Genüsse im Badezimmer angewiesen, die ihm vorübergehend Erleichterung verschafften, aber das war nicht zu vergleichen mit der Glückseligkeit, die er durch Siâns Körper erfahren hatte.

Jeden Tag schrieb er ihr, jeden einzelnen Tag, erklärte die Situation und versicherte ihr, wie unerschütterlich er in seiner Liebe zu ihr sei. Aber es dauerte zwei Wochen, bis einer dieser Briefe sie erreichte, und womöglich einen ganzen Monat, bis er Antwort bekam. Wer wusste, was in der Zwischenzeit geschah? Vielleicht entschied sie, dass ihr das alles zu kompliziert war. Vielleicht entschied sie ja, dass Merv the Perv, der andere Lockenkopf im Büro, der ständig mit ihr flirtete, oder ihr Exfreund Clive, der Fuchshaarige, der ihr noch immer schnulzige Briefe aus Nercwys schickte, das für sie tun konnten, was Babo, so viele tausend Meilen entfernt, nicht tun konnte.

Babo wünschte, dass es eine schnellere Möglichkeit gäbe, mit ihr in Kontakt zu treten. Wenn er nur einfach ein Ferngespräch anmelden und ihre Stimme hören könnte, dann könnte er ihr sagen, dass er ständig an sie dachte und ihre Liebe am Ende siegen werde. Aber Prem Kumar hatte das Telefon ausgestöpselt und zusammen mit Babos Pass im Schrank eingeschlossen, so dass er nur tun konnte, was er am meisten hasste – warten. Im Schwebezustand des Weder-hier-noch-dort war er gezwungen zu warten.

Alles, was Babo blieb, waren seine Briefe. Mit ganzen Paketen Kanzleipapier und blauer Tinte bewaffnet, schloss er sich in seinem Zimmer ein, wo er nicht nur Siân schrieb, sondern auch Fred, Bhupen und seinen Freunden im YMCA, die wissen wollten, wann er zurückkam. Bei Joseph Friedman & Sons warteten verschiedene Projekte auf ihn, und an der Fachhochschule die Goldmedaille. Er hatte sich in London mit viel Energie und Fleiß ein neues, eigenes Leben geschaffen, und dieses Leben würde er nicht einfach so wieder aufgeben.

Babo nahm eine herausfordernde Trotzhaltung ein, wie es seine Eltern noch nie bei ihm erlebt hatten: Er hörte auf, sich die Haare schneiden zu lassen und sich zu rasieren, boykottierte die Mahlzeiten und behielt den ganzen Tag über seinen Kurta-Pyjama an. Selvam schickte er los, ihm Zigaretten zu kaufen, die er in aller Öffentlichkeit und zu allen Zeiten auf der Terrasse rauchte, damit es die Nachbarn sahen. Damit protestierte er nicht nur gegen die dummen Einwände seiner Eltern, sondern wollte gleichzeitig beweisen, wie entschieden er an seiner Liebe zu Siân festhielt.

Nur Chotu gelang es, Babos sture Abwehr zu durchdringen. Nachts kam er mit seinem Kissen und seiner Decke nach oben und wartete geduldig vor der verschlossenen Tür, bis Babo nachgab.

»Bhai, was machst du? Kann ich bei dir schlafen?«

»Ich schreibe. Geh weg.«

»Aber ich störe dich nicht, Bhai, versprochen. Ich will nicht bei Meenal und Dolly sein, die flüstern die ganze Nacht, und ich schlaf nicht ein. Biiitte!«

Am Ende schloss Babo die Tür auf und ließ seinen kleinen Bruder herein, unter der Bedingung, dass Chotu ihn in Ruhe ließ und den Mund hielt. Chotu sah fasziniert zu, wie sein Bruder, der ganze zehn Jahre älter war und zweifellos ein weit interessanteres Leben hatte als er, auf dem Bett lag und Blatt um Blatt mit seiner unordentlichen Handschrift füllte, die Hände bis hinauf zu den Ellbogen mit Tinte beschmiert. Wie konnte er so viel an seine Freundin schreiben?, fragte sich Chotu. Auf wie viele verschiedene Arten ließ sich *Ich liebe dich* sagen?

Auf eine Million Arten, so viel war klar, und Babo würde einen Weg finden, alle aufzuschreiben.

Nach einer Woche mit derartigem Protestverhalten begriffen Prem Kumar und Trishala, dass es ihrem Sohn ernst war, und sie traten in Verhandlungen ein.

Wenn Babo Siân in sechs Monaten noch heiraten wollte, würden sie das Mädchen mit offenen Armen empfangen, vorausgesetzt, die beiden blieben für *zwei Jahre* in Madras, in der Sylvan Lodge. *Wenn* sie es dann noch wollten, konnten sie nach London zurückkehren. Aber *wenn* es, aus welchem Grund auch immer, nach sechs Monaten vorbei war, würde Babo ein Mädchen heiraten, das seine Eltern für ihn aussuchen wollten, und über das Thema würde nie wieder gesprochen.

»Seid ihr sicher«, fragte Babo Prem Kumar und Trishala, die auf dem Sofa vor ihm saßen und ihn wie zwei Eulen anstarrten. »Keine Tricksereien und keine Rückzieher, wenn alles so geht, wie ich es will?«

»Keine Rückzieher«, sagte Trishala feierlich.

»Und ihr heißt sie mit offenen Armen willkommen? Ihr behandelt sie, wie ihr sie behandeln solltet? Wie eine Prinzessin, die kommt, um in eurem Haus zu wohnen?«

»Wie eine Prinzessin.«

»Gut«, sagte Babo und erlaubte sich einen winzigen Anflug seines funkelnden Lächelns, als er zurück nach oben ging. »Der Handel gilt.«

Das letzte Wort sollte an diesem Abend Prem Kumar haben. Zwar sprach er noch immer nicht wieder mit seinem Sohn, aber er schrieb auf, was er zu sagen hatte, ein frommes Zitat aus der Bibel, um zu beweisen, dass er ein fairer, offener Mensch war.

> IN DEN LETZTEN TAGEN STEHEN SCHWERE ZEITEN BEVOR, DENN ES WERDEN DIE MENSCHEN SELBSTSÜCHTIG SEIN, GELDGIERIG, GROSSTUERISCH, WIDERSPENSTIG GEGEN DIE ELTERN, UNDANKBAR, MEHR AUF GENUSS BEDACHT ALS AUF GOTT.

Das schrieb er in großen, dicht zusammengedrängten Buchstaben und schob den Zettel am Abend vor Babos zweiter Abreise unter dessen Zimmertür.

In Prem Kumars Geburtshaus in Ganga Bazaar in Anjar standen die Türen immer offen. Es war ein Haus ohne Möbel und ohne Uhren, anstelle von Stühlen, auf die man sich setzen konnte, hingen Schaukeln von der Decke, und statt an einem Tisch wurden die Mahlzeiten auf dem Boden sitzend im Schatten des Jambul-Baums auf der Veranda eingenommen. Wenn abends Besucher kamen, wurden im Raum mit den Schaukeln Jutematten auf dem schwarzen Steinboden ausgerollt, damit alle einen Sitzplatz hatten, und nachdem sie wieder gegangen waren, legte Ba ihre Baumwollmatratze je nach Jahreszeit nach drinnen oder draußen. Rote Garoli-Eidechsen lebten und starben an den Wänden dieses Hauses, kauten Gips und huschten dahin, während oben auf dem Blechdach die Pfauen schrien. Für ein Kind war es ein Paradies. Vor langer Zeit hatten in diesem Haus einmal fünfzehn Menschen gewohnt, aber inzwischen lebte Ba allein darin.

Ba hatte Babo bereits den ganzen Weg von Amroli riechen können. Das war eine spezielle Gabe, die sie in ihrem dreiundfünfzigsten Lebensjahr entwickelt hatte, als ihr Ehemann an Tuberkulose gestorben war und sich ihr knielanges Haar über Nacht weiß gefärbt hatte. Plötzlich stellte sie fest, dass sie das Gute und das Böse im Menschen aus der Ferne und über Berge hinweg riechen konnte, und das war gut für sie, denn sie war jetzt eine alte Frau, stark zuckerkrank, und ihre einst klaren schwarzen Augen erblindeten langsam. Ba glaubte, dass das Leben einen Ausgleich wollte: Was es mit der einen Hand nahm, gab es mit der anderen. Das war das Gesetz des Universums – in ständigem Gleichgewicht zu bleiben. Weshalb Ba, welche Prüfungen sie auch durchzustehen hatte, und das waren schon einige gewesen, doch immer eine wahre Suchende blieb, die glaubte, dass ganz gleich, wie schlecht es auch wurde, hinter der nächsten Ecke die Erlösung wartete.

»Erzähl mir«, rief sie von ihrem Platz auf den Eingangsstufen, »erzähl mir von diesem englischen Mädchen, das dein Herz so tief getroffen hat. Ist sie schön?«

Babo ging zu seiner Großmutter und berührte ihre Füße, um so um ihren Segen zu bitten. Wie immer erstaunte es ihn, wie wenig sie sich seit dem letzten Besuch verändert hatte. So lange er zurückdenken konnte, hatte seine Großmutter immer gleich ausgesehen. »Sie ist keine Engländerin, Ba, sie ist aus Wales.«

»Aus Wales«, wiederholte Ba leise und ließ sich das fremde

Wort auf der Zunge zergehen. »Wales. Das klingt wie eine Art Wind – ein Wind, der durch die Wälder rauscht und die Blätter von den Ästen schüttelt.«

Jetzt, wo Babo direkt vor ihr stand, konnte sie ihn besser sehen. Ba berührte seinen Kopf und sagte: »Was ist das? Ist das die neue Mode in England? Wie ein Hinterwäldler mit ungekämmtem Haar herumzulaufen? Und das?«, fragte sie und zupfte an seinem Bart. »Ist das auch Mode? Oder mögen das die Mädchen aus Wales besonders gern?«

»So zeige ich meinen Protest«, erklärte Babo stolz. »Ich habe gelobt, mir sechs Monate nicht die Haare zu schneiden und mich nicht zu rasieren, bis ich Siân wiedersehe.«

»Oh! Du bist also im Streik. Sehr gut. Aber warum müssen wir leiden, nur weil du leidest?«

»Weil ich dein liebstes Enkelkind bin?«

»Oh ja, das ist richtig. Das hätte ich fast vergessen. Und jetzt erzähl, erzähl es mir von Beginn an. Ich will alles wissen.«

Am ersten Abend seines selbstgewählten Exils in Ganga Bazaar berichtete Babo seiner Großmutter von den letzten neun Monaten in England. Er erzählte ihr von seiner ersten Begegnung mit Siân in der Kantine und der Lücke zwischen Siâns Zähnen, in der er für immer hatte verschwinden wollen. Er erzählte von seinem Leben in London, das zunächst ziemlich schwierig gewesen war, sich mit der Liebe aber geändert hatte: Plötzlich war alles hell und duftete, als fielen um ihn herum ständig Rosenblätter vom Himmel. Er erzählte ihr von der Verschwörung und dem Lügennetz, das Nat und seine Eltern gesponnen hatten, damit er zurück nach Madras kam, und wie ihm jeder neue Tag ohne Siân das Gefühl gab, er schrumpfe immer weiter zusammen, zu einer Handvoll Moleküle, werde kleiner und kleiner, bis er schließlich vielleicht ganz verschwinde.

Babo legte den Kopf in den Schoß der Großmutter, wie er es als Kind getan hatte und wie es ihm auch heute nicht schwerfiel, und er redete und redete, während Ba, die sich gegen die Mauer ihres Hauses lehnte, zwischendurch »Hmm« und »Und dann?« murmelte und ihr mondweißes Haar in die Nacht leuchten ließ.

An diesem Abend war es um die beiden herum ganz still. Es war, als wollten selbst die Tiere und Bäume, die normalerweise nach Sonnenuntergang zum Leben erwachten, hören, was als Nächstes in Babos Geschichte geschah. Babo und Ba saßen lange Zeit so und bauten eine Brücke der Erinnerung zwischen sich, bis Ba irgendwann nach Mitternacht heranziehenden Regen roch. »Wir gehen besser nach drinnen«, sagte sie. »Du hast uns drei Monate Gewitter gebracht.«

Prem Kumar in Madras wurde immer ungeduldiger. Nachts lag er wach und fragte sich, ob es richtig gewesen war, Babo nach Anjar fahren zu lassen. Er wollte seine Familie so, wie sie gewesen war: bruchlos. Und er wollte, dass Babo zu ihnen zurückkam, wie er gewesen war, mit seinen Schwächen und allem, denn dieser neue Babo hatte die Hülle um sie zerrissen und sich gegen seine Familie gestellt. Prem Kumar, der Babos Sturheit sah, wusste nicht, ob er abwarten oder Babos Mauer durchbrechen und sich bemerkbar machen sollte.

Am Ende schrieb er seinem Sohn einen, wie er fand, versöhnlichen Brief, in dem er ihm sagte, es gebe für alles eine Politur, und die Politur für das Herz sei das Gedenken an Gott. Babo antwortete nicht. Hätte Prem Kumar eine Ahnung gehabt, zu welchen Gesprächen es derweil zwischen Großmutter und Enkel kam, hätte er Babo schnell zurückgeholt. Aber er wusste nicht, wie Ba seinen Babo noch mehr verbog. Wieder einmal wusste er nicht, was fern von ihm geschah.

Babo verbrachte seine Vormittage in Anjars einzigem Hotel, der Zam Zam Lodge. Bevor er jedoch mit seinen Schreibsachen dorthin wanderte, ging Babo nach hinten in den Garten, holte einen Eimer Wasser aus dem Brunnen, zog sich bis auf die Unterhose aus und wusch sich mit dem Gemisch aus Gelbwurz und Hibiskus, das seine Großmutter ihm bereitet hatte. Ba stand immer schon um vier auf, badete und schlüpfte in ihren einfachen weißen Witwen-Sari. Sie fegte, wischte das Haus und sammelte die roten, gummiartigen Eidechsenhäute und die blaugrünen Pfauenfedern auf. Wenn Babo schließlich aus seinem tiefen, traumbeherrschten Schlaf erwachte und seine Hilfe anbot, hatte sie den Hauseingang bereits mit gepuderten Reismehlmustern geschmückt, die Pflanzen versorgt und das Essen für den Tag vorbereitet. »Geh, geh«, sagte sie. »Geh und schreib deine Liebesbriefe, hier gibt es nichts für dich zu tun.«

Babo ging schnell durch die schmalen Gassen von Ganga Bazaar, um zu vermeiden, von einem wohlmeinenden Nachbarn aufgehalten zu werden. In der Zam Zam Lodge saß er dann an einem für ihn reservierten Tisch, rauchte eine Zigarette nach der anderen, trank zahllose Tassen zuckrigen Tees und füllte wenigstens zehn Kanzleibögen beidseitig mit tief empfundenen Erklärungen. Er gab Frangipani-Blüten zwischen die Bögen oder Tulsi-Zweige und schrieb Tag um Tag über ihre erzwungene Trennung, war es doch das Einzige, was ihn aufrecht hielt. Siâns Antworten fielen weniger umfangreich aus, dafür poetischer, in ordentlichen blauen Luftpostbriefen, die Neeraj-Bhai, der Postbote, ihm brachte.

An Tagen, an denen er sich besonders verdrießlich fühlte, wanderte Babo durch die ärmeren Teile Anjars und versuchte sich davon zu überzeugen, dass es größeres Leiden in der Welt gab als seines. Auch davon erzählte er Siân, von der notleidenden Bettlerin, die draußen vor dem Hotel saß, ohne jemanden auf der Welt, der sich um sie kümmerte, und von den zahnlosen Männern im Schatten der Bäume, die mit verdrehten Augen die Welt an sich vorbeiziehen ließen. Es machte ihm Angst, solche Menschen zu sehen, alt und allein, ohne auch nur einen Hauch von Glück in ihren Zügen. *Wie können sich Menschen so völlig verlieren?*, schrieb er Siân und versuchte dann selbst, diese Frage zu beantworten.

Für Babo war alles ganz einfach. Er wollte bei Siân sein und jeden Morgen mit ihr aufwachen. Er wollte leicht sein und frei, so wie sie es in London gewesen waren, ins Kino gehen, wenn ihnen danach war, oder den Nachmittag in einem angenehmen Nebel im Bett verbringen. *Schabing-schabang.* Vor allem aber wollte er, dass ihm das Leben nicht entglitt, dass ihm niemand vorschrieb, was er zu tun hatte. Er wollte ein Leben, das einem Blitz glich, der auf die Oberfläche von Wasser traf – ein Feuerwerk der Freude, himmlisch. So beschrieb er Seite um Seite, und Siân antwortete ihm aus ihrer Wohnung in der Finchley Road mit schlichten Tintenworten: *Habe letzte Nacht von dir geträumt. Du kamst zu mir, und wir wuschen uns, bevor wir im Licht sitzend aßen.*

Wenn Babo nachmittags zurück zu Ba ging, ließ er sich vom Regen bis auf die Haut durchnässen. Siâns letzten Brief und seine Schreibutensilien hielt er in einem Plastikbeutel gegen die Brust gedrückt. Wenn es ein guter Tag war, brachte Neeraj-Bhai mit seinem Hundert-Watt-Lächeln einen von Siâns Luftpostbriefen, und Babo ging damit hinters Haus, wo nach den letzten Regengüssen ein Bambuswald gewachsen war. Wieder und wieder las er dort Siâns Zeilen, bis er jedes Wort auswendig kannte.

An manchen Tagen gingen Siâns Briefe in den Innereien des indischen Postsystems verloren, dann kam Neeraj-Bhai mit dem Blick eines geschlagenen Hundes an die Tür, und sein Dreifachkinn zuckte, wenn er sagte: »Sorry, Boss, heute haben wir kein Glück. Vielleicht morgen?«

Abends kamen Frauen jeder Form und Größe, um wie ein Schwarm Trompeterschwäne um seine Großmutter herum zu sitzen. Jeden Tag hatten sie ein anderes Projekt: Montags kochten sie in riesigen Kesseln, um die Armen beim Amba-Mata-Tempel zu nähren, dienstags pulverisierten sie die roten Eidechsenhäute, um damit Halstücher einzufärben, mittwochs machten sie Pappads für Poppat-Bhais Laden, und so ging es immer weiter. Die ganze Woche über hörte man sie reden, singen, jammern und klagen – es war ein verrücktes Spektakel aus Stimmen und den unterschiedlichsten Gefühlen. Ba war aber immer herauszuhören, ihre mädchenhafte Stimme erhob sich über alle anderen, ihr Lachen klang glockenhell.

Wenn die Frauen aus Ganga Bazaar merkten, dass Babo sie durch die Fenstergitter beobachtete, riefen sie: »He, Babo, komm heraus und setz dich zu uns! Was ist denn? Hast du Angst vor uns? Oder schmerzt dein Herz zu sehr?«, worauf Babo sich ohne jedes Hallo-bis-dann-entschuldigen-Sie-mich-bitte abwandte und nach hinten ins Haus verschwand, wo er die chemischen Formeln und Gleichungen wiederholte, die er an der Fachhochschule gelernt hatte.

Erst nachdem die Frauen gegangen und die Jutematten beiseitegeräumt waren, kam Babo nach draußen. Sie setzten sich unter die ersten Sterne, aßen und redeten gegen das Zirpen der Grillen im Gebüsch an. Ba erzählte ihm Geschichten von seinen Vorfahren, von denen er so wenig wusste. Sie erzählte ihm von Liebes- und Eheskandalen, einschließlich dem ihrer eigenen Schwester, die mit einem jungen Muslim aus dem Nachbardorf davongelaufen war und nie wieder gesehen wurde, und von Kanta-Behns Sohn, der sich in seine dunkelhäutige, pockennarbige Cousine Damyanti verliebt hatte. Babo hörte aufmerksam zu und glaubte insgeheim, dass sein Liebesskandal einmal der schönste von allen sein würde.

»Hast du Baba geliebt?«, fragte er Ba eines Abends während des einwöchigen Poststreiks, als seit zehn Tagen keine Nachricht mehr von Siân gekommen war. »Als er gestorben ist, hattest du da das Gefühl, dass du auch sterben würdest, weil er nicht mehr da war? Hast du ihn so vermisst?«

»Für uns war es nicht so, Babo. Es gibt viele Arten, einen Menschen zu lieben. Bei uns war es sanfter, ganz und gar nicht wie das, was du jetzt empfindest. Was du erlebst, ist etwas Seltenes, die höchste Einheit. Wir nennen sie Ekam. Es heißt, dass man sie einmal in seinem Leben erfährt oder nie. Manche sagen, es ist, als beträte man eine dunkle Höhle, ohne sehen zu können, wohin man den Fuß setzt. Andere meinen, es fühlt sich an, als verbrenne einem das Herz auf einem kleinen Reisigfeuer. Mit dieser Ekam, wenn du sie einmal erlebst, glaubst du, alle Schuld dieser Welt, allen Schmutz und alles Unglück auslöschen zu können.«

»Hast du diese Einheit jemals mit jemandem empfunden?«

»Nein«, sagte Ba wehmütig. »Das bleibt mir für ein anderes Leben. Aber deine anderen Großeltern, die Eltern deiner Mutter, die hatten eine besondere Liebe. Die Leute in Ganga Bazaar reden heute noch davon, von der Liebe zwischen Ravi Lal Mehta und dem Tempelreiniger Gurvanthi. Allerdings endete sie in einer Tragödie. Sie starb bei der Geburt deiner Mutter, und er wurde daraufhin etwas seltsam.«

»Wundervoll«, sagte Babo. »Was, wenn meine Liebe auch in einer Tragödie endet? Was, wenn sie das Warten leid wird und ich mit diesem Gefühl zurückbleibe, wenn mein ganzes Leben unerfüllt bleibt? Dann werde ich sterben, ganz sicher. Sag mir, Ba, kann man an Traurigkeit sterben?«

»Du kannst aus allen möglichen dummen Gründen sterben, einschließlich eines Skorpionstichs«, sagte Ba und beugte sich vor, um das kleine Tier zur Seite zu schnipsen, das sich näher und näher auf Babo zubewegte. »Und jetzt geh schlafen. Du hast gefunden, was den meisten Menschen auf ewig verwehrt bleibt. Sei glücklich. Und, Babo«, sagte sie, bevor sie sich zur Seite drehte, um die Laterne auszublasen, »du musst aufhören, dir so viele Filme anzusehen. Du denkst schon wie in einem Film.«

»Sie brennt, Ba«, flüsterte Babo, bevor er einschlief. »Die Liebe ist ganz eindeutig ein Brennen.«

Ba strich dem schlafenden Babo über die Locken und dachte an ihren Mann, der früh an einer Krankheit gestorben war, für die man damals noch keinen Namen hatte, und an ihren Sohn, der mit Werten und einem Bewusstsein durch die Welt zu gehen schien, auf die sie keinen Einfluss gehabt hatte. Das waren die

Männer, die sie hätte lieben sollen, aber tatsächlich hatte deren Abwesenheit oder Anwesenheit eine ziemlich nebensächliche Rolle in ihrem Leben gespielt. Dieser Enkel jedoch, mit seinen Wünschen und seinem Verlangen, der stand im Zentrum ihrer Welt, und sie wollte, dass er befreit wurde. Sie wollte, dass sich seine Liebe zu dem Waliser Mädchen wie eine Lotusblüte entfaltete und leuchtete. Es würde so kommen. Das Mädchen würde kommen. Aber bis sie das tat, musste Babo warten, und sie, Ba, wollte mit ihm warten. Aufrecht, atmend und mit klopfendem Herzen.

6
Dies ist die Welt. Habe Vertrauen

38 Canfield Gardens, London, 15. Oktober 1969

Liebster,

ich habe deinen Brief vom 28. August erst gestern bekommen! Ich hoffe, du hast deinen Bart inzwischen in Ordnung gebracht! Ich kann nicht glauben, wie stur du bist, Liebster. Ich meine, ist nicht längst allen klar, dass ich Ende des Jahres tatsächlich nach Indien kommen werde, wenn nicht irgendetwas Schreckliches passiert und einer von uns stirbt, oder so was? Es gibt keinen Grund, dein Gelübde zu halten, das ja doch nur dazu gedacht war, gegen deine Eltern anzukämpfen. Ich denke, Ba hat Recht, und du solltest deinen Bart pflegen, statt ihn verwildern zu lassen, wenn du wirklich damit weitermachen willst. Ich muss allerdings zugeben, dass ich schon gern sehen würde, wie du jetzt aussiehst. Ich kann mir euch zwei unter den Bäumen vorstellen – Ba ölt dir den Bart und flechtet Zöpfe hinein! Was für ein Anblick das sein muss. Mein eigener kleiner Sadhu.

Was wir im Augenblick doch für unterschiedliche Leben führen. Wobei ich dich in mancher Hinsicht beneide. Du lebst an einem magischen Ort, getragen von der unglaublichen Liebe, die deine Großmutter auszustrahlen scheint. Währenddessen sitze ich hier in London, und alle reden vom KRIEG. Die ganze Zeit. Von Vietnam, dem Nahen Osten. Ich bin es so leid. Nixon und Spiro und Harold Wil-

son, dieser Narr. Es ist eine Schande. Heute findet in Washington eine nationale Antikriegsdemonstration statt – aber ich bin sicher, du verfolgst auch in Anjar die Nachrichten, und so schreibe ich nicht groß davon, sondern sage nur, dass sie weitergeht, diese erbarmungslose Gier und Gewalt.

Im Übrigen ist hier alles noch genauso wie bei deiner Abreise. Ich fahre zwischen der Finchley Road und Wandsworth hin und her, und immerhin hält mich die Arbeit so beschäftigt, dass nur wenig Zeit zum Grübeln bleibt. Vor den Wochenenden fürchte ich mich, und zu denken, dass sie einmal ›unsere‹ Zeit waren – dass wir sie ganz für uns hatten … Ronnie versucht mich freitagabends, oder wenigstens samstags, aus dem Haus zu bekommen, weil ich nicht mehr will, dass sie Partys bei uns veranstaltet. Ich weiß, das ist gemein, aber ich komme mit Partys im Moment nicht zurecht. Ich schaffe höchstens ein ruhiges Essen, oder ins Kino zu gehen. Die meiste Zeit verbringe ich lesend in meinem Zimmer oder ich mache lange Spaziergänge durch den Park. Ronnie ist wie immer toll, meine Retterin in allen Lebenslagen. Sie hat mir die neue Beatles-LP gekauft, Abbey Road. Die Platte ist fantastisch und tröstet mich unendlich.

Ich vermisse dich, mein Liebster. Was soll ich sagen? Die letzten drei Monate waren lang. Ich dachte, es würde leichter werden. Ich dachte, zu wissen, dass ich im Dezember nach Indien fliege, würde alles erträglicher machen. Aber so vieles ist noch unsicher. So viel muss noch gesagt werden, und ich denke, mein Hauptproblem sind meine Eltern. Sie haben auf meinen Brief von vor einem Monat noch nicht geantwortet, deshalb rufe ich sie am Sonntag an. Ich hätte es gleich tun sollen, aber ich war einfach feige und dachte, mit einem Brief könnte ich ihnen die Situation vorsichtig nahebringen. Wer weiß, was sie über all das denken? Sie reden so wenig und zeigen ihre Gefühle kaum. Es ist ihre calvinistische Weltanschauung, nehme ich an, die sie an mich weitergeben wollen. Dabei wünschte ich manchmal, wir könnten das, was wir uns zu sagen haben, lauthals herausschreien. Das wäre besser als all diese schmallippige Geheimnistuerei.

Ich habe beschlossen zu kündigen und so bald wie möglich nach Nercwys zu fahren. Sicher wird es da Versuche geben, mich von meinem Vorhaben abzubringen (mit Berichten über Pocken, über Christen, die von irgendwelchen Stämmen getötet werden, und was sonst noch immer), aber ich will noch eine Weile mit meiner Familie zusammen sein, bevor ich England verlasse. Wer weiß, wann ich meine Eltern wiedersehe? Gestern habe ich mit Fred zu Mittag gegessen (von dem ich dich kräftig umarmen soll). Wir waren im Brewer's Inn, eurer alten Stammkneipe, und ich habe dir zu Ehren ein Käsesandwich und einen Orangensaft bestellt! Ich dachte, wenn ich für zwei Jahre mit deinen Eltern in einem vegetarischen Haushalt leben soll, fange ich besser langsam an zu üben.

Oh, Liebster! Es ist so schwer. So unglaublich schwer. Ich hatte gedacht, ich käme besser damit zurecht. Ich meine, ich bin von uns beiden die praktisch Veranlagte, aber es ist so schwer. Ich höre dich die ganze Zeit in der Wohnung. Manchmal glaube ich wirklich, ich werde verrückt, weil es so klingt, als riefest du mich aus dem Zimmer nebenan, und natürlich laufe ich dann hin und natürlich ist keiner da. Es ist alles so leer ohne dich. Wenn es an der Tür klingelt, denke ich, du bist es, du bist aus Indien zurück und willst mich überraschen. Alles, was ich habe, sind deine Briefe und die wenigen Fotos, die wir gemacht haben, als du noch hier warst. Mein Lieblingsfoto ist das von der Weihnachtsparty. Wie du mich da hältst, mit den Armen um meine Taille und dem Turban auf dem Kopf, und wie frech du mir über die Schulter siehst. Wie strahlend du in die Kamera lächelst. Es ist so lange her, dass du mich so gehalten hast, dass du hier bei mir warst und unser Leben so wunderschön war.

Ich denke, was am meisten wehtut, ist, wie sie dich hier weggeholt haben. Wie entsetzt deine Eltern gewesen sein müssen, um dir vorzulügen, deine Mutter sei krank. Und das NUR, um dich nachhause zu bekommen! Dich von deinem Studium und deiner Arbeit wegzuholen, nur um sicherzugehen, dass du dich nicht noch stärker an MICH bindest! Ich verstehe ja ihre Sorgen, und dass sie sich eine Frau mit der gleichen Herkunft und Kultur für dich wünschen – meinen Eltern geht es sicher ganz ähnlich –, aber trotzdem! Ich frage mich, wie ich zu euch passe, wenn ich nach Indien komme. Ich mache mir über so Vieles Gedanken, über die Sprache zum Beispiel. Ich weiß, du hast gesagt, alle anderen sprechen Englisch, aber gerade mit deiner Mutter werde ich viel Zeit verbringen, und wie soll das gehen, wenn wir nicht mal miteinander reden können? Ich werde sicher etwas Gujarati lernen, wenn ich es ständig höre, aber wie wird es für deine Familie sein, die mir ihr Haus öffnet, die mich mögen muss? Es ist nicht meine Welt, verstehst du? Hier ist alles so anders, und offen gesagt macht mir der Gedanke, mit ihnen zusammenzuleben, durchaus Angst. Es wäre in Ordnung, wenn wir sie von Zeit zu Zeit sehen würden und unsere eigene Wohnung hätten, nur für uns zwei. Aber so wird es keine Entspannung geben. Ich werde das Gefühl haben, ständig auf dem Prüfstand zu stehen … Halt, jetzt werde ich schon wieder negativ. Schluss damit.

Doch jetzt rate mal! Es gibt auch Gutes zu berichten. Die Fachhochschule hatte neulich ihren jährlichen Preisvergabeabend, und ich bin hingegangen, weil Bhupen und Mangala meinten, ich müsse unbedingt, weil DU die Goldmedaille für das letzte Jahr gewonnen hast, OBWOHL du die letzten zwei Wochen nicht da warst! Ich bin so stolz auf dich, Liebster. Dein Professor – John Campbell, richtig?

Der Schüchterne, der immer raucht? – nun, der kam hinterher zu mir und hat von dir geschwärmt. Sie haben deinen Namen genannt und gesagt, dass du nicht da sein könntest, weil du nicht im Land seist, was sehr exotisch und wichtig klang, und Bhupen hat die Medaille dann für dich entgegengenommen. Sie liegt jetzt in meiner Wäscheschublade, und ich bringe sie mit, wenn ich komme. Das sollte etwas sein, das die Laune deines Vaters aufhellt.

Schreib mir, wenn ich noch etwas mitbringen soll. Du bist in einer solchen Eile aufgebrochen, dass du nicht mal Geschenke für alle besorgen konntest. Es ist so schade. Du musst mir sagen, was ich für die Mädchen holen soll. Ich weiß, du hast gesagt, Meenals Lieblingsfarbe ist Rosa – sie klingt wie ein richtiges ›Mädchen‹ für mich, und ich denke, wir werden uns verstehen. Aber was ist mit Dolly? Welche Farbe mag sie? Und was interessiert sie, abgesehen davon, dass sie gern in der Garage eures verrückten Nachbarn spielt? Sie ist jetzt siebzehn, da muss sie doch ihre Wildfang-Phase hinter sich haben! Und Chotu … denkst du, er wird sich sehr dagegen wehren, seinen geliebten großen Bruder mit einer Frau zu teilen? Ich habe ihm ein paar von den Modellflugzeugbüchern gekauft, wie du es gesagt hast, und ich hoffe, sie lenken ihn eine Weile ab.

So, mein Liebster, es ist spät und mir wird langsam kalt, da niemand hier ist, um mich aufzuwärmen. Ronnie ruft aus der Küche. Es gibt wieder mal gebackene Bohnen auf Toast, da wir uns beide nicht aufraffen können, richtig zu kochen. Ich soll dich übrigens von ihr grüßen. Sie sagt, vielleicht kann sie zur Hochzeit nicht nach Indien kommen, aber sie wird eine Riesenparty für uns veranstalten, wenn wir zurückkommen! Sie hilft mir so sehr, sonst habe ich niemanden, der mir Mut macht oder mich verwöhnt. Ganz sicher niemanden wie deine Ba, die absolut wunderbar sein muss! Ich kann es kaum erwarten, sie kennen zu lernen. Hat sie das wirklich zu dir gesagt? Dass sie dachte, sie könne mich riechen, und dass ich wie frisch geschnittenes Gras röche? Das sind ohne Frage die Felder von Nercwys. Hast du ihr gesagt, dass du denkst, ich rieche wie der Ozean? Vielleicht rieche ich ja nach beidem? Wer weiß? Ich weiß im Moment nur, dass ich baden und mich umziehen sollte, sonst wollt ihr beide nichts mehr von mir wissen!

Mit meiner ganzen, immerwährenden Liebe,
dein Charlie-Girl

PS: London lässt dich ebenfalls grüßen. Es ist nicht die gleiche Stadt ohne dich.

Sie wartete mit dem Anruf bis sonntags um vier. Da sollten ihre Eltern aus der Kirche zurück sein und gegessen haben. Bryn würde in seinem Lieblingssessel sitzen und über die fünf Schlüsselbegriffe des Calvinismus nachdenken oder ein Kreuzworträtsel lösen, während Nerys bei schönem Wetter sicher draußen im Garten war oder, falls es regnete, was um diese Jahreszeit nicht ungewöhnlich war, drinnen sein, stricken und zum Klicken der Nadeln vor sich hin murmeln würde. Wenn Siâns Brüder Huw und Owen zuhause waren, hatte es einen richtigen Sonntagsbraten gegeben und zum Nachtisch Rhabarber-Crumble. Waren sie allein, hatte Nerys und Bryn bestimmt ein mit Käse und Zwiebeln überbackener Toast gegnügt.

Siân versuchte sich ihre Eltern in Tan-y-Rhos vorzustellen, dem Haus, in dem sie ihr ganzes Leben verbracht hatte, bis sie mit Ronnie nach London gezogen war. Nummer 10, Tan-y-Rhos. Genau in der Mitte der einen Straße, die durch Nercwys führte. Nichts unterschied das Haus von den anderen des Dorfes, nur der Vorgarten voll mit Nerys' preisgekrönten Rosen. Drinnen war es genauso wie die von Tante Blodwyn und Tante Carys links und rechts. Genauso wie das von Onkel Rhys unten an der Straße und das von Tante Eleri am Eingang des Dorfes. Mit dem gleichen Wohnzimmer und der gleichen Küche, den gleichen drei Schlafzimmern und dem gleichen Bad oben. Dem gleichen Klohäuschen hinten im Garten, das in einen Kohlenschuppen umgewandelt worden war, der gleichen hölzernen Tür, den gleichen Fenstern, dem gleichen Blick.

Seit 1962 hatte Siân versucht, dieser Gleichheit zu entfliehen, als sie mit ihren Freundinnen Ronnie, Gwyneth und Dee heimlich ins Tanzlokal in Mold gegangen war. An dem Abend hatte da eine Band aus Liverpool gespielt, vier junge Burschen mit Pagenfrisuren. Siân in ihrem neuen, mit Tüllbändern besetzten Kleid hatte ganz nah bei ihnen getanzt, und einer der Sänger, der süße mit dem ernsten Gesicht, hatte ihr zugezwinkert und *Love Me Do* gesungen. Aus den Jungen wurden später die Beatles, aber an jenem Abend gehörten sie Siân. Sie waren wie Leuchtfeuer, alle vier, standen oben auf einer Anhöhe, sandten ihr Licht aus und wollten sie fliegen lassen, fliegen, fliegen, und Siân sah sich um und wusste nicht, wohin sie fliegen sollte.

Damals hatte ihr London-Traum angefangen. Weil sie ihr ganzes Leben in nur einer Hand hielt, die Felder und Waldwege, die Wasserläufe, den Pub The White Lion, das Postamt, die Dorfschule und das Bataillon Tanten und Onkel – und es ihr nicht genügte. Es war auch nicht mehr genug, ihren rothaarigen Freund Clive im neu eröffneten Gateway Theatre in Chester die Innenseiten ihrer Schenkel berühren zu lassen oder mit ihren Freundinnen selbstgedrehte türkische Zigaretten zu rauchen. Damals brach etwas in ihr auf, aus dem ein Sichsehnen nach der großen, fiebernden Stadt mit den Millionen von Menschen wurde, die darin lebten.

Dieses Sichsehnen nahm immer mehr Platz in ihr ein, bis es für Siân eins wurde mit einer alten, aus der Kindheit herrührenden Traurigkeit, die sie erneut zu verfolgen begann, wie an jenem Winterabend, als ihre Brüder »Komm schon, du lahme Ente« gerufen hatten und ihr davongelaufen waren, so dass sie ganz allein durch beängstigende Dunkelheit nachhause hatte finden müssen. Oh, wie sie darauf wartete, dass dieses Sehnen, diese Leere, Gestalt annahm, dass etwas passierte, dass jemand sagte: Komm, komm zu mir. Lass uns zu leben beginnen. Ja, sie wollte weg, wollte nach London. Ihr Leben hatte noch nicht begonnen. Nicht hier. Nicht in Nercwys.

Als der Anstellungsbrief von Joseph Friedman & Sons schließlich kam, nach Monaten heimlichen Pläneschmiedens, hatte sich Siân endlich mit ihrer Familie an den Tisch setzen und sagen können: »Jetzt habe ich einen Grund zu gehen, oder?«

Huw und Owen, die Hemdsärmel bis zu den Ellbogen aufgekrempelt, klein und stämmig wie Nerys und im Übrigen ihrem Vater wie aus dem Gesicht geschnitten, sahen sie an. »Sei doch nicht albern«, sagte Huw. »Wie willst du da alleine durchkommen?«, und selbst Owen, der seine Meinung gewöhnlich für sich behielt, sagte: »Du und Ronnie, ihr wollt in London Vater-Mutter-Kind spielen? Das will ich sehen.«

»Was ich nicht verstehe«, fiel Nerys mit ihrer Stimme ein, die wie ein pfeifender Wasserkessel klang und noch schriller wurde, wenn sie besonders nervös und aufgeregt war, »was ich nicht verstehe, ist, warum das so eine fixe Idee geworden ist. Warum nur?« Und damit wandte sie sich an Bryn, der bisher geschwiegen hatte. »Jetzt sag du doch auch mal etwas. Sie redet ja immer nur mit dir. Frag sie, was das alles soll.« Bryn hatte es kommen sehen. Seit Jahren hatte er es kommen sehen. Er hasste den Gedanken, dass Siân sie einmal verlassen würde, genauso sehr wie alle anderen, besonders, wenn sie nach London ging, in eine Stadt, die seiner Meinung nach sündig und voller verlorener Seelen war. Er hatte sich natürlich etwas anderes erhofft. Welcher Vater wünschte sich nicht, dass seine einzige Tochter im Dorf blieb und sich in einen der einheimischen Jungen verliebte, jemanden, der wie er im Steinbruch arbeitete, oder auch in einen von den modernen Männern mit einem Bürojob, die jeden Tag nach Mold hinüberfuhren. Er hatte gehofft, dass sie in der Kapelle heiraten und sich mit ihrem Mann ganz in der Nähe ein Haus kaufen würde, wo sie ihre Kinder aufzöge, die regelmäßig zu ihm gerannt kämen und ihm wie Sonnenstrahlen auf den Schoß springen würden. Aber so würde es mit Siân nie werden, oder? Und ein Teil von ihm verstand, dass das nichts mit ihrem freien Willen zu tun hatte, sondern Seine Gnade war.

Bryn wusste alles über die Sünden der Menschheit und deren Strafen. Er wusste, dass das Erwähltsein nicht einem einzelnen Herzen entstammte, sondern dem Herzen über ihnen. Er versuchte seine Frau davon zu überzeugen, dass es nicht so schlecht für ihre einzige Tochter war, sich auf die Reise zu begeben. Das war der natürliche Zustand der Menschheit seit dem Sündenfall. Nach seiner eigentlichen Bestimmung zu suchen. Und solange Siân nicht vergaß, dass die einzige Quelle aller Dinge in der unendlichen, unwandelbaren Liebe Gottes lag, würde sie auf dem richtigen Weg bleiben, ja, besser noch, sie würde errettet werden. So nahm er seine Tochter an jenem Abend nach dem Essen in die Arme, sagte nichts, meinte aber all dies und gab sie frei.

Und sie ging. Ging nach London und verliebte sich in einen Jungen aus Indien.

Was sollte sie ihnen diesmal sagen? Dass sie in zwei Jahren zurück sein werde? Dass sie einen Mann heiraten wolle, den sie erst seit sechs Monaten kannte? Einen Mann, dessen Familie ihn unter Vorspiegelung falscher Tatsachen zurück nachhause gezwungen hatte und nicht übermäßig glücklich war, dass es Siân in dieser Welt gab? Einen Mann, ohne den sie sich ihr Leben nicht mehr vorzustellen vermochte, dem sie aber auch ihre Ängste noch nicht hatte anvertrauen können? Zum Beispiel, dass sie manchmal nachts hochschnellte, als ob ein elektrischer Schlag sie getroffen hätte – aufrecht dasaß und dachte: Was ist, was ist, wenn sich das alles als ein schrecklicher Fehler entpuppt? Was, wenn sie zu ihm fuhr und es später bereute? Was, wenn er ihr sein Leben zeigte und sie es nicht sah? Was, wenn der Tag kam, da sie nicht eins waren und sie zurückkehren musste, es aber keinen Ort mehr gab, an den sie zurückkehren konnte? Wäre es dann nicht schrecklich, aneinandergekettet zu sein? So ein Theater veranstaltet zu haben, nur um alles wieder aufgeben zu müssen? Und waren sie nicht beide zu stolz, den Leuten ihr scheinheiliges Wir-haben-es-ja-gesagt zu erlauben: Wir wussten doch, dass es am Ende nicht gutgehen konnte. So verschieden, wie ihr seid. Wie Tag und Nacht. So etwas kann doch keinen Bestand haben.

Nein, es gab keinen einfachen Weg, es ihnen zu sagen. Aber es ging nicht anders. Sie konnte nur hoffen, dass es nicht regnete, so dass Nerys draußen war, und Bryn sich aus seinem Sessel erhob, um ans Telefon zu gehen. Und dann sagte Bryn, den Hörer in Händen, als wäre es ein kleiner, sterbender Vogel, vielleicht etwas wie: »Aber dann werden wir dich ja kaum mehr sehen, Liebes.« Das, dachte Siân, konnte sie gerade noch ertragen.

Stellt es euch so vor: Die hölzernen Gartentore, die aneinandergereihten Häuser mit briefmarkengroßen Vorgärten. Eine junge Frau, das goldbraune Haar vom Wind zerzaust, die auf die Felder hinaussieht, als läge hier ihre letzte Chance, ihre einzige Chance, ihr Leben in Ordnung zu bringen. Und doch wird sie den anderen Weg nehmen. Sie wird das Glück suchen.

Das aufwühlende Gefühl von Zuhause. Alte Haut, die darauf wartet, neu gefüllt zu werden.

Siân stand an der Tür von Tan-y-Rhos und überraschte die Schwester ihres Vaters, Tante Eleri, der die Probleme anderer Leute Honig waren, den sie sich von den Fingern schlecken konnte, und die dachte, das alles wäre eine Nummer zu groß für Siân. Die arme Tante El, die mit ihrem Hund Gwythur auf eine Tasse Tee herübergekommen war, und der jetzt fast die Augen aus dem Kopf fielen, als sie Siân dort stehen sah, strahlend wie ein Honigkuchenpferd. Das Nesthäkchen ihres Bruders, die eine Stelle in London hatte und gutes Großstadtgeld verdiente, und die das alles aufgegeben hatte und jetzt sagte: »Hat Mam dir's nicht erzählt, Tante El? Ich gehe nach Indien, um zu heiraten.«

Jedes Mal, wenn sie später diese Geschichte erzählte, verzog sich Tante Eleris Gesicht aufs Neue vor lauter Unglauben. Sie verdrehte die Augen und sagte: »Typisch Siân, so etwas zu tun. Stand da, als ob nichts wäre. Erzählte mir, dass sie nach Indien gehen und irgendeinen Kerl heiraten wollte, den keiner kannte, als wäre es das Einfachste von der Welt.«

Es war Tante Eleri, die Nerys tröstete, als Bryn und Siân nicht zu ihr durchzudringen vermochten. Es schmerzte sie, ihre Schwägerin so zu sehen: Tiefer erschüttert als durch irgendetwas, das sie bisher durchzustehen gehabt hatte. Und das war einiges gewesen: zwei Weltkriege, der Verlust von fünf Geschwistern, insgesamt hatte sie vierzehn, dazu drei sture eigene Kinder. Aber das jetzt ertrug Nerys nicht. Dass ihre einzige Tochter beschlossen hatte, sie zu verlassen, machte sie so wütend, dass sie Angst hatte, wenn sie sich erst einmal Luft machte, würde sie nie wieder etwas sagen können.

Und so lastete in Nercwys ein Schweigen auf Siân, wie sie es noch nie erlebt hatte. Nur ihr Vater half ihr, sich davon zu befreien. Gemeinsam unternahmen sie Ausflüge nach Convy Castle und zur Valle Cricis Abbey, wo sie sich zwischen die Ruinen setzten wie damals, als Siân noch ein Kind gewesen war. Sie packten Eiersandwiches und eine Thermosflasche Kaffee in Bryns Morris Minor und fuhren los, hockten sich in einem namenlosen Tal unter eine Pappel und lasen Gedichte aus Bryns alten, in Leder gebundenen Bänden. Und später, als Bryn die Briefe seiner Tochter über Madras las, stellte er es sich immer ein wenig so wie Swansea vor, das Dylan Thomas zur romantischsten Stadt erklärt hatte, die er kannte – *Eine hässliche, hübsche Stadt … wachsend, wuchernd, verslumt, verplant … dunstig bevorortet an einer langen, herrlich geschwungenen Küste.*

So ging es. Sechs Monate warten. Sechs Monate die Mechanismen des Vertrauens und das Funktionieren der Welt verstehen lernen. Sechs Monate Zeit: Millionen und Abermillionen Sekunden des Wachseins und Minuten des Schlafens. Sechs Monate schmerzvollen Sehnens, so ausgedehnt wie die Sahara und doch: blitzschnell, bruchstückig, in Fetzen. Sechs Monate des Verblassens und Aufblühens, des Haltens und Beginnens. Sechs Monate Liebe: ein Atemzug, eine Sintflut, eine Ewigkeit. Eine einzelne Schneeflocke.

7
Das Zentrum ist überall

Siân reiste um die Welt und hoffte, dass sich der Kreis schließen würde. Sollte sie jetzt weinen, nach allem? Sollte sie an den Rand der Erde treten und sich fallen lassen? Wie kindisch war das? Wie dumm? Alles zurückzulassen, nur um die Sonne von der anderen Seite aufgehen zu sehen. Wegen eines Mannes, vor dem sie nichts verbergen könnte.

Auf dem Bahnsteig in Chester begann ihr die Verbundenheit bereits zu entgleiten. Siân wurde das Zentrum ihres Lebens entrissen und zerstückelt. Nerys drückte sie an sich und weinte stumm, als wäre die Trauer in ihr so groß, dass sie sie nur eine Weile aushalten konnte, um sie anschließend wie einen lebensumfassenden Seufzer loslassen zu müssen. Die Brüder Huw und Owen standen bei den Taschen und betrachteten sie mit einer Mischung aus Staunen und Furcht. Dann geh doch, schienen sie zu sagen. Geh doch, wenn du unbedingt willst. Lauf ins Dunkel und pass auf, ob wir dir folgen. Und Bryn, der ihr auf dem Weg nach Euston und dann weiter nach Heathrow gegenübersaß, hielt die Augen unter seiner breiten Stirn auf sie gerichtet und ließ den Blick nicht von ihr, bis das Flugzeug die Startbahn hinunterglitt, hoch, hoch aufstieg und davontrieb, bis seine Tochter schließlich wie ein Gebet in einem baumwollenen Stück Himmel verschwand.

Die gesamten elf Stunden Flug nach Bombay lehnte der indische Geschäftsmann neben Siân den Kopf mit einem Kissen gegen das Fenster und schlief tief und fest. Dann, als das Flugzeug seinen Sinkflug begann, wachte er, einer inneren Uhr gehorchend, auf, räusperte sich, rückte sich die Krawatte zurecht und schob die Fensterblende hoch, um hinauszusehen. »Ah«, seufzte er befriedigt, »endlich wieder zuhause«, und sah dann Siân an. »Ist das Ihre erste Reise nach Indien?«

»Ja. Ja, das ist es.«

»Und was ist das Ziel Ihrer Reise? Kommen Sie auf der Suche nach Gott? Nach einem spirituellen Abenteuer? Wollen Sie zu Maharishi Mahesh Yogi? Suchen Sie etwas, das Sie im Westen nicht finden können?«

»Nein, damit hat es nichts zu tun.«

»Vielleicht wollen Sie sich das Land ansehen? Ich hoffe, nicht allein. Eine hübsche Dame wie Sie, allein, das ist keine gute Idee.«

»Nein, nein, das will ich nicht.«

»Verstehe. Was dann? Bitte sagen Sie es mir. Ich bin sehr neugierig. Ich treffe alle möglichen Leute in meinem Beruf, Leute aus allen Schichten des Lebens. Im Grunde bin ich ein Statistiker.«

»Ich heirate«, sagte Siân und lächelte trotz ihres Wunsches, distanziert zu bleiben. Es war das erste Mal, dass sie es zu jemandem sagte, der nichts mit ihr zu tun hatte, zu jemandem, der sie nicht ausschelten oder versuchen würde, sie umzustimmen.

»Wirklich!«, staunte der Statistiker. »Wirklich! Nun, das ist ja wunderbar, einfach wunderbar! Aber sagen Sie, warum reist Ihr Zukünftiger nicht mit Ihnen? Werden Sie eine romantische englische Hochzeit im Dschungel veranstalten? Zurück zur Raj und so weiter?«

»Nein. Ich heirate in Gujarat, einen Gujarati.«

»Mein Gott! Sagen Sie bloß! Aber ich bin ja auch ein Gujarati. Devesh Shah ist mein Name.«

»Das ist nett«, sagte Siân und versuchte an ihm vorbei einen Blick auf das Land zu werfen, das endlich in großen braunen und grünen Schlieren unter ihr Gestalt annahm, gesäumt vom Ozean auf der einen und dem kirschseidenen Himmel auf der anderen Seite.

Siân und Babo näherten sich einander immer mehr. Fast hatten sie es geschafft, bereit, sich auf einer Gruppe von sieben Inseln am Rande des Arabischen Meeres zu treffen. In Bombay, der Königin der indischen Städte – der Stadt der Käfige und Slums, der Filmstars und Obdachlosen. Einer Stadt, die Siân vergessen wollte, sobald sie in ihr landete, denn das war nicht das Indien ihrer Vorstellung. Sie hatte sich breite Alleen und minzgrüne Häuser vorgestellt. Eidechsen und Pfauen. Nicht das. Nicht das.

Babo stand in der Ankunftshalle und rauchte ungeduldig eine Zigarette nach der anderen. In der linken oberen Tasche seines liebsten Leinenhemdes trug er den Schlüssel zu einem neuen orangefarbenen Fiat Padmini, und in der Hand hielt er eine einzelne rote Rose. Sein Haar und sein Bart waren immer noch ungeschnitten, ungebändigt, und auf Grund seines unkonventionellen, aber sehr lässigen Aussehens hatte sich eine kleine Gruppe uniformierter Flughafenangestellter um ihn geschart und versuchte zu ergründen, was für ein berühmter Mann er wohl war.

Siân sah ihn zuerst – und es war weg, einfach so. Das quälende Gefühl im Bauch, die letzte Grenze, die es zu überschreiten gab, die Möglichkeit, diese und jene zu sein, ihre ganze bisherige Existenz. *Weg*. Weil sie in diesem Mann aufgehen würde. Sie würde ihre Beine um ihn schlingen und ihren Körper wie eine alte Haut um ihn wickeln. So voll würde er von ihr sein, dass er nicht mehr wusste, wie sich sein Leben angefühlt hatte, bevor sie zu ihm gekommen war.

»Sieh dich an!«, rief sie, rannte in ihrem selbstgeschneiderten wallenden Rock und mit dem Stirnband auf ihn zu und sah ganz genau so aus wie der spirituelle Erbauung suchende Hippie, den ihr Sitznachbar in ihr vermutet hatte. Schnell und immer schneller kam sie gelaufen, bis sie bei ihm war, in seinen Armen, die schmalen Schultern, alles. Und Babo, der gleichzeitig lachte und weinte, sagte: »Sieh dich an, sieh doch nur, wie viel schöner du noch geworden bist.«

Als Babo Siâns Taschen geholt und auf den Rücksitz des Autos gepackt hatte, war es Zeit, angemessen in den Sonnenuntergang hineinzufahren. Ich darf mich nicht verfahren, dachte Babo und versuchte sich auf die Straße zu konzentrieren, die sich mit dem schnell schwindenden Licht zu verändern schien. Siân, die unablässig von ihrem Flug und der Reise von London geredet hatte, war mit einem Mal still geworden. Sie sah aus dem Fenster hinaus.

Babo nahm seine Hand vom Schaltknüppel und griff in Siâns Schoß, um eine ihrer Hände zu befreien. »Du darfst nicht erschrecken. Du hast versprochen, nicht zu erschrecken.«

»Aber sieh sie doch an«, flüsterte Siân, während sie dahinfuhren. »Sie machen sich für die Nacht bereit. Kleine Kinder, Hunde. Ganze Familien. Wer könnte sich so was vorstellen? Und sie haben nichts. Nicht mal einen Pappkarton zum Schutz.«

»Ich habe dich gewarnt, Charlie. Habe ich dir nicht gesagt, dass es so sein würde? Madras ist natürlich nicht so schlimm wie Bombay, trotzdem, da gibt es das auch. Überall. Du kannst dem nicht entkommen. Aber keine Angst, am Ende gewöhnst du dich daran.«

»Oh, ich glaube nicht, dass ich mich je daran gewöhnen könnte«, sagte Siân und sah zurück in die Richtung, aus der sie hergeflogen war. »Wie sollte ich das?«

Und dann, als wollte er das Gefühl der Andersartigkeit zementieren, das sie bereits empfand, steuerte Babo den neuen Wagen in die Einfahrt des äußerst opulenten Taj-Mahal-Hotels. »Oh Gott«, sagte Siân und sah die Fassade hinauf, sah die Turban tragenden Männer mit ihren gezwirbelten Schnauzbärten, die Leute begrüßen, die aus von Chauffeuren gefahrenen

Limousinen stiegen. »Ich glaube, ich habe in meinem ganzen Leben noch kein so prachtvolles Hotel gesehen, und schon gar nicht in einem gewohnt.«

»Nun, nicht, dass du auf falsche Gedanken kommst«, sagte Babo. »Es ist nur für eine Nacht. Morgen fahren wir nach Anjar, wo die Dinge, sagen wir, etwas rustikaler sind. Und nach der Hochzeit ziehen wir in die Sylvan Lodge, die ebenfalls kein Fünf-Sterne-Hotel ist. Ich habe beschlossen, mich deine erste Nacht in Indien etwas kosten zu lassen, nachdem ich meine finanziellen Rechte zurückbekommen habe.«

Siân verstummte, als sie durch die Hotelhalle gingen, und erst, als sie mit dem Aufzug zu ihrem Zimmer im fünften Stock fuhren, öffnete sie den Mund wieder. »Ich habe das Gefühl, alle starren mich an.«

»Das kommt daher, weil sie es tatsächlich tun«, grinste Babo.

»Warum? Sehe ich komisch aus? Habe ich was zwischen den Zähnen stecken?«

»Nein, red doch keinen Unsinn. Sie starren gern, und du bist so schön.«

Im Zimmer zog Siân ihre Schuhe aus und ging am Bett vorbei auf den Balkon hinaus, der hölzerne Läden hatte und von dem aus man auf ein großes Tor sah.

»Das ist das Gateway of India«, sagte Babo und setzte sich mit einem Bier aus der Minibar aufs Bett. »Gebaut im Gedenken an den Besuch von König Georg V.«

Siân stand da und sah hinaus, wie hypnotisiert von den Tauben und den Pferdekutschen voller junger Liebespaare. Am Horizont, im Hafen, ließen Schiffe ihre Anker ins Wasser, und weiter rechts glitzerten Straßenlaternen und lösten die Dunkelheit auf dem Pflaster auf. »Da ist so viel Leben«, sagte sie. »So viel … Es scheint von innen herauszubrechen. Es kann keinen vergleichbaren Ort auf der Welt geben.«

»Komm her«, sagte Babo. »Komm, setz dich zu mir.«

Aber Siân blieb nachdenklich auf dem Balkon stehen und versuchte, sich in Beziehung zu dieser Welt zu setzen. Es war so seltsam. Endlich war sie hier. Babo saß nur Meter von ihr entfernt und sah aus, als hätte es die letzten sechs Monate nicht gegeben, als wären sie die ganze Zeit zusammen gewesen. Aber Siân konnte auf einmal wieder die Entfernung in sich spüren. Sie konnte sie in ihrem Bauch fühlen, kleiner und gedämpfter jetzt, aber sie war doch da.

»Komm«, sagte Babo, stand plötzlich auf dem Bett und tat sein Bestes, den Höhlenmenschen zu geben. Er heulte und trommelte sich auf die Brust. »Ich will dich verschlingen. Ich bin bereit, dich zu verschlingen. Ich werde dich mir zu Willen machen«, rief er und sprang vom Bett, um Siân zu packen, die hemmungslos kreischte, als er sie ins Zimmer zog und auf die makellosen Laken warf.

Und dann, als er sie unter sich hatte, betrachtete er sie erneut eindringlich und sagte: »Ich kann es nur noch einmal sagen. Sieh dich an, du Schöne. Kommst so tapfer ganz alleine her. Bis nach Indien, um MICH zu heiraten! Ich muss der glücklichste Mensch auf Erden sein.«

»Und der haarigste«, kicherte Siân. »Ich muss sagen, das ist schon ziemlich sexy.« Sie fuhr ihm mit den Händen durch die Haare. »Aber der hier«, sagte sie und zog an seinem Bart, »der kratzt zu sehr, und es gibt kein Verschlingen, bevor er nicht ab ist.«

Und so führte Siân Babo an diesem Abend vor dem ersten von drei *Schabing-schabangs* und einem romantischen, vom Zimmerservice servierten Essen für zwei, ins marmorne Bad, wo er sich auf einen Hocker setzen musste, ohne Hemd, vor den goldgerahmten Spiegel, und sie ihm den Bart einschäumte und *schnipp schnapp* abschnitt. Babo fühlte nur ihre Hände und das warme, seifige Wasser. Er spürte das Kratzen der Rasierklinge auf den Wangen, die sie Stück für Stück freilegte, bis eine weiche neue Bräune darunter zum Vorschein kam.

Ba erwartete ihre Ankunft. Sie konnte riechen, wie sich das Waliser Mädchen näherte. Was für ein Bild sie mal wieder abgaben, Babo und Siân in ihrem orangefarbenen Fiat, dem »Fliegenden Fiat«, als der er später bekannt war. Siân in einem pfauengrünen Sari, den Trishala ausgesucht und den ihr eine der jungen Frauen am Empfang mit Sicherheitsnadeln angepasst hatte. Babo in einem großartigen, rostfarbenen Anzug mit einer Rose im Knopfloch, im Nehru-Stil. Seine Mähne wucherte ihm wild um den Kopf, nur unwesentlich gezähmt vom Hotelfriseur, und dann fuhren sie los. Babo und Siân, bereit, der Welt die Stirn zu bieten.

Der Rest der Familie Patel saß im Zug und war ebenfalls Richtung Anjar unterwegs. Meenal und Dolly, die seit Wochen auf der roten Ziegelterrasse mit den Mädchen aus der Nachbarschaft Hochzeit gespielt und darum gekämpft hatten, wer die schöne fremdländische Braut sein durfte, zuckten und zirpten in ihren neuen Chanya Cholis. Chotu, der als einziger Junge gezwungen gewesen war, den Bräutigam, seinen Bruder, zu spielen, trug zum ersten Mal in seinem Leben eine lange statt einer kurzen Hose und drehte einen Cricketball in der Hand. Trishala übte mit großem Ernst, was ihr Mann ihr beigebracht hatte: »Hallooo. Wie schön, dich kennen zu lernen. Es ist so schön, dich kennen zu lernen.« Und die Kinder wussten sich vor Kichern kaum zu halten, als sie die steifen englischen Worte aus dem Mund ihrer Mutter hörten.

Und dann waren sie da: Babo, glatt rasiert, triumphierend, und Siân, prächtig und weich wie gebutterter Honig, Schulter an Schulter, klar und leuchtend. Meenal, Dolly und Chotu, die aus ihren dunklen Pupillen blickten und sich fragten, ob ihr Leben auch einmal so viel Masala haben würde wie das ihres Bruders. Trishala versöhnte sich mit der Situation. »Hübsch, ziemlich hübsch«, gab sie ihrem Mann gegenüber zu, der sich fast überschlug, denn hatte Babo sie nicht gewarnt? *Wenn sie sich hier nicht wohlfühlt, wenn es ihr zu viel wird, wenn sie sich unbehaglich fühlt, müsst ihr uns beide gehen lassen.* Und wollten sie ihren Sohn nicht behalten, jetzt, wo er im Haus seiner Großmutter stand, wie ein König, und das Dorf von Ganga Bazaar mit seiner Liebe belohnte?

Wo war Lilaj-Bhai? Hätte er nicht Fotos machen sollen? Damit die Kinder später die Eltern bestaunen konnten: *Wie jung, schön, stark und stolz sie doch waren.* Später, würden sie da nicht sehen wollen, woher sie kamen? Welche Nase, welches Kinn, welche Stirn, welche Hände, welche Lockensträhne, welche Augenfarbe, welche Haut und welches Blut sich vermischt hatten, um sie zu formen?

Denn jetzt standen sie beieinander: Babo, Siân, Prem Kumar, Trishala, Meenal, Dolly, Chotu und Ba. Und das waren die Lücken: Nerys, Bryn, Huw und Owen. Winzig klein, aber folgenreich war diese Hochzeit an jenem kühlen, blutjungen Morgen des 1. Januar 1970 in Ganga Bazaar in Anjar, im kleinsten Kreis der Familie.

Da beim Bambus stand Ba, sah herüber und dachte: Endlich, endlich. Weil die beiden für sie aussahen wie ein Traum aus einem anderen Leben. Sie nahm sie beiseite und erklärte ihnen drei Dinge: Seht jeden Tag zum Himmel – denn Sonne und Mond stehen für die ewige Hingabe von Mann und Frau. Seht aufs Meer hinaus – denn die Liebe reicht tief und ihr müsst darauf vorbereitet sein, noch tiefer zu reichen. Reist wie Fische und Vögel – denn nur die, die ihrer eigenen Rückkehr zustimmen, können an der Göttlichkeit der Welt teilhaben. Sie goss ihnen Honig in die Hände, den sie sich gegenseitig zu kosten gaben, damit sie einander ihr Leben lang Süße schenken konnten. Dann verriet sie ihnen eine alte, überlieferte Weise, wie sich das Verlangen sieben Nächte nacheinander befriedigen ließ.

Und Prem Kumar und Trishala erinnerte sie sanft daran, dass, wer eine Ehe stört, als Moskito wiedergeboren wird.

Das war ein Anfang. Das Öffnen eines Fensters. Ein Loslassen.

Für Siân gab es viel zu lernen und viel zu vergessen.

»Vergiss nicht, woher du kommst«, hatte Bryn gesagt. »Vergiss uns nicht.«

Aber es gab so viele neue Dinge zu wissen: Wie man einen Sari richtig trug. Wie man kochte und sich um seine Kleidung kümmerte, um seinen Schmuck, seine Haut. Wie man das beste Gemüse auf dem Markt fand und wie man Monatsbinden herstellte. Wie man die Männer zuerst bediente, Wasser speicherte und Strom sparte. Wie man, wie man, wie man …

In ihrer ersten Nacht als Ehefrau, auf Baumwollmatratzen in Bas Hinterzimmer, konnte sich Siân nicht vom Gedanken an ihre Mutter und ihren Vater lösen, an ihre beiden Brüder, ihre Tanten und Onkel, Ronnie, Gwen und Dee. Wo waren sie alle? Konnten sie spüren, dass sie an sie dachte? Würde es von jetzt an immer so sein? *Einen Fuß drinnen, einen Fuß draußen.* Würde es sich immer so anfühlen, als gehörte sie nicht an den Ort, an dem sie sich befand, egal, wohin sie ging, egal, wen sie liebte? Und Babo lag neben seiner Frau und spürte das alles. Spürte, wie sich ihre blaugrünen Adern mit einer Art Trauer füllten, die vorher nicht da gewesen war. Einer Trauer, die mit Zeit und Entfernung, Liebe und Trennung zu tun hatte. Die sich in ihrer durchsichtigen Haut verteilte und durch sie hindurchschien wie Schnee.

»Weißt du was?«, flüsterte Siân. »Mein Vater hat mir ein Rückflugticket gekauft und gesagt: ›Wenn der junge Mann nicht da ist, um dich abzuholen, setzt du dich ins nächste Flugzeug und kommst zurück.‹ So hat er dich genannt, einen jungen Mann.«

Und Babo, der das alles verstand, hielt sie in seinen Armen und sagte: »Jetzt bist du bei mir, Charlie-Girl, und ich lasse dich nie wieder gehen.« Er wusste, wenn das mit ihnen funktionieren sollte, mussten sie sich eine eigene Welt schaffen, denn die Welt da draußen mit ihren Millionen von Menschen würde Siân nicht verstehen können. Weder die Bettler, die sich mit Schlappen an den Händen fortbewegten, weil sie keine Füße hatten, auf denen sie gehen konnten, noch die jungen, braun- und schwarzhäutigen klapperdürren Männer, die bereit waren, sich ihrem Schicksal zu ergeben wie einem mächtigen Regenguss. Und vor allem diese Frauen von Ganga Bazaar nicht, die wie Dschungel waren, dunkle Leiber, aus denen alles Leben hervorgegangen zu sein schien. Wie konnte Siân hoffen, Zugang zu deren Welt der Entsagung und des Umherirrens zu finden? Wenn diese Frauen von ihren Türen zu ihr herübersahen, die Schlüssel zu ihren Häusern locker auf den Hüften, *ka-tsching ka-tsching ka-tsching*, welche Geheimnisse würden sie ihr preisgeben wollen und welche würden sie für sich behalten?

8
Alles, was ich will, ist etwas Raum

In der ersten Zeit ließ Siân ihr Leben in Briefe fließen. Sie schrieb jede Woche und erzählte ihren Eltern davon, was sie Stück für Stück über sich und dieses Land herausfand, über Babos seltsame Nachbarn und seine Verwandten. Alles Religiöse mied sie, weil sie wusste, dass es ihren Vater beunruhigen würde. Sie schrieb nicht, dass Selvam auf Geheiß von Prem Kumar ein Plakat mit den Jain-Symbolen in ihrem Schlafzimmer anbringen ließ, damit Siân sie jeden Morgen betrachten konnten. Nicht, dass sie die Familie jeden Sonntag in den Jain-Tempel in Kilpauk begleitete und dort kniend und mit gefalteten Händen für die Reinheit ihrer Seelen betete. Nichts darüber, wie sie lernte, eine perfekte Gujarati-Schwiegertochter zu werden – Meenal unterrichtete sie darin, die selbst seit Jahren darauf vorbereitet wurde: Wie man Saris trug, makellos runde Chappathis rollte und wusste, wann man zu schweigen hatte und wann man sprechen durfte.

Für jeden ersten Sonntag im Monat meldete Siân ein Ferngespräch zu ihren Eltern an. Dann wartete sie auf Bryns gemessene Stimme und Nerys' Trommelfeuer von Fragen. Diese Gespräche waren ihre einzige Möglichkeit, die Blase, in der sie sich befand, zu durchstoßen und das Leben zu berühren, das einmal ihres gewesen war. Sie erlaubte es sich niemals zu weinen, erzählte nie von der Angst, die immer noch in ihr lebte, dass alles womöglich ein Fehler war, denn hier in diesem Land mit seiner ganz eigenen zerlumpten Schönheit gab es immer wieder Zeiten, da sie sich nicht mehr zu finden vermochte, da sie die komplizierten Schichten ihres jungen Lebens nicht mehr durchdringen, nicht mehr den Anfang finden konnte, der nicht hier lag, sondern *dort*, wo *sie* waren. Anderswo.

Was für einen Unterschied es macht, in einer Stadt am Meer zu leben. Die Luft ist voller Salz, voller Kommen und Gehen. Es gibt keine Felder, aber überall Kühe! Und Menschen, zu Tausenden! Babo und ich haben den zweiten Stock seines Elternhauses, das am Ende einer breiten, von Stockrosen und gelben Portia-Bäumen gesäumten Straße steht. Wir haben ein großes Schlafzimmer mit Bad und einer Terrasse, auf der ich oft sitze und die Sonnenuntergänge beobachte. Es ist merkwürdig, ständig von so vielen Menschen umgeben zu sein und sich doch immer in gewisser Weise allein zu fühlen. Mit meinem Leben in London ist das überhaupt nicht zu vergleichen.

Sie schrieb von ihren täglichen Gefechten in der Küche, mit Teig und Rezepten, von ihren Versuchen, im Garten hinter der Sylvan Lodge ein kleines Stückchen Tan-y-Rhos zu schaffen, was immer wieder von Selvam durchkreuzt wurde, der gleich herausgerannt kam, wenn er sie mit den Händen im Boden sah. »Madam, nein, nein. Ich bin Mali, ich mache für Sie.«

Was wahrscheinlich besser ist, denn Rosen würden in diesem Klima kaum gedeihen. Auch Glyzinien blühen hier nicht, und Geranien nur in der kalten Jahreszeit, die sich kaum kalt nennen lässt.

Ich bin hier immer die Anfängerin, schrieb sie und versuchte zum Kern der Melancholie vorzudringen, die sie befallen hatte, seit sie in die Sylvan Lodge gezogen waren. *Ich fange immer neu an, weil ich einen Teil von mir nicht aufgeben kann. Das ist schwer zu erklären. Alle sind mehr als großzügig, mehr als geduldig, und doch fühle ich mich wie abgeschnitten, als hätte ich mein eigentliches Ziel noch nicht erreicht. Natürlich vermisse ich Zuhause und euch beide. Gestern habe ich zwei junge Burschen durch die Sonne radeln sehen, die fast so aussahen wie*

Huw und Owen, nur dunkler, unbekümmerter. Ich vermisse bestimmte Gerüche und sehne mich nach einem Stück Speck. Aber wenn ihr das so lest, müsst ihr denken, dass ich die ganze Zeit traurig bin. Weit gefehlt. Meist habe ich so viel zu tun, dass mir kaum ein Moment für mich selbst bleibt. Und dann ist dieses Land auch so unglaublich schön und so anders als alles auf dieser Welt. Ich kann es kaum erwarten, es näher zu erkunden.

Später, als Babos Hingabe an Siân kurzzeitig von seiner neuen Minolta Hi-Matic F ausgehebelt wurde, schickte Siân regelmäßig Fotos nachhause, per Einschreiben, und hoffte, dass sie alles klarer machten. Die Bilder waren quadratisch, mit breiten weißen Rändern: Siân und Babo in Fahrradrikschas, in Ruderbooten, auf Elefanten und Kamelen. Siân mit Jasminblüten und glitzernden Spangen im Haar. Babo in Schlagjeans, wie ein Hindi-Filmstar an Felsen und Säulen gelehnt. Beide mit ihren leuchtend weißen, funkelnden Zähnen vor dem Taj Mahal.

Was die Fotos nicht zeigten, war, dass Siân in der ersten Zeit mehr von Trishala und den Kindern als von Babo sah, denn Prem Kumar band ihn ständig in die Arbeit ein. Alles in jenem Jahr wurde Prem Kumars neuer Firma untergeordnet, die er Sanbo Enterprises nannte (in einer genialen Verbindung von Siân und Babo), was verdeutlichen sollte, dass Patel & Sons wahrhaft den Geist einer neuen Generation annahm. Ein ganzes Jahr lang drehten sich die Gespräche hauptsächlich um Konzessionen und Lizenzen. Alles, wirklich alles wurde von den Belangen der neuen Firma überschattet. Selbst Meenals bevorstehende Hochzeit mit dem Schiffsmakler bildete da keine Ausnahme, was wahrscheinlich der Grund dafür war, dass das Fest ziemlich danebenging. Der Schiffsmakler, das hatte sich übrigens herausgestellt, hatte kein lahmes Bein.

»Ist alles in Ordnung mit dir, Charlie?«, fragte Babo. »Hast du genug zu tun? Du weißt, du kannst immer kommen und ein paar Briefe für uns schreiben, wenn du dich langweilst.«

Wie sollte sie ihm erklären, dass sie nichts als die Freiheit wollte, die Tür öffnen und in ein Taxi nach Mylapore oder zum Broadway springen zu können? Um ein paar Besorgungen zu machen oder sonst etwas zu unternehmen, ohne dabei eskortiert zu werden. Dass sie einen Ort brauchte, an dem sie sich frei bewegen konnte, weil sie es leid war, den ganzen Tag nur dazusitzen. Hieß es nicht in den Zeitschriften, die Ronnie ihr aus England schickte, dass man täglich mindestens achttausend Schritte tun musste, wollte man sich nicht in eine fette Schnecke verwandeln? Sie brauchte Zeit für sich, aber in der Sylvan Lodge gab es die nicht. Selbst wenn sie die Tür zu ihrem Schlafzimmer hinter sich schloss, blieb sie nicht ungestört. Jeder konnte jeden Moment hereinkommen – und tat es auch: »Bhabi, komm, wir machen uns die Haare«, »Bhabi, Mummy ruft dich, weil Harsha-Behn aus Baroda da ist und sie möchte, dass du sie kennen lernst – jaja, du musst deinen Sari anziehen«, oder: »Bhabi, erzähl uns *ge-nau*, was in der Hochzeitsnacht passiert.«

Meenal und Dolly ließen sie nicht einen Moment lang in Ruhe. Sie wollten mit Siâns Make-up experimentieren, ihr wegen ihrer weißen Haut und ihrer hellen Augen schmeicheln und all die modernen Sachen anprobieren, die sie in ihrer Almirah hängen hatte. Überraschenderweise war Trishala trotz der Sprachbarriere diejenige, die am meisten Verständnis für Siâns Situation aufbrachte. »Lauft ihr nicht hinterher wie zwei Welpen«, fuhr sie die Mädchen an. »Vielleicht will sie auch einmal für sich sein und lesen, statt von euch angestarrt zu werden.«

Trishala wusste, dass die ersten Jahre einer Ehe die schwersten waren. Hatte sie nicht zwei Jahre mit Gemüse im Schoß verbracht und sich gefragt, was das alles sollte? Und Prem Kumar war in aller Frühe in seine dumme Firma geeilt und erst spätabends zurückgekehrt, um zu essen und daherzuschwatzen, als wäre es so einfach, dieses Eine-Familie-Aufbauen. Trishala war überzeugt, dass es allen Frauen so ging, egal, woher sie kamen und wie die genaueren Umstände ihrer Ehe aussahen. Weil, sieh doch nur ... ihre Schwiegertochter, die so voller Liebe für ihren Babo war und den weiten Weg von England hierher gemacht hatte, um bei ihm zu sein, sah sie nicht ungeheuer verletzlich und traurig aus, wie sie da auf dem Küchenboden saß und lernte, wie das Gemüse auf Gujarati hieß, das sie fürs Mittagessen klein schnitt? Für Trishala sah sie aus wie eine Waise, die man in ein Haus voller Fremder gegeben hatte, und es machte ihr Sorgen, sie so zu sehen. Im Übrigen wurde sie dünn, zu dünn. Das war nicht gut fürs Kinderkriegen.

»Frag sie, ob sie einkaufen gehen will«, instruierte sie Dolly, die zur Dolmetscherin ernannt worden war. »Frag sie, ob sie ihre Mummy und ihren Daddy anrufen will. Frag sie, ob sie das Essen nicht mag. Wir können kochen, was sie mag. Sie kann es uns beibringen.«

Sogar Chotu, der am längsten gebraucht hatte, sich an seine ausländische Bhabi zu gewöhnen, lief zu ihr, wenn er aus der Schule kam, und versuchte sie aufzuheitern. »Komm, Bhabi, du kannst mir helfen, meine Flugzeuge fliegen zu lassen«, sagte er und zog sie an der Hand auf die Terrasse, wo die beiden Chotus Flugapparate ausprobierten, die elegant über das Geländer hinausglitten und dann im Sturzflug im Dickicht der Ashoka-Bäume unter ihnen verschwanden.

Aber erst Babos Rückkehr von der Arbeit vermochte etwas in Siân auszulösen. Er blieb auch weiter der einzige Raum, der nicht ausgefüllt werden musste. Babo und Siân hielten sich in der Dunkelheit der Nacht bei den Händen und verschwanden an einen anderen Ort – in eine Stadt ohne Namen, eine Stadt, in der sie niemanden kannten und niemand sie kannte. In der sie ihr Leben und einander verstanden. Es war ein Ort, an dem Siân ihren Mann halten konnte und er zu dem Babo wurde, den sie vor Monaten gehalten hatte, als sie allein und fern ihrer Familien gewesen waren und in Siâns blauer Wohnung in der Finchley Road dem Kreischen der Züge gelauscht hatten. Und wenn Siân dieses Gefühl wieder brauchte, rollte sie sich in die Walnussschale seines Körpers und sagte: »Oh, Liebster, können wir nicht wegfahren? Nur wir zwei, für eine Weile?«

Und sie fuhren davon, flohen in ihrem orangefarbenen Fliegenden Fiat. In kleine Bergdörfer, Tigerschutzgebiete und die Paläste toter Königinnen. Wann immer es Babo gelang, sich von der Arbeit loszumachen, waren sie auch schon auf und davon wie ein vogelfreies Banditenpärchen – zogen auf ein Hausboot in Kaschmir, standen oben auf einer verlassenen Festung in Rajasthan oder saßen in Ooty in einer Hütte am See und aßen Chicken Sizzler. Lagen in einer Bucht, einsam und atemberaubend blau, und Babo schob sich an sie heran – *schabing-schabang*.

Sie liebten sich an Orten, in die sie sich verliebten und die es bald schon nicht mehr geben würde. Sie liebten sich sogar, wenn sie dachten, dass jemand zusah. Sie liebten sich. Sie liebten sich. Sie liebten sich. Wenn sie es nicht taten, bestand die Gefahr, dass sie sich voneinander lösten. Dass etwas käme, das ihre Körper trennen, die Schnur zerreißen würde, die sie miteinander verband.

Manchmal war diese Verbindung so leicht, so pfauenfederleicht, nichts als ein Funken blauer Elektrizität. Dann wieder waren sie wie zwei Flüsse, die gemeinsam ins Meer mündeten. Zurück zur Sylvan Lodge kamen sie immer nur schleppend. Siân sehnte sich nach einem eigenen Ort, nach der Freiheit, die nach zwei Jahren auf sie wartete, damit sie Vitrinen mit Dingen nach ihrem Geschmack füllen konnte, nicht mit Bildern ausgemergelter Jain-Heiliger, nicht mit gläsernen, Fächer schwingenden Tänzerinnen.

Im Sommer 1971, als Bangladesch um seine Geburt rang und Russen und Amerikaner einander mit der ersten Marssonde auszustechen versuchten, machte Siân zwei Entdeckungen. Zum einen, dass sie schwanger war. Die zweite war der »Garten der Erlösung«, in dem jeden Freitag ein Mann namens Manna predigte. Der Garten der Erlösung war ein Ort voller Vögel: Sittiche, Eisvögel, Sperlinge, Mainas, und es gab hundert Jahre alte Bäume, die Flughunden und exotischen Schmetterlingen, *delias eucharis*, Zuflucht boten. Dazu kamen über das Gelände verteilt etliche Gebetsstätten, in denen sich eine Art Gemeinde traf, »nichts Kultisches«, erklärte Siân Babo gleich, der allen derartigen Veranstaltungen misstrauisch gegenüberstand, ganz besonders religiösen. Der Garten der Erlösung war ein Ort, an dem Siân laufen konnte. Wo sie versuchen konnte, sich zu Fuß den Abmessungen ihres neuen Lebens zu nähern.

Und das tat sie. Jeden Tag sah sie die Sonne über dem Adyar verglimmen, und der Anblick erfüllte sie mit der Hoffnung, endlich ihren Platz in Indien zu finden. Manchmal schob sich ein Mönch in seiner typischen blütenweißen Uniform auf dem Fahrrad an ihr vorbei und drängte sie von einem der roten Pfade ab, oder ein scheuer Mungo huschte vorbei – was ein Zeichen dafür war, dass man mit Geld zu rechnen hatte. Und immer wenn der Mond zunahm, hoben die Schakale unten am Fluss die Köpfe und heulten den Himmel an.

Diese Spaziergänge waren in keiner Weise mit Siâns Spaziergängen während ihrer Wartezeit in Nercwys zu vergleichen, die sie mit Tante Els Hund Gwythur unternommen hatte. Verloren hatte sie sich da in dem Versuch, Babo in der kalten, herben Luft zu finden. Wenn sie daran zurückdachte, kam es ihr fast schon lächerlich vor, wie sie mit Dylan Thomas unter dem einen Arm und dem Schwarz-Weiß-Foto eines mürrisch wirkenden Babo unter dem anderen Hasenglöckchen sammelnd und »Yesterday« singend über Bäche gesprungen war. Wie hätte sie Babo dort finden sollen, wo er doch so eindeutig hierher gehörte, auf diese unbefestigten Wege, in diese feuchte Luft, zwischen diese wuchernden Bäume und Blumen. Hier war es einfach: Hier musste sie nur eine Jasminblüte pflücken, eine Mimose oder eine Frangipani-Blüte, den Geruch zwischen den Fingern zerreiben, und schon hatte sie das Gefühl, Babos weiche braune Haut zu spüren.

Siân ging während ihrer gesamten Schwangerschaft spazieren, obwohl alle Frauen aus der Familie sie dafür ausschalten und jede ihr stattdessen individuelle Ratschläge gab. Sie solle sich hinlegen, mit Butterschmalz gefüllte Köstlichkeiten essen, Ölbäder nehmen, malen, lesen, singen, nur *das* nicht tun: die geschwollenen Füße in Wanderschuhe stecken und sich vom halb blinden Selvam zu dieser verrückten Erlöser-Gemeinde fahren lassen.

»Warum?«, wollte Trishala wissen. »Warum musst du das Baby in Gefahr bringen? Warum musst du Kaffee trinken, wenn ich dir immer wieder sage, dass es deine Gebärmutter schädigt? Warum verstehst du nicht, das schwangere Frauen fett sein sollen?«

Trishala füllte das Haus mit ihrer nervösen Energie und dachte, sie kenne die Risiken des Kindergebärens besser als alle anderen, besonders wenn es sich um den Spross kasten-, länder- und hautfarbenübergreifender Verbindungen handelte.

»Trink wenigstens mehr Milch«, sagte sie und deutete auf ihre eigenen kannengroßen Brüste. »Sonst wird dein Kind hungern.«

Und selbst Ba bedrängte Siân aus dem fernen Ganga Bazaar mit regelmäßigen Sendschreiben. Weichte Siân über Nacht Bockshornkleesamen ein und trug ihn mit Orangen- und Zitronenschalen auf, damit ihre Brüste wuchsen? Hatte Trishala Steinsalz da, um die Geburt zu beschleunigen? Hatte Babo Gular-Baum-Wurzeln besorgt und sie in Siâns Vagina eingeführt, um zu sehen, ob sie ganz wieder herauskamen oder brachen? Wenn sie ganz wieder herauskamen, würde es ein Sohn werden, wenn sie brachen, konnte Siân sicher sein, dass es ein Mädchen war.

Siân zerriss es innerlich.

Sie bestand auf ihren Spaziergängen, weil es immer noch Lücken gab, die sie nicht verstand, Lücken, die mit ihrer Familie zu tun hatten – fern und unerreichbar. Es war jetzt anderthalb Jahre her, dass sie Nerys und Bryn, Huw und Owen zuletzt gesehen hatte, und wenn Siân an sie dachte, stieg ein so bedrückendes Gefühl in ihr auf, dass sie laufen musste, Tamarinden-Laub unter den Füßen, bis hinunter zum blaugiebeligen Haus in der Dooming Street, wo eine alte Dame Klavier spielte und Papageien im Goldregen kreischten.

Die alte Dame im blaugiebeligen Haus wurde Siâns erste Freundin in Madras. Sie hieß Ms Douglas, und nachdem sie die junge, schwangere Fremde mit den rosa Wangen über Wochen am Tor hatte lehnen und ihr beim Spiel zuhören sehen, trat sie aus dem Haus und sagte: »Warum kommen Sie nicht herein und trinken eine Tasse Tee, meine Liebe?«

Siân fand heraus, dass Ms Douglas' Großvater als Missionar aus England nach Indien gekommen und fast im selben Augenblick von einer temperamentvollen Sängerin aus Kalkutta von seiner Berufung abgebracht worden war. Welche Hinterlassenschaft diese Ehe hervorgebracht hatte und wie sie alle schließlich von Kalkutta nach Madras gelangt waren, das war eine verwickelte, düstere Geschichte, die Ms Douglas jedem, den sie kennen lernte, bereits während der ersten fünf Minuten zu erzählen verstand. »Es ist schwer«, seufzte Ms Douglas am Ende, »mit dem Gedanken aufzuwachsen, dass ihr eigentliches Zuhause ein Ort ist, an dem sie noch nie waren. Aber wir wurden in dem Glauben großgezogen, nach England zu gehören – England sei der Ort, an den es zurückzukehren gelte.«

Wenn sie zuhörte, wie Ms Douglas ihre Nocturnes und ungarischen Rhapsodien übte, und nur dann, gab sich Siân ihrem Heimweh hin. Etwas an der osteuropäischen Musik, die da aufwallte und sich mit der tropischen Luft von Madras vermischte, etwas Trauriges, Ruinöses ließen sie denken, nicht Ms Douglas, sondern ihr Vater spiele da für sie und sage ihr auf seine eigene geheimnisvolle Weise, wie glücklich er sei, dass diese kleine Rosenknospe in ihr spross.

Jeden Freitag saßen Ms Douglas und Siân einander unter den prachtvollen weißen Säulen des Hauses in Pflanzersesseln gegenüber, tranken Earl-Grey-Tee und aßen Kekse. Ms Douglas weihte Siân in die Geheimnisse ihres Lebens ein: Wie ihr Vater den Steinway im Wohnzimmer hatte aufstellen lassen, als sie sechs Jahre alt gewesen war. Eine Weltklasse-Pianistin habe er aus ihr machen wollen, so gut wie Chopin sollte sie werden (der mit sechs zu spielen begonnen und mit acht die ersten Konzerttourneen unternommen hatte). »Aber«, seufzte Ms Douglas dramatisch, wann immer sie ihren mangelnden Erfolg als Pianistin erklären wollte, »ohne richtigen Lehrer war der Misserfolg unvermeidlich, und nach Daddys Tod, nun, da habe ich auch den Willen verloren.«

Ms Douglas hatte eine kurze Affäre mit einem gewissen Felix D'Souza gehabt, der zusammen mit ihr im Santhome-Cathedral-Chor sang, aber drei Wochen nach der Verlobung wurde er von einem Wassertankwagen überfahren, und sie gab alle Illusionen bezüglich dieser Art Leben auf. Dann lernte sie Manna kennen und trat dem Garten der Erlösung bei, und da erst verstand sie, dass ihr Leben eine andere Richtung nehmen sollte.

»Ich begriff seinen Tod als ein Zeichen Gottes, nahm meinen Verlobungsring ab, schloss ihn in der elfenbeinernen Dose meiner Großmutter ein und bereitete mich auf eine andere Art von Errettung vor! Ich spiele immer noch, meine Liebe, aber ganz gewiss nicht wie ein weltberühmter Pianist. Im Übrigen, denken Sie nur an den armen Chopin. Mit neununddreißig starb er in Paris an Tuberkulose, und sein Herz wurde in einer Urne nach Warschau geschickt – das war ein trauriges Ende, nicht wahr?«

Siân erzählte Ms Douglas ihrerseits von der Sylvan Lodge, von ihrem dementen Nachbarn Darayus, einem Parsi, der mitunter schlafwandelte und dann an die Tür der Patels klopfte und fragte: »Habt ihr meinen Sohn gesehen? Ich glaube, er versucht mich umzubringen.« Sie erzählte von dem, was sie an Indien am meisten liebte – den Anblick der Fischerfrauen, die mit dem Fang ihrer Männer auf dem Kopf zum Markt gingen, und an ihren dunklen, geschmeidigen Füßen klingelten Silberglöckchen. Sie erzählte ihr Geschichten aus Nercwys, über ihren Vater, ihre Mutter und ihre Brüder. Wieder und wieder erzählte sie von ihnen, denn Ms Douglas verlor langsam den Verstand und wusste manchmal nicht mehr zu sagen, wer Siân war und woher sie kam.

Ms Douglas wollte wissen, ob sie ein Klavier zuhause gehabt hatten. Hatten Siân oder ihre Brüder je gespielt? Sie wollte nicht glauben, dass sie kein Bad und auch keinen Strom gehabt hatten, bis Siân sieben war, und auch nicht, dass Siân niemals in einem Restaurant gewesen war, bevor sie nach London kam. Weil Ms Douglas glaubte, dass allein Indien für die Armen gemacht sei – nicht England, England doch nicht.

Nach dem Tee setzten sie sich unter den Banyan-Baum im Garten der Erlösung und hörten Manna zu, wie er die Kompliziertheiten des modernen Lebens analysierte. Manna war mit einem weichen, alterslosen Gesicht und Not leidenden Wangenknochen auf die Welt gekommen, und er lehrte sie, ihr Leben nicht zwischen Leben und Sterben aufzuteilen.

»Kann man frei von Zeit sein?«, fragte Manna. »Kann man wirklich etwas wissen, wenn man so beschäftigt damit ist, nachzudenken und zu verzweifeln? Nehmt diesen Sonnenuntergang. Er ist so schön, dass ihr ihn in eine Schachtel geben und für später aufbewahren möchtet. Warum könnt ihr ihn nicht einfach jetzt genießen? Könnt ihr nicht dankbar sein für die Farben und die plötzliche Schönheit? Und sie dann gehen lassen? Trauer kommt aus der gleichen Quelle wie Freude. Um das zu verstehen, müsst ihr euch damit auseinandersetzen und nicht davor weglaufen.«

Später brachte Siân Ms Douglas zurück zu ihrem blaugiebeligen Haus und fühlte sich leichter und sicherer. Sie glitt zurück in ihr Leben, und alle Geschichten, alle Erinnerungen stimmten.

»Wäre es nicht traurig, wenn Sie eines Tages herkämen und ich würde Sie nicht erkennen, meine Liebe?«, fragte Ms Douglas.

»Oh, so wird es mit uns nicht sein«, sagte Siân, und dann ging sie, am leuchtenden Bogen des Goldregens vorbei, hinaus aus dem Garten und hinein in die Welt.

9
Ein walisisches Zwischenspiel

Im Dezember 1971, während sich Indien und Pakistan dreizehn Tage lang bombardierten, während zehn Millionen Ost-Pakistaner über die Grenze flohen und die Premierministerin Indira Gandhi eine lange Zeit der Entbehrungen und Opfer voraussagte, gingen Babo und Siân an Bord eines Air-India-Fluges nach London, via Bombay und Rom, um Weihnachten mit Siâns Familie zu verbringen. Den ganzen Weg über war Siân sehr nervös. Sie musste immer wieder an die drei schweigsamen Monate in Nercwys denken, bevor sie nach Indien gekommen war, und an jenen Abend, da Nerys kaum den Blick von ihren Stricknadeln gehoben und gefragt hatte: »Und was ist mit Kindern? Hast du schon mal daran gedacht, wie die sein werden?«

Wie die sein werden.

Siân war nach oben in ihr Zimmer gelaufen und hatte geheult. Sie hatte Babo geschrieben, dass sie es nicht erwarten könne, Kinder zu haben, Kinder so schön, dass die Leute auf der Straße stehen blieben und sie anstarrten. *Aber würden sie wirklich so schön werden? Würden sie das?*

Trishala hatte ihre Bedenken ebenfalls zum Ausdruck gebracht. Ihr Leben lang hatte sie über das Thema Nachkommenschaft gegrübelt und wollte wissen, wie ihre Enkel großgezogen werden sollten. »Tu diese Fragen nicht einfach so ab, Babo«, warnte sie. »Was für Namen werden sie bekommen? Zu was für einem Gott werden sie beten? Welchen Traditionen werden sie folgen?« Diese Fragen lagen Trishala auf der Seele. Worauf Babo antwortete: »Über den Zaun steigen wir, wenn wir ihn erreichen.«

Jetzt war der Zaun da, und Siân bereitete sich darauf vor, ihn zu überspringen. »Liebster«, sagte sie, verschränkte ihre Finger mit Babos und zwang ihn, den Blick vom Fenster abzuwenden und sie anzusehen. »Ich habe über das Baby nachgedacht und über uns, und ich denke, wir sollten in Indien bleiben, auf Dauer, meine ich, egal, wie es in Nercwys läuft.«

»Aber Charlie! Das war nie so geplant. Es sollten immer zwei Jahre Madras sein und dann wieder London. Du weißt, dass Fred mir meinen Posten in der Firma freihält. Ich verstehe dich nicht.«

Aber Siân hatte sich entschieden. Nach fast zwei Jahren in Indien war sie überzeugt, dass es dort leichter war, eine Familie aufzubauen, als anderswo. »Außerdem«, fügte sie hinzu, »könnte ich es nicht ertragen, wenn unsere Kinder dafür gehänselt würden, dass sie Mischlinge sind. In England ist das nicht so einfach, weißt du?«

»Charlie-Girl, was redest du da? Ich habe in England nie irgendwelche Feindseligkeiten erlebt. Im Übrigen weißt du, dass in Indien nicht alle so fortschrittlich denken! Bei uns starren die Leute, du weißt, wie sie dich anstarren. Als wäre es ihre Lebensaufgabe. Das ist genauso schlimm, wie gehänselt zu werden, oder?«

»Nein, Liebster, das stimmt so nicht ganz. Du bist als Erwachsener nach London gekommen, und im Büro, in der Fachhochschule und im YMCA waren die Leute sehr zurückhaltend. Sie haben nicht immer gesagt, was sie fühlten. Natürlich ging es dir da gut. Aber du bist nie in England zur Schule gegangen. Du musstest nie mit anderen Kindern zurechtkommen, und wenn einen die Leute in Indien anstarren, ist das nicht bedrohlich gemeint, sondern sie sind einfach nur neugierig. Himmel noch mal, Babo, in Nercwys wirst du wahrscheinlich der erste Mensch mit dunklerer Haut sein, den sie da zu sehen bekommen! Und glaub mir, das fühlt sich völlig anders an, als ich mich als erste Weiße in Ganga Bazaar gefühlt habe.«

»Ja. Nun, das liegt wohl an dreihundert Jahren Kolonisation. Die Verehrung der weißen Haut.«

»Es ist einfach praktischer und sinnvoller, in Indien zu bleiben. Du baust mit deinem Vater eine neue Firma auf. Warum bleibst du nicht dabei? Warum willst du für jemand anderen arbeiten, wenn du dein eigener Chef sein kannst?«

»Oh, ich werde nicht mal versuchen, so zu tun, als wäre ich der Chef«, sagte Babo und wandte sich wieder dem Fenster zu, durch das er einen eindrucksvollen Sonnenuntergang beobachten konnte. »Sollten wir nicht erst darüber nachdenken? Sollten wir nicht abwarten, wie wir uns nach dieser Reise fühlen? Wir können es uns immer noch anders überlegen.«

»Natürlich will ich mein eigenes Haus«, fuhr Siân unbeirrt fort. »Unser eigenes kleines Reich. Wir können uns etwas in der Nähe deiner Eltern suchen, damit sie sich nicht so verlassen fühlen. Denk doch nur, Liebster – niemand, der uns stört, unser eigenes kleines Reich.«

»Weißt du, was ich denke?«, sagte Babo. »Ich denke, dass es dir ganz gut gefällt, eine Memsahib zu sein. Warum solltest du auch in London leben wollen, wo du alles selbst machen musst, während du in Indien einen ganzen Sklaventrupp hast, die dir alles abnehmen?«

Siân kreischte. »Das ist nicht fair, du unverschämter Kerl! Du weißt, das stimmt nicht. Ich habe reichlich damit zu tun, die Sprache zu lernen, wie man Dhoklas macht und was sonst noch alles. Ich liege nicht einfach nur herum wie ein gestrandeter Wal und esse den ganzen Tag Bonbons.«

»Dafür danke ich Gott«, lachte Babo und zog seine Frau an sich. »Dafür danke ich Gott.«

Babo vergaß nie seinen ersten Eindruck von Nercwys, einem Dorf mit Häusern wie Zündholzschachteln, eingehüllt in

Schnee. Es hatte mit dem Licht an diesem Winternachmittag zu tun, das schwach und alt in langen grauen Balken durch die Wolkendecke fiel. Es machte ihn wehmütig, als kehrte er an einen Ort zurück, den er aus einem früheren Leben kannte. Und auch wenn Babo an solche Dinge nicht glaubte, befiel ihn dieses Gefühl doch jedes Mal aufs Neue, wenn er in das Dorf kam, in dem seine Frau ihre Kindheit verbracht hatte.

Die Fahrt nach Nercwys war lang und hatte etwas Planloses. Siân saß vorn neben ihrem Bruder Owen auf dem Beifahrersitz von Bryns altem Morris Minor, während Babo die Landschaft vom Rücksitz aus wie eine Schwarz-Weiß-Bilderfolge vorbeiziehen sah. Er dachte an ihre Reise bis hierher, und wie sie in jedem Stadium von jemandem verabschiedet oder empfangen worden waren. In Madras hatte Prem Kumar darauf bestanden, dass die ganze Familie, und selbst Chotu (der mitten in seinen Vorbereitungen für die Schul-Abschlussprüfung steckte), sie zum Flughafen brachte. In Bombay hatten Meenal und ihr Schiffsmakler-Mann sie vom Inlandsterminal abgeholt und mit in ihre Wohnung in Andheri genommen, wo Siân und Babo sechs Stunden schliefen, bevor Meenal und ihr Mann sie wieder weckten und quer durch die dunkle Stadt zum internationalen Flughafen fuhren. In Heathrow waren sie von Babos altem Freund Bhupen Jain und seiner Frau Mangala abgeholt und zum Bahnhof Euston gebracht worden. Unterwegs hatte Bhupen nicht davon aufhören können, wie schlecht es Einwanderer in England doch hätten und wie schwierig die Leitung des Postamts sei. »All die jungen Trottel und Randalierer«, beklagte er sich. »Ich kann Mangala auch nicht einen Augenblick allein an der Kasse lassen. Es ist einfach nicht sicher.« Bhupen redete und redete, bis sie zu ihrem Zug kamen. Wie die Geschäfte in Indien gingen, wollte er wissen, und ob Babo noch trank und Fleisch aß, bis Mangala schließlich dazwischenging und auf Siâns Bauch deutete. »Kein Wort hast du zu den guten Neuigkeiten gesagt. Was für ein Mann du doch bist. Frag mich nicht, wie ich mit ihm zurechtkomme«, sagte sie zu Siân und holte zwei in Alufolie gewickelte Sandwiches aus ihrer Handtasche, als sie in den Zug kletterten. »Das Essen im Zug ist nicht gut und zu teuer. Wir sehen euch auf dem Rückweg, und möge Gott euer Baby segnen.«

Als sie endlich in Chester ankamen, erwartete Babo ganz Nercwys auf dem Bahnsteig, aber da stand nur Owen, sah ernst und etwas perplex aus, und kam mit einem Strauß roter Stechpalmenbeeren auf sie zu.

Die Fahrt nach Nercwys erschien ihnen länger, als sie tatsächlich war, weil keiner wirklich etwas sagte. Hin und wieder stellte Siân eine Frage zu jemandem im Dorf, worauf Owen eine einsilbige Antwort gab – hat geheiratet, ist tot, weggezogen, hat sein Haus verkauft, arbeitet im Bergwerk, ist Alkoholiker. Ein paarmal musste Owen anhalten, weil Siân glaubte, sie müsse sich übergeben. »Ich scheine mich an die indischen Straßen gewöhnt zu haben«, lachte sie. »Ich brauche das Ruckeln und die Schlaglöcher, das ist hier alles viel zu eben für mich.«

Draußen zogen Bäume vorbei, deren Namen Babo nicht kannte. Ohne Laub säumten sie den Eingang zum Dorf, wie Paradesoldaten. Hinter ihnen, ohne dass er zu sehen gewesen wäre, floss der Terrig. Sie waren fast da. Siân deutete auf verschiedene Häuser: Das da ist The Crossing House, da wohnt Mrs Bivins mit ihrer unverheirateten Tochter Rhianne. Das ist The Tin House, das Nercwys Hall. Hendre Ucha da drüben hat den ersten Rasentennisplatz des Dorfes.

Siân wollte, dass Owen erst einmal ganz durchs Dorf hindurchfuhr, am Postamt vorbei, wo sie als Kind Lakritzringe gekauft hatte, an der Kapelle, dem White Lion und dem alten Schulhaus. Während sie die Hauptstraße hinauf- und hinunterfuhren, hatte Babo den Eindruck, die Einwohner seien alle in ihre Häuser geflüchtet, um sie ungestört hinter ihren Vorhängen versteckt beobachten zu können. Es war keine Menschenseele zu sehen, nur ein einzelner Mann, der über die Felder ging und seine Fußabdrücke wie eine Krümelspur im Schnee hinter sich ließ. Kühe standen kauend in versprengten Gruppen zusammen. »Da sind wir«, sagte Siân und drehte sich nervös lächelnd zu Babo um, als sie vor Tan-y-Rhos zum Stehen kamen.

»Wie geht's Mam übrigens?«, fragte sie Owen. »Ist sie aufgeregt?«

»Das könnte man so sagen, ein klein bisschen schon«, grunzte Owen, als er Siân aus dem Wagen half und sie durchs Tor aufs Haus zuschob.

Drinnen konnte Babo den Duft gebratenen Hähnchens riechen. Das Erste, was er sah, war ein Barometer an der Wand, dessen blaue Nadelspitze zwischen »Veränderlich« und »Schön« stand. Eine schmale, teppichbelegte Treppe führte hinauf in den ersten Stock, wo sich wahrscheinlich die Schlafzimmer befanden. Babo stellte ihre Koffer unten an der Treppe ab. Rechts ging es ins Wohnzimmer mit den großen Fenstern, durch die man hinaus in Nerys berühmten Rosengarten sah, der im Augenblick mit Ästen, Blättern und Stroh abgedeckt war, um die Pflanzen durch den Winter zu bringen. Die Tapete rahmte mit einem Schwindel erregenden diagonalen senffarbenen Muster das Klavier an der hinteren Wand ein. Auf dem Instrument standen eine bescheidene Sammlung Gedichtbände und ein paar Bücher über Philosophie.

Bryn stand am Kamin und stocherte in der Glut. »Hallo«, sagte er und wischte sich die Hände ab, bevor er herüberkam, um Babo zu begrüßen und ihn in Augenschein zu nehmen, und bevor er Siân erlaubte, ihm in die Arme zu fallen.

Nerys stand in der Tür zur Küche, mit einer Schürze unter dem mächtigen Busen, Tränen in den Augen und einem Kochlöffel in der Hand. Sie kam herüber, nahm Siân in den Arm und küsste sie mehrmals auf beide Wangen. »Mein Mädchen«, sagte sie weinend. »Mein Mädchen.« Babo starrte die beiden lange, lange an, zumindest kam es ihm so vor, bis Nerys sich wieder fing, ihm ihre zierliche Hand entgegenstreckte und sagte: »Wie schön, dich kennen zu lernen.«

»Das finde ich auch«, sagte Babo. »Schade, dass es so lange gedauert hat.«

Siân folgte Nerys in die Küche, ihre Stimmen wurden immer schneller, immer höher, und bald schon klang es, als sprächen sie eine andere Sprache. Babo stand unsicher mitten im Raum und sah aus dem Fenster.

»Setz dich.« Bryn deutete mit einem kurzen Kopfnicken auf den Sessel neben sich.

Hallo, setz dich – drei Worte.

Babo ließ sich neben seinem Schwiegervater nieder und nahm alles in sich auf. Den makellosen dunklen Anzug, die dicke Hornbrille, das ordentlich zurückgekämmte Haar – was davon noch da war –, die sorgfältig geschnittenen Fingernägel. Er sah die Lippen, die irgendwie nicht in dieses Gesicht passten, sinnliche, weibliche Lippen, die Lippen seiner Frau, tiefrote Blütenblätter in der strengen Wüste von Bryns Gesicht.

»Geoffrey Boycott sieht gefährlich aus«, sagte Bryn ein paar Minuten später mit einem Nicken in Richtung Fernseher.

»Ganz recht.«

Und so ging er weiter, dieser kleine Tanz zwischen Babo und Bryn, sparsam, zurückhaltend. Hinterher sagte Owen, die beiden so in ihren Sesseln sitzen und Cricket gucken zu sehen, sei das Natürlichste von der Welt gewesen. Wie zwei alte Knacker, die sich schon ihr Leben lang kannten, hätten sie dagesessen.

Natürlich waren alle neugierig auf Babo gewesen. Sie kannten ihn nur von Fotos mit den paar Erklärungen auf der Rückseite. Was sie betraf, hätte Siân auch einen Dschungelkrieger geheiratet haben können. Schlauer wären sie deswegen auch nicht gewesen.

Behandelt ihn ganz normal, hatte Siân ihren Eltern geschrieben. *Denkt nur dran, langsam und deutlich zu sprechen.*

Aber das war schwer für Bryn und Nerys, die Wales nur einmal verlassen hatten. 1959 waren sie in Dublin gewesen, was ihnen nicht dabei half, sich ein Land wie Indien vorzustellen, und wie das Leben dort wohl war.

Zum Abendessen gab Nerys die seltene Erlaubnis, dass sich alle die Teller in der Küche füllen und damit vor den Fernseher setzen durften. Bryn trug sie einen Teller mit einer Extraportion gerösteten Kartoffeln und Würsten herüber, so wie er es mochte. »Und was kann ich dir bringen?«, fragte sie Babo.

»Oh, das sieht gut aus«, sagte Babo und sah auf Bryns Teller mit Hähnchenstücken, Würsten und noch etlichem, was bei Trishala verboten war. »Das würde mir auch schmecken.« Ohne zu wissen, dass er sich damit freigesprochen hatte, denn hätte er gesagt: »Etwas Vegetarisches bitte«, hätte Nerys nur Kartoffeln, Rosenkohl und eine Dose gebackene Bohnen für ihn gehabt.

Die nächsten paar Wochen folgten Babos und Siâns Tage unterschiedlichen Mustern. Siân wachte morgens meist vor allen anderen auf und unternahm ausgedehnte Spaziergänge über die Felder. Wenn Babo nach unten kam, sorgfältig rasiert und gekleidet, half sie ihrem Vater gerade, aus alten Zeitungen akkurat bemessene Feueranzünder zu rollen. Dann ging Bryn zur Arbeit, und Siân saß strickend und stickend mit Nerys zusammen, oder die beiden rührten in der Küche irgendeinen Teig an oder bereiteten sonst etwas für die Mahlzeiten des Tages vor. Gelegentlich fuhr Babo mit Owen nach Mold, und während Owen bei Lloyd's Konten führte, wanderte Babo stundenlang durch die Stadt und saß Kreuzworträtsel lösend im Pub. Nach und nach wuchs in ihm jedoch das Bedürfnis nach körperlicher Betätigung, und als sich Onkel Norman von nebenan über den Zustand seines Schuppens beklagte, half ihm Babo eine Woche lang, das alte Ding zu reparieren und neu zu streichen. Tante Eleri, Bryns Schwester, die sah, was für gute Arbeit er geleistet hatte, bat ihn daraufhin, ihr ein Regal für ihren Dianthus in ihr Gewächshaus zu bauen. Und bald schon hatten alle im Dorf eine kleine Arbeit für Babo, und er stand in der Frühe mit Siân auf und nutzte die hellen Stunden des Tages, um seinen nachbarschaftlichen Verpflichtungen nachzukommen.

Abends saßen Nerys, Bryn, Siân, Babo und Owen nach dem Essen am Küchentisch und spielten Scrabble. »Es ist schon peinlich«, sagte Nerys jedes Mal, wenn sie wieder verloren hatte. »Obwohl Englisch nicht deine erste Sprache ist, bist du besser als wir alle!«, und Babo erzählte ihr, wie er zu seiner YMCA-Zeit in London Scrabble-Champion geworden war. Regelmäßig hatten er und die anderen jungen Männer da bis morgens um vier gespielt, war es doch die Zeit in ihrem Leben, da sie Freundschaft dringender brauchten als Schlaf. »Der Trick besteht darin, alle Zwei-Buchstaben-Worte zu kennen«, sagte er. »Wir haben die Liste einfach auswendig gelernt, und natürlich alle Worte mit J, Q, X und Z.« Das Gespräch bewegte sich dann vom Vegetarismus bis zur IRA und unvermeidlich zur Situation zwischen Pakistan und Indien, bis Bryn um halb elf auf seine Taschenuhr sah und sich höflich vom Tisch verabschiedete. »Einige von uns müssen morgen arbeiten«, sagte er und zog sich wie ein Armeegeneral aus dem Raum zurück, den Rücken aufrecht, die Pantoffeln lautlos auf den Treppenstufen. Er muss mich hassen, dachte Babo. Wie kann er mich nicht dafür hassen, dass ich ihm das Zentrum seines Lebens genommen habe. Wie kann man nur darüber hinwegkommen, dass die Tochter auf die andere Seite der Welt zieht, nur weil sie sich verliebt hat?

Bis Weihnachten waren die Tage immer noch kürzer geworden. Siâns älterer Bruder Huw und seine Frau Carole kamen aus Brighton heraufgefahren, um die Feiertage mit ihnen zu verbringen. Sie wollten in ein Hotel in Mold, aber Nerys bestimmte energisch: »Ihr könnt bei Owen wohnen, der hat ein absolut ausreichendes Zimmer in seinem Haus unten an der Straße frei. So einen Unsinn habe ich ja noch nie gehört. In ein Hotel!«

Babo mochte die Brüder seiner Frau. Sie waren zuverlässige, aufrechte Männer, mit denen sich gut auskommen ließ. Huw war der Großstädter, mit einer Meinung zu allem und es gewohnt,

Recht zu haben. Wenn man ihn nur ließ, konnte er stundenlang über Fußball reden oder über die Versicherungswirtschaft, und allein Carole schien ihn stoppen zu können. Aber es war Owen, zu dem Babo ein wirklich enges Verhältnis entwickelte. Die beiden verbrachten etliche Abende gemeinsam im White Lion (in Tan-y-Rhos war kein Alkohol erlaubt), und dabei gelang es Babo, Owen einige Einzelheiten über seine Liebesaffäre mit einer Lehrerin zu entlocken, die schon bald nach der Verlobung nach Neuseeland verschwunden war, wo man ihr einen Job an einer Schule angeboten hatte. Babo erfuhr, dass Owen am liebsten Bauer geworden wäre, die Erde bearbeitet und seine Bäume wachsen gesehen hätte. »Warum arbeitest du dann in einer Bank?«, fragte Babo, erschreckt, dass sich jemand für ein Leben entscheiden konnte, das seinen innersten Wünschen widersprach. »Das wird nun mal von mir erwartet. Entweder gehe ich in den Steinbruch wie mein Dad, oder ich mache was wirklich Modernes wie Huw.«

Als Siâns Freundinnen Gwen, Ronnie und Dee für drei Tage kamen, platzte Tan-y-Rhos fast aus den Nähten mit all den zusätzlichen Leuten und den Einkaufstüten voller Babysachen. Drei Abende sah Babo Siân in langen Röcken und mit Perlen, und ihr Gesicht, genau wie der Rest ihres Körpers, schien plötzlich voller und ließ sie jünger und weniger traurig aussehen. Babo sah sie zusammen mit ihren Freundinnen lachen, endlos und voller Leichtigkeit schwatzen, und er glaubte, seine Frau noch nie so glücklich gesehen zu haben, so ausgelassen und mit sich im Einklang. Er wollte sie fragen, ob sie wirklich zurück nach Indien wollte, denn war das hier nicht ihr Leben? Tu's nicht für mich, wollte er sagen. Denn ich bin in der Welt zuhause, wo immer du bist. Aber du bist anders. Vielleicht brauchst du das alles hier. Später im Bett, als er das Thema ansprechen wollte, legte sie ihm einen Finger auf die Lippen und sagte: »Pssst, Liebster, so ist es nicht. Ganz und gar nicht. Du wirst es sehen.«

An ihrem letzten Abend in Nercwys gingen Babo und Siân durch den sacht fallenden Schnee zu Tante Eleris Haus am Ende des Dorfes. Alle waren eingeladen, sich zum Essen in ihr kleines Wohnzimmer zu drängen. Tante El stand in der Tür, in ihren guten Sonntagssachen, und hieß ihre Gäste im Hafen ihres Hauses willkommen, als wäre sie der Dorfpfarrer. »Kommt herein, kommt herein und sucht euch ein Plätzchen und ein Glas zu trinken. Ja, wir schenken in diesem Lokal auch Alkohol aus, hier geht es nicht wie bei deinem Schwiegervater zu, Bob. Wir hier an diesem Ende des Dorfes sind nicht ganz so gottesfürchtig.«

Als dann alle mit einem Teller Essen und einem Glas Sherry dasaßen, entstand ein langes, drückendes Schweigen, das am Ende von Tante Els Hund Gwythur durchbrochen wurde, der wie gewohnt eines der Beine eines Gastes begatten wollte.

»Erinnert euch das nicht an die Krönung der Queen?«, sagte Siân kichernd. »Tante El war damals, 1953, die Einzige im Dorf mit einem Fernseher«, erklärte sie Babo. »Ich weiß noch gut, wie wir uns alle hier hereingequetscht haben, um zuzusehen. Das werde ich nie vergessen.«

»Ja, das war ein Abend«, sagte Tante El und freute sich an der Erinnerung. »Alle blieben bis lange nach Mitternacht, tranken Whisky und ließen es sich gut gehen, selbst die drei hier«, sagte sie und deutete auf Siân und ihre Brüder. »Die blieben hier, bis ich sie an die Luft setzte. Und die beiden Jungs, diese Schlingel, die schossen davon wie geölte Blitze, und die arme Siân musste alleine nachhause finden.«

Während immer mehr Erinnerungen an jenen Abend ausgetauscht wurden, spürte Babo, wie sich das Dorf entspannte. Die Rücken rundeten sich, züchtig übereinandergeschlagene Beine lockerten sich und durften hier und da sogar ungezwungen nebeneinander stehen. Nach ein paar Gläsern landeten die Handtaschen unter Stühlen und Sesseln, Pfeifen wurden entzündet, und aus Tante Els Wohnzimmer drang ein Lärm, der dem Publikum eines Cricketspiels zwischen Indien und Pakistan würdig gewesen wäre.

Das Ganze erinnerte Babo auf seltsame Weise an Prem Kumars Kartenspiel-Sonntage, bei denen die einander so ähnlichen Tanten und Onkel wie Hähne und Hennen zusammengluckten. Der Unterschied war nur, dass sich in dieser walisisch-chintzigen Version die Anrichte unter russischen Eiern bog und nicht unter Dhoklas. Und statt der fetten Bäuche und Hintern der mittelalten Gujjus waren die Männer und Frauen hier in ihrer Fülle eher kompakter. Aber es herrschte die gleiche Atmosphäre, voller Stolz, Lob und Lamento. Tanten schalten unverheiratete Mädchen aus, sich zu beeilen und endlich zu heiraten, und ein besserwisserischer Onkel beklagte sich darüber, dass sein Sohn viel zu viel Geld ausgebe.

»Du isst also auch Fleisch, Bob? Ich dachte, Hindus dürften das nicht?«, wollte Onkel Rhys wissen. »Und du hast auch nichts gegen ein kleines Gläschen hier und da?«

»Nein, Sir, ich fürchte, ich bin in jeder Hinsicht ein Sonderling.«

Tante Idella, eins von Nerys' vierzehn Geschwistern, fragte nach Siâns Ohrringen. »Hast du die aus Indien, Mädchen? Lassen sich da alle Frauen die Ohren durchstechen?«

»Oh ja, schon als kleine Babys«, sagte Siân. »Das bringt Glück, denkt man da.«

»Gott«, bemerkte Tante Idella. »Als meine Angharad sechzehn war, wollte sie sich die Ohren durchlöchern lassen, und ich hab ihr gesagt, damit könne sie warten, bis sie verheiratet sei und ein eigenes Haus habe.«

»Aber das ist längst nicht alles«, fing Siân an und erzählte ihrer Familie von ihrer Hochzeit in Anjar, von Babos Großmutter Ba, die allein in einem Haus mit Pfauen und Eidechsen lebte, und vom Juwelier Hira Lal, der seine Nadel erst ins Feuer gehalten hatte, bevor er ihr damit die Ohren durchstach. Siân redete und redete, sie konnte nicht anders. Sie befreite sich damit von einer Last. Aber Babo spürte, dass sich ihre Tanten und Onkel immer unwohler fühlten, je mehr sie erzählte. Sie vertrugen nur ein gewisses Maß an Neuem.

»Sieh an, ja, Mädchen«, nickten sie. »Hmmm. Natürlich.«

Aber tatsächlich dachten sie: El hat Recht! Nur Siân kann so etwas tun – nach Indien gehen und einen Mann heiraten, den hier noch keiner gesehen hat, sich Ringe an die Ohren hängen, zurückkommen und solche Geschichten erzählen.

Babo sah seine Frau an und versuchte sich vorzustellen, wie sie in diesem Dorf aufgewachsen war. Er dachte an das Bild von der vierjährigen Siân, in walisischen Kleidern, das auf seinem Schreibtisch bei Sanbo Enterprises stand. Perfekt sah sie darauf aus, mit gestreiftem Flanellrock, Schürze, Schal und dem typischen hohen schwarzen Hut. Das Foto hatte etwas Surreales. Siâns Wangen waren geschminkt, um zum zuckerwatterosafarbenen Riemen der Tasche über ihrer Brust zu passen, und die Ringellocken, die unter dem Hut hervorquollen, schienen, so wild sie waren, perfekt geordnet. Für Babo hatte es den Anschein, als hätte die Vierjährige in dem Zinnrahmen auf seinem Tisch nichts mit der Frau hier neben ihm zu tun.

Babo lehnte sich auf seinem Stuhl zurück und überlegte, wie all die Dinge am Ende zusammenpassten, wie zwei Menschen zusammenpassten und wo alle Bewegung und alles Chaos dieser Welt seinen Anfang nahm. Denn als er seine Frau an diesem Abend im Kreis ihrer Familie betrachtete, kam es ihm so vor, als stammte sie von einem völlig anderen Ort – wäre wie ein Zugvogel aus den Gefilden einer fremden, schwebenden Welt sanft in dieser gelandet. Und er begriff auch, dass sie tatsächlich Recht hatte: Ihre Bestimmung lag in Indien. Geduldig wartete sie am Horizont darauf, von ihr erfüllt zu werden.

10
Wer nicht gerade geboren wird, liegt im Sterben

Im folgenden Sommer zogen Babo, Siân und ihre vier Monate alte Tochter Mayuri ins Haus Nummer 20 in der Rutland Lane. Am orange-schwarzen Tor stand eine dunkle, kräftige Frau in einem grünen Polyester-Sari mit zwei riesigen goldenen Steckern links und rechts in der Nase. Sie sagte, sie sei Selvams Schwester, und dass sie gekommen sei, um der ausländischen Frau zu helfen. Ihr Name war Selvi, und Trishala, die überzeugt war, Siân könne nicht gleichzeitig eine gute Frau, Mutter und Ayah sein, hatte sie als Abschiedsgeschenk geschickt. »Im Übrigen«, vertraute Trishala Babo am Telefon an, »hat sie bisher schon für eine Christin gearbeitet, ist selbst übergetreten und spricht sehr gut Englisch.«

»Ich glaube nicht, dass sie mit Selvam verwandt ist«, war alles, was Siân sagte, weil diese Frau fast fünfzig Zentimeter größer war als der geschrumpelte alte Selvam. Babo scherzte, vielleicht sei es die Lehre Jesu oder das plötzliche Rindfleischessen, dass sie so über ihren Bruder habe hinausschießen lassen. »Vielleicht ist sie ja ganz gut, Charlie«, sagte er in dem Versuch, seine Frau zu beschwatzen, die es hasste, in diesem frühen Stadium ihres Abenteuers eine Fremde in ihrem neuen Zuhause herumschleichen zu haben. Was das Kindergroßziehen betraf, war Trishala jedoch nicht zu widersprechen, und so blieb ihnen keine Wahl, als Selvis Metallkoffer durch das orange-schwarze Tor und weiter hinein ins Haus zu tragen.

Im Haus mit dem orange-schwarzen Tor aßen Babo und Siân

Speck zum Frühstück. Sie liebten sich auf den Mosaikböden, blieben lange auf und sahen Cricketspiele von der anderen Seite der Welt – die schwarz-weißen Bilder ihres nagelneuen Fernsehers hüllten ihre jungen Körper in dunstiges Licht. Manchmal meldete sich das Baby in seinem Zimmer, und Siân lief hin, um nach ihm zu sehen, wie sie es jede Nacht tat, seit sie Mutter geworden war – einfach, um sicherzugehen, dass es noch lebte, noch atmete. Nachdem sie das Ohr auf die Brust ihrer kleinen Tochter gelegt und das beruhigende Auf und Ab gespürt hatte, tapste Siân zurück zu Babo, der in seinem weißen Kurta-Pyjama wie ein exotischer Brahminenweih ausgebreitet dalag, mit Beinen und Armen statt Flügeln, und suchte sich einen Platz im Gliedergewirr ihres Mannes: einen sicheren, warmen Platz, den sie ihr Zuhause nennen konnte.

Babo und Siân fanden einen Lebensrhythmus in ihrem neuen Haus, der in der Sylvan Lodge völlig unmöglich gewesen wäre. Es gab Tage eingehüllt in die Behaglichkeit eines klimatisierten Raumes mit einer leise im Hintergrund raunenden Ella Fitzgerald, einem Taschenbuch-Krimi oder einem alten Exemplar von *Good Homes*. Das Baby, so klein und rosa und so unglaublich zerbrechlich, lag zwischen ihnen auf ihrem großen Doppelbett aus Kaschmir.

Selvi hatte ein eigenes Zimmer hinter der Küche bekommen, das sie ordentlich und einfach hielt. Nur zwei Plakate hatte sie aufgehängt, eines mit dem Jesuskind in seiner Krippe, das ihr jeden Morgen die Sicherheit gab, von Gott geliebt zu werden, und eines mit dem Bild ihres liebsten Filmstars, M. G. Ramachandran, dem zukünftigen Ministerpräsidenten von Tamil Nadu, der wie ein Cowboy gekleidet war und hoch in die Luft sprang. *König des Stils* prangte in großen Lettern darüber. Selvis Anwesenheit im Haus, die erst äußerst störend erschienen war, wurde ihnen bald schon erträglich. Nicht nur, dass Selvi Siân alltägliche tamilische Ausdrücke übersetzen konnte, sie überwachte auch genauestens alle Haushaltsausgaben. Die Notizzettel, auf denen sie das tat, brachte sie jeden Freitag auf den neuesten Stand, steckte sie mit Büroklammern zusammen und bewahrte sie in der Küche in einer Obstschale auf. Wann immer es eine Unstimmigkeit auf dem Beleg der Wäscherei gab, oder wenn der Bügler etwas verbockte, wie das eine Mal, als er Siâns liebsten Mangalgiri-Sari verlegt hatte, stürmte Selvi mit dem Messer in der Hand aus dem Haus und fluchte und schimpfte, bis die schuldige Partei aus Angst, die wertvollen Ju-Jubs zwischen den Beinen zu verlieren, hastig gelaufen kam und in Zukunft alle Fehler vermied.

Neben ihrem aufbrausenden Gemüt besaß Selvi das außergewöhnliche Talent, mit völlig beliebigen Zutaten wahre Köstlichkeiten zuzubereiten, die sich, einmal gekocht, einmal verspeist, nicht wiederholen ließen. Ein Teil von Siâns Befreiung von der Tyrannei der Sylvan Lodge bestand darin, Erfahrungen mit der nichtvegetarischen indischen Küche zu machen. Meisterhafte Chappathis zu bereiten reichte nicht. Sie wollte Kebabs machen können und scharfe Fleischcurrys, weil Babo und sie neue Freunde gefunden hatten, und wenn sie die eines Tages zu sich einluden, mussten sie ihnen etwas Aufregenderes vorsetzen können als nur Daal und Reis.

Ein ganzes Jahr lang entfaltete sich Babos und Siâns Leben in ihrem Haus an der Rutland Lane in einem gemächlichen Kontinuum von Tagen, das um den herrlichen orangefarbenen Flammenbaum herum wurzelte, der im Vorgarten aufragte. Siâns Tage begannen und endeten mit Mayuris zartem Rosenduft, Selvis betörender Mischung von Kokosnussöl und Jasminblüten und schließlich Babo – sein Erd- und Mimosenduft, seine nach Gold Flakes riechenden Fingerspitzen. Diese Gerüche durchdrangen Siâns Bewusstsein so nachhaltig, dass sie ihre Erinnerungen an die Sylvan Lodge ersetzten und, irgendwie, den Anfang einer neuen Beziehung zu Indien definierten, und ihres neuen Lebens als Mutter. Sie begann zu begreifen, wie untrennbar sie und Babo miteinander verbunden waren und wie viel Macht sie besaßen, etwas Neues zu schaffen.

Jene ersten Jahre vergingen hindernislos, ohne Schrecknisse und Krankheiten, geprägt nur durch die Jahreszeiten, die Madras zu bieten hatte: Sommer, Monsun, eine wenige Monate währende kühle Atempause bis zur Erntezeit im Januar – und dann wieder Sommer. Mit Mayuri gab es keine langen Autofahrten im Fliegenden Fiat mehr, keine Erkundungen des Landes. Es gab nur noch das Bedürfnis, fest in diesem Haus verwurzelt zu sein, die Gewohnheiten der Familie Singhania oben im Haus kennen zu lernen, den punjabischen Frauenverein nebenan und das Reich der Katzen, welche die offenen Räume dazwischen bevölkerten. An manchen Sonntagen besuchte sie die Sylvan Lodge und einmal auch Ba in Anjar. Aber davon abgesehen waren es nur sie vier, Babo, Siân, Mayuri und Selvi, in dem Haus mit dem orange-schwarzen Tor, und Siân würde sich nie an eine glücklichere, zufriedenere Zeit ihres Lebens erinnern können.

Als Apollo 17 auf dem Mond landete, hatte sich Siân bereits dem Club der Frauen aus Übersee, dem Overseas Women's Club, von Madras angeschlossen und ihre ersten wirklichen Freundinnen in Indien gefunden. Darlene Malhotra zum Beispiel, geborene Adams, eine Kinderärztin aus Tennessee, die ihren Mann Praveen bei einem Elvis-Konzert in Las Vegas kennen gelernt und sich nach einer intensiven LSD-Erfahrung dazu entschlossen hatte, ihn zu heiraten und sich ein halbes Jahr Zeit zu nehmen, von London aus über Land nach Indien zu fahren. Und Janet Krishnamurti, geborene Miller, aus Plymouth, die 1956 von dem für die Handelsmarine arbeitenden Keshav Krishnamurti derart verführt worden war, dass sie ihm mit dem Schiff bis nach Indien folgte, obwohl er sie doch gewarnt hatte, dass sie ihn sich mit seiner herrischen, verwitweten, bei ihm lebenden Mutter würde teilen müssen – woran sich sicher nichts änderte, bis einer von ihnen starb. Die Beziehungen, die Babo und Siân mit den beiden Paaren eingingen, sollten sich zu den zentralen

Freundschaften ihres Lebens entwickeln. Mindestens zweimal pro Woche trafen sie sich auf dem Rasen des Madras Gymkhana Club, tranken G&Ts und redeten über Gott und die Welt, von der Situation in Vietnam bis zum neuen Bond-Film, der gerade im Casino lief. Es waren glückliche Abende, mit Musik, Tanz und Alkohol – Freiheiten, die Babo und Siân so nur gemeinsam in London erlebt hatten.

Es war auch die Zeit, da Siân sich mit aller Macht in die Wohltätigkeitsarbeit stürzte. Durch die vielen sozialen, mildtätigen Arme des Overseas Women's Club fand Siân eine Möglichkeit, etwas gegen das überwältigende Schuldgefühl zu tun, das sie seit ihrer Ankunft in Bombay mit sich herumtrug, als sie die Familien auf den Bürgersteigen hatte schlafen sehen. Sie strickte Decken für Kranke und gab Slumkindern Englischunterricht. Sie hielt die verwitterten Hände von Männern und Frauen, die von ihren Familien verlassen worden waren, und bestickte Platzdeckchen für die »Kleinen Schwestern der Armen«. Siân liebte sie alle, besuchte sie in psychiatrischen Abteilungen und auf Krebsstationen, weinte, wenn sie hörte, wie sie nachts an ihre Betten gefesselt wurden, und empfand eine berauschende Freude, sobald ihr ein paar Waisenkinder entgegenliefen und »Tante! Tante!« riefen. Dazu wollte kaum passen, dass sie sich um ihr eigenes Kind so gar keine Sorgen machen musste. Mayuri ließ sich jeden Tag glücklich mit Senföl einreiben und ritt zur Melodie alter tamilischer Filmschnulzen auf Selvis kräftigen Hüften.

In dieser relativ friedlichen Phase ihres Lebens stellte Siân fest, dass sie ein weiteres Mal schwanger war, und ihre zweite Schwangerschaft verlief noch reibungsloser als die erste. Dieses Mal, ganz für sich in ihrem eigenen Heim, konnte Siân ganze Vormittage über in ihrem Kaftan dasitzen und Dr. Spocks Ratgeber zur Baby- und Kinderpflege lesen, während Mayuri unter Selvis wachsamen Augen auf der Veranda mit ihren Bauklötzen spielte. Das Gros guter Ratschläge der Patel-Frauen ging eher auf Meenal nieder, die ebenfalls schwanger war – mit ihrem ersten Kind – und ein paar Monate vor der Niederkunft, ganz wie die Sitte es vorschrieb, zurück nachhause gekommen war. Während Meenal Trishalas voller Aufmerksamkeit ausgesetzt war (um die Wahrheit zu sagen, war sie nur zu glücklich, die Füße hochlegen zu können und sich füttern zu lassen, bis sie zu einem dickbäuchigen Schwein anschwoll), war Siân frei, ihrem normalen Leben nachzugehen, solange sie nur einmal in der Woche Mayuri mit ihrem kleinen Übernachtungskoffer in die Sylvan Lodge brachte, damit Trishala ihre Enkelin mit ihrer ungeteilten Fürsorge umhegen und die mit ihrem neuen Freund spielen konnte, Darayus Enkel Cyrus, einem schlaksigen Kind mit schwachen Augen, dessen Eltern in Amerika lebten. Abends wanderte Siân durch den Garten der Erlösung, saß am Freitag mit Ms Douglas unter dem Banyan-Baum und dachte über die Worte Mannas nach: »Kennt ihr etwas, nur weil ihr einen Namen dafür habt?« Später, wenn Babo nachhause kam und sie, fern vom Stoßen, Drängen und Zerren der Welt draußen, nebeneinander im Bett lagen, konnte Siân endlich über die Ruhe nachdenken, und was sie in diesem Land bedeutete.

In jenen späten, mitternächtlichen Stunden dachte sie auch an ihre Mutter und ihren Vater, die warteten, geduldig alt wurden und auf sie warteten. »Wirst du nicht mehr kommen?«, fragten sie. »Bald, bald«, flüsterte sie. »Bald schon klettern wir alle in ein Flugzeug, überqueren die Meere und kommen nach Nercwys, denn es wird Zeit, oder? Zeit, dass ihr Mayuri kennenlernt, und das neue Baby.«

Seit sie ins Haus mit dem orange-schwarzen Tor gezogen waren, hatte Babo viel über die Entscheidungen nachgedacht, die ein Mann zu treffen hatte: Wo er begann und wo er aufhörte. Er träumte von London, von all der Erregung und Bewegung, die er dort gespürt hatte, und wie er morgens mit dem Gefühl, etwas zu erobern, erwacht war. Er dachte an seine alte Flamme Falguni und fragte sich, wie es sich angefühlt hätte, mit ihr verheiratet zu sein. Meenal hatte berichtet, Falguni lebe in Nairobi, wo sie mit einem alternden, Gemüseöl produzierenden Millionär verheiratet sei. Wenn er an sie und ihre tränenverschmierten Briefe dachte, rührten sich Schuldgefühle in Babos Brust. Wäre diese neue Phase des Vaterseins anders, wenn er ein gehorsamer Sohn gewesen wäre? Wenn er getan hätte, was von ihm erwartet worden war? Wäre das alles dann leichter zu verstehen? Und wie würde sich ihr Leben entwickelt haben, wenn Siân und er, wie ursprünglich geplant, zurück nach London gegangen wären? Wenn er die Stelle angenommen hätte, die, wie Fred Hallworth ihm versichert hatte, immer bei Joseph Friedman & Sons auf ihn warten würde?

Wie fein ausbalanciert die komplizierte Choreographie des Lebens doch war und wie wenig die Menschen dennoch darüber nachdachten. Ganz sicher hatte er selbst bisher keine Zeit gehabt, über all die Entscheidungen nachzugrübeln, die er in seinem Leben getroffen hatte. Er hatte immer nur reagiert, reagiert, reagiert. Und das Schlimmste an seinen Reaktionen schien zu sein, dass sie Siân und ihn in verschiedene Richtungen gezogen hatten. Plötzlich hatte *sie*, die doch so unter dem Fern- und Getrenntsein gelitten hatte, ganz unversehens ihren Platz gefunden. Als wäre genau das ihre Bestimmung: Kinder zu gebären und die Welt zu retten. Wobei es keine Zeit zum Planen und Überlegen gegeben hatte. Babo hatte sich nicht hingekniet, um ihr einen Heiratsantrag zu machen. Die Umstände hatten es entschieden: entweder oder, zusammen oder getrennt, und *rumms!*, schon lebten sie verheiratet in Madras und erwarteten ihr zweites Kind.

Wie immer, wenn sich Babo auf unsicherem Grund fühlte, fragte er seine Großmutter um Rat. »Ba«, stöhnte er verdrießlich ins Telefon, »warum kann niemand mehr von etwas anderem als dem Baby sprechen? Papa ist verrückt geworden, da bin ich sicher. *Wir* haben ihn *nie* so interessiert, als wir Kinder waren, aber jetzt solltest du ihn grinsen sehen, wie ein König. Ma ist sowieso völlig außer sich. Zwei Enkel sind unterwegs. Ich glaube fast, die Aufregung ist zu viel für sie. Als hätte ihr ganzes Leben nur dieses eine Ziel gehabt, Großmutter zu werden!«

»Was ist los?«, fragte Ba. »Bist du nicht gern ein Daddy?«

»Nein, das ist es nicht.«

»Was dann? Hat deine Frau dich aus dem Bett geworfen?«

»Nein.«

»Also was? Du dummer, verwöhnter Junge. Magst du es nicht, dass sich keiner mehr um dich kümmert?«

»Nein, Ba. Das meine ich alles nicht. Ich habe es mir nur einfach nicht so vorgestellt.«

Babos ganzes Leben war ihm, in diesem neuen Licht betrachtet, vorausgeeilt, und während er sich noch daran gewöhnte, ein neues Wesen mit einem eigenen Chromosomensatz und eigenen Erwartungen zu nähren und zu behüten, kündigte schon ein weiteres an, zusätzliche Forderungen an ihn zu stellen. Siân saß wieder auf der Yogamatte und praktizierte ihr Pranayama, spielte dem Höcker in ihrem Bauch Mozart vor und holte abends die Dylan-Thomas-Bände ihres Vaters hervor, um daraus zu rezitieren. Das alles war einfach zu viel. All diese Veränderungen. Wofür? Was hatte das wirklich zu bedeuten?

Babo hatte seine Vaterschaft bisher nur in Form von Abstraktionen gesehen. Während Chotu fröhlich verkündete, dass Mayuri die gleichen grauen Augen wie Babo und Trishala hatte, und wie auch schon Trishalas Mutter Gurvanthi, die Tempelreinigerin, vermutete Babo etwas Magisches in der Art, wie sich die Dinge fortsetzten. Kinder zu bekommen bedeutete fast so etwas wie Unsterblichkeit, dachte er. Aber statt sich von diesem Gedanken gestärkt zu fühlen, kam Babo sich geschwächt vor. Er spürte, wie der Sand seiner Uhr verrann. Hatte er nicht gerade erst angefangen, jung und unbekümmert zu sein, es zu genießen, bis drei Uhr morgens mit Freunden aufzubleiben, sich gegenseitig zu besuchen, zu trinken, zu reden und zu tanzen, ohne jemandem dafür Rechenschaft ablegen zu müssen? Wie konnte das so weitergehen, wenn es zwei Babys gab, um die es sich zu kümmern galt?

Im Übrigen zwang ihn nichts in seinem Körper, die Unausweichlichkeit der Geburt anzuerkennen. Keine Hormone oder Drüsenveränderungen, kein kleiner Fremdling in seinem Leib, der sich über neun Monate von ihm nährte und von ihm trank. Im Rahmen der Schwangerschaftssaga war Babo nichts als der Handlanger, der Spender, der mit dem Samen gekommen war, der Botenjunge, der die Kati-Rolls von Tic-Tac brachte oder die marmeladegefüllten Donuts von Spencer's, je nach Siâns Gelüsten. Und das alles bereitete ihn nicht wirklich auf den Moment vor, da er in die Wiege greifen und sein Kind zum ersten Mal auf den Arm nehmen musste. Bei Mayuri war es ein Gefühl gewesen, als triebe er auf dem offenen Ozean, ohne Kompass, und der Gedanke, dass es schon bald wieder so weit sein würde, ließ ihn vor Angst erstarren.

Babo hatte lange gebraucht, um sich sicher zu fühlen, wenn er Mayuri hielt, oder sie gar wie Chotu in die Luft warf, ohne Angst zu haben, sie zu zerbrechen. Die Belohnungen waren erst langsam gekommen: zum Beispiel zu hören, wie Mayuri ihr zweites Wort sagte, *Daddy*, süß und unerwartet nach ihrem ersten Wort, *Mama*, womit sie gleich von Beginn an ihr ernsthaftes Bestreben zeigte, ihre Liebe gleichmäßig zwischen ihren Eltern aufzuteilen. Und wenn Mayuri nach dem Bad abends zu ihm gebracht wurde, um vor dem Schlafengehen noch einmal mit ihrem Daddy zu kuscheln, und der weiche, unschuldige Glanz ihres Baby-Shampoos von ihrer ganzen Gestalt abstrahlte, dann schlug das, ja doch, eine Saite in ihm an, wie nichts anderes es konnte.

Das waren die Dinge, die Babo nach und nach zu genießen lernte und die ihm sogar zu einer Notwendigkeit wurden. Aber nichts, nichts an der Geburt seiner ersten Tochter vermochte ihn auch nur entfernt auf die Geburt der zweiten vorzubereiten, Beena Elizabeth Patel, die von Beginn an immer nur Bean genannt wurde. Als Bean auf die Bühne trat, erlebte Babo etwas, das er erst einmal erlebt hatte, vor langer Zeit in einer Kantine in London. Es war etwas, das tief, tief in ihn hineinreichte, bis zu jenem schmalen Muskel, der wie ein Blatt über seinem Magen lag, und alles andere weit hinter sich ließ, Feuerwerke wie Katastrophen, und es klang in etwa so: *Ba-ba-bumm, ba-ba-bumm, ba-ba-bumm-bumm-bumm.*

Am 15. August 1973 brachten Siân und Meenal in den Räumen 305 und 306 des Lady Wellington Hospital zwei gesunde Mädchen zur Welt. Meenals Tochter, die im Weiteren Einbraue Nummer eins genannt wird, trat zur vernünftigen Zeit von 16 Uhr 23 in diese Welt ein, während Bean fünf Stunden länger brauchte, sich mit ihren beeindruckenden vier Kilo und dreihundertzwanzig Gramm mühsam freikämpfte und so nicht nur ihrer armen Mutter Unannehmlichkeiten bereitete, sondern auch den Arzt und die Nachtschwester davon abhielt, ihren eigentlich freien Unabhängigkeitstag zu genießen. Darüber hinaus zerstörte sie den Traum ihrer Großeltern von einem männlichen Nachkommen.

»Oh Gott!«, sagte Chotu, als er davon erfuhr. »Drei Nichten! Warum kriegt nicht mal jemand zur Abwechslung einen Jungen?«

»Sie sollte ein Junge sein«, sagte Trishala mit finsterem Blick, »aber ich denke, Gott hat es sich in letzter Minute noch einmal anders überlegt.«

»Mam, können wir sie nicht zurückgeben?«, wollte Mayuri wissen.

Am Anfang war Bean ein Engel. Sie brauchte weder Schlaflieder noch tamilische Filmschnulzen. Sie schlief einfach ein. Solange sie regelmäßig an der Brust ihrer Mutter gestillt wurde, lag sie glücklich wie eine Schnecke in ihrer Wiege und lutschte am Daumen. Egal, wann Babo oder Siân sie am Abend hinlegten, sie schlief durch bis morgens um acht, sah dann stumm durch die Gitter und wartete auf jemanden, der sie hochnahm und fütterte.

»Bean«, flüsterte Babo, während sie Daumen lutschend und völlig selbstvergessen auf der Seite lag. »Hey, kleine Feuerbohne, sieh mich an! Daddy möchte dir hallo sagen.«

Er konnte nur staunen, wie selbstgenügsam sie war, ihr eigenes kleines Universum. Solange sie ihren Daumen und einen vollen Magen hatte, gab sie keinen Pieps von sich. Alles, was mit Beans Erscheinen zu tun hatte, war so viel einfacher. Bei Mayuri waren Telegramme und Geschenke gekommen, die Besucher hatten sich die Klinke in die Hand gegeben, es war ständig fotografiert worden, es gab Süßes und dies und jenes. Bei Bean war alles weit weniger überschwänglich. Es kamen ein paar Karten, ein paar Anrufe, aber nichts, was Siân in rosa Papier wickeln und für später in die Schmuckschublade legen konnte, wenn Bean größer war und wissen wollte, wie klein einmal ihre Fingerchen und Füßchen gewesen waren. Abgesehen von den Goldkettchen von Trishala und dem Tiffany-Kreuz von Bryn und Nerys gab es nichts, was an die Schätze heranreichte, die Mayuri eingestrichen hatte.

Sechs Monate später bestiegen Babo, Siân, Mayuri und Bean den Navjeevan Express nach Ahmedabad und dort den Nachtbus nach Anjar, wo im Amba-Mata-Tempel Beans Namensgebungszeremonie stattfinden sollte. Bas Haus in Ganga Bazaar war gefegt und geschrubbt worden, bis die schwarzen Steinböden wie Onyx glänzten. Jasmingirlanden hingen an den Fenstern im Raum mit den Schaukeln, und überall im Haus standen kleine Messingurnen mit Wasser und Frangipani-Blüten. Ba wartete auf den Eingangsstufen und konnte sie lange vor ihrer Ankunft riechen. Babos Regenwolken- und Bakul-Geruch war stärker und berauschender als alles, was sie kannte. Den Geruch seiner walisischen Frau – Morgen über Morgen frisch geschnittenen Grases. Ihre Urenkelin Mayuri, die nach Wurzeln und Schlamm roch, kräftig, stur und hart wir Rubine. Und dann war da noch ein neuer Geruch, so wehmütig und vielfältig, dass er Tränen in Bas milchige, diabetische Augen trieb, denn er stieg aus der Asche ihrer eigenen Kindheit auf. Es war der Geruch von Gewürzen. Sie sah ihre Mutter mit dem Stößel vor sich, Chilis, Gelbwurz und Kreuzkümmel für ein ganzes Jahr mischend. Der Geruch von Eis am Stiel, süß und synthetisch, ein Sommertag. Die Schärfe von Flusswasser, Messing, Sex, Blut.

Als sie endlich in ihren Vorgarten traten, hatte Ba das Gefühl, ihr ganzes Leben noch einmal durchlebt zu haben. Es war wie ein Ertrinken gewesen, Kapitel um Kapitel kleiner Erleuchtungen und riesiger Enttäuschungen. »Du warst zu lange nicht hier«, schalt sie Babo aus, bevor er ihre Füße berühren und um ihren Segen bitten konnte. »Du vergisst, dass ich eine alte Frau bin. Glaubst du, ich werde ewig leben? Wo ist Beena? Lasst sie mich halten. Setzt sie mir auf den Schoß, damit ich sehe, was ich noch sehen kann.«

Ba hielt Bean lange in den Armen, inspizierte ihre Zehen und Finger und bewunderte, wie rund ihr völlig kahler Kopf war. Mayuri stand daneben. Sie war es immer noch nicht gewohnt, wie viel Aufmerksamkeit das neue, dicke Baby von ihr ablenkte, beugte sich vor und flüsterte Ba ins Ohr: »Ich mag sie gar nicht. Selvi nennt sie ein großes, dickes Bonda Bajji, und das ist sie auch.«

»Du solltest dir nach diesem Kind etwas Ruhe gönnen«, riet Ba Siân.

»Ich denke, das werde ich. Zwischen den beiden besteht kein großer Altersunterschied.«

»Was ich meine, ist«, sagte Ba, »dass du dich nach diesem Baby ausruhen musst. Vielleicht solltest du ganz aufhören, Kinder zu bekommen. Weißt du, es gibt nur drei Arten von Frauen auf der Welt: Erde-, Wasser- und Feuerfrauen. Mayuri wird sich tief in der Erde verwurzeln. Sie wird wissen, wer sie ist und was sie will. Immer. Aber die hier, Beena, die wird von Erde zu Wasser zu Feuer wechseln, wieder und wieder. Sie wird sich wie Wasser bewegen, immer eine andere Form annehmen wollen, aber sie wird sich auch nach Ruhe sehnen. Und sie wird aufbrausend sein. Oh ja, du wirst dich mühen müssen, um das Feuer in ihr zu mindern. Da besteht kein Zweifel, dieses Kind wird dich beschäftigen.«

Bean, die aufmerksam zugehört zu haben schien, begeistert von Bas durchsichtigem Haar, gluckste. Es war ihr erstes Lachen.

Ba trug Bean zum Amba-Mata-Tempel, wo der Priester wieder und wieder ihren Namen sang und sie so ein zweites Mal in die Welt hineingebar. Bean wurde gebadet, in neue Kleider gehüllt und zu einem vorab festgelegten günstigen Zeitpunkt in Siâns Schoß gelegt, so dass Hira Lal, der Juwelier, ihre Ohrläppchen mit Kokosnussöl einreiben und ihr goldene Ringe durch die Ohren stechen konnte. Das ließ Bean so durchdringend kreischen, dass selbst die Pfauen oben auf dem Blechdach verstummten. Nur Ba, die Bean auf ihren alten Schoß nahm, vermochte sie zu besänftigen. »*Laadli, oh mari laadli*«, schmeichelte sie ihr und schob ihr ein weiches, zuckriges Stück Gur zwischen die Lippen, um sie zur Ruhe zu bringen.

Babo stand hinten im Garten beim Brunnen, rauchte, hörte das Schreien und spürte, wie sich eine Taubheit in seinem Körper ausbreitete. Er war den ganzen Tag durch die Gassen und Winkel Ganga Bazaars gewandert und hatte darüber nachgedacht, wie es erst vier Jahre her sein konnte, dass er sich die Haare hatte wachsen lassen und aus Protest hierhergekommen war. Da hatte sein Leben noch aus Vorstellung und Zukunft bestanden, und alles hing von dem schmalen blauen Umschlag ab, den Neeraj-Bhai, der Briefträger, brachte oder nicht brachte. Er musste an die vielen Stunden an seinem Tisch in der Zam Zam Lodge denken, wo er eine Tasse zuckersüßen Tee nach der anderen getrunken und Briefe geschrieben hatte, bis keine Tinte mehr in seinem Stift war. Abends bei Ba hatte er den Geschichten über die Liebesaffäre zwischen Trishalas Eltern gelauscht, über die Dürre, die darauf gefolgt war, und die vielen heilenden wie nutzlosen Eigenschaften einer Familie.

Babo sah durch die Fenstergitter und die offene Tür in das Haus seiner Großmutter, sah die Garoli-Eidechsen über die Wände huschen und seine Frau in einem magentafarbenen Seidensari und mit einem großen roten Bindi auf der Stirn dasitzen. Sie knackte Kokosnüsse und ölte das Baby ein, als hätte sie das ganze Leben für diese Rolle geübt. Und er sah seine Großmutter in ihrem weißen Witwensari, die seine zwei Töchter hielt, perfekt wie Juwelen, und sein Herz tat einen Sprung. Es war ein Sichunterwerfen, oder etwa nicht? Liebe bedeutete, sich zu unterwerfen, und dagegen hatte er sich gewehrt.

Babo ging ins Haus und holte seine Minolta aus ihrer staubigen Hülle. Mit dem Licht von Gujarat im Rücken, fotografierte er diese vier wichtigen Frauen in seinem Leben. Lange stand er in der Tür, lauschte dem Sirren des Verschlusses, fasste das Weiß und das Magenta in Rahmen, die kleinen dunklen Augen, die Lichtpunkte. Er dachte an den Rest der Familie, an Trishala, Prem Kumar, Meenal, Dolly und Chotu – und wie sie vor noch gar nicht so langer Zeit am Gate des Flughafens Meenambakkam gestanden und ihm zum Abschied zugewunken hatten, als er zu seiner ersten Reise nach England aufgebrochen war. Wie jung er da noch gewesen war, mit kaum so etwas wie Flaum auf der Oberlippe, und doch hatte er gewusst, dass sich sein Leben für immer ändern würde. Er hatte zu seiner Familie, zu jedem Einzelnen von ihnen hingehen und sie festhalten wollen, solange alles noch so war wie immer. Und jetzt, in diesem Moment, spürte Babo etwas ganz Ähnliches, und es drängte ihn, seiner Frau zu sagen: Ich verstehe. Das ist unser Leben, unsere Zukunft ist unsere Gegenwart geworden. Diese beiden Mädchen, dieses Land. Das sind wir.

TEIL ZWEI

Das Haus mit dem orange-schwarzen Tor
1974–1995

11
Da sind wir also

Das ist also der Ort, an dem sie anfangen. Wo sie wirklich anfangen. Wo Siân zwei Mädchen gebiert, die wie Winde hereinkommen, einer warm, einer kalt, einer heulend, einer still. Wo sie sich eine Familie nennen. Babo, Siân, Mayuri und Bean.

Draußen steht der Flammenbaum wie ein Zeuge ihres Lebens.

Nebenan, auf den Mauern des punjabischen Frauenvereins, liebt sich eine ganze Katzengeneration und zankt durch die Nacht.

Unten an der Straße ist der Okay Stores, in dem Mr Mustafa sitzt und lächelnd Gold in rotem Zahnfleisch aufblitzen lässt. Wo Selvi Küchenartikel kauft und die Mädchen sich um ein Mangoeis streiten.

Oben wohnt die Familie Singhania, deren Jungs vor dem weißen Gitter knien, von dem die Farbe abblättert, um zu sehen, wie Bean wie eine nackte Furie aus dem Bad getanzt kommt; Mayuri leiht sich ihr rotes Fahrrad aus, um sich in Ausdauer zu üben.

Das orange-schwarze Tor draußen überwacht das Kommen und Gehen, die wachsenden Glieder und abgebrochenen Zehennägel. Die Mädchen und Jungen, die Jungen und Mädchen.

Babo, Siân, Mayuri und Bean, immer sind sie auf der Suche nach den schönen Dingen dieser Welt, um sie zu ihren eigenen zu erklären. Die Mädchen stellen sich aufs Tor, fahren damit hin und her und öffnen es, wenn es geschlossen bleiben sollte, laufen hinaus und hinein und denken, niemand hat's gesehen und nichts wird übelgenommen.

Jeden Sonntag fahren sie zur Sylvan Lodge, wo Mayuri und Bean gleich zur Treppe laufen und sich die Schuhe von den Füßen treten, bevor sie in Prem Kumars und Trishalas Schlafzimmer marschieren. Trishala Ba gibt ihnen glänzende neue Rupienmünzen, und jede bekommt ein buntes Notizbuch. Prem Kumar lächelt ihnen zu, ganz leicht, mit seinen betelverfärbten Zähnen, und fragt sie, ob sie schon gelernt haben, wie man Chappathis macht.

Dolly Fie, bevor sie Chunky Fua in Baroda heiratet, nimmt sie auf den Schoß und kitzelt sie abwechselnd, bis sie sich fast in die Hosen machen und nach oben laufen und sich zu zweit aufs Töpfchen drängen müssen. Chotu Kaka, der immer zum Cricketspielen auf die Sportwiese geht oder auf der Terrasse steht und Flugzeuge fliegen lässt, nimmt sie auf seine starken Schultern, damit sie versuchen können, das Meer zu sehen. Aber was sie von da oben sehen, ist nicht das Meer, sondern die lange, von Portia-Bäumen gesäumte Sterling Road, gepunktet mit gelben Rikschas und Autos, Motorrädern und Ochsenkarren. Und draußen vor dem Tor malt der halb blinde Selvam mit Kreidestaub ein Schild, um die Dämonen fernzuhalten.

Nebenan erklärt Darayus' Onkel seinem Enkel Cyrus Mazda, wozu die einzelnen Werkzeuge in der Garage gut sind. Cyrus, mit den vorstehenden Nagezähnen und den flaschenbodendicken Brillengläsern. *Cyrus der Große, geboren in einer Dose.* Als Cyrus mit der Arbeit in der Garage fertig ist, klettert er über die Mauer und bittet darum, in den Sonntagsclub aufgenommen zu werden, dessen Präsidentin Mayuri ist. Mayuri will von Bean und Cyrus fünfundzwanzig Paise Mitgliedsbeitrag und lässt sie einen Treueeid schwören. Dann müssen sie all die schlimmen Dinge aufschreiben, die in der Woche in der Schule passiert sind: *Lalit hat sich am Montag mit dem Zirkel in den Finger gestochen. Kaveri hat beim Kugelstoßen die Kugel an den Kopf ge-*

kriegt. Mrs Subramanium ist in der Versammlung ohnmächtig geworden. Als sie keine Lust mehr zum Schreiben haben, rennen sie auf der roten Ziegelterrasse auf und ab, bis die Mädchen ganz außer Atem und rot im Gesicht sind, weil sie versuchen mit Cyrus' langen Straußenbeinen mitzuhalten.

Danach schleichen sie nach unten, um sich Wasser aus dem Tonkrug zu holen, und finden alle schlafend vor, wie im Schloss von Dornröschen. Prem Kumar und Trishala Ba liegen ordentlich links und rechts auf dem großen Bett, Mama und Dolly Fie im klimatisierten Zimmer und Daddy und Chotu Kaka auf den braunen Sofas im Wohnzimmer. Die beiden schniefen wie Feuerwehrautos – *rimmsimm rimmsimm*.

Mayuri schiebt ihre kleine Hand in Babos Kurta-Tasche, stibitzt die Schlüssel vom orangefarbenen Fliegenden Fiat und fragt Cyrus und Bean: »Wollt ihr etwas Erwachsenes tun, das Spaß macht?« Dann schließt sie die Türen auf und platziert die beiden auf dem Rücksitz. Sie kurbelt alle Fenster hoch und lässt nur einen winzigen Spalt offen, damit etwas Luft hereinkommt. So lässt sie die beiden eine halbe Stunde dort sitzen, bis ihnen der Schweiß über die Stirn läuft und die dicken Gläser von Cyrus' Brille beschlagen. Bean fängt an zu jammern: »Wenn du uns nicht rauslässt, sage ich's Daddy, May-May.« Und Mayuri sagt: »Ihr wollt doch erwachsen sein und wissen, wie es sich in einer Sauna anfühlt, oder?«

Endlich lässt Mayuri sie wieder heraus, und sie laufen an den pistaziengrünen Mauern entlang und tun so, als wären sie Züge. Hinter dem Haus, wo die Bediensteten wohnen, werden sie besonders schnell – wo der Waschstein, die Wäscheleine und der Abfluss ist, über dem sich Prem Kumar jeden Morgen mit seinem Neem-Zweig die Zähne putzt. Als Cyrus beschließt, dass er von Mayuris Tyrannei genug hat, springt er über die Mauer zurück nachhause. Die Mädchen laufen noch eine Weile herum, bis Siân sie zu einem Brot mit Marmelade und einem Glas Malzkakao hereinruft. Natürlich hat Bean sich schmutzig gemacht und die Knie abgeschürft, während Mayuri tadellos aussieht, die Zöpfe wie gerade geflochten, die Taschen voller Kleingeld.

Drinnen sitzen die Erwachsenen mit verschlafenen Gesichtern um den Esstisch. Trishala öffnet einen Granatapfel und legt die Kerne vor sie hin, einen nach dem anderen, klein und rosa. Die Mädchen stopfen sie sich in die Backen, alle auf einmal, und dann *K-N-I-R-S-C-H K-N-I-R-S-C-H*, bis der süße Saft ihnen die Kehle herunterläuft. Babo und Prem Kumar schütten milchbraunen Tee auf Untertassen und schlürfen ihn, *schluck schluck*, wie Goldfische. Siân eilt in und aus der Küche, sie trägt einen Sari, denn der Sonntag ist nicht nur Sylvan-Lodge-Tag, sondern auch Sari-Tag und Strandtag. Und wenn Babo sagt, es ist Zeit zu gehen, rennen sie noch einmal die Treppe hinauf und rutschen – *wusch* – das Geländer hinunter, damit Chotu Kaka, der unten steht, sie auffangen kann. Dann nehmen sie ihre Schuhe, laufen zur Tür und winken: *Aujo, aujo, goodbye, goodbye, wir sehen euch nächsten Sonntag*.

Und das tun sie und das tun sie und das tun sie, bis sie erwachsen und verändert sind, aber im Moment ist noch alles leicht, federleicht.

Babo fährt sie nach Marina Beach, wo sie Papierwindräder und Luftballons kaufen. Mayuri und Bean ziehen sich aus und rennen in die Wellen, während ihre Eltern am Strand sitzen, sich bei den Händen halten und ihnen hinterherrufen, nicht zu tief ins Wasser zu gehen. Dann fährt Babo sie zum Drive-In Woodlands, wo sie in ihren Badeanzügen und mit Handtüchern umwickelt auf der Haube des Fliegenden Fiat sitzen und ihnen die nassen Kinderhaare kreuz und quer vom Kopf abstehen. Sie schaufeln Iddlis mit Kokosnuss-Chutney und Sambar in sich hinein und stürmen dann zum Klettergerüst auf dem Spielplatz, während Babo und Siân wie Filmstars sittsam im Auto sitzen und ihre Dosas essen. Und am Ende nimmt Babo seine Mädchen auf den Arm, und sie dürfen sich an der Dasaprakash-Theke ein

Eis aussuchen. Bean nimmt jedes Mal eine andere Sorte, Mayuri bleibt bei Vanille.

Wenn sie zurück zum Haus mit dem orange-schwarzen Tor fahren, tun Bean und Mayuri so, als schliefen sie auf dem Rücksitz, wie Schnecken, Arme und Beine miteinander verschränkt. Am Tor angekommen, hupt und hupt Babo, bis der betrunkene Bahadur von seinem Rohrstuhl aufsteht und sie hineinlässt. Dann heben Babo und Siân die Mädchen vom Rücksitz und tragen sie die Marmorstufen hinauf durch die Tür und direkt in ihr Schlafzimmer mit den beiden Rohrbetten und den in Nercwys gestrickten Decken. Siân zieht die blumenbedruckten Vorhänge zu, und Babo schaltet das Licht aus und sagt: »Gute Nacht, ihr kleinen Bohnenstangen, gute Nacht«, und tut dabei so, als wüsste er nicht, dass seine Mädchen tatsächlich wach sind, mühsam versuchen, ernst zu bleiben und sich im Dunkeln Chori-Chori-Blicke zuwerfen. Am Morgen wird Selvi ihrem strubbeligen, sandigen Haar mit einer Flasche Öl zu Leibe rücken. Siân wird sie kämmen. Aber jetzt bleiben sie erst einmal auf den Inseln ihrer Betten liegen, und ihre jungen Körper ergeben sich schnell dem Schlaf. Das sind die Nächte ohne Albträume, in denen niemand irgendwohin rennen muss, um sich sicher zu fühlen, und der nächste Morgen wird kühl, trocken und friedlich sein.

12
Es gibt keine göttlichen Wesen, die uns bedrohen

Es war ein Sonntag im April, als Bean ihren ersten Geist sah. Sie war sechs Jahre alt und versteckte sich zwischen den Ashoka-Bäumen im Garten der Sylvan Lodge. Die Erwachsenen waren im Haus, saßen am Esstisch und tranken Tee. Mayuri und Cyrus Mazda spielten auf der Terrasse Restaurant. Bean fühlte sich sicher zwischen den Ashoka-Bäumen, allein mit den warmen grünen Blättern, die bloßen Füße in der Erde. Sie beschloss, eine Weile dort sitzen zu bleiben und Kreise und Kreuze in den Boden zu kratzen, bis jemand merkte, dass sie fehlte, und sie suchen kam.

Bean lief schon seit einigen Monaten immer wieder weg. Gewöhnlich, weil Mayuri gemein zu ihr war oder weil die Singhania-Jungen von oben sie ärgerten. Manchmal war Bean der Wunsch nach Beachtung gar nicht bewusst, es überkam sie nur ein Gefühl so schrecklicher Isolation, dass sie bloß noch an Selvis Zimmer vorbei zur Hintertür hinauslaufen und über die Mauer zum punjabischen Frauenverein klettern konnte, wo sie hoffte, bei einer der freundlichen Bewohnerinnen Trost zu finden.

Das erste Mal lief Bean aus Versehen weg. Mehnaz, ihre beste Freundin, hatte sie nach der Schule eingeladen, mit bei ihr Zuhause im apfelförmigen Swimmingpool zu spielen, und Bean war voller Freude, und ohne weiter nachzudenken, in den Fahrgemeinschafts-Kleinbus geklettert. Drei Stunden und viele Hammel-Pakoras später kam Mehnaz' Mutter, Tante Sherize, vom

Einkaufen nachhause und schrie auf, als sie hörte, dass Bean niemandem gesagt hatte, wo sie war. Sie rief gleich an und sagte dann zu Bean: »Süße, du bist hier immer willkommen, aber du musst erst deine Mutter fragen.« Anschließend ließ sie Bean in einem der Rover von Mehnaz' Vater nachhause bringen. Als der Rover vor dem Haus mit dem orange-schwarzen Tor vorfuhr, kam Babo herausgerannt, schloss Bean in die Arme und drückte sein bärtiges Gesicht in ihre nach Chlor riechenden Haare. »Tu das nie wieder«, sagte er. »Wenn du deinen Daddy lieb hast und nicht willst, dass er einen Herzschlag kriegt, darfst du das nie wieder tun.«

Siân brachte sie in ihr Zimmer und sagte: »Du denkst nie nach, oder? Warum denkst du zur Abwechslung nicht auch mal an andere Leute und das, was du ihnen antust?«

Bean sann über ihre Verfehlung nach, während der letzte Teil der feuerroten Madrasser Sonne hinter den Wohnblöcken verschwand. *Natürlich* tat es ihr leid, dass sie allen einen Schrecken eingejagt hatte, besonders Babo und Siân, aber es fühlte sich auch ziemlich wundervoll an zu wissen, dass sie so vermisst worden war.

»Hast du gedacht, ich sei entführt worden, May-May?«, fragte sie ihre Schwester, als sie später Seite an Seite in ihren Betten lagen.

»Du bist so B-L-Ö-D-E!«, rief Mayuri, setzte sich auf und warf aufgebracht ihre Zöpfe nach hinten. »Weißt du, dass Mama und Daddy zur Polizeiwache gelaufen sind und Formulare ausgefüllt haben, weil sie dachten, du könntest tot sein, während du es dir bei Mehnaz hast gut gehen lassen? Die Lehrer haben das ganze Schulgelände nach dir abgesucht, und ich musste im Zimmer der Rektorin sitzen und hatte nur Thums Up zu trinken.« Und als Bean den Kopf zurücklegte, um das alles zu durchdenken, holte Mayuri zum entscheidenden Schlag aus. »Aber du bist ja sowieso adoptiert, Bean, wen kümmert es also, ob du entführt wirst?«

Bean hob eine Handvoll Ashoka-Blätter auf und seufzte. Es war so schwer herauszufinden, wohin man gehörte. Sie hatte schon Stunden vor dem großen Spiegel im flaschengrünen Bad ihrer Eltern verbracht und ihr Gesicht auf Ähnlichkeiten mit Babo, Siân und Mayuri abgesucht. Es war ein Geheimnis, wie die Züge ineinander übergingen. Warum so und nicht anders? *Warum? Warum? Warum ist die Banane krumm?* Wie kam es, dass Mayuri Babos graue Augen geerbt hatte und sie nicht? Wie konnte es sein, dass sie beide nicht Siâns goldbraunes Haar hatten? Warum hatte sie so langweilige braune Augen und eine so langweilige braune Haut?

»Kleiner Racker«, flüsterte da eine Stimme und unterbrach Beans Träumerei. »Was versteckst du dich denn da? Komm heraus, ich will dir etwas zeigen.«

»Geh weg, Selvam, ich will es nicht sehen«, sagte Bean und zog die Mundwinkel so weit herunter, wie es nur ging.

»Bist du sicher?«, sagte Selvam und drückte die Zweige mit seinem Stock zur Seite. »Es ist ein Geist, kleiner Racker, eines von Yamas Geschöpfen. Ich zeig ihn dir, wenn du herauskommst.«

Bean wand sich ins Freie und klopfte sich den Sand von den Sachen. Sie hatte noch nie einen echten Geist gesehen, aber das Dienstmädchen der Singhanias hatte ihr alles über sie verraten – über die Zwerge im Vorratsraum, die die Keksdosen versteckten und deine Seele mit einem einzigen Bissen verschlucken konnten, wenn man sie ließ. Über die Chudail, die in einer mit Spinnweben überzogenen Wiege auf dem Dachboden schliefen, und Madhavi Rani, die um Mitternacht Autos jagte und mit einem Gesicht rund wie ein Kürbis durchs Fahrerfenster blickte. Aber obwohl Bean vorbehaltlos an die Existenz von Geistern in dieser Welt glaubte, hatte sie selbst noch nie einen gesehen.

So stand sie jetzt neben Selvam vor der Sylvan Lodge und wartete gespannt. Erst konnte sie nichts sehen, nur die lange

Reihe gelb blühender Bäume, die langsam von der Dämmerung eingehüllt wurden. Aber ... »Psst, kleiner Racker, sieh genau hin«, flüsterte Selvam, und tatsächlich, da tauchte eine Frau zwischen den Zweigen auf und schwebte in ihre Richtung. Sie hatte blaugrüne Fingernägel, Haare wie Gras und Rippen, die wie alte, vermodernde Klaviertasten aussahen und sich dunkel unter den Fetzen ihres Saris dahinbewegten. Ihre Brüste hingen wie vertrocknete schlaffe Früchte durch die Falten ihrer Kleidung und ihre Augen richteten sich die ganze Sterling Road herunter direkt auf Bean.

»Siehst du ihre Füße?«, zischte Selvam und zog Bean auf seinen knochigen Schoß. »Siehst du, wie sie nach hinten verdreht sind? Daran kannst du erkennen, dass sie aus dem Jenseits stammt.«

»Ma«, sagte die Frau und reckte ihnen ihre Skeletthände entgegen, während sie sich mit schleppenden Füßen der Sylvan Lodge näherte. »Maaa ...« Aber lange bevor der Geist sie erreicht hatte, sprang Bean schreiend von Selvams Schoß. »Gehweggehweggehweg!«, rannte durch das Tor zur Haustür und klingelte, klingelte, denn auch wenn sie gerade nicht mehr mit Mayuri und Cyrus Mazda redete, musste sie ihnen trotzdem davon erzählen.

»Oh, bitte!«, sagte Mayuri, als Bean sich zum fünften Mal die Hände verdrehte, um zu zeigen, wie die Füße des Geistes an den Beinen gehangen hatten. »Du bist so ein Baby, Bean, alles zu glauben, was Selvam dir erzählt. Aber gut, wenn du willst, dass ich komme und es mir ansehe, kann ich das schon machen.«

Für Bean war Mayuri wie das Mädchen mit der Locke aus dem Kinderreim: Wenn sie lieb war, dann war sie sehr, sehr lieb, aber wenn sie böse war, dann war sie wirklich schrecklich. Manchmal konnten die Schwestern tagelang ohne alle Streitereien spielen und ihr Zimmer in jeden Ort verwandeln, den sie wollten. Mit Siâns alten Saris und Tüchern wurden sie zu verfolgten Schönen oder den bei der Geburt getrennten Zwillingen, die alle paar Minuten ihre Verkleidungen änderten, genau wie die Heldinnen in den Hindi-Filmen. Mayuris Welt war voller kämpfender Banditen, und sie dachte sich ständig neue Inszenierungen für den Sonntagsclub aus – zum *Schneider von Bagdad* oder *Calphurnias Abenteuern in Abessinien* –, die viel aufregender waren als alles, was Bean sich hätte vorstellen können. Aber dann musste nur eine Schulfreundin von Mayuri kommen, und *puff!*, schon zerstob aller Zauber. Dann schlossen sie sich mit allem Spielzeug und den ABBA-Kassetten im Gästezimmer ein, und wenn Bean bettelte, doch mitspielen zu dürfen, kreischte Mayuri in voller Lautstärke durchs Schlüsselloch: »Geh uns nicht auf die NERVEN, Bean. Such dir was Eigenes zum Spielen.«

Am schlimmsten war es, wenn sie mit den Mischlingen zusammen waren. Nicht nur, dass Bean dann ein richtiges Kleid und Lederschuhe anziehen und geduldig mit am Tisch auf dem Rasen des Gymkhana Clubs sitzen musste, während sich Siân und Babo mit ihren Freunden unterhielten. Nein, Mayuri verbündete sich auch noch mit Rachel gegen sie. Rachel war Beans Untergang. Sie war eine Überfliegerin, eine Hochsprungmeisterin und schaffte eine Big-Fun-Kaugummiblase, die zweimal so groß war wie ihr Gesicht, und genau deshalb hasste Bean sie.

Rachels Mutter, Tante Jan, war vor langer Zeit aus England nach Indien gekommen. Mit dem Schiff hatte sie die zweiwöchige Reise gemacht. »Ich habe die ganze Zeit nur geheult, jeden Tag«, erzählte sie Bean, »weil ich glaubte, ich mache den Fehler meines Lebens.«

Bean dachte, dass sie wahrscheinlich wirklich einen ziemlich großen Fehler gemacht hatte, weil sie noch nie wieder zuhause gewesen war, und das alles, um Onkel Keshav zu heiraten, der ein Gesicht voller Fell hatte, und seine Arme waren von oben bis unten mit den eintätowierten Bildern seiner ehemaligen Freundinnen bedeckt, die sich wie Giftefeu die Haut hochrankten. Jedes Mal, wenn Bean ihn sah, fasste er sie bei den Backen, als wären es Türknäufe, und fragte: »Na, Mädchen, möchtest du was trinken?«

Am liebsten von allen Krishnamurtis mochte Bean noch Rachels Bruder Rahul, der volle zwölf Jahre älter war und dunkelblondes Haar und meerblaue Augen hatte. Manchmal, wenn Mayuri zu hochnäsig wurde, nahm Rachel Bean bei der Hand und sagte: »Komm, wir spionieren jetzt Rahul aus«, und dann schlichen sich die beiden zum Fenster des Billardraums (in den nur Leute über achtzehn durften) und sahen zu, wie Rahul mit den anderen großen Jungs Snooker spielte. Normalerweise hatte die Zimperliese Rachel allerdings keine Zeit für Bean, und dann blieb der nur noch das andere Mischlingskind, Shyam Malhotra, der zu Tante Darlene und Onkel Praveen gehörte.

Tante Darlene war Amerikanerin, und sie klang anders als Siân und Tante Jan. Sie war supergroß mit krausen Haaren und hatte immer etwas Lustiges zu erzählen. Ihr Mann, Onkel Praveen, dagegen war mürrisch und sah aus wie eine Wurst, und wenn seine Augen beim Lachen auch ganz faltig wurden, guckte er Bean doch oft an, als wäre gerade einer gestorben. Alle meinten immer, wie komisch es doch sei, dass Darlene und Onkel Praveen ein Kind wie Shyam produziert hätten.

Bean hatte einmal gehört, wie Selvi Shyam die hässlichste Mischung genannt hatte, die sie je gesehen habe. »Manchmal kommt beim Mischen was Schlechtes heraus«, hatte Selvi zum Dienstmädchen der Singhanias gesagt, die ihr rückhaltlos zustimmte: Shyam sei der traurigste kleine Junge, den sie kenne.

Siân sagte, Shyam sehe so kränklich grau wie ein alter Mann aus, weil er ein »Frühchen« sei, viel, viel früher als erwartet auf die Welt gekommen und dabei fast gestorben sei. Deswegen war er so klein für sein Alter und deswegen war alles so dünn und schmal an ihm – der Körper, die Augen, die Nase, die Ohren und besonders die Lippen, die ihn wie einen gemeinen kleinen Knauser aussehen ließen. Aber Bean störte sich nicht an Shyams Aussehen. Er war der beste Baumkletterer, den sie kannte, und im Übrigen hielt er immer zu ihr.

Bean wünschte, dass Shyam jetzt mit ihr vorm Tor des Hauses ihrer Großeltern stünde, um ihr dabei zu helfen, den Geist zu finden und Mayuri und Cyrus Mazda zu beweisen, dass sie keine Lügenliese war. Selvam, der Einzige, der ihr hätte helfen können, hatte sich natürlich gerade auf dem Boden des Bedienstetenzimmers ausgestreckt, um vor seinem Nachtdienst noch ein kleines Nickerchen zu machen, und es gab nichts auf der Welt, das Bean sagen oder tun konnte, damit Mayuri ihr glaubte.

Jeden Abend, nachdem sie den Geist auf der Sterling Road gesehen hatte, lag Bean lange wach und lauschte auf das widerliche Kratzen, das den Eintritt der Geister in die Welt der Menschen signalisierte. Aber alles, was sie hören konnte, waren die Katzen, die sich auf der Mauer des punjabischen Frauenvereins paarten. In Beans Ohren klangen sie wie ein Orchester sterbender Babys. Sie jaulten und jammerten so durchdringend, dass sie nur noch von P. Vetrivel überboten wurden, wenn er mit den Fingernägeln über die Schultafel kratzte. Es gab auch noch andere Geräusche, Rascheln und Glitschen, die aus den Ecken zu hören waren und es ihr unmöglich machten einzuschlafen. Wenn sich ihre Lider am Ende doch vor Erschöpfung senkten, fiel sie in einen so tiefen, unruhigen Schlaf, dass sich ihre Beine unweigerlich irgendwann in der Nacht öffneten und ein warmer Strom Urin durch ihren Pyjama drang.

Im Schlaf wurden für Bean noch die harmlosesten Dinge zu bösartigen Bestien. Ihre Spielzeuge, die tagsüber so sanft und bewegungslos waren, zogen ihr die Decke weg und versuchten ihr in die Augen zu stechen. Selbst ihr liebster Geschichtenheld, Dick Whittington, stand wie ein Wachmann mit weiten Kniebundhosen und seiner bedrohlichen Katze vor der Tür zu Babos und Siâns Schlafzimmer und hielt einen Speer in der Hand, für den Fall, dass sie sich an ihm vorbeischleichen wollte. Bean zitterte und verbrachte den Großteil ihrer Nächte damit, sich auf der Suche nach einem trockenen Platz auf eine Seite ihrer Matratze zu drücken, und erst wenn sie kurz davor stand zu verzweifeln, raffte sie allen Mut zusammen, stand auf, lief zur Tür ihrer Eltern und warf sich zwischen ihnen aufs Bett.

»Himmel noch mal, was soll denn das?«, sagte Siân dann immer. »Du bist zu alt, um bei uns im Bett zu schlafen.«

Und Babo schaltete das Licht ein und sagte: »Sieh doch, da ist nichts, wovor du Angst haben musst. Versuch, von etwas Schönem zu träumen.«

Manchmal probierte sie es sogar bei Selvi und legte sich neben sie auf die Jutematte im Esszimmer. Aber Selvi wollte auch nichts von ihr wissen. »Gott, was ist denn wieder in dich gefahren, Kind? Mach das Licht aus und geh schlafen.«

Aber Bean wusste, dass sich die Geister vor den Erwachsenen verstecken konnten. Sie konnten sich beispielsweise zusammenfalten und in eine Schublade schlüpfen oder ganz einfach in den schmalen Spalt zwischen Wand und Bücherregal rutschen – *katsching ka-tsching ka-tsching*. Oder sie tanzten durch die Fenstergitter und versteckten sich draußen im Flammenbaum, bis im Haus wieder alles dunkel war. Wirklich. Es nützte nichts. Wenn man erst einmal wusste, dass man in einem Geisterhaus wohnte, wenn man sie erst einmal sehen und hören konnte wie am helllichten Tag, blieb einem nichts, als in ständiger Qual zu leben, bis sie kamen und einen holten.

Und wenn einen die Geister nicht holten, tat es der schwarze Mann. Es war Mayuri, die Bean vom schwarzen Mann erzählte, der nachts die Wände in ihrem Zimmer hochkletterte. Als das Licht aus war und sie nebeneinander in der Dunkelheit lagen, erzählte Mayuri die furchterregendste Geschichte von allen: »Siehst du da auf dem Spielzeugregal, wo Teddy und

Panda schlafen? Der schwarze Mann kriecht zwischen sie und stößt ihnen Dolche in die Kehlen, und du, Bean, du wirst die nächste sein!«

Mayuri erzählte ihr diese Dinge und träumte anschließend von Feen und Riesenrädern, und morgens erwachte sie wie ein perfektes Kind zwischen frischen weißen Laken und mit Zucker in den Mundwinkeln, während Bean in einem kalten Fleck Urin lag, dem triefenden Beweis ihrer Schande.

13
Liebe in Zeiten der Windpocken

Oben in seinem Zimmer in der Sylvan Lodge lag Chotu im Bett und kratzte sich träge die Achseln. Seit zwei Wochen schon war er da eingesperrt und wurde nur von seiner Mutter und Schwester besucht, was ihm die Langeweile etwas vertrieb. Trishala verbrachte den Morgen damit, ihn mit verschiedenen Tinkturen aus Haferflocken und Galmei einzureiben, und erlaubte sich dabei, von ihrer gegenwärtigen Hauptaufgabe abgelenkt zu werden: einen Ehemann für Dolly zu finden. Wenn Dolly dann von ihren Kursen im Kerzen- oder Schokolademachen zurück war, kam sie zu Chotu und lag ihm mit den Obsessionen ihres nicht mehr so jungen Alters in den Ohren. Warum fielen ihr so viele Haare aus? Wie konnte Soundso denken, dass sie im Minirock ins Kino ging? Wie würde es sich auf ihre Figur auswirken, wenn sie für die nächsten drei Monate nur noch einmal täglich aß? Wenn Trishala und Dolly in seinem Zimmer zusammentrafen, gerieten sie sich wie Frauen in die Haare, die schon zu lange unter einem Dach lebten. Nur nachmittags, wenn das Haus ruhte, und spätabends, nachdem Prem Kumar seinen Kopf durch die Tür gesteckt und ihn auf den neuesten Stand gebracht hatte, was die Arbeit und Babos Familienurlaub in Anjar anging, hatte Chotu ein paar Stunden für sich. Die verwand er darauf, sich Hindi-Filme anzusehen und seine liebsten *Hardy-Boys*-Bücher noch einmal zu lesen.

An diesem hellen Julimorgen, dem Eröffnungstag der Sommerolympiade in Moskau, lag Chotu im Bett und begutachtete die Überbleibsel der tautropfenförmigen Erhebungen, die bis vor Kurzem noch seine Beine, den Rücken und die Arme wie ein Schwarm Rosenblütenblätter bedeckt hatten. Es war nicht so schlimm geworden, wie es Jingnesh-Bhai, der dicklippige Familienarzt, vorhergesagt hatte. Natürlich hatte Chotu nicht zum Cricket gekonnt und ein paar Tage gedacht, er würde sterben, weil er sich nicht kratzen durfte. Aber nachdem das Jucken zurückgegangen war und es langsam wieder aufwärts mit ihm ging, hatte Chotu den Eindruck, dass ihn die Krankheit dazu zwang, sein Leben zu überdenken.

Chotu betrachtete die Dinge in seinem Zimmer, die ihm normalerweise Freude machten, seine Cricket-Pokale, die elegant in einer speziell dafür gebauten Glasvitrine aufgereiht standen, sein neuestes Modellflugzeug, das noch unvollendet auf dem Tisch neben der Klimaanlage lag, und das Plakat von Zeenat Aman aus *Don*, das sexy neben seinem größten Schatz hing: der gerahmten Autogrammkarte von Lancelot Gibbs, dem besten Bowler der Welt, dem Chotu zufällig im Taj Hotel in Bombay begegnet war. Wenn er heute das Gefühl hätte benennen sollen, das an jenem Morgen seine Brust erfüllt hatte, hätte er aus einem Impuls heraus womöglich »Verzweiflung« gesagt. Aber das Gewicht dieses Wortes auf der Zunge spürend, hätte er es sicher gleich darauf zur Seite geschoben und durch ein anderes ersetzt: Frustration. Denn was hatte er mit seinen dreiundzwanzig Jahren schon erreicht? Eigentlich nichts. Das College hatte er mit mittelmäßigen achtundsiebzig Prozent abgeschlossen. Vielleicht wäre ihm ja eine traumhafte Cricket-Karriere beschieden gewesen, wenn Prem Kumar es ihm erlaubt hätte, stattdessen sah er nun einer lebenslangen Beschäftigung bei Sanbo Enterprises entgegen. Was ihm kein Trost war.

Chotu mochte nichts an der familieneigenen Firma, weder ihre Lage in der von der Hunter's Road abzweigenden Sackgasse noch das sich gelblich verfärbende Bürogebäude mit seinen verdreckten Stockwerken, weder die Nachbarn, eine Perückenfabrik und eine religiöse Druckerei, noch die Affen, die in den Guaven zwischen den Gebäuden herumtobten. Einfach alles an seiner Arbeit war ihm zuwider. Es gefiel ihm nicht, sich erst extra gut anzuziehen und dann wie Prem Kumar und Babo in eine farbverschmierte Arbeitshose und ein Arbeitshemd zu wechseln. Es gefiel ihm nicht, seinen Schreibtisch so nahe bei der Kantine zu haben, und er mochte auch die altmodische Art seines Vaters nicht, mit der er die Firma leitete. Ihm gefiel nicht, wie sich Babo gern in den Entwicklungsraum zurückzog und ihn, Chotu, den lästigen Verwaltungskram machen ließ. Der einzige Lichtblick bei Sanbo Enterprises war Bhanumati, die Sekretärin, mit der Chotu seit Anfang des Jahres zusammenarbeitete. Aber selbst die hatte einen Teil ihres Reizes verloren.

Chotu hatte kein Glück in der Liebe. Wie viele seiner College-Freunde hatte er seine ersten sexuellen Erfahrungen mit den Huren von Fifi's House of Spices gemacht, und nachdem er gelernt hatte, was er dort hatte lernen wollen, ein paar diskrete Affären gehabt. Zuerst mit Uma, einem Mädchen aus Assam. Uma hatte ein Mondgesicht und winzige, aber geschickte Hände. Einmal im Monat kam sie für Schönheitsbehandlungen in die Sylvan Lodge. Umas Spezialität waren die Augenbrauen und Pediküre. Einen ganzen Sommer lang war Chotu sehr hinter ihr her, folgte ihr zu ihrem Laden, dem Cuts & Curls, und staunte, wie sanft sie mit den fetten Armen und Beinen der Hausfrauen da drinnen umging. Tagelang beobachtete er, wie Uma über ihnen stand, all das ungewollte Haar zur Seite strich und die Speckrollen im Nacken massierte. Er liebte die Art, wie sie Füße auf den Schoß nahm, wie sie schrubbte, feilte, den Bimsstein hielt, Schmutz entfernte, Sohlen glättete, Nägel bemalte und die Füße so schön machte, wie sie nur sein konnten. Bis in alle Ewigkeit hätte er sie so beobachtet, hätte Pamela Anne, die Besitzerin des Schönheitssalons, ihn nicht zum Teufel geschickt, es sei denn, er habe ernste Absichten.

Dabei waren Chotus Absichten ernst, sehr ernst sogar. Er

wartete, bis Uma mit ihrer Schicht fertig war, und nahm sie dann mit nach Marina Beach, wo es zu Fummeleien und leidenschaftlichen Lustbezeugungen kam. Einmal, bei einem Spätfilm im Kino, fuhr Uma mit ihren magischen Händen sehr zart in Chotus Hose, was ihn so erregte, dass er seine Campa Cola über sich schüttete. Aber am Ende kamen die beiden überein, dass das zwischen ihnen nichts mit Liebe zu tun hatte, und es war auch noch nicht zum Letzten gekommen.

Auf Uma folgte Soumya, die Yoga-Lehrerin vom Madras Cricket Club. Soumya war grazil, stupsnasig und vermochte ihren Körper in alle denkbaren geschmeidigen Positionen zu bringen. Sie war mit Major Narayanan verheiratet, was ihren enormen sexuellen Appetit aber nicht verringerte. Sie trieb es mit Pool Boys, Spielern, pensionierten Militärs und Mahjong-Spielern, und das so methodisch, als wäre es Teil ihres täglichen Yoga-Trainings. Die Affäre mit Chotu dauerte vierzehn Tage, was mehr war, als sie ihren Liebhabern gewöhnlich zuerkannte. »Du bist willig«, erklärte sie ihm, als er sie wie einen Schmetterling an die Wand des Clubhauses heftete. »Ein bisschen zu willig.« Und wenig später hatte er mit seinen feurigen Avancen das Nachsehen gegen einen etwas zurückhaltenderen Spin Bowler aus Saidapet.

Ja, und vergessen wir Bhanumati nicht. Bhanu konnte fünfundsiebzig Worte in der Minute schreiben und ebenso schnell einen Masala-Tee brühen. Sie war die Letzte, mit der Chotu irgendeine Art von romantischer Verbindung erwartet hätte, aber dann nahmen sie an einer Tagung zum Thema »Harze und Pigmente« im Kongresszentrum teil, wo Bhanu mitstenographierte, und als sie eine Hand auf sein Knie legte und sagte: »Boss, wenn Sie wollen, können wir auch woandershin gehen«, stellte Chotu fest, dass ein noch weit größeres Talent ihren gewissenhaften, flinken Fingerspitzen innewohnte. Unter ihrem sittsamen Äußeren schlummerte das mehr als durchschnittliche, sexbesessene Produkt einer Klosterschule. Sechs Monate lang nutzten sie jede Chance, die sich bot, zwischen den Spinnweben des Archivs und in den mittelmäßigen Hotelzimmern, die Chotu für den Zweck mietete. Alles war perfekt, bis Bhanu nestbauend an eine Heirat zu denken begann. An dem Tag, als sie ihm ihr Horoskop zeigte, musste er ihr die Wahrheit sagen: Dass er zwar gern mit ihr zusammen sei, ihr Verhältnis aber unmöglich offiziell machen könne. Womit sich eine weitere Tür für ihn schloss.

Chotu machte sich nach diesen Affären keine Illusionen. Er wusste, es war nie um Liebe gegangen, nicht mal entfernt. Es waren bloße Episoden gewesen, mit denen er die Monotonie der Selbstbefriedigung aufgelockert hatte. Wonach er sich wirklich sehnte, war eine große Liebesgeschichte, in der Art, wie sie sein Bruder erlebt hatte, und dazu angetan, ihn auf eine andere Bewusstseinsebene zu tragen. Aber wie sollte das möglich sein, solange er in einem Haus wie diesem lebte, mit diesen Eltern?

Chotu stieg aus dem Bett und stellte sich in seinen Shorts vor den Badezimmerspiegel. Er studierte die Dichte seines Zwei-Tage-Barts, der ihn älter erscheinen ließ, bedeutend, zu großen Dingen fähig. All das Nichtstun hatte ihn ein paar Muskeln gekostet. Seine Schultern sahen schmaler aus, der Bizeps links und rechts wirkte erschlafft, aber das würden hundert Liegestütz und ein Monat Training schon wieder ins Lot bringen. Er trug eine Schicht Rasierschaum auf und genoss die minzige Leichtigkeit auf der Haut. Aber als er den Rasierer gerade in die Tasse mit warmem Wasser tauchen wollte, änderte er seine Meinung. *Machen wir daraus einen Tag, an den es sich zu erinnern lohnt*, dachte er. Er stellte sich ein paar Minuten unter die kalte Dusche und zog dann ein langärmeliges Hemd an, das er nicht wechseln würde, wenn er zur Arbeit kam. »Von heute an werden wir uns behaupten«, murmelte er. »Von heute an werden sich die Dinge ändern.«

Ba in Anjar musste derweil an einen Traum denken, den sie am Morgen von Chotus Geburt gehabt hatte. Es war ein bodenloser, Angst machender Traum gewesen, in dem eine mythologische Schlange vorkam, Ananta, die auf die riesigen Wasser der Schöpfung stieß und sich keine Flügel wachsen lassen wollte. »Aber sieh doch«, rief Ba in ihrem Traum, »das sind die Wasser der Schöpfung, und selbst den Reptilien werden eines Tages Flügel sprießen und sie werden fliegen wie Vögel. Warum willst du nicht fliegen? Wenn du nicht fliegst, wird dieses Kind nie fliegen.« Aber die Schlange Ananta lächelte nur auf ihre böse, gliederlose Art und sagte: »Wir können nicht alle Träger Gottes sein.«

Nach dem Aufwachen hatte Ba eine Kobra in den Ästen des Jamun-Baumes gesehen und gewusst, dass dieser letzte Enkel ernst und ruhig werden würde, und schlimmer, dass er daran scheitern würde zu fliegen.

Als sich die Patels an diesem Morgen zum ersten Mal seit zwei Wochen wieder gemeinsam am Frühstückstisch versammelten, hatte Ba fern in Anjar wieder das Gefühl, eine Gewitterwolke überquere ein ausgetrocknetes Feld und weigere sich, auch nur einen Tropfen fallen zu lassen. »Lieber Gott«, murmelte sie, während sie zum Bambuswäldchen hinten auf ihrem Grundstück ging. »Es muss etwas getan werden.«

Jahrelang hatte die gesamte Familie versucht, Dolly zum Heiraten zu überreden. Aber wie Prem Kumar richtig bemerkte, war sie stur und so hart wie ausgetrockneter Ziegendung, und wenn ein Mann dumm genug sein sollte, sie zu heiraten, dann gnade ihm Gott. Als die Jahre dann jedoch verstrichen, begann er zu begreifen, wenn sie noch länger warteten, wenn Dolly die Suche noch länger hinzog, würde er am Ende derjenige sein, der am meisten zu leiden hatte.

»Wir haben keine Zeit mehr zu verschwenden«, sagte er jetzt am Frühstückstisch, »und hier in Madras sehe ich keine weiteren Möglichkeiten. Wenn du mit deinen Kerzen- und Schokoladenkursen fertig bist, fährst du nach Anjar, um dich nach einem Mann umzusehen.«

Zu den vielen schwierigen und glücklosen Lebensentscheidungen, die Dolly bisher getroffen hatte, gehörte auch ein Aufenthalt in einem Ashram in der Nähe von Pondicherry, einer Art Bäckerei-Unternehmung, ins Leben gerufen von einer der berühmten Absolventinnen ihres Colleges. Die Sache fand aber bereits nach drei Monaten ihr abruptes Ende, als die berühmte Absolventin mit dem Oberbäcker durchbrannte. Es folgte der eher halbherzige Versuch, sich an einem Projekt für taubstumme Kinder zu beteiligen, das Siân im Namen des Overseas Women Club initiiert hatte, und irgendwann zog Dolly sogar in Betracht, sich ganz aus dem Leben zurückzuziehen und eine Jain-Nonne zu werden, aber selbst sie wusste, dass sie für eine solche Berufung nicht fromm genug war.

»Wisst ihr was? Das ist super! Aber ich will keinen, der klein und dick ist, und er muss reich sein und aussehen wie Rajesh Kanna.«

»Entschuldige!«, sagte Trishala. »Hast du dich in letzter Zeit mal im Spiegel betrachtet? Du bist ziemlich klein und dick und siehst ganz gewiss nicht wie eine große Filmheldin aus, also sei nicht so wählerisch, sonst wird noch eine alte Jungfer aus dir.«

Chotu saß stumm dabei und drückte sich Limettensaft über seine Papaya. Früher oder später, dachte er, wird Dolly nachgeben, und dann? Dann sind wir nur noch zu dritt. »Papa«, sagte er, »ich würde gern über meinen Plan reden, nach England zu gehen. Hast du über das nachgedacht, was ich gesagt habe?«

»Puuh«, stöhnte Trishala. »Wenn das eine Kind keine Probleme macht, dann das andere. Geht das jetzt wieder los! Nach England! Ich will nach England! Als wenn das so ein tolles Land wäre.«

»Sohn«, sagte Prem Kumar und räusperte sich. »Ich habe darüber nachgedacht, und deine Mutter und ich haben entschieden, dass du nicht studieren wirst – dafür bist du mittlerweile zu alt, keiner fängt in deinem Alter mehr ein Studium an, aber warum machst du keine Ferienreise?«

»Aber ich will keine Ferien …«, fing Chotu an und hasste den jammernden Ton in seiner Stimme.

»Hör mir doch zu, Chotu. Wir haben uns bereits informiert. Trishala, geh und hol den Prospekt. Geh, geh. Es ist alles vorbereitet. Nimm es als eine ›Anstatt‹-Reise. Anstatt zu studieren, machst du eine Reise. Nicht schlecht, was? Sag uns nur, wann du fahren möchtest, und wir buchen dir einen Europaurlaub: einundzwanzig Städte in einundzwanzig Tagen. Stell dir das vor!«

Dolly sah ihren Vater an und zog die Brauen zusammen. »Ich glaube es nicht. Ich muss meine Zeit damit verschwenden, einen unmöglichen Kerl nach dem anderen zu treffen, um vielleicht mein Leben mit ihm zu verbringen, und Chotu fährt ins Ausland und macht Urlaub. Also wirklich! Es geht so unfair zu in diesem Haus, das sage ich euch.«

»Wenn du Glück hast, fährt dein Mann mit dir in den Flitterwochen nach Europa, also hör auf, dich zu beklagen«, fuhr Trishala dazwischen und drückte Chotu den Prospekt in die Hand.

Chotu erhielt den Reiseprospekt von Big Ben Travel wie eine Gnade. Er öffnete die erste Hochglanzseite und studierte die Gruppen dunkler Gesichter vor den weltbekannten Wahrzeichen Europas, dem Eiffelturm, dem schiefen Turm von Pisa, der St. Paul's Cathedral. Der auf den nachfolgenden Seiten vorgeschlagene Reiseverlauf war gigantisch: Amsterdam, Paris, Rom, Bonn, Prag, Lissabon – von hier nach da, von da nach dort. Chotu studierte den Prospekt ganz genau, und sein bärtiges Gesicht wurde kleiner und angespannter. Schließlich schob er sein Frühstück von sich, stand auf und verließ die Sylvan Lodge ohne ein Wort.

14
Manchmal-Sommer und die Frage des Leidens

Alle drei Jahre bestiegen Babo, Siân, Mayuri und Bean ein Flugzeug und überquerten den Ozean, um Nain und Taid in Nercwys zu besuchen. Mayuri und Bean liebten diese Manchmal-Sommer, auch wenn sie sich unbedingt von der besten Seite zu zeigen hatten, nicht mit vollem Mund reden durften, mit Messer und Gabel essen und hinterher beim Abräumen und Spülen helfen mussten, weil es keine Selvi gab. Das machte nichts, weil alle so ein Aufhebens um sie machten. Onkel Owen ritt jeden Tag mit ihnen über die Felder und Tante Eleri steckte ihnen zwischendurch unauffällig zwei, drei Münzen zu, damit sie sich im Postamt ein paar Smarties kaufen konnten.

Sonntags spielte Taid die Orgel in der Kirche, und Nain nahm sie mit in die Sonntagsschule, wo sie ruhig dazusitzen und sich bestens zu benehmen hatten. Wenn sie lieb gewesen waren, bekamen sie von Nain hinterher heißen Ribena und zwei McVities-Schokokekse aus der Cadbury-Dose. Aber sie durften nicht ohne Schuhe herumrennen und zu viel Krach machen, und vor allem Nain nicht stören, wenn sie strickte oder im Garten bei den Rosen war, denn die rief dann: »Siân, Siân!«, und ihre Mutter kam gelaufen und sagte: »Himmel noch mal«, steckte sie in Pullover und schickte sie auf den Spielplatz unten an der Straße.

Der Spielplatz unten an der Straße hatte größere Rutschen und bessere Schaukeln als die in Madras. An den Händen von Siân gingen Bean und Mayuri die Straße hinunter, hatten beide armeegrüne Overalls an, aber verschiedenfarbige Pullover. Beans

Haare waren kurzgeschnitten, so dass sie ein bisschen so aussah wie eine Zuckerdose mit Pony. Mayuri hatte zwei kastanienbraune Zöpfe auf dem Rücken hängen. Auf dem Spielplatz spielten sie mit den Kindern aus der Nachbarschaft, die blass und rothaarig waren oder blass und blond, die in der Sonne Sommersprossen bekamen und deren Fingernägel unglaublich rosa waren. Wie in einem Mondkrater schaukelten und rutschten sie da, während von ferne die schwarz-weißen Kühe zusahen. Lange nachdem die anderen Kinder gegangen waren, spielten Mayuri und Bean immer noch, bis Babo kam, um sie zu holen. »Es ist spät«, sagte er, »NEUN UHR! Ihr solltet längst im Bett liegen. Das Sandmännchen sucht schon nach euch.«

Sie lachten und nannten ihn einen Lügner, weil der Himmel noch so blau war wie um halb sieben. Aber Babo zeigte ihnen seine Uhr, und als die Mädchen sahen, dass er Recht hatte, begriffen sie, dass die Zeit tatsächlich da leben musste, wo Ba sagte – in dem unsichtbaren Ort zwischen den Augen. Und sie konnte sein, was immer sie sein wollte. Eine Million Jahre konnten wie eine Sekunde vergehen und ein Tag konnte so unendlich sein wie alle sieben Ozeane.

Babo ging mit ihnen unter dem Sommerhimmel von Nercwys her, der so weit und voller Sterne war, so viel voller als in Madras oder sogar in Anjar, und als sie fragten, warum das so war, sagte er, weil die Sterne in Wales Kaninchen seien. Sie vermehrten sich wie Kaninchen.

Mayuri und Bean konnten nicht verstehen, wie dieses Land funktionierte. Die Uhren logen und die Fernseher waren so geheimnisvoll. Mayuri wollte Nains Fernseher mit nach Madras nehmen, damit sie da *Rainbow* statt *Wonder Balloon* sehen konnten. Bean wollte die große Küchenuhr mitnehmen, um die Nächte im Haus mit dem orange-schwarzen Tor durch die in Nercwys ersetzen zu können, denn die waren nie so lang und es gab keine Albträume.

In Tan-y-Rhos badeten Mayuri und Bean gemeinsam in einer

großen Wanne mit Seifenschaum und extra Handtüchern fürs Gesicht. Das war etwas anderes als ihre Eimerwäschen zuhause. Hier konnten sie im Wasser sitzen, bis ihre Haut ganz schrumpelig wurde und Babo und Siân sie herausholten, sie einkremten und ins Bett brachten. Mayuri schlief im Etagenbett oben, weil sie die Ältere war, und Bean unten, weil sie so unruhig schlief, dass sie oft rausfiel.

Morgens, bevor die anderen aufwachten, war Bean schon am Fenster und zog den Vorhang ein Stück zur Seite, um zu sehen, was für ein Tag es werden würde. Und es war an solch einem Tag im Frühjahr/Sommer 1981, als Mayuri, die krank war und Fieber hatte, noch schlief, genau wie der Rest des Hauses, und Bean aus dem Fenster lugte und sah, wie die Welt vor ihren Augen die Farben wechselte. Sie rannte sofort in Babos und Siâns Zimmer, obwohl ihr eingeschärft worden war, draußen zu bleiben.

»Daddy, Mama, wacht auf! Ich glaube, es schneit!«, rief sie.

Siân drehte sich verärgert zu ihr hin und sagte: »Was redest du da, Bean? Wir haben April!«

Aber Bean zog Babo an den Händen zum Fenster, obwohl er nur eine Unterhose trug, und als sie den Vorhang zur Seite drückte, konnte er es auch sehen. Die grünen Felder waren mit einem weißen Schleier bedeckt. »Ja, tatsächlich!«, lachte Babo. »Du hast Recht, meine kleine Feuerbohne. Es schneit. Stell dir das vor!«

Bean zog ihre Wollsachen an und rannte nach draußen, ohne auch nur daran zu denken, die Zeitung und die Milchflaschen für Taid hereinzuholen. Mayuri und ihr Melonengesicht ließ sie hinter sich. Sollte ihre Schwester doch im Wohnzimmer auf Siâns Schoß sitzen und schmollen.

Nain, Taid, Onkel Owen, Babo und Bean bauten einen Schneemann, mit Kohlen als Augen und einer Steckrübe als Nase. Es war wundervoll, wie die Szene aus dem Zauberer von Oz, als Dorothy und der Löwe auf dem Mohnfeld schlafen und es fängt an zu schneien. »Komisches Wetter haben wir, was?«, sagte der Löwe zu Dorothy. Und obwohl der Schneefall an diesem Apriltag, kaum dass er begonnen hatte, auch schon wieder aufhörte, sang Bean ohne Unterlass: »Oh, wir gehen jetzt zum Zauberer, dem wundervollen Zauberer von Oz«, bis Mayuri sagte, wenn sie nicht endlich damit aufhörte, dürfte sie nie wieder ihr Glitter-Make-up benutzen.

Später am Abend, als Babo und Siân den Mädchen mit warmen Handtüchern die Gesichter getrocknet und sie in ihre Flanellschlafanzüge gesteckt hatten, kletterte Bean die Leiter hoch, um Mayuri zu sagen, dass es eigentlich doch keinen so großen Spaß gemacht habe, ohne sie im Schnee zu spielen, und sie drückte ihr die beiden Kohlenaugen des Schneemanns in die Hand, und Mayuri nahm sie und schob sie *ruckzuck* unter ihr Kissen, blieb aber stumm.

Und selbst als Mayuri sich wieder besser fühlte und Taid sie in seinem Morris Minor nach Mold fuhr, um ihr ein Geschenk zu kaufen, weil sie den Schnee verpasst hatte und so ein liebes Mädchen gewesen war, selbst als Mayuri ihre neue Puppe Tessa gar nicht wieder loslassen wollte und sie alle gemeinsam zusahen, wie Lady Di in ihrem bauschigen Spitzenkleid wie eine richtige Prinzessin aus der gläsernen Kutsche stieg, selbst da wollte Mayuri Bean noch nicht verzeihen, und sie gab ihr auch die Schneemannaugen nicht zurück. Das war Beans erste Lektion im Leiden.

Als sie in diesem Sommer aus Nercwys zurückkamen, war für Bean das Thema Leiden allgegenwärtig. Wohin sie auch sah, starrten sie Leidende an. Es war nicht zu übersehen, wie wenig die Menschen in Madras verglichen mit denen in Nercwys hatten. Und Bean dachte auch an das Leiden im Rest der Welt: an die Fernsehbilder von Familien, die von Fluten umgeben auf den Dächern ihrer Häuser standen, von Stürmen und Erdbeben getroffen wurden, an Familien in Kriegsgebieten, die in

Ruinen lebten, mit gebrochenen Augen und blutenden Herzen. Sie dachte an die Geschichten, die Trishala ihr erzählt hatte, über Gautama Buddha und Jina Mahavira, die ihre Königreiche aufgaben und nach Erleuchtung suchten, damit sie das Leiden der Welt lindern konnten. Sie dachte darüber nach, wie es für Siân gewesen sein musste, ihr Zuhause, ihre Familie und ihr Heimatland zu verlassen, um so einfach *zisch zisch zisch* nach Madras zu kommen. Vor allem aber malte sie sich aus, wie es sein würde, wenn Babo, Siân und Mayuri etwas Schreckliches zustoßen sollte und sie ganz allein in der Welt zurückbliebe.

»Sei nicht so eine Schwarzseherin«, sagte Babo, als sie ihn nach seinem letzten Willen und Testament fragte, nach seiner Lebensversicherungspolice und wie der Notfallplan aussehe, sollte das Haus mit dem orange-schwarzen Tor einem Feuer zum Opfer fallen. »Du hast eine übertriebene Fantasie, Bean. Nichts wird passieren.«

Aber Bean sah ständig Dinge um sich herum passieren. Jeden Tag auf dem Weg zur Schule, wenn sie nicht zwischen den beiden kratergesichtigen Singhania-Jungen eingeklemmt war, weil Mayuri darauf bestand, vorn beim Fahrer zu sitzen, sah sie aus dem Fenster und zählte die unglücklichen Menschen, an denen sie vorbeikamen: Bettler, Leprakranke, in Lumpen gekleidete Kinder, Affenmenschen, Schlangenbeschwörer. Es schien unglaublich viele von ihnen in Madras zu geben.

Und dann waren da die Zigeuner, die auf der anderen Seite der Adyar-Brücke beim Aavin Milk 'n' Ice Parlour lebten, wo Bean und Mayuri jeden Freitag nach der Schule ein sahniges rosa Eis in einer Waffel bekamen. Die Zigeuner saßen zusammengekauert unter den Mangobäumen um ihr Kochfeuer, und ihre Kinder, kaum so alt wie Bean, hatten kaum einen Fetzen am Leib. Die Mädchen trugen schmutzige Unterhosen und die Jungen waren splitterfasernackt und ließen ihre kleinen Dinger sehen. Und beide, Jungen wie Mädchen, hatten langes, helles, sonnengebleichtes Haar, das ihnen wie verfilzte Heiligenscheine um die Köpfe stand. Wie konnten sie so leben?, dachte Bean. Wo schliefen sie nachts? Was aßen sie nur?

Mayuri sagte, die Zigeuner äßen Eichhörnchen und was immer sie mit ihren Schleudern erlegen könnten. Cyrus Mazda bestätigte das: Er habe einmal einen Zigeuner gesehen, der gleich drei Eichhörnchen erwischt habe – *zack zack zack* –, auf dem Baum vor seinem Schlafzimmer. Im Übrigen bestätigte Cyrus auch, dass es Zigeuner gewesen seien, die Mrs Jhunjhunwalas geliebte Perserkatze Fluffy gestohlen und verspeist hätten. Der Gedanke, dass der armen Fluffy die Haut abgezogen und sie auf einem dieser Kochfeuer gebraten worden war, ließ Bean ganz schwindelig werden.

»Der Mensch muss essen«, sagte Babo. »In dieser Welt frisst der eine den anderen, Bean, und ein Mann muss seine Familie ernähren.« Babo sagte immer solche Sachen – dass die Menschen ihres Glückes Schmied seien, eine Menge Verzweiflung in dieser Welt »stinknormaler Faulheit« zu verdanken sei und der Fatalismus die Schlinge darstelle, die die Massen dieses Landes in Armut halte.

Aber was immer er redete, Babo selbst unternahm nichts. Es war Siân, die ihre Tage mit denen verbrachte, die weniger hatten als sie. Es war Siân, die Mayuri und Bean mit in die Andhra-Mahila-Sabha-Schule schleppte, wo sie Kindern ohne Arme oder Beine Englisch beibrachte. Kindern, die sich auf alle möglichen Arten ins Klassenzimmer schleppten, auf Rollbrettern, in Rollstühlen, humpelnd und kriechend wie seltsame Tiere. »Seht ihr, wie sie lächeln?«, sagte Siân immer und beugte sich vor, um eines von ihnen auf den Arm zu nehmen, gewöhnlich den kleinen Venkatesh, den sie am liebsten hatte und dem ein komischer Knubbel aus dem Rücken wuchs. »Obwohl sie keine Mama oder einen Daddy haben, der sich um sie kümmert. Seht ihr, wie tapfer sie sind?«

Bean tätschelte einem oder zweien von ihnen beiläufig den Kopf, wobei sie ihrer Mutter und auch Mayuri nicht sagen konnte, mit welchem Schrecken sie das alles erfüllte. Diese Kinder entsetzten sie, genau wie es der Geist getan hatte, den sie mit seinen verdrehten Füßen die Sterling Road hatte herunterkommen sehen. Sie wusste, es war schlimm und unverzeihlich, doch wenn sie ehrlich war, hätte sie die AMS-Schule am liebsten nie wiedergesehen und wäre für immer mit ihrer besten Freundin Mehnaz in deren Zimmer voller Spielsachen geblieben. Aber das konnte Bean nicht sagen, weil sie wusste, das zuzugeben hätte Siân bitter enttäuscht, und irgendwie war es weit schlimmer, ihre Mutter zu enttäuschen, als sonst jemanden auf der Welt, ihren Vater eingeschlossen.

Bean wusste genau über die Liebesgeschichte ihrer Eltern Bescheid. Ba in Anjar hatte ihr alles erzählt. Wie Babo Siân in London kennen gelernt hatte und wie sie erst sechs Monate getrennt hatten ausharren müssen, bis Siân nach Indien kommen durfte und das Glück seinen Lauf nehmen konnte. Aber Mama war die Tapferere, dachte Bean, sosehr sie ihren Vater liebte. *Mama war immer die Tapferere, weil sie alles hinter sich gelassen hat, um hier bei uns zu sein.*

Siân glich wirklich keiner anderen Mutter, die Bean kannte, und es war hauptsächlich, um ihr zu gefallen, dass Bean sich nicht von ihrem Streben nach dem Guten abbringen ließ. Sie teilte ihr Spielzeug mit Mayuri, auch wenn die es mit ihren Sachen nicht tat, und legte immer die Hälfte ihres Taschengelds zur Seite, um es den blinden Kindern in der Clarke-Schule zu geben, denn die erschreckten sie nicht so wie die AMS-Kinder. Trotzdem hatte Bean hin und wieder Aussetzer, und die kapitalistische Seite ihres Charakters gewann die Oberhand, zum Beispiel in Shastri's Fancy Stores, wenn es wieder einmal um etwas ging, das sie nicht brauchte, ein Topfset aus rostfreiem Stahl oder einen Kasten zum Maskenherstellen. Bean begann mit vorsichtigen Hinweisen, ein bisschen sehnsüchtigem Damitherumhantieren, ein paar Tränen, und wenn das alles nicht fruchtete, warf sie sich auf den Boden, schlug um sich und brüllte. Nach all ihren guten Taten sei das doch nur etwas Kleines, das Siân mal für sie tun könne.

Wann immer das geschah, ließ Siân sie tobend hinter sich auf dem Boden zurück, als wäre Bean nicht ihr Kind, und Mayuri folgte ihr wie ein Hund. Zehn Minuten später kam Siân zurück und fragte: »Bist du fertig? Gehen wir nachhause? Benimmst du dich wieder?« Und Bean nickte, bezwungen, und ging an der Hand ihrer Mutter hinaus in die Welt, aus der sich das Leiden nicht vertreiben ließ und wo alle sehen konnten, wie egoistisch sie war.

Im September 1981, an einem ganz gewöhnlichen Samstagvormittag in Madras, als Bean und Mayuri Lady Di spielten, mit um die Köpfe gewickelten Moskitonetzen als Schleiern und in Siâns hochhackigen Schuhen, in denen sie *klick klack klick klack* hin und her promenierten, kam ein Telefonanruf, der das Leben im Haus mit dem orange-schwarzen Tor für eine lange Weile verändern sollte.

»Es ist Onkel Owen«, sagte Mayuri, legte den Hörer hin und marschierte zu Babos und Siâns Schlafzimmertür. »Er sagt, er muss mit Mama sprechen. Etwas Schlimmes ist passiert.«

Mayuri und Bean standen vor der Tür ihrer Eltern und fragten sich, was sie tun sollten. Samstags waren sie ausgesperrt. Das war der Tag, an dem sich Babo und Siân in ihrem Schlafzimmer einschlossen und stundenlang Gott-allein-wusste-was taten. Manchmal sahen die Mädchen ihre Eltern erst am Abend, wenn sie in Kaftan und Kurta-Pyjama herauskamen, um auf der Veranda noch einen Tee zu trinken, bevor sie sich fertig machten und im Gymkhana Club die Eltern der Mischlinge trafen. Oft war das sanfte, monotone Summen der Klimaanlage oder ein langer weißer Arm, der das Tablett mit dem Frühstück oder Mittagessen hereinholte, der einzige Hinweis darauf, dass überhaupt jemand im Zimmer war.

Mayuri und Bean standen da und klopften.

Nichts.

Sie klopften lauter. *Bumm-bäng. Bumm-bäng.*

»Mama!«, schrie Mayuri. »Telefon für dich. Es ist Onkel Owen, und er sagt, es ist was Schlimmes passiert. Kannst du dich bitte beeilen und herauskommen?«

Klopf klopf klopf.

»Mama. Mach schneeell.«

Endlich kam Siân in einem von Babos Hemden heraus, und Babo folgte ihr mit einem Badetuch um die Hüften. Die spärlichen Löckchen auf seiner Brust glitzerten. Die beiden rannten ins Esszimmer, wo der rote Hörer immer noch neben dem Telefon lag. Siân nahm ihn und hob ihn ans Ohr, das goldbraune Haar fiel ihr in wirren Strähnen in die Stirn. »Oh mein Gott«, sagte sie, und immer wieder: »Oh mein Gott.«

Die Mädchen sahen zu, wie Babo ihr von hinten die Arme um die Schultern legte.

»Natürlich komme ich, ich meine, ich muss ... wartet auf mich.«

Als Siân schließlich auflegte, sagte sie Mayuri und Bean, sie sollten in ihrem Zimmer auf sie warten. Dann nahm sie Babo bei der Hand, und die beiden schlossen sich erneut in ihrem Schlafzimmer ein. Fast schien es, als wollten sie den ganzen Tag da drin bleiben, und Mayuri erklärte Bean, sie sei so gut wie sicher, dass ihre Eltern an diesem Abend nicht im Gymkhana Club essen würden, und sie hatte Recht. Um sieben deckte Selvi den Tisch für zwei, und Mayuri und Bean setzten sich unter den surrenden Ventilator und aßen Chicken Frankies mit Tomatensoße. Als Babo und Siân schließlich zu ihnen kamen, waren sie angezogen, Siân hatte ganz rote Augen und Babo sah so aus, als hätte er etwas falsch gemacht, zum Beispiel im Haus geraucht oder jemanden einen »verfluchten Bastard« genannt.

»Setzt euch bitte, Mädchen«, sagte Siân und deutete auf ihre Korbbetten, »und hört mir gut zu: Mama muss für eine Weile weg. Ich muss nachhause, weil Taid gestorben ist. Versteht ihr das? Ich muss nachhause, weil meine Familie mich braucht.«

Nachhause?, fragte sich Bean. *Ist das hier denn nicht zuhause? Hier bei uns? Sind wir nicht eine Familie? Babo, Siân, Mayuri und Bean?*

15
Alles, was du brauchst, ist Liebe

Den ganzen Flug über musste Siân denken, vielleicht stimmt es nicht, vielleicht ist es wie bei Babo, als Prem Kumar ihn mit der Lüge über Trishalas Krankheit nach Madras geholt hatte. Vielleicht war Bryn gar nicht von der Arbeit nachhause geradelt, hatte sich in seinen Lieblingssessel gesetzt und war gestorben, ohne vorher noch eine Tasse Tee zu trinken.

Bhupen Jain holte sie in Heathrow ab und drückte ihr mit aufrichtigem Mitgefühl die Hand. Er sagte, wie schwer es sei, Eltern zu verlieren, die man verlassen habe. Er habe seine eigenen alt werdenden Eltern in einem heruntergekommenen Haus in Baroda zurückgelassen und verstehe, was sie durchmache. *Konnte er das? Konnte das überhaupt einer?*

Bhupen erklärte ihr, dass es auch so für ihn nicht einfach sei. Der Kurs über Farben und Lacke, den er zusammen mit Babo an der Fachhochschule belegt hatte, habe ihm nicht weitergeholfen. Keiner wolle jemanden ohne praktische Erfahrung einstellen, und die bekomme er nur, wenn er unentgeltlich arbeite. Aber wie könne er unentgeltlich arbeiten, wenn er zwei Kinder großzuziehen habe? Indrani wolle Ballettstunden und nicht Bharatanatyam lernen und Deenu interessiere sich mehr für Spanisch als für Sanskrit.

Und als wenn das alles nicht schon schlimm genug wäre, sei auch ihr Postamt ein weiteres Mal ausgeraubt worden. Sie überlegten, ob sie verkaufen und etwas anderes anfangen sollten, aber was konnten sie denn tun? Sie waren ungelernte Händler und konnten nur, was auch schon ihre Väter und Großväter getan hatten: eine Rupie zu fünf vermehren, zu fünfzig und zu hundert, durch Fleiß, Sparsamkeit und Ausdauer.

Bhupen hatte beim Vermehren seines Geldes allerdings nicht so viel Glück gehabt, und jetzt fragte er sich, warum er überhaupt in dieses Land gekommen war, das so kalt und erbarmungslos war. Damit seine Kinder Ballettstunden nehmen und Spanisch lernen konnten, natürlich. Damit er seinen Eltern in Baroda schreiben konnte, dass er ein stolzer Hausbesitzer sei, eine Säule der Gemeinde, der Präsident der Jain-Gesellschaft.

Siân wollte ihm sagen, dass es für sie anders sei. Sie habe das Geheimnis des Überlebens in einem fremden Land aufgedeckt. Es hatte etwas mit Liebe zu tun. Lange habe sie dafür gebraucht und schließlich Folgendes herausgefunden: Liebe kann nicht Furcht sein, nicht Gewalt, nichts, das wir benennen oder nicht ertragen können.

Die zwei Wochen, die Siân nach Bryns Beerdigung zuhause verbrachte, erinnerten sie an die Zeit vor all den Jahren, als sie sich in Tan-y-Rhos nach Babo verzehrt hatte. Allerdings gab es diesmal keinen Bryn, der sie zum Picknicken und Gedichtelesen mitnahm, nur ihre Freundin Ronnie, die zurück nach Nercwys gekommen war und Ken Davies geheiratet hatte, den Besitzer des White Lion. Huw und Carole kamen mit den Zwillingen aus Brighton, und Owen war natürlich auch da, plötzlich gealtert und in sich zurückgezogen. Es fehlten die feurigen Briefe, die Babo an seinem provisorischen Schreibtisch in der Zam Zam Lodge verfasst und in denen er ihr erklärt hatte, dass die ganze Welt an ihrer Liebe hänge. Dafür klingelte das Telefon: »Komm nachhause, Mama, du fehlst uns.«

Es gab immer noch Leerstelle um Leerstelle zwischen ihrer Mutter und ihr, immer noch so viel Schweigen. Jeden Morgen gingen sie und Nerys zusammen in den Rosengarten und gruben mit ihren Handschuhen tief in der Erde. *Wenn du tief genug gräbst, kommst du bis nach China.* Hatte das Bryn nicht immer gesagt, als sie ein kleines Mädchen gewesen war? Siân hatte gegraben und gegraben, war aber in Indien herausgekommen.

Siân verbrachte ihre Tage auf der Suche nach ihrem Vater. Im Dämmerlicht besuchte sie ihre geheimen Plätze und wartete darauf, dass Bryn ihr im Halbdunkel erschien. Sie wollte wissen, ob ihn der Gott, an den er geglaubt und den er so geliebt hatte, am Ende gerettet oder ob er an seinem letzten Tag noch seine Vorstellung vom ewigen Leben und der ewigen Buße aufgegeben hatte. Sie suchte ihn in Tälern mit mitternachtsblauen Kämmen und Silberblumen, fragte sich, ob er ein Zuhause in den Wurzeln der schwarzen Pappel gefunden hatte oder ob er diese uralte Eule war, die sie von einem einsamen Ast anstarrte. War er glücklich, etwas so Einfaches und Unerkennbares zu sein?

»Vergiss nicht, woher du kommst«, hatte Bryn gesagt. »Vergiss uns nicht.« Aber Siân hatte zugelassen, dass alles verblasste. Sie hatte es in die unterste Schublade ihres Herzens gelegt und auf der anderen Seite der Welt einen neuen Anfang gemacht, und jetzt, da sie wieder in dem Haus war, in das ihr Vater sie gebracht hatte, einen Monat nach ihrer Geburt, im kältesten Winter des Jahrhunderts, konnte sie nichts tun, als zur Kapelle und zum Friedhof zu laufen, wo er unter der Erde lag. An seiner Seite zu sitzen und zu weinen.

Sie ließ sich in der herbstlichen Szenerie nieder, fuhr mit dem Finger die Buchstaben des Grabsteins nach und rezitierte *Unter dem Milchwald*, wie gegen ihren Willen, und der Rhythmus der Verse umströmte sie wie ein Wiesenbach, wie eine endlose erstickende Schneewehe ihrer Kindheit. Sie dachte an ihre Töchter fern in Madras, und wie sie sich einst an ihren Großvater erinnern, ob sie das Ausmaß seiner großzügigen, geduldigen Liebe erahnen würden.

Als Siân schließlich in das Haus mit dem orange-schwarzen Tor zurückkehrte, war sie eine andere Frau. Alle konnten es sehen. Nicht nur wegen ihrer neuen Frisur, einer Dauerwelle, die Babo, Mayuri und Bean alle hassten. Es war noch etwas anderes, so als wäre jemand in sie hineingeklettert und hätte alle Lichter gelöscht. Sie war müde, schlief bis weit in die Vormittage hinein und ging gleich nach dem Abendessen wieder ins Bett, schaffte es kaum bis ans Ende der Folge von *Mind Your Language*, die die Mädchen sehen durften. Und wenn sie sich nicht ausruhte, lief sie ruhelos mit dem Staubwedel im Haus herum oder rutschte mit einer alten Zahnbürste durchs Bad und säuberte die Ritzen zwischen den Kacheln.

In der ersten Woche nach ihrer Rückkehr entfernte sie jedes Stück Stoff aus dem Haus und brachte es in die Wäscherei. Die Moskitonetze von den Fenstergittern, die Vorhänge und Übergardinen, die Polsterbezüge und Zierdecken, die Laken, Kissenbezüge und Decken, alles wurde zusammengeschnürt und weggeschickt, und das Haus sah nackt und verlassen aus. Sie bestellte die Müllmänner, damit sie die alten Zeitungen und Flaschen abholten, die sich seit Monaten im Vorratsraum stapelten, und schickte Selvi auf die Veranda, damit sie die Messingtöpfe und -figuren polierte, bis sie im Licht schimmerten.

Siân konnte dieses neue Gefühl nicht benennen. Sie fragte sich, ob es Trauer war, dieser dumpfe, beharrliche Drang, der ihr durch die Adern pulsierte und nicht nachlassen wollte. Aber konnte Trauer so lange andauern? Trauer brach aus einem in Krämpfen heraus, und die hatte sie bereits in Nercwys durchgestanden, als sie ihren Vater im Sarg liegen sah und nachdem sie begriffen hatte, wirklich begriffen, dass sie niemals wieder seine Stimme hören würde. Das jetzt war etwas anderes. Es war der Wiedereintritt in ihr Leben, der sie zu ersticken drohte.

Siân hatte sie gespürt, sobald sie in Madras gelandet war, diese grausame, beklemmende Last des täglichen Überlebenskampfes. Die Luftfeuchtigkeit hatte gleich ihre neuen Locken in sich zusammenfallen lassen – in Nercwys noch frisch und elastisch, hingen sie ihr hier schlaff und zerzaust herunter. Der schale Geruch der Gepäckträger, von Schweiß, Bidis, Spucke und Rauch erfüllte sie mit Übelkeit. Alles, was sie einst an Indien bewundert hatte, die Hartnäckigkeit des Lebens, der Triumph des menschlichen Geistes, verging angesichts von so viel Schmutz. Mit einem Mal kam ihr das alles wie ein sinnloser Kampf vor, nur um zu überleben. Und wofür? Als sie vom Flughafen nachhause fuhr, traf sie der Anblick der Armut mit neuer Kraft. Diese Mütter mit den dürren Säuglingen an der Brust, die ans Auto gelaufen kamen und an die Scheiben klopften. Die Ausgestoßenen und Verkrüppelten, die Lumpenkinder. Was um alles in der Welt konnte man für sie tun?

Selbst in der Zuflucht ihres eigenen Heims wirkte alles verblichen und ein wenig traurig, trotz der von ihr und Selvi veranstalteten Putzorgie. Siân betrachtete ihre Wohnung. Jedes einzelne Stück stand an seinem Platz, weil *sie* es dorthin gestellt hatte, mit Liebe, auch mit Stolz, und doch kam ihr alles so unangemessen vor. Das goldgelbe Sofa und der Tisch mit der Glasplatte, die Sammlung Wedgwood-Teller an der Esszimmerwand, die fünfundzwanzigbändige *Time-Life*-Naturserie in der Rosenholzvitrine, zu der sie von einem charismatischen Handelsvertreter an der Tür überredet worden war. Selbst der gerahmte Druck von Bruegels *Landschaft mit dem Sturz des Ikarus*, von dem sie sich vor langer Zeit in London hatte bezaubern lassen und der jetzt zwischen den Korbbetten der Mädchen hing – selbst die blassen weißen, im Wasser verschwindenden Beine vermochten sie nicht aufzumuntern.

Und es waren nicht nur die Dinge, es war auch die Großspurigkeit, mit der Selvi den Haushalt führte, Mrs Singhanias bösartiges Tratschen und Bahadurs ständiger Vollrausch. Menschliche Schwächen, mit denen sie sich bisher problemlos abgefunden hatte, gingen ihr mit einem Mal an die Nerven. Dabei waren es nicht die einzelnen Schwächen selbst, die ihr Schwierigkeiten machten, sondern die Tatsache, dass sie die Menschen brauchte, denen sie anhafteten, dazu den Fahrer, den Bügler und all die anderen Leute, nur um alles getan zu bekommen. Ihr ganzes Leben schien ihr überfüllt, zerschrammt, ewig staubig.

Und dann waren da ihre Briefe, ihre und Babos. Babos eng beschriebene Notizzettel und ihre verblichenen blauen Aerogramme, alle ordentlich chronologisch abgeheftet in zwei Ordnern von Sanbo Enterprises, in der unteren Schublade der Rosenholzvitrine. Traute sie sich noch, darin zu lesen? *Natürlich werden wir Kinder haben, Liebste, und sie werden so schön sein, dass die Leute auf der Straße stehen bleiben und sie anstarren.* Wirklich? Wirklich? Gerade kam Mayuri ins Haus und sah ganz eindeutig nicht schön aus, ohne Schuhe an den Füßen und mit eingerissenen Nägeln von diesem teuflischen Fahrrad. Bean saß schmollend in der Ecke und wollte nicht von ihren eingebildeten Geistern aufhören. Siân hatte das Gefühl, schreien zu müssen: Könnt ihr nicht einmal ruhig sein und zuhören? Selbstsüchtige Bande! Könnt ihr nicht ein einziges Mal etwas Sinnvolles machen?

»Ihr seid verzogen«, schalt Siân ihre Töchter. »Das ist das Problem. Ihr denkt, Selvi ist immer da, um euch alles hinterherzutragen. Nun, ich sage euch, irgendwann werdet ihr lernen müssen, selbst für euch zu sorgen. Von heute an macht ihr eure Betten selbst. Ich habe es immer getan, warum könnt ihr es also nicht? Und ihr hängt in Zukunft auch eure Handtücher zum Trocknen auf die Leine, statt sie auf den Boden zu werfen.«

»Aber Daddy geht auch nicht in die Küche und macht sich seinen Tee!«

»Daddy ist auch der einzige Mensch in diesem Haus, der einen Beruf hat und Geld verdient, vergessen wir das nicht. Im Übrigen seid ihr Kinder, und Kinder stellen keine Regeln auf.«

Babo spürte die neue Empfindlichkeit seiner Frau, aber er wartete, weil der Hunger zwischen ihren Körpern noch da, noch unverfälscht war. Nachts, wenn er sie hielt, wollte sie nicht von ihrem Vater und seinem Tod sprechen. »Noch nicht«, sagte sie, als er sie drängte, »ich kann noch nicht.«

Sie wollte einen Gedanken in ihrer Vorstellung bewahren, den Gedanken, dass sie so weit weg auch weiter so tun konnte, als lebte Bryn noch und genösse die Dinge, die ihm Freude bereiteten. »Weil die schreckliche Wahrheit ist«, erklärte sie Babo endlich, »dass ich ihn geliebt habe wie keinen. Ich habe meinen Vater immer am meisten geliebt.«

Sie saß mit Manna im Garten der Erlösung und hoffte, den Sinn in den Dingen zu verstehen.

»Wenn wir unsere Geburt und unseren Tod verstehen lernen«, sagte Manna, »werden wir wissen, was wir entfernen und was wir vornanstellen müssen.«

Siân begriff nicht, was das bedeuten mochte. Sie war vierunddreißig Jahre alt. Eine Frau, eine Mutter und eine Halbwaise. Sie wusste nicht, was das Entfernen und Vornanstellen mit Leben und Sterben zu tun hatte. »Wenn wir gehen, welchen Raum lassen wir dann zurück?«, fragte sie.

»Was suchst du, und warum?«, entgegnete Manna. »In dem Moment, da du glaubst, etwas gefunden zu haben, hast du es da nicht schon verloren?«

War es nicht einfach? War das, was Manna sagte, nicht ganz einfach?

Alle vom Menschen geschaffene Schönheit ist dazu bestimmt, mit ihm zu verschwinden.

Einen Monat nach ihrer Rückkehr schloss sich Siân mit ihren besten Freundinnen ein und redete mit ihnen darüber, was genau sie mit ihrem Entschluss, zu heiraten und in Indien zu leben, aufgegeben hatten. Sie saßen in Darlenes Wohnzimmer, auf Sofas um einen niedrigen Holztisch, sprachen über das Verlorene und ihre Angst vor der Zukunft.

Jan war seit ihrer Ankunft in Indien im Jahr 1958 nicht wieder zuhause gewesen. Anfangs hatten sie es sich nicht leisten können, und später war das Bedürfnis, das zunächst noch so instinktiv gewesen war, zu einer wehmütigen Fantasie geworden. Ihre Eltern waren früh gestorben, in schneller Folge, und nachdem der Schock verwunden war, hatte es keinen wirklichen Grund mehr gegeben, zurückzukehren. »Mein Leben ist hier«, sagte Jan einfach. »Ich wüsste nicht, wo ich anfangen sollte, wenn ich nach England käme.«

Bei Darlene lagen die Dinge anders. Sie waren zuhause zu sechst gewesen, und all ihre Brüder und Schwestern hatten geheiratet und Häuser gekauft, die nicht weiter als fünf Meilen von ihren Eltern entfernt lagen. Sie kamen zusammen, so oft es ging, zu Thanksgiving, zu Weihnachten, den Geburtstagen und selbst an normalen Wochenenden, und sie riefen immer wieder an und erklärten ihr, wie sehr sie sie vermissten und wie viel sie verpasste. »Es bringt mich um«, sagte Darlene, »wenn ich mir vorstelle, es passiert etwas, und ich bin zwei Tage von Tennessee entfernt.«

»Nun«, sagte Jan, »ich habe mir das alles überlegt, und wenn Keshav, was Gott verhüten möge, als Erster geht, werde ich in Indien bleiben. Wahrscheinlich ziehe ich in die Berge und leite die örtliche Bibliothek dort, und wenn ich Glück habe, kommen meine Kinder ein Mal im Jahr und besuchen mich. Aber ich bin ziemlich sicher, dass ich in einem mit Efeu überwucherten Cottage voller Katzen mit niemandem als meinem Diener, der nach mir sieht, sterben werde.«

Darlene seufzte. »Ich nehme an, wir sterben alle allein, ganz gleich, wo wir sind. Hier in Indien nicht weniger einsam als überall sonst.«

»Natürlich hast du Recht«, sagte Siân und tätschelte Darlenes Hand. »Du hast ja Recht.«

Siân erzählte ihnen, wie sie Mayuri und Bean tags zuvor zu einem Besuch bei Ms Douglas mitgenommen hatte. Die beiden hatten die ganze Zeit herumgezappelt und gebettelt, im Garten spielen zu dürfen, statt in Ms Douglas' blaugiebeligem Haus sitzen und aus angeschlagenen Tassen Tee trinken zu müssen. »Wahrscheinlich hat das Haus für Kinder etwas Unheimliches, trotzdem habe ich dort immer Trost gefunden, und ich hatte vorher gehofft, es würde ihnen genauso gehen.«

Siân nahm an, dass Ms Douglas selbst nicht unbedingt anziehend auf Kinder wirkte, so dünn und ausgemergelt, wie sie war, sich ständig wiederholte und die mageren Handgelenke schüttelte, während ihr das Gebiss im Mund herumrutschte.

»Aber als wir gingen, wollten sie wissen, wie es komme, dass Babo noch niemanden geschickt habe, um ihr Haus zu streichen, warum Ms Douglas so viele Gläser Champion-Haferflocken in ihrer Küche habe, und sei es nicht traurig, dass Ms Douglas ihren Verstand verliere und bald sterben müsse?«

»›Warum ist das so traurig?‹«, habe ich sie gefragt. »›Wo sonst soll sie hin? Sie hat keine Familie, und ihre Brüder sind auch längst tot. Und bis es so weit ist, kommt sie gut mit ihrer Rente über die Runden. Was ist daran so traurig?‹ Und dann habe ich noch hinzugefügt: ›Was denkt ihr, was mit mir passiert, wenn ich einmal alt bin?‹ Worauf mich die beiden ungläubig angesehen haben, als wäre ihnen der Gedanke noch nie gekommen, und wisst ihr, was Mayuri darauf sagte? Sie sagte: ›Bei dir ist es anders, Mama. Das muss es sein. Du hast eine Familie. Du hast Daddy und Bean und mich.‹«

Siân dachte darüber nach, als sie zurück zum Haus mit dem orange-schwarzen Tor fuhr. Als sie zur Tür hereinkam, sah sie Mayuri und Bean in ihren Schlafanzügen nach der neuen Top-Ten-Kassette tanzen, die sie ihnen gekauft hatte. Sie sah zu, wie sie Marionetten gleich mit den Armen und Beinen wackelten, mit den Hüften hin- und herruckten und dazu sangen: »I love a rainy night«, und ihre sauberen, leuchtenden Gesichter waren wie Pflaumen. Als sie Siân sahen, stürmten sie auf sie zu. »Mama, du bist wieder da! Lies uns vor. Lies uns vor.«

»Gut«, lachte Siân. »Gehen wir ins Bett und lesen zusammen, einverstanden?«

Siân lehnte sich in die Kissen und las laut aus *Anne auf Green Gables* vor. Sie hatte Mühe, ihre Stimme ruhig zu halten, denn *das* war doch etwas, richtig? Mayuri und Bean drückten ihre feuchten Köpfe links und rechts an ihre Brüste und streckten ihre dünnen braunen Beine schützend über ihre. Sie verließen sich darauf, dass sie ihnen die Dinge erklärte. So hatte sie es sich ausgesucht. Und alles, was sie ihnen anbieten konnte, war etwas Hoffnung auf Schönheit und einen Weg, sie zu suchen. Weil sie Siân so einfach und vorbehaltlos liebten, wie Babo es tat. Und diese heftige, verrückt machende Liebe war die einzige Wahrheit in ihrem Leben.

Hier ist noch ein Bild: Siân in einem roten Kleid und mit goldenen Sandalen an einem Strand, an dem Babo eine Hütte und eine Hängematte für die Nacht organisiert hat, während Babo mit Mayuri und Bean auf dem Rücksitz des Fliegenden Fiat nach Madras hineinfährt. Er küsst die beiden am Tor der Sylvan Lodge, wo Trishala sie brausend wie ein in den Nachthimmel züngelndes Freudenfeuer begrüßt: »Kommt herein, meine kleinen Schätzchen, und seht, was ich für euch gemacht habe.« Babo rast über die Küstenstraße zurück, immer weiter und weiter nach Süden, bis sie schmaler und leerer und es geradezu einsam wird. Später, als sein dunkles und ihr blasses Hinterteil krabbengleich im Mondlicht glänzen, flüstert er: »Verrate mir ein Geheimnis«, aber da ist nichts zu verraten, denn er hält sie ganz, vollständig, im endlosen Sommer seiner Hände.

16
Ignatius und die Einbrauen

Die Hochzeit von Dolly Patel und Chunky Shah zog sich über drei prunkvolle Tage in Anjar, Gujarat, und gipfelte in einem tränenreichen Empfang in Bas Haus. Es war der 5. Juli 1982, der Tag vor der längsten Mondfinsternis des zwanzigsten Jahrhunderts. Anfang des Monats war Bas Haus von Frauen überrannt worden. Zuerst kamen Trishala und Dolly aus Madras, glühend vor Hochzeitsfieber, dann kam ein Trupp unverheirateter Schwestern aus Bhuj und präsentierte sich in ihrem ganzen Jungfernelend, als warnendes Beispiel für Dolly, sollte sie im letzten Moment doch noch versuchen, einen Rückzieher zu machen. Und zu ihrer aller Überraschung stand dann auch noch Trishalas alte Freundin Meghna-Behn vor der Tür, die Mutter der liebreizenden, lispelnden Falguni. Es war ein Höflichkeitsbesuch, um ein paar Süßigkeiten anlässlich der Geburt ihres fünften und letzten Enkelkindes zu bringen, eines Jungen. Seit Babos Bruch mit Falguni 1969 hatten die beiden Frauen nicht mehr miteinander gesprochen, und die Spannung im Raum reichte aus, um die roten Garoli-Eidechsen und die auf dem Blechdach flanierenden Pfauen erstarren zu lassen. Nicht zu vergessen die unweigerlich jeden Abend kommenden Frauen, und seit Kurzem hatte Ba noch einen weiteren Hausgast: Ignatius.

Ignatius, ein männlich-weibliches Zwitterwesen von erstaunlicher Schönheit, mit ausgepolsterter Brust und einem falschen Zopf.

Von all den Eindringlingen in Bas Allerheiligstes war Ignatius der Einzige, dessen Anwesenheit sie nicht nur tolerierte, sondern auf den sie baute. »Rette mich vor diesem Wahnsinn«, flüsterte sie, wenn Shakuntala-Behn von den Vorzügen einer reinen Milch- und Mangodiät zu schwärmen begann oder die Drillinge Rukku, Munnu und Tunnu in Streit darüber gerieten, wer denn nun die Älteste sei und damit das letzte Wort habe.

Ignatius arbeitete als Näherin in der New Pinch Boutique in der Stadt und wohnte seit ein paar Jahren in einer Strohhütte im Bambusdickicht hinten auf Bas Grundstück. Dazu verfügte er über einen kleinen Raum oben in Hira Lals Juwelierladen, wo er am Gitter des nach Osten hinausgehenden Fensters saß und den Großteil seiner feinen Näharbeiten fertigte. Zwischen diesen Orten bewegte er sich ständig hin und her, und hätte Ba nicht ihren feinen Geruchssinn gehabt, hätte sie nie sagen können, wo er gerade war und wo nicht. So aber kündete die nicht enden wollende Testosteronspur seiner männlichen Bewunderer von seiner Anwesenheit, die nach Mitternacht um Bas Haus herumschlichen und ihre Sandalen vor Ignatius' provisorischer Tür stehen ließen.

Das Verhältnis zwischen Ba und Ignatius war ein Mysterium für die Frauen von Ganga Bazaar, die größte Hochachtung vor ihr empfanden, nicht nur, weil ihr Haar in ihrem dreiundfünfzigsten Lebensjahr weiß geworden war und sie mit einer Aura von Weisheit umgeben hatte, sondern weil sie über die Jahre den Wert ihrer unkonventionellen Art schätzen gelernt hatte. Ignatius war im Gegensatz dazu ungestüm und grob und flirtete schamlos mit ihren Ehemännern und Söhnen. Er hatte etwas an sich, das sie verunsicherte, woran auch das bemerkenswerte Talent nichts änderte, dass er mit seinen Zwitterfingern so gut wie alles reparieren konnte, von kaputten Booten bis zu gebrochenen Herzen.

Ignatius, dem ihr Unbehagen nicht verborgen blieb, mied Bas abendliche Treffen. »Wer will schon einen Trupp alter Frauen schnattern hören?«, sagte er und ging sich am Brunnen waschen. Wenn die Frauen gegangen waren, kam er zurück, mit Blumen geschmückt und parfümiert, um Ba dabei zu helfen, die Matten zusammenzurollen. »Seid Ihr damit fertig, Rat auszuteilen, o Heilige!«, stichelte er, bevor er das Essen auf zwei Blechtellern hinaus unter den Jamun-Baum trug.

Trotz seiner zur Schau getragenen Respektlosigkeit zweifelte niemand an Ignatius' Ergebenheit gegenüber Ba. Sie hatte sein Leben gerettet, als andere ihn mit Freuden hätten vergehen und sterben lassen. Im Alter von vierzehn Jahren war Ignatius aus dem katholischen Waisenhaus in Mundra weggelaufen, wo ihn seine Eltern als Baby zurückgelassen hatten. Ba hatte ihn gerettet, als sie ihn halb verhungert und stumm vor Angst an der Bushaltestelle fand. Sie nahm ihn mit in ihr Haus und brachte ihm bei, wie man sich die Haare von Beinen und Armen entfernte, die Haut mit Gelbwurz und Rosenwasser einrieb, damit sie weich wurde, und die Bartstoppeln ausriss, ohne Narben zu hinterlassen. Und als die Brüste nicht wachsen wollten und das Blut zwischen den Beinen nicht zu rinnen begann, da tröstete Ba den verzagten Ignatius und erklärte ihm, dass ein Schwan nicht wegen seines Weißseins schwimmen könne, womit sie sagen wollte, dass er war, was er war, wie wir alle sind, was wir sind, und da Ignatius unfähig sei, als Mann oder Frau Leben in die Welt zu bringen, verfüge er über andere Kräfte, die normale Menschen nicht hätten, und diese Kräfte hätten mit Erhaltung zu tun, dem zweitwichtigsten Prinzip des Universums.

Als Ignatius siebzehn wurde und sich entschied, nach Bombay zu gehen, in die große Stadt, um dort seine Bestimmung zu finden, gab Ba ihn frei und erklärte ihm, wann immer er den Weg zurück zu ihr suche, müsse er nur dem Wind folgen. Fünf Jahre schlug er sich mit einer Gruppe streitlustiger Hijras im Bahnhof von Bombay durch, bis er eines Tages wieder vor Bas Tür stand, verbittert und ausgelaugt, und noch einmal neu anfangen wollte.

Ignatius lernte von Ba, dass die Frauen die wahren Erfinder der Welt waren, ihre ursprünglichen Schöpfer. Sie bestellten die Äcker, brachten die Saat aus, sorgten für Nahrung und zogen in den Krieg. Ba erzählte ihm von Magie und Wissenschaft und all den anderen Möglichkeiten, mit deren Hilfe Ba die Frauen von Ganga Bazaar zurück in ihre Körper brachte, nachdem sie auf den Feldern und in den Straßen gearbeitet hatten, sich beugend, drehend, fegend, schrubbend. Denn dein Körper ist dein Universum, wusstest du das nicht? *Dein Körper ist dein Universum.*

Während der Vorbereitungen für Dollys Hochzeit lief Ignatius' Körper auf Hochtouren. Er saß hinten im Garten und zimmerte Stühle und Tische für die Gäste, die nach der Zeremonie im Amba-Mata-Tempel ins Haus kommen würden. Darüber konstruierte er ein kompliziertes Stroh- und Bambusdach, zum Schutz vor der sengenden Sonne. Er half Trishala und Ba bei den Menüs für die verschiedenen Mahlzeiten und schmückte zusammen mit den Drillingen Rukku, Munnu und Tunnu das ganze Haus mit Rosen- und Ringelblumengirlanden. Am wichtigsten war jedoch, dass Ignatius nachts beim Licht einer Glühbirne mit seiner klobigen Brille dasaß, die er tagsüber aus Eitelkeit nicht trug, und echte Goldfäden in Dollys Sari wob.

Ignatius hatte die Sache bereits sechs Monate vorher, als Trishala nach Ganga Bazaar gekommen war, um einen Mann für Dolly zu finden, in seine fähigen Hände genommen. »Trishala-Behn«, hatte er gesagt, »treibt Ihre Tochter Sie in den Wahnsinn? Machen Sie sich keine Sorgen. Ich suche ihr einen netten Mann. Kein Problem. *Chak-a-chak*. Schicken Sie die Anwärter zu mir, und ich inspiziere sie, bevor ich das Okay gebe.«

Zwei Wochen lang schob sich eine lange Reihe möglicher Kandidaten durch Bas offene Türen. Jeden Tag heulte Dolly Ba vor, wie sehr sie Anjar hasste. Es gab nichts zu tun, nur alte Leute, die Paan kauend herumsaßen und über andere Leute redeten, die ihr völlig egal waren. »Entschuldige, dich meine ich damit natürlich nicht«, fügte sie entschuldigend hinzu. Es gab keine Kinos, keine Läden, nur die Zam Zam Lodge mit ihren begrenzten Verlockungen: einer Eiskremtheke mit zwei Dutzend Geschmacksrichtungen, die ihr nicht erlaubt waren, und einem Hellseher mit einem Papagei auf einem mit Glitzersteinen besetzten Podium.

»Wie Babo-Bhai hier all die Monate hat bleiben können, ohne vor Langeweile zu sterben, weiß ich nicht«, stöhnte Dolly.

Trishala war völlig aufgelöst, und ihr derangierter Zustand erinnerte Ba daran, wie ihre Schwiegertochter vor ach so langer Zeit ein Kind hatte empfangen wollen und mit Prem Kumars plattfüßigem Verlangen zu kämpfen gehabt hatte. Ba hatte ihr damals geraten, Gemüse auf dem Schoß zu halten und im Regen zu tanzen. Jetzt kam Trishala mit einem anderen Problem: Dolly dazu zu bringen, einen Mann zu akzeptieren, bevor es zu spät war.

Am Ende einigten sie sich auf einen Diamantenhändler aus Baroda, der Chaitanya hieß, oder kurz Chunky, ohne jedoch *chunky*, also stämmig, zu sein. Im Gegenteil, er war ungewöhnlich dünn und überragte Dolly um einiges und hatte sogar sein ganz eigenes Filmstar-Attribut, eine unglaublich zerstrubbelte Shammi-Kapoor-Mähne.

Und jetzt endlich fand die Hochzeit statt, die sich Trishala schon für Babo und für Meenal vorgestellt hatte, mit mehr Buhei und Tamtam, als sie es sich hätte träumen lassen. Drei Tage lang wurde ohne Unterbrechung gesungen, getanzt, gebetet, gegessen und fast nicht geschlafen. Trishala badete in den neidischen Glückwünschen, die von fast allen über ihr ausgeschüttet wurden, und log, was das Zeug hielt: »Ich wusste *immer schon*, dass Dolly einen guten Mann finden würde. Heutzutage ist dreißig für eine Heirat nicht so alt. Wir müssen uns von den überkommenen Vorstellungen verabschieden und in neuen Maßstäben denken, oder?«

Tatsächlich war Trishalas Erleichterung so riesig, dass sie das Gewicht sämtlicher Jalebis, die sie während der vergangenen Wochen in sich hineingestopft hatte, von ihren mächtigen Hüften rutschen spürte. Sie schwebte durch Bas Haus, bewunderte ihre Enkelinnen, die sich wie wohlerzogene Kinder benahmen und, wie von ihr instruiert, sich respektvoll vor allen Erwachsenen verbeugten. Trishala war begeistert und schrie am lautesten, als sich Chotu und Babo ihre Schwester für die Bekränzungszeremonie auf die Schultern hievten, bei der Braut und Bräutigam darum wetteiferten, dem anderen eine Blumengirlande aufzusetzen, was die Verhältnisse für den Rest des Ehelebens bestimmte, und dann küsste sie ihre Söhne gleich mehrfach, voller Freude darüber, dass sie Dolly lange genug oben gehalten hatten, damit sie gewinnen konnte. Selbst Prem Kumar, der sich gern schwierig gab, ließ sich von der Stimmung forttragen und sagte nichts dazu, wie viel ihn das alles kostete, sondern füllte seiner Frau das Herz mit Freude, indem er sagte: »Das hast du gut gemacht, Trishala. Die Liebe ist ein Ideal, die Ehe aber die Wirklichkeit.«

Als Dolly mit ihrem neuen Mann schließlich abreiste, mit einer umfangreichen Aussteuer im Gepäck, zu der fünf goldene Schmucksets gehörten, ein neckisches Flitterwochen-Negligee und einundfünfzig Saris, seufzte das ganze Dorf erleichtert auf, und Bas Haus leerte sich fast so schnell, wie es sich gefüllt hatte. Trishala, Prem Kumar, Meenal und ihr Schiffsmakler, Babo und Siân, Chotu, die Jungfern aus Bhuj und all die anderen Tanten und Onkel suchten ihre Sachen zusammen und verließen Ganga Bazaar an einem einzigen Morgen. Nur Ignatius und die vier Urenkelinnen blieben noch, bereit, sich für den Rest der Sommerferien miteinander zu kabbeln.

Die Gäste waren verschwunden, und Ba wanderte über ihr Grundstück und inspizierte die Spuren von Anjars prachtvollster Hochzeit. Überall lagen Papier- und Plastikfetzen. Die riesigen Kochkessel mussten von den Frauen von Ganga Bazaar noch mit Scheuersand gereinigt werden, bevor sie zurück zum Amba-Mata-Tempel gebracht werden konnten. Ba stieg über Kokosnussreste und Bananenschalen, Äste und Blätter, über Pfauenfedern und die roten Häute von Garoli-Eidechsen. Ba roch Kampfer, der noch vom Hochzeitsfeuer in der Luft hing, den Übelkeit erregenden Geruch alten Gemüseöls, welkenden Jasmin. Sie roch Dollys Tränen und Trishalas Schwefelpulver-Angst, die alles wie ein Schleier bedeckte. Doch über alldem lag noch ein anderer Geruch – vom Baum gefallene Äpfel, ein kräftiger, süßer Geruch, der die Sparren ihres Schaukelzimmers durchdrang und nicht vergehen wollte.

»Zerstörung«, sagte Ba zu Ignatius, der kam, um nach ihr zu suchen. »Kannst du die Zerstörung riechen, Ignatius?«

Ignatius fand Bas Hand im Dunkel und führte sie über die Schwelle ihrer Eingangstür. »Vielleicht ist es das Leben«, sagte er. »Vielleicht riecht das Leben so, wenn etwas Scheußliches geschehen wird.«

Noch zwei Wochen nach Dollys Heirat mit Chunky spielten die Cousinen ohne Unterlass Hochzeit. Dazu wollten sie Bas alten, in Seidenpapier verpackten Hochzeitssari, der mit Naphthalinkugeln in einem Blechkoffer lag, aber Ignatius sagte, wenn sie es wagten, ihn auch nur anzufassen, schneide er ihnen die Hände ab und verfüttere sie an die Pfauen. Er schneiderte ihnen eigene Kostüme, vier grellbunte, mit kleinen Spiegeln besetzte Stoffstücke, die sie sich wie Kissenbezüge über den Kopf ziehen und mit um die Hüften geschlungenen Seidenschnüren tragen konnten.

Jede Nacht, wenn ihre Cousinen auf ihren Matratzen lagen und schliefen, die hölzernen, von der Decke hängenden Schaukeln über sich, schlich Bean hinaus auf die Veranda und manövrierte sich in den weichen, verwitterten Bogen von Bas Körper. Für Bean war der Aufenthalt in Anjar wie das Szenario in einer Enid-Blyton-Geschichte, nur dass es hinter dem Amba-Mata-Tempel anstelle des Zauberbaums einen Baum mit Flughunden gab, und statt auf hügeligen grünen Wiesen zu picknicken, mit klebrigen Lebkuchen und Schinkensandwiches, fütterte Ba sie abends unter dem Jamun-Baum mit scharfen Tamarinden-Reisbällchen.

Das einzige Problem mit Anjar waren ihre dicken, pummeligen Cousinen, die immer irgendwelche Sachen wissen wollten, zum Beispiel, was *eck-ssackt* Mayuri und Bean im Haus ihrer britischen Großmutter zu essen bekamen.

»Zuerst mal«, schimpfte Mayuri dann, »ist sie nicht BRITISCH. Das ist in WALES, klar? Und dann essen wir da, was wir hier auch essen, ihr DUMMKÖPFE!«

Einbraue Nummer eins, die am gleichen Tag wie Bean geboren, aber schon doppelt so schwer war, was an Meenals Vorliebe dafür lag, beim Kochen großzügig mit Butterschmalz umzugehen, erwies sich als besonders hartnäckig. »Sag mir«, fragte sie Bean, in der sie ein leichteres Ziel vermutete, »was esst ihr wirklich im Haus von eurer walisischen Nani?«

Bean hatte Angst, dass sie eines Tages, in einem unachtsamen Augenblick, die Wahrheit sagen und das fürchterliche Folgen haben würde. Das bloße Erwähnen von Wörtern wie »Huhn« oder »Fisch« führte bei den frommen Einbrauen dazu, dass sie die Gesichter verzogen, als wollte man sie erwürgen. Da konnte man sich vorstellen, was passieren würde, wenn Bean sich verplapperte und Babo, Siân, Mayuri und sich selbst als eine Familie von Fleischessern verriet! Auf ewig würden sie in Ungnade fallen, und was das Schlimmste wäre: Niemand würde ihr je wieder ein Geheimnis anvertrauen.

Jeden Morgen und Abend verlangten die Einbrauen sehr zum Missfallen von Bean und Mayuri ein großes Glas heißer Milch, das sie stark und hellhäutig machte, wie sie behaupteten, und tranken es in einem glucksenden Zug aus. Natürlich hatten sie hinterher schlimme Blähungen, denen sie freudig Platz schafften, indem sie ihre Hintern in die Höhe reckten – *prrr prrr prrr* – und dem Gestank freie Bahn ließen.

»ENTSCHULDIGUNG!«, sagte Mayuri dann ermahnend, kniff die Nase mit einer Hand zu und wedelte sich mit der anderen wild vor dem Gesicht herum.

»Häh?«

»Ihr sollt ›Entschuldigung‹ sagen. Es gehört sich nicht, in aller Öffentlichkeit zu pupsen.«

»Wie bitte? Was heißt das jetzt wieder?«

Die Einbrauen sprachen besser Gujarati, dennoch sollten die Cousinen auf Bitten Meenals Englisch miteinander reden, schließlich sollten ihre Mädchen weltoffen werden. Zwar litt Beans und Mayuris Gujarati darunter, andererseits verschaffte es ihnen bei fast allen Aktivitäten die Oberhand, war das Englisch der beiden doch weit besser als das ihrer Cousinen.

Wenn sich die vier Mädchen aber einmal vertrugen, unterhielten sie sich bestens. Auf dem Hosenboden rutschten sie wie Meteore *zoom zoom* über Bas schwarze Steinböden, und sie durften im ganzen Haus herumrennen und spielen, mit Ausnahme des Brunnens hinten im Garten, nachdem da vor Jahren bei einem tragischen Unfall Smapurna-Behns Kind ertrunken war. In der Speisekammer spielten sie Kaufladen, im Schaukelzimmer Schiffsuntergang und im Vorgarten unter den Bäumen, wo die Pfauen so gern nach Körnern pickten, Hüpfkästchen und Sieben Steine. Und wenn ihnen tatsächlich einmal langweilig wurde, wenn sie zu müde waren, um sich etwas Neues auszudenken, gab es immer noch die Eidechsen zur Unterhaltung. Alles, was sie sagen mussten, war: »CHOO MANTAR!«, und sie fielen *plopp plopp plopp* wie rote Kristalltropfen von den Wänden.

In diesem Sommer senkte sich jedoch eine nachhochzeitliche Schwermut über das Dorf von Ganga Bazaar, und die Cousinen mussten feststellen, dass die meisten ihrer Kinderspiele ihren Reiz verloren hatten, und was sie auch versuchten, sie ließen sich nicht wiederbeleben. Es war nach dieser Entdeckung, dass Mayuri zur Badezeit ein kleines Götterspiel vorschlug. Die Idee war durchaus gut: Jede von ihnen sollte sich einen Gott aussuchen, der sie sein wollte, und statt sich an die mythologischen Vorlagen zu halten, konnten sie sich ihre eigenen speziellen Kräfte aussuchen. Aber als sie ihre Idee den Einbrauen präsentierte, saßen die, nackt, wie sie waren, auf ihren Plastikstühlen und zogen ihre Brauen zu einem dichten, haarigen Strich zusammen.

»Meine Mummy sagt, Gott wird dich bestrafen, wenn du ihn nicht achtest«, sagte Einbraue Nummer eins.

»Und du stirbst und kommst in die Hölle«, fügte Einbraue Nummer zwei sicherheitshalber noch hinzu.

Die Einbrauen hatten alles über Gott und seine Verehrung gelernt. Früh schon waren sie im Adishwarji-Jain-Tempel in Bombay in die Riten eingeführt worden, und so wussten sie ganz genau, wann die Klingel zu läuten war, wie oft sie die Garba Griha umrunden mussten, wann man sich hinkniete und die Hände faltete – aber was am wichtigsten war: Sie kannten die Worte. Die Worte der Gebete, die ihnen wie Wasserfälle von den Lippen kamen und immer mehr an Kraft gewannen, bis Bean sicher war, dass sie geradewegs hoch in den Himmel und zu den Göttern geleitet wurden, die dort auf ihren goldenen Thronen saßen und bereit waren zu gewähren, wonach immer du fragtest, wenn du nur die richtigen Worte kanntest. Es war wie ein geheimes Passwort für Enid Blytons *Schwarze Sieben* – ohne kamst du in den Club nicht hinein. Aber sosehr sich Bean auch wünschte, in Gottes Club zu kommen, wäre sie doch lieber gestorben, als die Einbrauen zu fragen, wie man es anstellte.

»Das wird toll«, drängte Bean. »Ihr könnt Sita oder Lakshmi sein, die reichste, schönste Göttin der Welt. Oder Durga auf ihrem Tiger und Vernichtung über eure Feinde bringen.«

Aber die Einbrauen, entschlossen, Widerstand zu leisten, verschränkten die Arme vor ihren winzigen Pubertätsbrüstchen und gaben keinen Zentimeter nach.

»Mayuri, weißt du, dass ein Tag in der Hölle so lange dauert wie hundert Menschenjahre?«

»Mir ist egal, was du denkst«, sagte Mayuri. »Mein Daddy hat gesagt, es gibt keinen Himmel und keine Hölle, und dass Gott nur etwas ist, was die Menschen erfunden haben, damit sie sich besser fühlen. Er sagt, wenn er eine Pistole hätte, würde er alle religiösen Führer der Welt in eine Reihe stellen und erschießen. Und dass all dieser religiöse Kram nichts als ein Haufen Hokuspokus und Unsinn ist.«

»Ach, wirklich?«, sagte Einbraue Nummer eins und glotzte sie groß an. »Wenn das so ist, dann sag mir doch bitte, wie die Welt angefangen hat.«

»Mit dem Anfang, DUUUMM-KOPF!«

»Und wer hat sie gemacht?«

»Sie war schon da.«

»Mayuri, wenn du nicht sofort den Mund hältst, kommst du in deinem nächsten Leben als Hund auf die Welt«, kreischte Einbraue Nummer zwei.

»Schön. Das macht mir nichts, weil du schon als Elefant geboren bist.«

Und damit wechselten die Cousinen drei Tage und drei Nächte kein einziges Wort mehr.

Als Mayuri und Bean in diesem Sommer wieder zurück in Madras waren, lange nachdem Ba sie alle zusammengeholt und gesagt hatte: »Wir sollten Burgen in uns bauen, mit den Steinen, die nach uns geworfen werden«, und Bean reuig zu ihren Cousinen gegangen war: »Es ist schon gut, wir können an verschiedene Dinge glauben und trotzdem Freundinnen sein«, fragte Bean ihre Schwester, ob sie wirklich denke, dass da draußen nichts sei.

»Denkst du nicht, dass Taid im Himmel bei den Engeln ist, wie Selvi es sagt?«, fragte sie, als sie nebeneinander in ihren Rohrbetten lagen.

Denn tief in ihrem Herzen glaubte Bean, dass da noch etwas sein *musste*. Es ging nicht anders. Sie *spürte* etwas, wenn sie ein Mal im Jahr zum Weihnachtsgottesdienst in die Velankini-Kirche gingen, und auch wenn Trishala sie in den Jain-Tempel in

Kilpauk mitnahm. Selbst wenn Siân sie in den Garten der Erlösung schleppte, wo sie sich unter den Banyan-Baum setzten und Manna zuhörten, dachte Bean, dass es da noch etwas geben musste. Es konnte nicht alles nur Hokuspokus sein.

»Ich kenn mich nicht mit allem aus, was Selvi uns erklärt, Bean, aber ich glaube, was Daddy sagt. Wenn du gut bist, ist alles andere egal.«

»Aber ist nicht zu glauben nicht das Schlimmste? Ist man dann am Ende nicht schlecht?«

»Ich glaube nicht, Bean. Ich glaube, wenn es einen Gott gibt, dann weiß er Bescheid.«

»Aber alle glauben an einen Gott. Warum können wir nicht auch an einen glauben?«

»Weil der Himmel blau ist. Große Güte! Hast du nicht zugehört, was ich gerade gesagt habe?«

»Natürlich, habe ich das, May-May. Natürlich.«

Da zog Mayuri in einem seltenen Akt schwesterlicher Gnade die Decke über ihre Köpfe und sagte: »Ich weiß was: Spielen wir Karawane.«

Und schon schleppten sich Mayuri und Bean durch heißen Wüstensand, hungernd und durstig. Mit nur noch einem Kamel kämpften und litten sie gegen Sandstürme und die sengende Hitze an. Sie gaben nicht auf, bis sie einen Garten fanden, in dem man ihnen Früchte und Wasser anbot, und einen schattigen Platz, an dem sie ihre geschundenen Körper ausruhen konnten.

Mayuri und Bean tun so, als würden sie die Karte des Nachthimmels lesen, und suchen sich ihren Weg durch die Wüste. In ihren Hemdchen und Unterhosen klettern sie aus den Betten und legen sich auf den kühlen, mit Mosaiken bedeckten Boden. Ganz flach legen sie sich hin, vom Kopf bis zu den Füßen, und tun so, als hätten sie keine Angst vor dem Angsthaben. Sie warten wie klitzekleine Spinnen darauf, anzufangen.

Und später, wenn sie erwachsen sind und barfuß durch ihr Leben gehen, wenn sie die Dunkelheit und die göttlichen Wesen zu verstehen versuchen, die sie bedrohen, werden sie sich erinnern: Es gab einmal eine schöne Zeit, unsere Kindheit. Sie tragen sie mit sich herum und denken, wenn sie sie nur gut genug festhalten und nicht in den Sand fallen lassen, wird sie ihnen auf ewig erhalten bleiben, und sie können in sie zurückkehren, wann immer sie sie brauchen. Denn Mayuri braucht sie und Bean braucht sie.

17
Die fünf Diebe des Körpers

Fast drei Jahre nach Prem Kumars »Anstatt«-Angebot erkannte Chotu die Sturheit seines Vaters und wie zwecklos sein fortdauernder Traum von einem Studium im Ausland war und nahm ihn beim Wort. Vor Einsetzen des Monsuns 1983, eine Woche vor seinem sechsundzwanzigsten Geburtstag, flog Chotu mit dem ersten Reisepass, den er je besessen hatte, nach Bombay und von dort zur ersten Station von einundzwanzig, nach Paris.

Was für eine Katastrophe Chotus europäischer »Anstatt«-Urlaub wurde, war etwas, das Ba hätte voraussagen können, und auch tat. Und am Morgen seiner Rückkehr hatte Ba einen weiteren Traum. Dieses Mal hob sich die Schlange Ananta aus dem Ozean, mit einem Flugzeugflügel im Maul, und Bean ritt ihr im Nacken und versuchte sie mit den Knien zu erdrosseln. Bas erste Angst war, dass Chotus Flugzeug abgestürzt sei und sein junger Körper aus dem Meer gezogen werden müsse, bis zur Unkenntlichkeit verkohlt und geschwärzt. Sie stellte sich ihren Enkel vor, wie er hilflos vom Nachthimmel in die Fluten stürzte, und wurde von einer so tiefen Furcht erfüllt, dass sie sich zum ersten Mal seit zehn Jahren körperlich krank fühlte. Sie rief in Madras an, wo sie von Trishala hörte, dass nichts dergleichen geschehen sei: Chotu sei heil zurückgekehrt und habe sogar ein paar Kilo zugelegt. So verbrachte Ba denn den Rest des Tages damit, sich zu versichern, dass sie überreagiert hatte. Aber die Furcht wollte nicht von ihr weichen, nur dass sie sich jetzt zu fragen begann, ob es vielleicht Bean war, die ihre Hilfe brauchte.

In Madras versammelte Trishala die Familie zu einem Willkommensessen für Chotu um den Esstisch. Prem Kumar saß auf seinem gewohnten Platz am Kopf des Tisches, Babo und Chotu zu seiner Linken und Bean und Mayuri rechts, während Trishala, Dolly und Siân zwischen Küche und Esszimmer hin- und herliefen und ihnen heiße Puris servierten.

»Wie war Deutschland?«, fragte Babo sehnsuchtsvoll, erinnerte er sich doch daran, dass er und Siân nach Deutschland gewollt hatten, bevor ihre Träume durch Trishalas falsche Krankheit ein jähes Ende fanden.

»Oh, es war gut. Alles war wundervoll«, sagte Chotu und starrte auf seinen Teller.

»Und was hat dir an England gefallen?«, fragte Siân und legte ihm einen Rasgulla auf den Teller.

»Bhabi«, sagte Chotu, »um die Wahrheit zu sagen, verstehe ich nicht, wie du je dort hast fortgehen können, um herzukommen.«

»Nun, Ende gut, alles gut«, sagte Prem Kumar. »Ich wusste, die Reise war eine gute Idee.«

Nach einer Weile erhob sich Chotu vom Tisch. »Ich gehe nach oben, um mich etwas hinzulegen. Vielleicht ist es der Jetlag oder sonst was. Ich fühle mich nicht gut.«

Drei Tage später rief Trishala Babo an, um ihm zu sagen, dass Chotu immer noch das Gleiche tat: Nichts. »Er isst nicht und schläft nur. Kann es sein, dass ihn die Zeitverschiebung so mitgenommen hat? Komm her und finde heraus, was mit ihm ist.«

»Schwergewichtler, was ist los?«, fragte Babo. Sie saßen auf der roten Ziegelterrasse der Sylvan Lodge, und er rauchte eine Zigarette. »Warum kommst du nicht zur Arbeit? Was ist? Macht dir irgendwas Sorgen?«

»Oh, Bhai«, sagte Chotu. »Ich weiß nicht. Ich weiß nicht, was ich mit meinem Leben mache. Kann ich dir von meiner ›Anstatt‹-Erfahrung erzählen? Bitte? Einundzwanzig Städte in einundzwanzig Tagen, in Gesellschaft von mittelalten Pärchen,

Gujaratis aus Bombay, mit einem Koch an Bord, damit absolut keine Notwendigkeit bestand, irgendeine regionale Küche auszuprobieren. Alles Leute mit Kindern, die schon in die Schule gingen, bis auf eine Witwe, Mrs Triveni, neben der ich die ganze Reise über sitzen durfte. Ich weiß auch nicht. Es war lächerlich. Ich wünschte, ich wäre nie gefahren.«

Und am Ende der Woche kam es zu der Auseinandersetzung, die längst in der Luft gelegen hatte.

»Du dachtest, ihr gäbt mir die Chance, die Welt zu entdecken, indem ihr mich mit einem Haufen alter, konservativer Gujaratis in einen Bus packt, um in einundzwanzig Tagen zweitausend Jahre europäischer Geschichte zu erkunden? Hast du je begriffen, was ich brauche?«

Prem Kumar war verwirrt. Nicht auszudenken! All die Dinge, die er getan hatte, um seinen Kindern zu helfen, ihren Horizont zu erweitern. Gut, er hatte Chotu nicht wie Babo zum Studieren ins Ausland geschickt. Aber wie hätte er das auch tun können, nach dem nicht wiedergutzumachenden Gesichtsverlust Falgunis Eltern gegenüber? Wie hätte er da auch noch seinen zweiten Sohn nach England schicken und riskieren können, dass er mit einer ausländischen Frau zurückkam?

Chotu entschloss sich zu einer Form des Protests, die auch Babo schon angewandt hatte und die da hieß: keine Verhandlungen. Er stellte sich von seiner Arbeit bei Sanbo Enterprises frei, trainierte die Cricket-Juniorenmannschaft Tamil Nadus, aß nur noch bei Balaji Snacks am Ende der Straße, verbrachte mehr und mehr Zeit bei Babo und Siân und sah mit seinen Nichten den *Denver-Clan*, die neue Familienkrankheit.

»Wenn ich es recht verstehe, hast du nicht vor, mit deinem Bruder als Partner in die Firma einzusteigen, die ich mein Leben lang aufgebaut habe?«, fragte ihn Prem Kumar, als er ihm eines Tages an der Treppe den Weg abschneiden konnte.

»So ist es.«

»Und wovon willst du leben? Von einem Trainergehalt? Wie

ein zweitklassiger Lehrer von hier nach da ziehen und irgendwann mit einer winzigen Rente in Pension gehen? Was für ein trauriges Leben du dir da aussuchst, Sohn, und was ist mit einer Familie? Willst du keine eigene Familie?«

Nichts hätte Chotu ferner liegen können. Abgesehen von Babo und Siân, die sich eine wahre Oase geschaffen hatten, wirkten alle anderen verheirateten Paare, die er kannte, fürchterlich gelangweilt und enttäuscht voneinander.

»Nun«, sagte Prem Kumar, als Chotu ihm nicht antwortete. »Dazu kann ich nur sagen: Wenn jeder Narr eine Krone trüge, wären wir alle Könige.«

»Und ich kann nur sagen, dass es besser ist, sein eigener König zu sein als der Sklave eines anderen«, sagte Chotu, bevor er hinausmarschierte und zum tausendsten Mal die Tür hinter sich zuknallte.

»Chotu«, rief Ba in Anjar ins Telefon. »Ich höre, du protestierst jetzt wie Babo damals. Sehr schlau. Gute Idee.«

»Das ist ganz was anderes, Ba. Ich will nur einfach nicht mehr bei Papa im Büro arbeiten, das ist alles.«

»Gut, gut«, sagte Ba. »Ich habe sowieso eine bessere Idee für dich. Ich möchte, dass du aus Beena einen Schwimmchampion machst. Keine Sorge, ich will dir dein Crickettraining nicht nehmen. Trainiere sie nur morgens ein paar Stunden. Deine Nichte ist fast zehn und macht immer noch ins Bett. All der Geisterunsinn ist nichts als eine Entschuldigung. Sie braucht ein richtiges Hobby, nicht solche Eintagsfliegen wie Malkurse und so weiter.

Es ist wahrscheinlich sowieso besser, wenn du eine Weile nicht arbeiten gehst. Nimm dir etwas Zeit, um über dein Leben nachzudenken. Du bist kein Baby mehr.«

»Ich weiß, Ba. Genau das versuche ich allen zu erklären.«

Ba wollte Chotu von der Schlange Ananta erzählen, die sie seit fünfundzwanzig Jahren besuchte. Er sollte verstehen, dass es noch etwas Größeres gab – dass es Glück gab und Schönheit. Sie wollte ihn vor den fünf Dieben des Körpers warnen, vor Gier, Zuneigung, Verlangen, Liebe und Stolz, die ständig auf einen lauerten, bereit, die Unantastbarkeit des Geistes und der Seele zu zerstören.

»Wozu auch immer du dich entscheidest«, sagte sie, »sage dich nie von der Welt los, Chotu, denn es wird die Welt sein, die dich rettet.«

Und so kam es, dass Chotu Bean jeden Morgen um fünf in Prem Kumars Ambassador abholte. Er hielt vor dem Haus mit dem orange-schwarzen Tor und wartete, dass Bean mit ihren Schulsachen und der Milo-Schwimmtasche herauskam. Herausgeschlichen kam sie, mit verschwommenem Blick, immer noch in der Welt ihrer Träume, setzte sich neben Chotu, und dann fuhren sie den ganzen Marina Beach entlang, der zu dieser frühen Stunde wie eine Wüste aussah, die gegen den Metallhimmel der Stadt gedrückt wurde. Bean ergab sich der Trostlosigkeit des Morgens, den abgebauten Karussells, den Reitern, den zurückkehrenden Fischern und den morgendlichen Spaziergängern, die wie Pilger über den endlosen, biskuitfarbenen Sand trudelten. Chotu brachte ihr die Namen der Gebäude an der Promenade bei – Ice House, Queen Saint Mary's College, Senate House –, während sie die Krähen zählte, die auf Gandhis mit Vogeldreck bedecktem Kopf saßen. *One for sorrow, two for joy, three for a letter, four for a boy …*

Im Madras Gymkhana Club kämpfte sich Bean dann in ihren Lycrabadeanzug, zog das lächerliche Band der Badekappe unter ihrem Kinn fest, spuckte in die Brille und warf sich wie eine fünfunddreißig Kilo schwere Kanonenkugel ins Wasser. Die ersten paar Aufwärmlängen stachen ihr wie Pfeile ins Herz, Eiszapfen des Schreckens, dazu der Druck auf den Ohren, ein Pfeifen wie von einem Dampfdrucktopf. Aber nach einer Weile, als sich ihr Atem beruhigte und der kräftige Tritt gegen die Beckenränder sie immer noch ein Stück weiter und weiter vorantrieb, als die Sonne am Himmel aufstieg und die Rückseiten ihrer Beine wärmte und bräunte, vergaß Bean alles. Sie schoss durchs Wasser, hinauf und hinunter, hinauf und hinunter, bis sie ihr Herz in den Ohren klopfen hörte. Chotu, der mit der Stoppuhr am Beckenrand stand, rief: »Durchziehen, Bean, durchziehen!«, und seine süße, tiefe Stimme verlangte nach etwas, das nur sie ihm geben konnte, also zog Bean so fest und schnell sie konnte.

Nach dem Training, als sie sich mit einem kräftigen Armstütz aus dem Becken katapultierte und in den Umkleideraum tapste, legte Chotu die Uhr auf den Tisch, ließ sich selbst ins Wasser gleiten und schwamm ein paar faule Längen. Anschließend, die Sonne brannte bereits auf Madras nieder, fuhr er Bean zur Schule, rechtzeitig zur Morgenversammlung, und sie saß neben ihm, die Arme und Beine wie Pudding, den Kopf ans Fenster gelehnt, *klopf klopf klopf*, bis sie da waren.

Vier Jahre lang begannen Beans Tage auf diese Weise: mit einem langen, kühlen Eintauchen in eine Leere, in der sich alle Furcht, die sie in dieser Welt empfand, ertränken ließ, und sosehr sie es hasste, von einem Wecker und nicht von Siân geweckt zu werden, die ihr sanft an den Zehen zog, sosehr sie den nassen Boden in der Damenumkleide und den Geruch des Talkumpuders hasste, mit dem ihr die Ayahs des Gymkhana Clubs zu Leibe rückten, bevor sie in ihre Schuluniform wechselte – diese Morgen mit Chotu hatten etwas, das ihrem Leben Bedeutung und Wichtigkeit verlieh.

Während Bean diszipliniert das Becken hinauf- und hinunterschwamm, ihre Schultern breiter wurden und ihr Haar immer mehr verblich, geschah etwas Wunderbares: Ihre Gebete wurden endlich erhört. Ihr Problem mit den Geistern, die sich an den Wänden ihres Schlafzimmers entlang drückten, verschwand. Siân räumte die Plastiklaken weg, und Babo kaufte ihr eine neue Matratze. Selvi sagte: »Kind, jetzt bist du endlich erwachsen, ein großes Mädchen.«

Selbst Chotu schien die Enttäuschung seines Europaurlaubs hinter sich zu lassen, als Bean bei den regionalen Meisterschaften Bronzemedaillen gewann. Er erklärte sich bereit, seine Arbeit bei Sanbo Enterprises wiederaufzunehmen, solange er von den administrativen Pflichten entbunden wurde und mit Babo im Entwicklungsraum zusammenarbeiten durfte. Auch weiterhin gönnte er sich hier und da einen harmlosen Flirt und drohte damit, in eine eigene Wohnung zu ziehen, wenn Trishala und Prem Kumar jemals wieder das H-Wort benutzten. »Wenn ich so weit bin«, warnte er sie, »suche ich mir selbst eine Frau.«

Lange Zeit glaubte Ba, ihr Traum zur rechten Zeit habe sowohl Bean wie Chotu gerettet. Als Bean dann aber mit dreizehn beschloss, ihre Schwimmkappe gegen einen Tennisschläger einzutauschen, und überzeugt war, die nächste Martina Navratilova zu werden, sah Ba den alten, traurigen Ausdruck zurück in Chotus Gesicht kriechen. Auch wenn er Bean erklärte: »Du musst tun, was du tun willst, Champ, mach dir um mich keine Sorgen«, wusste Ba, dass sein neuer, alter Kummer den fünf Dieben Raum geben würde, in ihn einzudringen, Gier, Zuneigung, Verlangen, Liebe, Stolz. Sie hatten am Rand gestanden, auf ihre Chance gewartet und waren *tschipp tschapp* durchs Tor der Sylvan Lodge geschlüpft, als niemand aufpasste. Sie hatten eine ganze Weile gewartet, aber wenn die Diebe erst den Weg in dein Zuhause gefunden hatten, wie konnte dann je wieder etwas wie vorher sein?

18
Angst lässt dich nachts wachliegen, aber der Glaube ist ein sanftes Ruhekissen

Am Morgen des 31. Oktober 1981, um neun Uhr, dem exakten Zeitpunkt, zu dem Indira Gandhis Sicherheitsbeamte den Körper der Premierministerin mit Kugeln füllten, klagte Trishala bei Prem Kumar über einen stechenden Schmerz in der rechten Brust. Prem Kumar, dem Trishalas rechte Brust ganz besonders lieb war, war sie ihm doch am nächsten, um daran zu saugen, rief sofort Jingnesh-Bhai, den Familienarzt, der mit der Tasche in der Hand auf seinem Motorroller gefahren kam.

Nach einer Stunde des Betastens nahm Jingnesh-Bhai die haarigen Hände aus Trishalas Bluse und schlurfte traurig ins Wohnzimmer, um Prem Kumar seine Diagnose mitzuteilen. »Ohne ganz sicher sein zu können«, schnaubte er zwischen seinen Wurstlippen hervor, »aber Ihre Frau hat eine Zyste in der rechten Brust, die bösartig oder gutartig sein kann und die wir in unserer Klinik mit oder auch ohne Erfolg herausoperieren können.«

Prem Kumar erlaubte seinen Knien, leicht zu zittern. Am Tor der Sylvan Lodge drückte ihm Jingnesh-Bhai fest die Hand, was Prem Kumar als Zeichen des Mitgefühls verstand, was tatsächlich aber die Art des Doktors war, zuzugeben, dass er ein unerfahrener Tollpatsch war, völlig unfähig, mit einer derart ernsten Sache umzugehen.

Im Schlafzimmer fand Prem Kumar Selvam auf dem Boden neben Trishala sitzend, der sich die halbblinden Augen aus dem Kopf weinte, während ihm Trishala tröstend mit der Hand den kahlen Schädel tätschelte. »Eins sage ich dir«, fuhr sie auf, als sie ihren Mann hereinkommen sah. »Ich werde keine Doktorhände mehr in diese Bluse lassen. Wenn ich gehen muss, dann gehe ich mit meinen Brüsten, wie sie sind.«

Bis Mittag war das Leben in Madras zum Stillstand gekommen. Die Schulen schickten die Kinder nachhause, Angestellte flohen aus ihren Büros, Geschäfte ließen die Rollläden herunter und Faulpelze wie Arbeitstiere setzten sich vors Radio oder den Fernseher, um zu hören und zu sehen, welcher Wahnsinn sich sonst noch in der Hauptstadt ereignen mochte.

Mayuri und Bean liefen aufgeregt in ihren blauweißen Kitteln in der Sylvan Lodge herum, weil sich der Mittwoch plötzlich wie ein Samstag anfühlte und sie in der Pause nachhause geschickt worden waren, während sich die Lehrer gegenseitig umarmten und wieder und wieder »Welch eine Tragödie, welch eine Tragödie« sagten. Die Straße war voller Polizisten gewesen, und in der Luft hing der Tod. Das alles hatten sie eingeatmet und rutschten nun die Geländer damit hinunter.

Babo, Chotu und Siân saßen wie festgenagelt auf den weichen braunen Sofas des Wohnzimmers und ließen den Blick nicht vom Fernsehschirm. Es stimmte, das Land verlor den Verstand. Indira Gandhi war gestorben, nachdem zwei ihrer Sicherheitsbeamten, beides Sikhs, ihr sechzehn Kugeln in Brust und Bauch geschossen hatten. Geschäfte brannten, Soldaten schossen, Strolche plünderten und Mütter drückten sich ihre Kinder an die Brust.

Trishala sah das Durcheinander und ließ Prem Kumar und Selvam schwören, nichts von Jingnesh-Bhais Besuch am Morgen zu sagen. »Es gibt schon genug zu bedenken«, sagte sie, »da müssen wir meine Sorgen nicht noch zusätzlich auf dem Tisch ausbreiten.«

So saßen sie zusammen, eine Familie vor der Verzweiflung, aßen schweigend ihr Abendessen vor dem Fernseher und verfolgten, wie die Nachrichtensprecher mit tränennassen Augen über die letzten Neuigkeiten aus der Hauptstadt informierten. Sie sahen Indira Gandhis noch lebenden Sohn Rajiv, wie er von den Mitgliedern der Kongresspartei umarmt wurde. Er forderte die Menschen dieser Nation, *sein* Volk, auf, sich zurückzuhalten und sich nicht von ihren Gefühlen übermannen zu lassen.

Unterdessen versteckten sich Sikhs, verbrannten Sikhs, schnitten sich Sikhs die Haare ab und rannten um ihr Leben.

Das war 1984, dem Jahr von Orwells Prophezeiung, als Lügen Wahrheit wurden und Ahnungslosigkeit Stärke. Es war das Jahr, da die Familie Patel lernte, dass Gerechtigkeit nicht für alle gleich war. Das Jahr der Massaker, Mammographien und Mangelhaftigkeiten. Das Jahr des Chemieunfalls von Bhopal. Das Jahr, in dem Babo und Siân jeden Morgen aufwachten, um Dinge in dieser Welt sterben zu sehen.

Es war das Jahr, in dem Trishala über die Flure der Sylvan Lodge schlich, ohne Büstenhalter und wund, in extra geschneiderten Blusen mit einem großen, eingenähten Baumwollpolster, wo ihre rechte Brust gewesen war, ihre großzügige rechte Brust, die sie nur deshalb aufgegeben hatte, weil ihr gesagt worden war, so bestehe die Möglichkeit, die linke zu retten. Als sie ihr dann aber nach zahllosen Behandlungen, die ihr das Haar ausfallen ließen und den gewohnt guten Appetit nahmen, auch die linke wegschnitten, stampfte sie mit dem merklich geschrumpften Fuß auf und verlangte, nachhause gelassen zu werden, um in Würde sterben zu können.

Es war das Jahr, in dem Trishala ohne große Abschiedsrede zu sprechen aufhörte, nur mit einer letzten Warnung hinsichtlich der Romanze, die sich zwischen Mayuri und Cyrus Mazda von nebenan entwickelt hatte. »Der Junge hat den betrügerischen Charakter einer Krähe. An eurer Stelle würde ich diese Beziehung im Keim ersticken.«

Ein Jahr stechenden, brennenden, sich schälenden, Blasen werfenden Schweigens.

Ein paar Wochen nach Trishalas zweiter Brustamputation fanden Babo und Siân Mayuri, die auf ihrem Bett saß und sich weigerte, zur Schule zu gehen.

»Wenn ich groß bin, will ich Dienstmädchen werden«, erklärte sie, »und dafür braucht man weder Mathematik noch Chemie.«

»Wird es dir denn gefallen, ein Dienstmädchen zu sein?«, fragte Babo. »Wird es dir gefallen, Böden zu wischen, Toiletten zu putzen und ganz allein in einem kleinen Zimmerchen zu wohnen?«

»Ja, das wird es«, sagte Mayuri. »Das ist genau das, was ich will.«

»Was für eine Erleichterung«, sagte Siân. »Das heißt, wir brauchen Selvi nicht mehr. Wir behalten dich einfach bei uns und bezahlen *dich* dafür, ihre Arbeit zu tun. Und Bean kann das Schlafzimmer ganz für sich haben.«

Mayuris Augen füllten sich mit heißen Tränen. »Und wennschon?«, schrie sie. »Ich werde sowieso sterben und nichts von all diesen Dingen tun können, weil ich einen Knoten in der Brust habe wie Trishala Ba!«

Mayuri war dreizehn, sah jeden Tag in ihrem Höschen nach und hoffte auf einen Tropfen Blut, weil die meisten ihrer Freundinnen schon ihre Periode hatten und Büstenhalter trugen, während sie noch wie ein Mädchen in Baumwollhemden herumlief. Es hatte nicht geholfen, dass Siân sich nie mit ihr hingesetzt hatte, um sie darauf vorzubereiten, was vom Frau-Werden zu erwarten war. Die Mutter von Mayuris Freundin Sunaina war Ärztin, und sie hatte ihrer Tochter ein Buch gegeben, das *alles* erklärte, mit den richtigen Worten und Schaubildern. Warum konnte Siân nicht auch so sein, statt immer nur mit diesem *la-di-la* Erlöserkram zu kommen? Was Mayuri anging, sollten die Leute doch glauben, was immer sie glauben wollten, aber wenn sie starb, hatten ihre Eltern die Pflicht, es zu registrieren und einzusehen, dass sie bessere Dinge zu tun hatte, als zur Schule zu gehen.

»Wenn du wirklich stirbst«, sagte Bean und tätschelte Mayuri sorgenvoll den Arm, bevor sie zur Schule ging, »hinterlässt du mir dann in deinem Testament deine Partykleider?«

»Keine Sorge«, sagte Mayuri, »in den Slums brauchst du kein Partykleid, denn da werden dich Mama und Daddy aussetzen, wenn ich weg bin.«

Jingnesh-Bhai wurde gerufen, um seine haarigen Hände unter Mayuris Unterhemd zu schieben und zu untersuchen, ob ihre mückenstichgroßen Brüste tatsächlich einen lebensbedrohenden Knoten enthielten, wegen dem sie sich Sorgen machen mussten. Jingnesh-Bhai kam seiner Aufgabe gewissenhaft nach, während Mayuri tiefrot anlief.

»Ich verstehe, was dir Sorgen macht«, sagte Jingnesh-Bhai ernst. »Aber wirklich, da wächst kein Knoten in deiner Brust. Du bist absolut kerngesund, wie's besser nicht geht, 1a-Zustand, bereit, wieder in die Schule zu gehen. Alles okay. Kein Problem.«

»Aber«, sagte er dann noch, um sicherzugehen, dass Mayuri sah, er behandelte ihren Fall mit größtem Ernst, »du musst dich regelmäßig selbst untersuchen, besonders angesichts der Vorgeschichte in deiner Familie, wenn du verstehst, was ich meine.«

Mayuri nickte weise, knöpfte sich die Bluse zu und ging hinaus, um ihrer Mutter und ihrem Vater zu sagen, dass die Welt doch noch in Ordnung sei, ihre Brüste nicht infiziert und sie am nächsten Tag wieder in die Schule könne, um nach etwas Höherem zu streben, als nur ein einfaches Dienstmädchen zu werden.

Noch am selben Morgen ging Siân mit Mayuri zum Fountain Plaza, um ihr ihren ersten Büstenhalter zu kaufen, Größe 32AA. Er war weiß mit breiten Trägern und einer gestickten roten Rose zwischen den spitzen Körbchen. Mayuri freute sich so sehr darüber, dass sie ihre neue Errungenschaft gut sichtbar auf ihr Bett legte, damit Bean, wenn sie aus der Schule nachhause kam, begriff, dass ihre Schwester im Laufe dieses ereignisreichen Vormittags endlich eine Frau geworden war.

In den Monaten von Trishalas Krankheit hörte Babo auf, die Welt um sich herum wahrzunehmen. Auf seiner Haut wuchsen Leberflecken, wo sonst nur Weichheit gewesen war. Seine grauen Augen wurden trüb, verhärteten mit Fett und Ernüchterung und vermochten das Licht nicht mehr so aufzunehmen wie früher. Sein Körper verlor an Beweglichkeit, und an neuen, unerwünschten Stellen begannen Haare zu sprießen. Er beschloss, mit dem Rauchen aufzuhören, ersetzte die Zigaretten durch Pfefferminzbonbons, Polos, die er geradezu zwanghaft lutschte, was zu einer Belebung seines schlummernden süßen Gujarati-Zahns und zum Anschwellen seiner ehedem Zweiundsiebzig-Zentimeter-Taille führte. Alles verlangsamte sich – wurde langsam und langsamer.

In jenen Monaten fand sich Babo dabei wieder, in Büchern Krankheiten nachzuschlagen und sich Mutationen und Tumore vorzustellen, die in ihm heranwuchsen. Seine Nächte waren angefüllt mit Bildern von Körpern, die von komplizierten, grausamen Leiden befallen waren. Wie schwere, sich öffnende und wieder schließende Kisten gingen ihre Namen auf ihn nieder: Lepra, Leukämie, Kaposi-Sarkom – öffneten sich und schlossen sich und schütteten alle möglichen bösartigen Menetekel über ihm aus. Alles löste sich, verrückt, wütend und ohne Unterlass – *kawumm kawumm* –, trat, riss, beulte.

Prem Kumar verbrachte jene letzten Monate in Sprechzimmern und Beratungsräumen. Noch lange nachdem seine Frau sich dem Sterben ergeben hatte, glaubte er an ein Wunder. Jeden Morgen erwachte er mit einem neuen Plan – eine Urin-Therapie, eine Wärme-Therapie, Reiki, eine Prana-Heilung, Akupunktur, eine Behandlung mit Rizinusöl, Gemüsesaft, Suppe. Trishala, die erschöpft und mutlos neben ihm lag, sagte, er solle den Dingen ihren Lauf lassen. »Lass mich gehen«, sagte sie. »In unserem nächsten Leben sehen wir uns wieder.«

Etwas Altes, Trauriges begann in Prem Kumar zu wachsen,

zerrte wie eine Wurzel an ihm und folgte ihm, wohin immer er ging. Wie eine schwarze, form- und substanzlose Wolke ragte die Zukunft vor ihm auf. Ein Leben ohne diese Frau, die ihn seit fünfundvierzig Jahren ausgescholten und beschwatzt hatte, war unvorstellbar. Er hatte sie damals in Anjar ausgesucht, weil sie Augen gehabt hatte, in denen das Licht Gottes zu sehen war. Ihre Aussteuer war klein gewesen, die Familie ohne große Verbindungen. Ihr Vater hatte all sein Geld mit einer unvernünftigen Börsenspekulation verloren und ihre Mutter war bei ihrer Geburt gestorben. Aber ihr Unglück hatte ihr ein Feuer verschafft, das anderen Mädchen fehlte. Und dann waren da diese Augen gewesen, diese durchscheinenden grauen Augen.

Zum Ende hin hielt Trishala die Augen geschlossen, da sie hoffte, so ihrer geliebten Familie zu ersparen, etwas wie Angst oder Zorn in ihnen zu entdecken. Alles, worum sie bat, war ein bisschen Morphium, was ihr Jingnesh-Bhai einmal täglich verabreichte, um die unerträglichen Schmerzen zu lindern. Nachts lag Prem Kumar neben seiner Frau, lauschte ihrem schweren Atem und staunte darüber, was für ein seltsam Ding die Liebe doch war: an einer Stelle aufzutauchen, wo es sie nie gegeben hatte. Er streckte die Hand durchs Dunkel, um den Körper zu berühren, der einstmals so drall gewesen war, die Brüste so voll. »Meine Liebe«, flüsterte er, sicher, dass sie ihn nicht hören konnte. »Wie gut du zu mir warst, und wie wenig ich dir gegeben habe.«

In der Nacht, da Trishala starb, war der Mars der Erde näher, als er es während der letzten sechzigtausend Jahre gewesen war. Hättest du auf der roten Ziegelterrasse der Sylvan Lodge gestanden, hättest du ihn wie einen Stern mit eigenem roten Lichthof sehen können, die Oberfläche von einem tiefen, unterirdischen Rot, mit Flüssen, die ihn durchzogen wie die ungeschriebenen Begierden des Körpers.

Die Hunde der Sterling Road bellten die ganze Nacht. Sie standen vor dem Tor der Sylvan Lodge und heulten und heulten den roten Planeten an. Darayus Mazda, der wie immer das schreckliche Drohen des Todes spürte, stand auf seinem Balkon und wartete darauf, zu sehen, welches Unheil seine Familie wohl noch für ihn bereithielt. Fern in Anjar konnte auch Ba es riechen. Den Geruch herabgefallener Äpfel. Noch bevor sie jemand anrief, um ihr zu sagen, was geschehen war, wusste sie, dass die fünf Diebe gekommen waren, um Trishalas Körper zu holen.

Unten, in Trishalas und Prem Kumars Schlafzimmer, war die Familie versammelt und betete. Sie rezitierten das Navkar Mantra, beugten sich zu den befreiten Seelen hinab, die das Stadium der Körperlosigkeit erreicht hatten, den Sadhus und Sadhvis, den Upadhyayas, die die Schriften lehrten, den Arihants und Tirthankaras. Die Köpfe der Familie waren tief geneigt, selbst die von Babo und Siân, und sie baten diese körperlosen Leute, Trishala in jene makellos heilige Gegend zu geleiten, die frei war von allem Leiden der Welt.

Die Enkelinnen hatten draußen warten müssen. Sie standen vor den Vitrinen im Wohnzimmer, vor Trishalas geliebten, ausgezehrten Jain-Heiligen und den gläsernen Ballerinen mit ihren Fächern, und hielten sich bei den Händen. In den letzten Tagen hatten sie Trishala im Bett liegen sehen, sehr dünn und sehr ruhig. Es war, als wäre Trishala Ba weggebracht und eine andere Frau an ihre Stelle gelegt worden, mit einem Stück Gaze vor dem Mund, damit sie nicht aus Versehen eine Mikrobe verschluckte, während sie betete. Keine bunten Notizbücher mehr, keine Rupienmünzen. Keine Sonntags-Theaterkostüme mehr, die sie mit ihrer Singer-Nähmaschine zusammenschneiderte. Die Enkelinnen beteten, welche Worte dafür sie auch kannten, dass Trishalas Reise friedlich sein würde und voller Musik.

Trishala ließ ihren Zorn hinter sich. Sie entledigte sich aller Gewänder der Illusion und legte einen Gürtel aus Wind an, damit sie durch das Samsara – dieses wunderbare Blendwerk der Menschenwelt – zu den Behausungen der Götter fliegen konnte.

Sie legte alle Karma-Schichten ab, befreite sich von dem Staub, der ihre Seele einhüllte, und trat ihre letzte Pilgerreise an. Sie zerschnitt jedes Band, jede schmerzvolle Verbindung zu Gliedern, Kind, Mann, Körper und pistaziengrünem Haus, bis sie ihre Erinnerungen abstreifen und die Wildnis überqueren konnte. Wie ihr Glaube es ihr befahl, trat Trishala in jenes unbefleckte Land ein, in dem die Reinheit unmittelbar war.

19
Wenn dein Herz brennt, zieht Rauch in deine Augen

Nur einmal in jener langen Zeit ihrer Ehe verloren Babo und Siân einander. Es begann ein paar Jahre nach Trishalas Tod, im Sommer 1987, als Mayuri Cyrus Mazda endlich erlaubte, seine Zunge in ihren Mund zu stecken, und konnte erst gegen Ende des Jahres vollständig gelöst werden, als Nerys ihre Flugangst überwand und ein Flugzeug bestieg, um ihre Tochter in Indien zu besuchen.

Der Sommer 1987 war unerbittlich. Im Juli war Madras wie eine Wüste. Die Hitze prügelte auf die ausgetrocknete Stadt ein, ohne Aussicht auf Abkühlung oder eine Atempause. Jeden Morgen blätterte Babo durch die Zeitungen und suchte nach einer Geschichte, die seinen Glauben an die Menschheit wiederherstellen könnte. Aber da war nur mehr vom immer Gleichen. Er las von Räubern, die ihre Opfer mit Schlafmittel-Keksen betäubt hatten, von Massenselbstmorden unter den Bauern wegen der Dürre und zu hoher Schulden, von Politikern, die Bibliotheken zerstörten, und alten Menschen, die erstickten. Von um sich greifender Rücksichtslosigkeit und Leuten, die flüchteten.

Und als wenn das alles nicht genug wäre, fuhren seine Frauen für einen ganzen Monat nach Anjar und ließen ihn allein im Haus mit dem orange-schwarzen Tor zurück. Babo stand am Schlafzimmerfenster und sah durch das Gitter hinaus, wo seine Frau und seine Töchter geschäftig hin und her eilten, ohne sich an der Hitze zu stören. Von überall riefen Frauen Befehle: Selvi, Siân, Mayuri, Bean. Der junge Cyrus, der mittlerweile herangewachsen war und auf eine linkische, liebenswerte Weise gut aussah, belud den Wagen mit Kisten und Taschen. Er lächelte ungehemmt in alle Richtungen und zeigte seine kürzlich erst von ihrer Spange befreiten weißen Zähne. Die Mädchen lachten mit ihm, *funkel, funkel*, schlugen nach den Moskitos auf ihren sommerbraunen Beinen und lachten. Das Leben ging ohne ihn weiter.

Babo verspürte den Drang, zu seinen Kindern zu laufen und sie in die Arme zu schließen. Hoch in die orangefarbene Krone des Flammenbaums wollte er sie tragen, tief ins Laubfeuer, wo sich einst die Gespenster vor Bean versteckt hatten. Er wollte ihnen erzählen, wie sie aus ihm entstanden waren, dass sie *er* waren und er *sie*. Dass das der Weg war, um fortzubestehen: Kinder auf die Welt zu bringen, kleine Silberstücke, mit der gleichen Nase, dem gleichen Kinn, der gleichen Stirn und den gleichen Augen, der gleichen Schwäche für die Liebe. Weil er spüren konnte, wie sie sich von ihm entfernten: Mayuri, die ins Haus hinein- und hinausschlich, um mit Darayus' langgesichtigem Enkel in seinen tollen Autos durch die Stadt zu fahren. Bean, die von morgens bis abends mit Mehnaz telefonierte, weil *ihr* Leben das Wichtigste auf der Welt war, worüber sie niemals mit ihrer Familie, sondern nur mit ihren Freundinnen sprach.

Und seine Ehefrau – so wollte er sie nennen – *seine Ehefrau*, er wollte ihr sagen, sie solle zurückkommen an ihren Zufluchtsort, denn sie war eine Fremde in seinem Leben geworden, in dem Haus, das sie bewohnten, dem Bett, in dem sie schliefen. Es war lange her, dass sie sich auf eine Weise berührt hatten, als hinge ihre Existenz davon ab, lange, seit Babo wie ein Feuerwerk *ba-ba-bumm* explodiert war. Auch sie wollte er wegtragen, sie retten. Aber Siân musste nicht gerettet werden. Mehr denn je hatte sie mit ihren wöchentlichen Verpflichtungen und Wohltätigkeitsfällen zu tun. Mittlerweile klebte ein farbiger beschriebener Stundenplan am Kühlschrank, damit sie nicht vergaß, wo sie sein sollte und bei wem. Bastelstunden mit Rentnern standen da verzeichnet, Schwimm- und Bridgekreise, SOS, AMS, das Cheshire-Heim, Ms Douglas, Manna und der Garten der Erlösung. Von Montag bis Sonntag, ohne eine Lücke.

Wo bin ich da, welche Farbe ist meine?, dachte Babo. Wo bleibt Zeit für den Ehemann zwischen all diesen Dingen? Babo sah in den Vorgarten hinaus und spürte etwas, das er nicht mehr gespürt hatte, seit er einundzwanzig gewesen war. Seit er seine Familie verlassen und *zisch zisch zisch* nach London geflogen war, um dort Alkohol und Fleisch zu probieren. Es war ein seltsames Gefühl der Loslösung. Die Straßen hinunterzugehen und festzustellen, dass du nichts hast, worauf du Anspruch erheben kannst, nichts, das dir gehört – und dass alles auch ohne dich weiterginge, wenn du dich aus der Szene herausnähmst.

Er fühlte sich wie auf jenem weichen, makellosen Tokioer Hotelbett, als er mit dem Gedanken gespielt hatte, Sanbo Enterprises nach Übersee auszudehnen. Der Fernseher plärrte in einer unverständlichen Sprache, er trug einen Yukata, einen japanischen Bademantel, trank grünen Tee und aß merkwürdige Süßigkeiten aus roten Bohnen. Ohne Halt war er gewesen, in einer Welt, in der er keine Spuren hinterlassen konnte, und er hatte begriffen, dass er ohne seine Frauen nichts war.

Schon vor all den Jahren in der Kantine von Joseph Friedman & Sons war er darauf gestoßen. In dem Moment, da er das Band in Siâns goldbraunem Haar gesehen hatte. Festgehalten hatte er diesen Moment, ihn tief in seine Seele gepflanzt und dort wie einen gepunkteten Schmetterlingsflügel aufgespießt. Solche Schönheit! Und ohne so eine Leere.

Jetzt war es seit einiger Zeit wieder so, als wachte er in einem fremden Land auf. Er sah seine Familie vor dem Haus, wie sie sich ohne auch nur den Anflug eines Gewissensbisses darauf vorbereitete, ihn zu verlassen. Er wollte mit ihnen fahren, gemeinsam mit ihnen Moskitos und Fliegen hinter sich lassen. Er wollte sie in seinen Fliegenden Fiat laden und mit ihnen wegfahren wie früher, nach Kanyakumari, an die Spitze Indiens, wo der

Golf von Bengalen, der Indische Ozean und das Arabische Meer zusammentrafen, oder die zwei Stunden die Küste hinunter nach Pondicherry, einfach nur, um frischen Apfel-Vanille-Kuchen zu essen. Vor allem aber wollte er wieder mit Siân *schabing-schabang*, wie er es gewohnt gewesen war, dreimal nacheinander, kein Problem, denn das war der Kern der Sache, da fielen die Dinge auseinander.

Babo ging auf die vierzig zu, und zum ersten Mal in seinem Leben begann er mit dem Gedanken an seine Sterblichkeit zu hadern, seine Männlichkeit. In seinem immer schwerer werdenden Körper, der seine besten Jahre fast hinter sich hatte, spürte er Veränderungen, und die hatten fast alle mit Mr Dingsda zu tun. So war es noch nie gewesen. Babo erinnerte sich an eine Zeit, da ihn allein der Anblick von Siâns entblößtem Schlüsselbein in größte Erregung zu versetzen vermochte – und sofort bis fast zum Höhepunkt brachte, wie in jenen frühen Tagen in ihrer blauen Wohnung in der Finchley Road. Oder später in der Sylvan Lodge, wo sie sich so leise und so ausdauernd geliebt hatten, dass sie morgens beim Aufwachen manchmal immer noch miteinander verbunden waren. Da war es ihm vorgekommen, als wären ihre Körper ausdrücklich zu diesem Zweck geschaffen. Um diese süßen Anordnungen zu verwirklichen.

Dieser Tage dauerte es eine Weile, Mr Dingsda zu erregen, und noch weit länger, den Höhepunkt zu erreichen. Sie schlossen sich kaum mehr für samstägliche Nachmittagsunternehmungen ein. Tatsächlich berührten sie sich kaum noch. Es war so, als bräuchten sie am Ende des Tages keine eigene, gemeinsame Welt mehr wie früher. Wenn Siân mit nichts als ihrem smaragdgrünen Satinslip bekleidet ins Bett schlüpfte und ihr Marmorkörper in Griffweite neben ihm lag, spürte Babo zwar nicht weniger Verlangen nach seiner Frau, aber doch ein Dahinschwinden der eigenen Möglichkeiten. Er konnte nicht verstehen, wie er so viel älter geworden war, während sich seine Frau seit ihrer Ankunft in Indien kaum verändert hatte. Die Lücke zwischen ihren Zähnen mochte um einen Viertelmikromillimeter nach dem anderen gewachsen sein, aber der Rest von ihr war immer noch weich und geradezu schmerzhaft sexy. Dennoch vermochte er in den meisten Nächten nur nach ihrem Körper zu greifen, sich wie ein Ertrinkender an ihre milchweiße Glätte zu klammern und so erleichtert einzuschlafen.

Babo gab dem Stress die Schuld. Nach Trishalas Tod war er unversehens zu dem Familienmitglied geworden, dem alle ihr Leid klagten, und die neu zwischen Prem Kumar und Chotu aufflammenden Meinungsverschiedenheiten und damit verbundenen Gemütsausbrüche gingen sämtlich über ihm nieder. Dolly rief aus Baroda an und beschwerte sich, das Leben mit Chunky, ihrem Mann, sei nahezu unerträglich, und Meenal heulte ihm etwas über irgendeine Verdickung an ihrem Körper vor, die sie davon überzeugte, dass sie die Nächste war, die gehen musste.

Und als hätte er mit der direkten Familie nicht schon genug zu tun, schien Babo plötzlich ganz allgemein zu einer Art Klagemauer zu werden. Alternde Tanten aus Bhavnagar und Porbandar riefen an, klagten über Gallensteine und Diabetes, grauen Star und bevorstehende Darmspiegelungen, und selbst die Mitglieder der sonntäglichen Rommé-Runde seines Vaters, die bisher an nichts als Betelkauen und politischem Geplänkel interessiert gewesen waren, schienen sich mit einem Mal ausgerechnet *ihm* anvertrauen zu wollen, was Entzündungen der Prostata und Verhärtungen in den Hoden anging. Als könnte *er* ihnen einen Rat geben oder sich gar vertraulich mit ihnen austauschen. Als stünde er kurz davor, sich ihrem Club anzuschließen.

Siân und Babo hatten beide ein Elternteil verloren und vermochten doch nicht über die Größe ihres Verlusts miteinander zu reden. Die Dinge um sie herum veränderten sich schnell, und das eine, das sie früher mit solcher Leichtigkeit gerettet und zurück zu sich gebracht hatte, das *Schabing-Schabang*, schien unerreichbar fern in ein Land verschwunden, das sie zwar einst bewohnt, für das sie jetzt aber die Besuchsrechte verloren hatten.

Einmal, im Bett, als die Tür sicher verschlossen war und keine Gefahr bestand, dass die Kinder hereinkamen, sagte Babo: »Charlie-Girl, was ist nur mit uns?«

Erst dachte er, Siân würde womöglich so tun, als sei alles in Ordnung – dass sie »Hmm« sagen und es unter den Teppich kehren würde, wie sie es mit den meisten Problemen tat. Aber nein, sie sah ihn an, als sähe sie ihn zum ersten Mal klar vor sich. »Mit uns ist, dass du dich in deinen Vater verwandelst.«

»Nein, das tue ich nicht.«

»Aber ganz und gar. Sieh doch nur, du streckst sogar die Unterlippe so stur vor, wie er es tut. Was mit uns ist? Deine Spontaneität, du hast all deine Spontaneität verloren. Wann sind wir zwei das letzte Mal essen gegangen, nur wir zwei? *Nicht* in den Club. Wann hast du mich zum letzten Mal mit etwas überrascht? Diese Dinge waren früher so wichtig für dich. Jetzt bist du nur noch an deinen kostbaren Sanbo Enterprises interessiert und deinem verfluchten Vorrat an Johnny Walker.«

Es war die Art, wie Siân das Wort »verflucht« aussprach, die ihn umwarf. Er hatte seine Frau bisher so gut wie nie das Wort *shit* sagen hören, verdammt oder Arschloch, oder dass sie überhaupt geflucht hätte. Es passte nicht zu ihrer calvinistischen Erziehung und ihrem Gefühl von Anstand, und wenn er in der Vergangenheit selbst einmal den Fehler begangen hatte, laut zu fluchen, hatte Siân ihn immer nur angestarrt und »DIE KINDER!« gezischt, als schüttete er ihnen Gift in die Ohren. Sie plötzlich so reden zu hören, war nicht nur ein unheilvolles Zeichen der Auflösung, sondern, in einem grausameren Sinn, auch ein Betrug.

»Daddy«, rief Bean und winkte ihm wie wild zu. »Kommst du nicht und gibst uns einen Abschiedskuss? Wir fahren gleich.«

Babo wandte sich der Tür zu, fing sein eigenes Bild im Spiegel auf und sah, dass seine Frau wie gewohnt Recht hatte. Trishalas Augen, die einmal das Zentrum seines Gesichts gebildet hatten, waren in den Hintergrund getreten und Prem Kumars breiter Nase und Lippen gewichen. Er wurde tatsächlich zu seinem Vater. Darüber hinaus hatte dieser körperliche Wandel direkten Einfluss auf sein Inneres. Deshalb konnte er beim Spätfilm im Casino nach der Hälfte nicht mehr die Augen offen halten. Deshalb ging es im Bett nicht mehr so wie früher.

War das ein Schicksal, dem jeder Mann ins Auge zu sehen hatte? Sich langsam in den eigenen Vater zu verwandeln, den er immer so weit von sich gewähnt hatte? Babo wollte diese Entwicklung aufhalten. Er wollte wieder der Mann werden, der er einst gewesen war, der Mann, der seine zukünftige Frau in ein Fünf-Sterne-Hotel in Bombay gebracht hatte, das er sich kaum erlauben konnte, um sie auf den weißen, makellosen Laken dreimal hintereinander zu nehmen. Jetzt gleich wollte er es wieder tun, sie nach drinnen ziehen und ihr sagen, dass sie nicht weggehen durfte. Aber er konnte es nicht, weil er zu der Art Mann geworden war, die er immer verachtet hatte, ängstlich und berechenbar.

Meist stand Siân in der Küche oder im Garten, und die Stimme ihrer Mutter kam wie von unter Wasser, aus dem Geschirrschrank oder zwischen den Federn des Sofas heraus. Und immer hatte Siân das Gefühl, etwas tun zu müssen. Ihre Mutter vor etwas Schrecklichem schützen zu müssen. Während ihr Babo immer weiter entglitt, meldete sich Nerys lauter und lauter zu Wort, rufend, fragend, schreiend, stammelnd, schrill und dringlich flehend: Siân, Siân!, als wäre sie unter einem Fels eingeklemmt, auf dem Badezimmerboden ausgerutscht oder, schlimmer noch, ertränke im weiten Ozean.

Siân konnte Nerys auch jetzt hören, im Zug, der die Westküste Indiens entlangfuhr. *Siân, Siân!,* die Worte folgten ihr wie der Wind. Was mögen die Mädchen nur gerade machen?, dachte Siân. Tragen sie ihre Sonntagskleider? Stibitzen sie womöglich Kekse aus der Cadbury-Dose? Großer Gott, reißen sie etwa ihre Rosen aus? Dabei wusste sie, dass sie nichts in der Art taten. Die Mädchen spielten Domino, waren mit ihr auf dem Weg nach Anjar und fast erwachsen, und doch fühlte es sich einen Moment lang so an, als wäre sie zurück in Tan-y-Rhos. Als wäre ihre Welt in Ordnung, mit Ehemann, Kindern, Brüdern, Mutter und Vater.

»Als ihr Kinder wart, habt ihr immer an der Tür gestanden und verfolgt, wie die Bäume und Telegrafenmasten an euch vorbeigerauscht sind«, sagte Siân zu Mayuri und Bean, die in der Koje ihr gegenüber saßen. »Sollen wir das jetzt auch tun?«

»Oh, es ist so heiß, Mama«, sagte Mayuri, blickte auf und strich sich ihren Pony aus dem Gesicht.

»Und im Übrigen«, stimmte Bean ein, »sind wir gerade mitten in einem Spiel. Mama, bitte!«

Siân sah hinaus in die Landschaft, während die Räder des Zuges mühsam durch kleine Dörfer und Städte stampften. Sie wollte eines der glitzernden Bilder da draußen zu fassen bekommen – die Frau am Holzfeuer mit dem Tuch über dem Kopf und dem geschmückten Gesicht, den einsamen Mann, der auf seinem Fahrrad zwischen den hellgolden senffarbenen Feldern dahinfuhr – weil plötzlich alles so vorläufig schien. Ihre Töchter taumelten auf der Schwelle zum Erwachsenwerden dahin, Babo drohte ihr immer mehr zu entgleiten, und dazu das Rufen ihrer Mutter. Siân wollte alles aus der Welt zu sich hereinholen, aus der Außenwelt, die sich verdunkelte und dahinglomm, zischte und spuckte, zerriss und wiederhergestellt wurde.

An dem Morgen, als Babos Familie ohne ihn nach Anjar aufbrach, klingelte es barsch und nachdrücklich an der Tür. Selvi hatte sich ein paar Tage freigenommen, um in ihrem Dorf einige Landgeschäfte zu regeln, so dass er allein im Haus und gezwungen war, sich von seinem Bett zu erheben und selbst an die Tür zu gehen. Erst dachte Babo, dass es Siân sei, die zurückkam und sagte, die Mädchen kämen allein zurecht. Ba werde sich um sie kümmern, wie sie es immer tat. Aber das Klingeln hörte nicht auf, und Babo begriff, dass es Siân nicht sein konnte, denn die hatte einen Schlüssel, und wenn sie ihn überraschen wollte, gab es einfachere, attraktivere Möglichkeiten.

So schleppte sich Babo also zur Tür, bereit, dem Milchmann, oder wer immer der Verrückte auch war, der da so Sturm klingelte, den Marsch zu blasen, weil er ihn so früh aus dem Schlaf riss. Aber da stand jemand Fremdes vor ihm, eine junge Sardani mit einem Gesicht wie ein Pfirsich, das von ihrem nie geschnittenen Haar wie von einem Betttuch umhüllt wurde. Barfuß stand sie vor ihm, den schwarzen Kajal vom Abend noch um die Augen, in einer weiten Kurta und Pyjamahosen.

»Tun Sie was wegen Ihrer Katzen«, sagte die Sardani und stieß mit dem Finger in Richtung der Mauer, die das Haus mit dem orange-schwarzen Tor vom punjabischen Frauenverein trennte. »Ich kann nicht schlafen. Es ist unmöglich. Ich kann nicht schlafen bei dem Spektakel, das die veranstalten.«

Babo fiel auf, dass die Sardani ganz leicht lispelte, jedes einzelne S rollte ihr langsam und verführerisch von der Zunge. Er sah auch die ausgeprägte Wölbung der Brust unter ihrer Kurta, die sich im hellen Morgenlicht, und weil sie von keinem Büstenhalter behindert wurde, pfirsichgleich wie ihr Gesicht unter dem Stoff abzeichnete. Offenbar kam sie direkt aus dem Bett, barfuß, um sich an seiner Tür zu beschweren. Sowohl das Lispeln als auch die epischen Dimensionen ihres Busens erinnerten Babo an Falguni, seine alte Liebe, die er von London aus so grausam fallengelassen und danach nie wiedergesehen hatte. Vor allem aber war es der flehende *Verfprich-mir-daff-du-morgen-nur-mit-mir-tanft*-Ausdruck in ihrem Gesicht, der die Sardani in diesem Moment absolut unwiderstehlich machte.

In den siebzehn Jahren, die Babo mit Siân verheiratet war, hatte er nie eine andere Frau auch nur angesehen, geschweige denn, dass er eine kompromittierende Fantasie entwickelt hätte, die mit ihm, Siân und – oder – einer anderen Frau zu tun gehabt hätte. Siân war die erste und einzige Frau, die Babos Herz in Besitz genommen hatte, und seitdem hatte es nicht einmal mehr Raum für die Schauspielerinnen in Babos Herz gegeben, die er einst doch so heiß geliebt hatte, die Liz Taylors und Madhubalas. Ihr Bild war in einem Nebel verblichen, um nie wieder mit der Frage *Akele akele kahan ja rahen ho?* hervorgerufen zu werden. Selbst das harmlose Flirten mit ihren Freundinnen, vor allem mit Darlene, die sich nach ein paar Drinks gern auf seinen Schoß setzte und stöhnte: »Du hast sooo ein Glück, Siân. Du weißt ja gar nicht, was du da hast, Mädchen«, selbst das war ohne Bedeutung und, für Babo zumindest, so verführerisch, als landete eine seiner Schwestern auf seinem Schoß.

Babo war nie umhergestreunt, hatte keinen Auslauf gesucht, hatte nie in eine andere Richtung als die seiner Frau gesehen, die während all der Jahre sein Atem, sein Leben, alles gewesen war. An diesem Morgen jedoch, angesichts der entrüsteten Sadarni vor seiner Tür, spürte Babo, wie sich Verlangen in seinem zuletzt schlafenden Mr Dingsda regte, und diese Reaktion, so positiv sie in anatomischer Hinsicht auch sein mochte, war sicher kein Zeichen, das in die richtige Richtung wies oder zur rechten Zeit kam. Im Gegenteil, der bloße Umstand erschütterte Babo bis in die Grundfesten, denn er war ein Mann von Prinzipien.

»Aber das sind nicht meine Katzen«, sagte er und zog sich diskret die Kurta zurecht. Verwirrt fuhr er sich mit der Hand durch die Locken und wünschte sich nichts so sehr wie eine Zigarette. »Sie leben hauptsächlich auf dem Grundstück nebenan, und sie kommen und gehen, wie sie wollen. Wir haben nichts mit ihnen zu tun.«

»Aber wie ertragen Sie das? Ich bin seit einer Woche hier und habe nicht eine einzige Nacht schlafen können.«

Sie. Seit. Einzige. Schlafen. Fff. Fff.

»Eine Minute«, sagte Babo, ließ die Sardani an der Tür zurück und kam gleich darauf mit einer Schachtel in der Hand zurück. »Eine Zeitlang hatte meine Tochter, als sie noch klein war, das gleiche Problem. Es war wirklich ernst. Jahrelang hatte sie

Albträume wegen der Katzen. Unser Arzt hat uns damals einen großen Vorrat an Ohrstöpseln gegeben. Vielleicht sollten Sie es auch einmal damit versuchen und sehen, ob sie helfen?«

»Oh!«, sagte die Sardani, senkte die Augen und wirkte mit einem Mal ganz verschämt. »Sie sehen aber ganz und gar nicht so aus, als könnten sie große Kinder haben. Sie wirken so jugendlich. Vielen Dank.« Sie nahm die Schachtel vorsichtig an sich und wandte sich ab, um dorthin zurückzukehren, woher sie gekommen war. Und während sie seinem Blick entschwand, sah Babo ihre Pfirsichbacken *schamack-schimack schamack-schimack* sanft hin und her schwingen.

Näher als bei diesem Zusammentreffen kam Babo während ihrer gesamten Ehe nicht an einen Seitensprung heran. Die Wirkung des Verlangens, das die Sardani in ihm geweckt hatte, war jedoch folgenschwer und reichte weit über Babos vierzigsten Geburtstag hinaus, kurz vor dem sie ihm wie ein Trugbild erschienen war, um ihn aus seiner Ehetrübsal zu reißen. Wann immer Babo danach Katzen kopulieren hörte, antwortete Mr Dingsda in pawlowscher Manier auf die pfirsichzarte Erinnerung an die Vorder- und Rückseite der Sardani, und Babo wurde von solch einem Verlangen erfüllt, dass er sich ohne Zögern dem Körper seiner Frau zuwandte, ganz egal, wie spät in der Nacht es war, und *schabing-schabang*.

Direkt anschließend an seine Begegnung fühlte sich Babo jedoch gleichzeitig so erfrischt und schuldig, dass ihm keine andere Wahl blieb, als sein Leben auf die einzige ihm augenfällige Weise zu ändern – indem er auf das hörte, was ihm seine Frau und seine Töchter nun schon seit einiger Zeit sagten: Das und das und das nicht mehr zu tun.

So hörte er auf, sich jeden Abend mit einem Scotch auf die Veranda zu setzen, strich alles Gebratene von seinem Speiseplan und beschränkte den Verzehr kalorienhaltiger Knabbereien auf gelegentlich ein paar Cashewnüsse. Ab sofort begann er den Tag um sechs Uhr morgens mit einem ausgiebigen Gang über das Gelände des Loyola College, und wenn er wochenends ihre Freunde im Gymkhana Club traf, ließ er die Finger von den mehrschichtigen Schokoladentorten und der Nutty-Boy-Eiskrem, obwohl das Keshav und Praveen noch mehr als seine neu angenommene Abstinenz zu enttäuschen schien. »Was ist nur in dich gefahren, Yaar? Sag uns nicht, dass du deine Frau so sehr vermisst. Oder erreicht dich in deinem hohen Alter endlich Gottes Wort? Ist das eine Art religiöses Fasten?«

Selbst Chotu, der sich mehr und mehr in seine eigene Welt zurückzog, bemerkte die radikale Veränderung, die in seinem Bruder vorging. »Bhai, warum nimmst du so ab? Gibt dir Selvi nichts zu essen? Willst du bei Papa und mir wohnen, bis Siân und die Mädchen zurückkommen?«

»Du dummer Esel«, bellte Ba in Ganga Bazaar ins Telefon. »In einer Woche hast du Geburtstag. Warum willst du da allein zuhause sitzen, wenn deine ganze Familie hier ist? Verdienst du dafür so viel Geld? Um wie eine Henne darauf zu hocken, die ihre Eier ausbrütet?«

So packte Babo denn ohne allzu große Umschweife einen kleinen Koffer und schickte Selvi für eine Woche in ihr Dorf. Sollten sich Prem Kumar und Chotu während seiner Abwesenheit doch an die Gurgel gehen, wenn sie wollten. Babo stieg ins erste Flugzeug nach Bombay, von wo aus er den Zug nach Anjar nehmen würde. Alles, um seine Frau zu überraschen und ihre Ehe zu retten.

Als er in Ganga Bazaar ankam, hatte Ba bereits die Bakul-Blumen in seiner Hand und auch die Regenwolken gerochen, die ihrem Enkel unweigerlich folgten, wohin immer er fuhr. »Kommt und seht doch!«, rief sie den Mädchen zu, die in Zeitschriften blätternd auf den Schaukeln saßen. Siân kam auch, nicht von einem besonderen Geruch zur Tür gelockt, sondern von einer Stimme, die sie schon seit einer Weile hatte rufen hören.

Siân brauchte nichts zu sagen. Ihre Augen gaben Babo alle

Zustimmung, die er brauchte. Sie sah ihn so an, wie sie ihn angesehen hatte, als sie nach jenen schrecklichen sechs Monaten der Trennung in Bombay aus dem Flugzeug gestiegen war und ihn in den Arm genommen hatte, entschlossen, das einzige Licht in seinem Leben zu sein. Aber statt zu ihm hinzulaufen, blieb sie stehen, wie angewurzelt, und sagte: »Seht, seht. Denkt ihr nicht, dass euer Daddy gut aussieht, Mädchen?«

Und der Gedanke, dass sie unausweichlich beide eines Tages ganz ohne Eltern sein würden, die Angst, dass sie es womöglich erlauben könnten, die pfauenfederleichte, elektrisierende Verbindung zwischen sich zu verlieren, all diese Bedrückungen fielen von ihnen ab, und es war wieder so, als regneten Rosenblätter vom Himmel auf sie herab. Und Ba, die sie in den Ecken ihres Hauses hörte, wie sie die Erde von Ganga Bazaar sanft in Millionen Teile zerstießen, wunderte sich, dass die beiden immer noch diesen blühenden Glanz verbreiteten wie damals, als sie das erste Mal nach Anjar hineingefahren und den Dörflern das erste Auto und die erste weiße Person gezeigt hatten. Damals war es Furchtlosigkeit gewesen, und das war es auch jetzt: Die Fähigkeit, sich in Liebe aufzulösen.

Wir müssen alle bereit sein, für die unmögliche Liebe zu sterben, dachte Ba. *Weil die Liebe nicht den Beweis der Zeit oder der Erinnerung brauchen sollte. Die Liebe sollte immer neu sein. Liebe sollte eine Ewigkeit sein.* Und als Babo und Siân mit ihren beiden Töchtern zurück in ihre Stadt am Meer fuhren, begriff Ba, dass Ekam immer Ekam war. *Sie sind durchs Feuer gegangen. Jetzt heben sie sich gegenseitig in die Lüfte und fliegen wieder.*

Zu Weihnachten, als der Ministerpräsident von Tamil Nadu, M. G. Ramachandran, Indiens erster zum Politiker gewordener Schauspieler, dreimal verheiratet, keine Kinder, mit Fellmütze und dunkler Brille in den Sonnenuntergang wankte und mit seinem Tod eine Welle landesweiter Unruhen auslöste, als der treueste Verfechter der Patel'schen Häuslichkeit, Selvam, ohne ein Hallo-goodbye-entschuldigt-mich für immer verschwand, als sich Nerys in die Luft erhob und nach Indien kam, da verstummten endlich die Stimmen in Siâns Kopf.

Babo und Siân fuhren zum Flughafen von Madras, es war eine tropische Dezembernacht, und Mayuri und Bean kicherten aufgeregt auf der Rückbank, mit Ketten aus frischen Jasminblüten und Rosensträußen auf dem Schoß. Dann standen sie, Babo, Siân, Mayuri und Bean, am Ankunftsgate und sahen Nerys zum ersten Mal in ihrem vierundsechzigjährigen Leben in Indien ankommen, in einem neuen, getupften, knielangen Kleid von Debenhams und mit einem breitkrempigen Sonnenhut auf dem Kopf, obwohl es doch spätnachts war.

Nerys, die immer gesagt hatte, sie werde niemals in ein Flugzeug steigen, weil sie all dem Metall da oben in der Luft nicht traue. Nerys, die nie Angst hatte und über dieses riesige, umwerfende Land nur staunte: Wie sie etwas für ein paar Stunden anziehen und es schon am nächsten Morgen frisch gewaschen und gebügelt wieder für sie bereitliegen konnte. Diese unablässige Bewegung der Wachleute, der Ayahs, der Fahrer, Straßenfeger und Gärtner, die meist unsichtbar an einem ewigen, magischen Kreislauf der Erneuerung teilhatten, und wie sich alles gegenseitig stützte. Nerys, die nach drei Monaten Indien nach Nercwys zurückkehrte, zufrieden damit, ihr Dorf nie wieder verlassen zu müssen, zufrieden zu wissen, wo ihre Enkelinnen jede Nacht schliefen, wie sie unter ihren, Nerys', Decken aussahen, und dass ihre Tochter am Ende tatsächlich wie eine Prinzessin lebte. Zufrieden mit den Dingen, die sie Bryn erzählen konnte, um die Falten auf seiner Stirn zu glätten, sollte er jemals zu ihr zurückkommen.

Siân rannte auf ihre Mutter zu, die tapfer durch das Meer braungesichtiger Taxifahrer und Parkscheineinnehmer steuerte, als wäre es das Natürlichste auf der Welt. Dann endlich sagte Nerys: »Siân, Siân«, mit einer Stimme, die nichts Gehetztes oder

Hilfesuchendes hatte, stand vor ihrer Tochter, wunderbarerweise, und erlaubte ihren zwei Welten, sich zu begegnen. Siân hielt diesen Moment in sich fest – das Bild ihrer heranwachsenden Töchter, die ihre Nain mit Blumen behängten, und ihres frisch rasierten Mannes, der herantrat und seine Schwiegermutter so entschlossen wie höflich auf beide Wangen küsste.

Babo führte sie aus der Menge und fuhr sie zum Haus mit dem orange-schwarzen Tor, das sie mit Lametta und Lichtern geschmückt hatten. Drinnen sang Perry Como »There's no Christmas like a home Christmas«, und die Mädchen mit ihren glitzernden Augen, ihren glockenreinen Körpern und Gedanken füllten das Haus, auch wenn sie nicht mehr an den Weihnachtsmann glaubten, mit festlicher Stimmung.

20
Liebe ist immer Liebe

Als Bean sechzehn war, begann sie sich aus dem Haus zu schleichen, um mit einem Jungen namens Michael Mendoza zu schlafen. Jeden Abend saß sie am Erkerfenster des Zimmers, das sie sich nicht länger mit Mayuri teilte, und ihre Augen trieben zwischen Wachheit und Schlaf hin und her. Sie wartete auf das Leuchten seiner Taschenlampe, worauf sie hinauslief und die beiden fort-, fort-, fortflogen.

Michael holte sie auf seinem Yezdi-Motorrad ab. Mit abgestelltem Motor rollte er die Rutland Lane herunter und glitt wie ein stummes Wesen aus dem Meer bis vors orange-schwarze Tor. Er sagte Bean vorher nie, wann genau er kommen würde, und wenn sie fragte, meinte er, sie müsse warten, ohne zu fragen. Wenn sie ihn wirklich liebe, würde sie ohne zu fragen auf ihn warten.

Bean wartete, denn es gab nichts Vergleichbares dazu, sich in die sündigen Tiefen seines Körpers fallen zu lassen. Dabei war es schrecklich. Wenn Bean später in ihrem Leben daran zurückdachte, war alles an dem ersten Jungen schrecklich, der seinen Mr Dingsda in ihre Ms Sunshine steckte.

Hatten das nicht alle gesagt? Hatte sie das nicht selbst gesagt? *Wie dumm. Wie dumm.* Wie dumm, ihn mit ihr tun zu lassen, was er mit ihr tat. Und was tat er? Er sah sie sich abstrampeln, sah es in ihren Augen. Sie war so jung, so gefügig. Sie tanzte auf ihrer ersten Party in einem Kleid mit Leopardendruck und gepolsterten Schultern, das zu lang gewachsene Haar mit einem roten Band aus der hohen Stirn geschoben, die kräftigen Schwimmerbeine in peinlich weißen, halbhohen Stiefeln.

Sie tanzte mit Mehnaz, die von Kopf bis Fuß in Mandarinenorange gekleidet war. Bean und Mehnaz, die ihre Puppen zur Seite geräumt und volle drei Tage vor dem Spiegel verbracht hatten, um zu entscheiden, was sie anziehen sollten. Sie taten so, als hätten sie sich nie besser amüsiert, als wären sie nicht voller Angst.

Damit war es leicht für den Jungen, herüberzukommen und seine Hand auf Beans Haut zu legen, ihr Herz zu nehmen, es einzustecken und, wann immer er wollte, wieder hervorzuholen und zu drücken, zu drücken, zu drücken. Weil Bean in dem Glauben großgezogen worden war, ohne Liebe sei kein Leben möglich, und dass die Liebe, wenn sie denn komme, verheerend und problematisch sei.

Hätte Prem Kumar davon gewusst, hätte er gesagt, dass es wieder die gleiche alte Geschichte sei, von einem Fisch, der an Land zu schwimmen versuche. Hätte Ba in Anjar davon gewusst, hätte sie gesagt, dass die Gefahr schon seit langer Zeit bestanden habe.

Aber Ba wusste nichts, und Bean wusste es nicht besser. Bean saß am Erkerfenster, lauschte und träumte davon, sich Michael Mendoza hinzugeben. Sie lauschte weder auf den schwarzen Mann noch auf Dick Whittington, sondern auf die Geräusche des Schlafes.

Mayuri schlief im alten Gästezimmer. Sie hatte sich die Bettdecke bis hoch an den Hals gezogen, auf dem Schreibtisch lagen ihre Wirtschafts- und Buchführungsbücher ordentlich aufgestapelt und an den Wänden hingen Bilder von Cyrus Mazda, der unbehaglich auf sie hinuntersah. Babo und Siân kuschelten sich wie in alten Zeiten in ihrem Bett aus Kaschmir aneinander, Selvi lag wie eine Leiche auf dem Esszimmerboden, ihre üppige Brust hob und senkte sich unter dem Khaitan-Ventilator, ein Stockwerk höher schnarchten die Singhanias wie eine Familie Wasserbüffel und draußen, im Rohrstuhl unter dem Flammenbaum, saß Bahadur, sturzbetrunken.

Und Bean schlich sich an allen vorbei, um hinten auf Michael Mendozas Motorrad zu klettern und mit ihm zum Haus seiner geschiedenen Mutter zu fahren, ins dunkle Heiligtum seines Zimmers mit den Black-Sabbath- und Skid-Row-Postern an der Wand, die Vorhänge fest zugezogen, hinein in den salzigen Geruch von Teenagersex und Testosteron.

Bean legte sich hin. Sie legte ihren jungen Körper auf sein dreckiges Bett und ließ ihn den Raum zwischen ihren Beinen berühren, ihn für immer davontragen.

Als »es« das erste Mal geschah, schämte sich Bean so sehr, dass sie Michael aus dem Zimmer schickte und ihm einen Brief unter der Tür durchschob: *Glaubst du nicht, dass wir etwas Falsches gemacht haben?*

Später, als Bean nicht genug bekommen konnte, als sie auf dem Bett vögelten, auf dem Boden, unter der Dusche, in Autos und versteckten Ecken auf Partys, erinnerte Michael Mendoza sie mit möglichst klagender Stimme an ihre frühen Bedenken: »Wir sollten das nicht, wir sollten das nicht, nein, wir sollten das *wirklich* nicht!«, während Bean die Beine nur noch fester um ihn wickelte und ihn anflehte, still zu sein und es zu tun, einfach zu tun.

Hätte Michael Bean geliebt, wäre sie abgehoben. Draußen auf dem offenen Meer hätte sie mit den Delphinen herumgetollt. Denn alles, was Bean in ihrem Leben je gewollt hatte, war Bestätigung: von ihrer Familie, von Gott, von der Welt. Alles, woran sie wirklich glaubte, war lebensbejahende Liebe, etwas wie die Liebe, die sie zwischen Babo und Siân sah.

Als Michael Mendoza, halb Goaneser, halb Malayali, sie also auf sein Bett setzte, in BH und Höschen, und sagte: »So sehe ich dich gern«, da war es unvermeidlich, dass Bean fallen würde, hart fallen würde.

Und als er sie von hinten nahm und sagte, das sei besser als

Fahrradfahren, besser als Grasrauchen, besser als alles auf der Welt, da wuchs in Bean der Glaube, dass er der Einzige sei, der ihren immerwährenden Sorgen ein Ende bereiten könne. Bean glaubte, solange sie nur bereit und willig war, würde Michael Mendoza allabendlich kommen und ihr fliehen helfen.

Aber keine Flucht ohne Rückkehr, und die war schwieriger. Zurückzukehren ließ Beans Herz wie eine schnurrbärtige persische Nachtigall zittern und wild hin und her schießen. Jeden Moment, dachte sie, *jeden Moment* müsse Babo vor ihr auftauchen, sich in seinem gestreiften Pyjama in die Tür stellen, die Augen wässrig, die Locken zerwühlt, und sagen: Bean, was ist denn? Wo kommst du um diese Zeit her? Was hast du getan?

Und nach sechs Monaten des Sichdavon- und Wiederhineinschleichens, nach sechs Monaten wohlüberlegten Schwindelns, sechs Monaten voller *Ich gehe mit Mehnaz ins Kino, Ich schlafe bei Mehnaz, Mehnaz und ich gehen einkaufen*, war es so weit.

Als der Ärger begann und Bean ihr Frühstück von sich schieben, zur Toilette laufen und sich übergeben musste, war es Mehnaz, die den Termin in der Jayalakshmi Ladies Clinic in Alwarpet machte, die sich mit ihr in eine motorisierte Rikscha setzte und sagte, Bean solle sich einen Namen ausdenken und sich älter machen. Und als der Urintest zurückkam und sie Gewissheit hatten, dass es tatsächlich stimmte – dass Bean unleugbar schwanger war, und das im schrecklich unangemessenen Alter von sechzehn Jahren –, da trieb Mehnaz das Geld auf und war bei ihrer Freundin, als sie betäubt wurde und man ihr entfernte, was entfernt werden musste.

»Denkst du, wir sollten es deiner Mutter sagen?«, fragte Mehnaz, obwohl sie wusste, dass Bean das nie, nie tun würde.

»Wie?«, sagte Bean. »Wie kann ich sie so enttäuschen? Das geht nicht.«

Und als alles vorbei war und Michael Mendoza kam, um sie in ihrem Krankenhauszimmer zu besuchen, in seiner gewohnten

Straßenkluft, mit zerrissener Jeans und Kettchen an den Handgelenken, sein respektloses Lächeln lächelte, sie dort im Zimmer zwischen den Beinen reiben wollte und sagte, jetzt sei ja alles okay, ganz okay, und Bean diesen Augenblick nutzte, um eine Frage zu klären, denn das musste doch der Augenblick dafür sein?, und ihn fragte: »Liebst du mich, Michael? Liebst du mich?«, und Michael Mendoza sagte: »Ich bin nicht sicher, was Liebe ist, aber das mit dir kommt dem sicher am nächsten«, als er diese Nummer abzog, da stand die sonst so friedliche Mehnaz vor der Tür und kochte.

Ich bin nicht sicher? Ich bin nicht sicher? Was soll das heißen?, wollte sie fragen. Soll das heißen, dass wenn ein paar mickrige Worte nicht genug sind, jemand seinen Körper und seine Seele gibt? Dass dir im Moment einfach nichts Besseres einfällt, obwohl du doch eigentlich ein ganz abgefeimter Lügner bist? Michael Mendoza, du nichtsnutziger Sohn eines zweitklassigen Betrügers.

So war es Mehnaz, die Bean vorsichtig nahelegte, Michael Mendoza vielleicht besser nicht mehr zu treffen, weil es kein Geheimnis war, dass er auch noch mit anderen Mädchen schlief. Vielleicht war es nicht mehr das Tollste für sie, die Königin in seinem Harem zu sein. Vielleicht solle sie etwas höher zielen.

Es war Mehnaz, die sie an den Schwestern in ihren gestärkten grünen Uniformen vorbei nach draußen führte, Mehnaz, die Bean in ihr eigenes rosa tapeziertes Zimmer brachte, die Bean ins Bett steckte und ihr die blutigen Wattebäusche zwischen den Beinen wechseln half, was noch einige Tage nötig war. Es war Mehnaz, die ihr erlaubte, bis mittags zu schlafen, die ihr gebutterten Toast ans Bett brachte und mit ihr zusammen zum Haus mit dem orange-schwarzen Tor zurückging, weil sie Babo und Siân etwas vormachen mussten. Sie mussten so tun, als sei alles in Ordnung, besonders Siân gegenüber, die immer merkte, wenn etwas nicht stimmte.

Und später, nachdem sie sich mit falschem Gelächter erschöpft hatten und Mehnaz nachhause hatte gehen müssen, weil Tante Sherize angerufen und sich beschwert hatte, dass sie ihre Tochter kaum mehr zu Gesicht bekäme, da ging Bean, einem frühen Sicherheitsinstinkt folgend, ins Schlafzimmer ihrer Eltern, wo sie ihre Mutter in der Ecke sitzend vorfand, erst zum zweiten Mal in ihrem Leben weinend.

»Ich hoffe, wir haben dich richtig großgezogen«, sagte Siân, ohne Bean dabei anzusehen, den Blick in die Ferne gerichtet.

Und Bean hielt die Tränen zurück, barg das Gesicht an der Schulter der Mutter und sagte: »Aber ja, Mama. Ich weiß nicht, was du meinst. Es ist doch alles in Ordnung.« Dabei wusste sie in ihrem gebrochenen sechzehnjährigen Herzen, dass nichts in Ordnung war und auch lange nicht wieder in Ordnung kommen würde.

Wie gern hätte Bean Mayuri die Wahrheit gesagt. Wie gern hätte sie ihrer Schwester erzählt, wie sie zum ersten Mal etwas *da unten* gefühlt hatte, als sie in Babos und Siâns Schlafzimmer heimlich *Der Schlüssel zu Rebecca* angesehen hatten und Mayuri »tss, tss« machte und den Film ausschaltete, weil es zu schlüpfrig wurde. Oder wie es sich angefühlt hatte, als Michael Mendoza seinen Kopf zwischen ihre Beine gelegt hatte. Oder von dem Ärger, der darauf gefolgt war.

Aber Bean konnte sich nicht dazu überwinden, etwas zu sagen, weil Mayuri, die sich mit einem Gefühl der Entrüstung durch die Welt bewegte, mit einem Engelsgespür für richtig und falsch, Bean dann angesehen hätte, als hätte sie sich am Universum vergangen, als hätte sie als Mensch völlig versagt.

Mayuri, deren Liebe zu Cyrus so unverfänglich war, dass niemand hinter verschlossenen Türen darüber Mutmaßungen anstellen musste. Die neben Cyrus ging, als wären sie bereits seit zwanzig Jahren verheiratet, mit respektvollem Abstand und einem gelegentlichen Sichnäherbeugen, um eine Haarsträhne zurück in einen Zopf zu streichen oder sich einen verirrten Krümel vom Mund zu entfernen. Jeder, der die beiden so sah, wie sie ohne die gewohnten Dramen und Eifersüchteleien anderer Teenager auskamen, mit der ruhigen Würde, wie sie sich eigentlich erst nach langen Jahren trostreicher erwachsener Intimität einstellte, fand es so süß, so unglaublich süß, dass aus einer Kinderfreundschaft eine Liebe geworden war.

Mayuri und Cyrus sitzen im Baum
Und KÜSSEN sich.
Erst kommt die Liebe, dann die Ehe,
Dann das Baby, damit die Ehe lebe.

Nur, dass Mayuri und Cyrus ihre Liebe nicht vollzogen, ganz sicher nicht. Obwohl Mayuri regelmäßig mit Cyrus' typischen Fangzahn-Knutschflecken auf dem alabasterweißen Hals nachhause kam. Obwohl es über die Jahre Momente der Schwäche gegeben hatte, in denen Mayuri Cyrus versehentlich gestattet hatte, seine Hand unter ihre Bluse zu schieben und an einer ihrer Brüste, oder gar beiden, herumzufummeln, bestand kein Zweifel, dass sich Mayuri so entschlossen wie wachsam ihre Jungfräulichkeit bewahrte.

Woher wusste Bean das? Weil sie in Mayuris Zimmer geschnüffelt und versteckt in einem Schuhkarton unten in der Kommode fünf Jahre bunter Notizbücher entdeckt hatte. Fünf Jahre sorgfältig datierter Nichtigkeiten zwischen ihrer Schwester und Cyrus, aufgezeichnet in Mayuris tugendhafter, aufrechter Füllfederhalter-Handschrift. Alles von Mayuris frühen tyrannischen Tagen bis zum Wunder des ersten Begreifens, dem ersten Händchenhalten und Sich-unter-dem-Tisch-mit-den-Knien-Berühren. Die Notizbücher zeichneten das Entfalten einer Liebe nach, von Mayuris Verzweiflung, ihren Namen zu Mayuri Mazda ändern zu müssen (ob und wann), und Cyrus' Erzählung, wie seine Eltern einmal in einer Vollmondnacht mit dem Boot gekentert waren, bis hin zu ihren ersten schrecklich danebengegangenen Zungenkussversuchen zwischen den Ashoka-Bäumen im Garten der Sylvan Lodge. Es gab Erweichungen und Verhärtungen, sanftes Sichaneinanderreiben im Meer, das leichte Streichen über die Innenseite von Schenkeln und Hände, die beim Nachhausefahren gemeinsam auf dem Schaltknüppel lagen. Es gab Köcheln und Sprudeln und sogar ein paar heimliche mitternächtliche Expeditionen, um sich an den Strand zu legen, aber absolut nichts von einem *Schabing-Schabang*, einem *Hallo, Ms Sunshine* oder einem wie auch immer gearteten Ausbruch. Nachdem Bean 350 000 Worte nach etwas durchsucht hatte, das ihre eigenen Umtriebe hätte entschuldigen oder gar rechtfertigen können, war sie so gut wie sicher, dass es in der lebenslangen Romanze zwischen Mayuri und Cyrus nie zu etwas gekommen war, das auch nur annähernd an eine Penetration heranreichte.

Es ergab keinen Sinn. Cyrus ging auf eine Jungenschule, er hatte keine Schwestern und seine Cousinen lebten in Amerika. Die einzigen Mädchen außer Mayuri und Bean, mit denen er zusammenkam, waren die breitschultrigen, schnurrbärtigen Mannweiber, mit denen er jeden Morgen im Madras Boat Club ruderte. Unter den gegebenen Umständen hätte er wie jeder normale Achtzehnjährige danach lechzen müssen. Wie ein sexhungriges Karnickel hätte er Mayuri nachstellen müssen, aber so war es nicht. Im Gegenteil, wenn Bean Mayuris Darstellungen glauben konnte, war Cyrus grundsätzlich nicht an den Aktivitäten anderer Achtzehnjähriger interessiert, nicht an Partys, nicht an Rauchen, nicht an Alkohol, und wenn er auf Mayuris nachdrückliches Drängen doch einmal mit auf eine Party ging, blieb er für sich, mit seinen eins neunzig größer als alle anderen, die Hände in den Taschen vergraben, während alle um ihn herum tranken, sich übergaben, stritten und tanzten. Cyrus trank nie und stritt auch nicht, und wenn er einmal tanzte, dann auf eine sorglose, asexuelle Art, ohne jeden Versuch, seinen Mr Dingsda wie die anderen Jungen an einem Mädchenkörper zu reiben.

Cyrus suchte sich sein Vergnügen auf andere Weise: Er ruderte, spielte Tennis, reparierte zusammen mit Darayus Autos, hob Gewichte und nahm sogar Yoga-Unterricht, um seine schlaksigen Giraffenglieder zu strecken.

Cyrus arbeitete und bewegte sich ständig, schwitzte in schmutzigen Jeans und kurzärmeligen Hemden. Er schien so tun zu wollen, als wäre er nicht der Sohn des millionenschweren Besitzers einer Textilfabrik, der nach Amerika ausgewandert war und zwei Jaguars in der Garage zurückgelassen hatte, damit sein Sohn damit spielen konnte. Er schien so tun zu wollen, als hätte er kein privilegiertes Leben, als sei sein Großvater nicht senil und als liebten sich seine Eltern. Weil Cyrus sein privilegiertes Leben sofort gegen ein anderes eingetauscht hätte, ein Leben voller harter Arbeit und Fleiß, Eltern, die um ihr Auskommen zu kämpfen hatten und nicht der höheren Gesellschaft angehörten.

Und so zwang Cyrus seinen weißen Parsi-Körper, in der Sonne goldbraun zu werden, arbeitete sich Schwielen an die ölverschmierten Hände und fuhr wie alle Kinder der höheren Mittelklasse einen aufgemotzten Maruti 800. Nur spätabends, wenn er allein und niemand mehr auf der Straße war, der neidisch Oh! und Ah! rufen würde, drehte Cyrus mit dem alten Jaguar E oder dem XJS eine Runde, mit offenem Dach und gelegentlich auch mit Mayuri. Und selbst dann tat er sein Bestes, es nicht zu sehr zu genießen: den V-12-Motor, die schnittige Kühlerhaube, die ovalen Scheinwerfer, den Kitzel, ein Auto zu fahren, das so schnell und so schön war.

Ach, Cyrus! Mit seinem breiten Lächeln und dem ewig ungekämmten Haar. Wer in seine außergewöhnlich langwimprigen, verletzten Rehaugen sah, jetzt, wo er die Brille mit den flaschenbodendicken Gläsern gegen Kontaktlinsen eingetauscht hatte, der konnte sehen, dass Cyrus Mazda die Fähigkeit besaß, eine Frau in Liebe zu sich zu entflammen. So war es, und dabei ging es um keine verrückte Liebe, wie sie Bean mit Michael

Mendoza erlebt hatte, nein, es ging um etwas Echteres. Wenn du in einen Raum voller Fremder kämst, wäre Cyrus derjenige, dem du dich zuwenden würdest. Wenn du dich verliefest, wäre Cyrus derjenige, den du nach dem Weg fragen würdest, denn er strahlte etwas Gutes, Solides aus, etwas, dem man sich nicht entziehen konnte und das noch die stärksten, stursten Herzen zum Schmelzen bringen konnte.

Babo und Siân zum Beispiel, die starke, sture Herzen und allen Grund hatten, argwöhnisch zu sein, sie waren Wachs in Cyrus' Händen. Wann immer er herüberkam, um Mayuri abzuholen, sorgten Babo und Siân dafür, im Wohnzimmer zu sein. »Hast du etwas zu essen für mich, Tante?«, fragte Cyrus dann vielleicht. »Allerdings hoffe ich, es ist besser als das, was du mir beim letzten Mal gegeben hast«, und Mayuri und Bean, die ihre Mutter sonst nie so sahen, wie sie ganz verlegen und albern wegen eines Teenagers in die Küche eilte und mit einem Stück Zitronenbaiser oder Victoria-Biskuit zurückkam, auf einem ihrer besten Porzellanteller, mit einer Kuchengabel und einer bestickten Serviette. Siân, die über seine vorlaute Art lästerte, sich aber dennoch insgeheim darüber freute, dass dieser Junge in ihr Haus kam, der Junge mit dem langen, traurigen Gesicht ihres Vaters.

Und Babo, der von Beginn an in seine Töchter vernarrt gewesen war und dem es schwerfiel, etwas von der Kontrolle über sie abzugeben, Babo duldete Cyrus zunächst, erwärmte sich dann für ihn und betete ihn zuletzt förmlich an. Babo redete von Grundstückspreisen und dem miserablen Zustand des indischen Crickets und machte sich nichts daraus, dass Cyrus kaum etwas von diesen Dingen verstand. Er fragte jedes Mal, wie es Darayus ging, und Cyrus antwortete wahrheitsgemäß: Dass sein Großvater von Tag zu Tag seniler wurde, aber immer noch die Dinge tat, die er liebte – an seinen Autos herumbastelte und die Bettler in der Gegend fütterte. Und am Ende nahm Mayuri ihn beim Arm und zog ihn aus der Tür, weil er sonst den ganzen Tag dageblieben wäre. Weil dieser Junge, der glänzte und strahlte und sicher nichts Wertvolles stehlen wollte, weder dein Geld noch deine Töchter, der Welt gegenüber die Arme öffnete – und die Welt ihn dafür ihrerseits umarmte.

Selbst Bean, die ihn noch aus seinen linkischen Straußenjahren kannte, als sie beide, er und sie, von Mayuri gequält worden waren, Bean, die neben ihm auf dem Rücksitz des orangefarbenen Fliegenden Fiats die Poren geöffnet und Liter geschwitzt hatte, selbst sie musste zugeben, dass Cyrus Mazda ein rundum liebenswerter Mensch war und sich Trishala Ba vor ihrem Tod nur geirrt haben konnte.

21
Chotus erster und einziger Flug

Die Geschwindigkeit und Autorität, mit der Rinky Damani in Chotus Leben auftauchte, es zerstörte und wieder verschwand, kann man nur beachtlich nennen. Sie erschien unter den diffusen Bedingungen eines frühmorgendlichen Fluges von Madras nach Delhi, spät im Dezember 1990. Chotu war dreizehnhundert Fuß hoch in der Luft und sah hinunter auf die Erde. Er befand sich in einem Zustand philosophischen Grübelns, was oft vorkam, wenn er am Himmel entlangflog, und hing der Empfindung nach, dass es tatsächlich möglich sein mochte, auf die ruhige, unkomplizierte Weise zu leben, die er seit einiger Zeit pflegte, ohne das Verlangen, sich mit einer anderen Person zu verbinden, ohne das Verlangen, jemanden zu besitzen oder von jemandem besessen zu werden.

Denn sieh doch, sieh dir nur die Welt dort unten an! Die gesamte Riesenstruktur einer Stadt auf eine Spielzeuglandschaft reduziert, mit kleinen Spielzeugautos, die sich über kleine Spielzeugstraßen bewegen, geräuschlos, geruchlos. Dazu kleine Spielzeugbäume und kleine Spielzeugmenschen. Eine Stadt mit zweitausendjähriger Geschichte, reduziert auf einen Blick aus dem Fenster. Mit all ihren Toren, Gärten und Türmen, ihren Denkmälern und Märkten, ihrer Politik, ihrer Hässlichkeit und ihren zahllosen Ungleichheiten, reduziert auf ein elegantes Palimpsest, einen Plan. *Das* war das unleugbare Wunder des Fliegens: nicht, dass es einem erlaubte, mühelos große Entfernungen zu überwinden, auch nicht die physikalische Leistung, zweihundert

Tonnen Metall hoch in der Luft zu halten. Nein. Das Wunder lag in der Perspektive. Die Tatsache, dass das da unten überall sein konnte. Das da unten, wo die Dinge geschahen, wo die Menschen heirateten und kämpften, arbeiteten und schliefen, ihre Därme entleerten, kochten, weinten und starben, das da unten, wo alles, was das Leben ausmachte, geschah – das konnte überall auf der Welt sein. Und von dem Platz aus, auf dem Chotu saß, war es eine Welt ohne Grenzen, eine Welt, die unbedingt in der Lage war, sich selbst zu retten.

Und während Chotu aus dem Fenster sah und diese Gedanken dachte, erschien Rinky Damani am Rand seines Blickfelds. Er sah sie an und hatte das Gefühl, endlich das Tor zur Welt erreicht zu haben.

»Sir«, sagte Rinky, »Sir, könnten Sie bitte die Lehne Ihres Sitzes aufrecht stellen? Wir landen gleich.«

Und als sie sich über ihn lehnte, um den Hebel zu ziehen und die Lehne vorzudrücken, umfingen ihn ihr Parfüm und der Anblick ihrer fantastischen Figur in der engen Indian-Airlines-Uniform, und er spürte etwas, das er seit seinem zwanzigsten Lebensjahr nicht mehr gespürt hatte, kurz bevor er zum ersten Mal Fifi's House of Spices im Norden von Madras besuchte. Eine Welle reiner, ungewohnter Lust.

Chotu hatte seine Affären gehabt, aber sie hatten seinen Blick auf die Welt nicht verzerrt, sondern ihn nur in der Überzeugung bestärkt, dass Mann und Frau nicht dazu bestimmt waren, so zusammenzuleben, wie sie es gegenwärtig taten, mit den Verpflichtungen und Bindungen einer gesetzlichen Regelung. Überall um sich herum sah er das Unglück und die Unterdrückung, die aus der Ehe erwuchsen, die Sinnlosigkeit, mit der sie die Menschen aneinanderband, immer weiter, weiter und weiter. Was sollte das, wo doch sonst alles auseinanderzufallen drohte? Was für eine Verrücktheit war es doch, Kinder in diese Welt zu setzen? Der Gedanke, auf ewig im selben Bett mit derselben Person schlafen und aufwachen zu müssen, Tag um Tag, Nacht um Nacht, reichte, Chotu ohne Fallschirm aus dem Flugzeug springen lassen zu wollen, um in die Puppenhauspracht da unten zu fallen und langsam in Bewusstlosigkeit zu versinken. Bis, bis …

Bis Rinky Damani mit ihren bemalten, vielberingten Klauen vor ihm erschien. Rinky Damani, die wie eine Chola-Bronze war, eine Parvati, deren Hüften und Brüste Gebirgen trutzten und die bereit war für zehntausend Jahre Koitus und mehr. Rinky, die es leicht mit jenen uralten Shalabhanjikas aufnehmen konnte, den drei Nymphen, die so fruchtbar waren, dass sie mit ihren bloßen Füßen Setzlinge in fruchttragende Bäume zu verwandeln vermochten. Rinky, die, solange sie lebte, von einem so dichten Urwald, einer so starken Vegetation umgeben sein würde, dass sich die Welt nie wieder Gedanken über eine zunehmende Entwaldung machen musste. Rinky, deren Gesicht nur aus Augen und Lippen bestand, maskaraschweren Augen und Lippen, die wie zwei mit Düngemittel gemästete Würmer quer über dem unteren Teil ihres Gesichts lagen, perfekt geschürzt über dem olivfarbenen Muttermal auf ihrem Kinn. Wenn Rinky lachte, war das so, als lüde sie dich in ihre eigene, besondere Welt ein, mit ganz leicht bebenden Nasenflügeln und einem selbstvergessen zurückgeworfenen Kopf, zurückgeworfen trotz der dunklen Ringe, der unebenen Haut und der doppelten Make-up-Unterlage. Zurückgeworfen, weil sie eine Männerfresserin war und das auch wusste. Rinky Damani: die sexuell provokativste Frau, der Chotu je begegnet war.

Die Affäre zwischen Chotu und Rinky Damani hatte etwas bemerkenswert Einseitiges. Zugegeben, Chotu hatte sich noch nie wirklich verliebt gehabt, und so konnte niemand wissen, mit was zu rechnen war, aber keiner, wirklich keiner in seiner Familie hatte erwartet, dass der freundliche Chotu, der manchmal schmollte und auch schon mal einen kleinen Wutausbruch hatte, sich plötzlich derart lautstark zu Wort meldete. Babo konnte es nicht verstehen. War das der Bruder, mit dem er aufgewachsen war? Der kleine Chotu? Nicht um alles in der Welt konnte Babo verstehen, was seinen Bruder zu dieser Frau zog. Sie war unverfroren, nervtötend, grob und dazu noch, das musste gesagt werden, ganze sieben Jahre älter als er. Es war klar, dass sie Chotu auf die elementarste Art und Weise kontrollierte, durch Sex. Chotu musste ihn überall bekommen, ständig und an den aufregendsten Orten. Warum sonst hätte er seinen Matadoren-Haarschnitt ändern und anfangen sollen, durchsichtige Designerhemden aus Delhi zu tragen? Warum sonst hätte er dieser Frau durchs ganze Land nachlaufen sollen, während sie ihn und seine Familie wieder und wieder beleidigte?

Wie gewohnt wurde Babo zur Klagemauer. »Wusstest du, Bhai«, sagte Meenal aus Bombay, »das erste Mal, als sie die Mädchen sah, hat sie die beiden gefragt, ob sie unter einer Hormonstörung litten. Kannst du das glauben? Einer HORMONSTÖRUNG? Und als die beiden nein sagten, klar, erklärte ihnen diese Hexe, dass man sich dieser Tage alle Gesichtshaare mit einer Laserbehandlung entfernen lassen könne. Kannst du das glauben?«

Und eines Tages am Esstisch im Haus mit dem orangeschwarzen Tor sagte Rinky Damani zu Siân, sie könne nicht verstehen, wie sie es schon so lange mit einer solchen Familie von Verrückten aushalte. »Ich meine, deine beiden Schwägerinnen sehen aus wie die Kassenwarte eines Frauenfußballvereins, und dein Schwiegervater, o mein Gott, von dem fange ich am besten gar nicht erst an. Schlimmer geht's nicht. Chotu behandelt er wie ein Kind. Ich meine, *Chotu* – gibt's eine schlimmere Art, die Mündigkeit eines Mannes zu hintertreiben? Was für ein lächerlicher Kosename. Warum nennt ihr ihn nicht Tejas? Warum lasst ihr ihn nicht einfach tun, was er tun will?«

Reden wir nicht davon, dass Rinky die Koseform von Renuka und die Gute bereits vierzig war.

Trotz all ihrer Lamentiererei ließ Rinky sich darauf ein, nach Madras in die Sylvan Lodge zu ziehen, solange es zusätzlich noch eine Wohnung in Delhi gab. Sie barst vor Ideen, wie sich der oberste Stock renovieren und das äußere Erscheinungsbild des Hauses neu gestalten ließen. Sie brachte Babo sogar so weit, eine neues Lachsrosa mit silbernen Lichtflecken zu entwickeln, um Trishalas Pistaziengrün zu ersetzen. Sie unternahm wahre Kauforgien, versuchte montags vegetarisch zu essen, stimmte zu, ihre Kündigung bereits ein paar Monate vor der Hochzeit einzureichen, verbrachte aber vor allem Stunden um Stunden damit, ihre Flitterwochen zu planen, und zwar bis ins letzte Detail, denn Rinky, die nie international geflogen war, hatte immer nur ein Ziel gehabt: in ein Rolex-Geschäft gehen und sich alles darin leisten zu können. So suchte sie denn die Schweiz aus, weil die Schweiz der Spielplatz der Reichen war. Die Schweiz, das waren Kuckucksuhren und Swarovski und alles, was Indien nicht war. Und Chotu versorgte sie bündelweise mit Hundert-Rupien-Noten, gegen Prem Kumars Proteste und Babos hochgezogene Brauen, denn er war niemals in seinem Leben glücklicher gewesen.

Trotzdem war es schon am 21. Mai 1991, an dem Tag, an dem Premierminister Rajiv Gandhi in der kleinen Stadt Sri Perumbudur, fünfzig Kilometer außerhalb von Madras, von einem Selbstmordattentäter der tamilischen Befreiungstiger getötet wurde, kaum sechs Monate nachdem sie begonnen hatte, mit der Liebesaffäre zwischen Rinky Damani und Chotu offiziell wieder vorbei. Während das Land noch einmal Wirren wie schon zu Indira Gandhis Tod durchlebte, zerbrach Chotus Leben.

Am Freitag vor dem Attentat hatte Rinky auf einem Flug von Delhi nach Bombay den internationalen Marketing-Leiter von Nestlé kennen gelernt, am Wochenende verschwand sie und ließ Chotu mit einer Hochzeitsausstattung von beträchtlichem Wert sitzen, mit der diamantenbesetzten Titanuhr, die er ihr gekauft hatte, um etwas gegen ihr ständiges Zuspätkommen zu tun, und zwei Rundreisetickets in die Schweiz. Am Dienstag, dem Tag des Attentats, kam eine einzeilige Entschuldigung.

Lieber Tejas,
du weißt, es hätte am Ende nicht funktioniert.
Renuka

Aber Chotu wusste es nicht. Wie sollte er auch? Er hatte das Gefühl, in eine Höhle geworfen worden zu sein, eine Höhle ohne Licht und voll mit Rinkys Abwesenheit. Wie konnte er sich erneut an die Dunkelheit und die Schatten gewöhnen, nachdem er im Licht gebadet, herumgetollt und geliebt hatte? Die Höhle war voller Verzweiflung, und das Schlimme an dieser Verzweiflung war, dass Chotu ihr keinen Ausdruck zu geben vermochte. Sie war allgegenwärtig, jede Minute des Tages. Wohin immer er ging, folgte sie ihm wie eine drohende Gewitterwolke. So blieb ihm nichts, als von ihren Sachen umgeben in der Höhle zu warten, auf einen Telefonanruf zu warten, der ihn wunderbarerweise erretten, der ihm bestätigen würde, dass alles nur ein schrecklicher Irrtum und Rinky ernsthaft erkrankt oder entführt worden war – alles, alles, Hauptsache, Rinky Damani hatte ihn nicht wegen eines anderen Mannes verlassen, kühl kalkuliert und ohne Herz.

Und nach Monaten, während derer er neben dem stummen Telefon saß, siebzehnmal am Tag in den Briefkasten sah und sich vom Büro der Indian Airlines wieder und wieder erklären ließ, dass sie wirklich nichts über den Verbleib ihrer ehemaligen Angestellten Ms Damani zu sagen vermochten, nach endlosen Monaten seelenzerstörender Verzweiflung bildete sich Wut. Wut, denn es war *sein* Leben, das da plötzlich in sich zusammengefallen war. Verschwunden war und ihn mit der Realität dessen konfrontierte, was ihm noch blieb: ein an Schlaflosigkeit leidender, in Dhoti und zerschlissenem Unterhemd am Tisch sitzender

Vater, der ihn mit seinem *Warum-hörst-du-auch-nie-auf-mich*-Blick ansah, die Fußballer-Schwestern und ein mitleidiger Bruder, der vorsichtig um ihn herumschlich, um ihn auffangen zu können, falls er fiel.

Prem Kumar wusste ganz und gar nicht, wie er mit einem weiteren liebeskranken Sohn umgehen sollte. Er war älter, schwächer und erschöpft, arbeitete nur noch halbe Tage und kämpfte sich mit religiösen Liedern, die er auf einem Walkman hörte, durch die endlosen Nächte. »Komm und hilf ihm«, trug er seinem Erstgeborenen auf.

Als Babo darauf in die Sylvan Lodge kam, um dem Wahnsinn, den Rinky dort zurückgelassen hatte, die Spitze zu nehmen, sagte der nach wie vor unversöhnliche Chotu nur: »Bhai, es ist, wie es ist. Lass es einfach«, und verschwand die Treppe hinauf.

Chotus Koffer lagen griffbereit in seinem halb renovierten Zimmer, hoffte er doch immer noch darauf, Rinky Damani könnte ihn zu sich rufen, wie sie es früher getan hatte. Ein paar Jahre lang lebte Chotu in diesem Zustand des Übergangs, unfähig zu bleiben, unfähig zu gehen, unfähig zu arbeiten, unfähig zu fliegen. Nur im Madrasser Gymkhana Club mit seiner Bhabhi und seinen Nichten fand er hin und wieder etwas Trost. Wenn die Mädchen von den Sprungbrettern ins tiefe Wasser tauchten, erinnerte er sich an eine frühere, reinere Zeit, als Bean und er frühmorgens in genau diesem Becken geduldig ihre Bahnen gezogen hatten, und er versuchte an das Gefühl von damals anzuknüpfen, indem er sich in einen meditativen Zustand schwamm. Und nachdem er seinen Versuch, sich die Gedanken an Rinky Damani aus dem Kopf zu schwimmen, erfolglos beendet hatte, setzte er sich mit einem Glas Zitronenlimonade neben Siân unter den Sonnenschirm und sagte: »Bhabhi, ich habe sie wirklich geliebt. Ich weiß, sie konnte schwierig sein, war manchmal etwas aufdringlich und sagte vielleicht etwas zu offen, was sie dachte, aber sie konnte so hinreißend sein. Du hättest sehen sollen, wie sie Eis aß – wie ein kleines Mädchen, dem es das Kinn und den Hals hinunterlief. Und obwohl sie Fleisch aß, liebte sie doch Tiere, tief in ihrem Herzen, da hat sie sie geliebt.«

Und so weiter und immer so weiter, bis die Erinnerung an Rinky Damani, wenn sie auch nie ganz verschwand, die Form einer Traumwirklichkeit annahm – wie Schwimmen ohne zu atmen, den Kopf unter Wasser. Und wenn er bei seinem langen, konzentrierten Schwimmen samstagmorgens den Atem anhielt, dann hatte er das Gefühl, dass ihm sein Leben immer ausgewichen war. Manchmal war es da, hinten in der Kehle, ganz unten in der Lunge, und drohte zu explodieren. Es wollte ihn daran erinnern, was ihm Ba immer schon gesagt hatte: dass er in den Sonnenschein springen und sich von der Welt retten lassen solle. Denn nachdem Rinky ihm mit ihrer einzeiligen Nachricht auf ewig das Herz gebrochen hatte, begriff Chotu nach und nach, dass die Liebe mehr war als Fliegen: Sie besaß einen ganz eigenen Auftrieb, war ein ganz eigenes, vogelgleiches Segeln im Wind, das keine Flügel, keinen Motor verlangte, und jetzt, nachdem er Rinky Damani geliebt und verloren hatte, konnte er nur noch durch die Dunkelheit stolpern und sich daran zu erinnern versuchen, wie es im Licht gewesen war, wie er dahingesegelt war, als es die Möglichkeit gegeben hatte, der Welt zu entfliehen.

22
Was aufsteigt, muss auch wieder herunterkommen

Ein Bild der Familie Patel-Jones an einem entscheidenden Punkt ihrer Geschichte, fünf Jahre vor Beginn des neuen Millenniums. Mayuri und Bean am Rand der Welt. Sie stehen kurz davor, ihr Leben zu verändern und zum ersten Mal das Haus mit dem orange-schwarzen Tor zu verlassen. Mayuri und Bean, am samtweichen Neujahrstag 1995 dreiundzwanzig und zweiundzwanzig Jahre alt, haben sich entschieden zu tun, wovon Babo und Siân immer wussten, dass sie es tun würden, aber dennoch hofften, sie würden es nicht. Mayuri und Bean haben sich entschieden, ihr Zuhause zu verlassen und für eine Weile auf Entdeckungsreise zu gehen.

Die Familie ist auf einem abgelegenen Strand etwa eine Stunde südlich von Madras zusammengekommen. Es ist Mayuris Hochzeit, und die Frauen tragen Glitter und Gold, Pailletten und Seide, glitzern und gleißen – glühen wie das blutorangefarbene Sonnenlicht, das sich aufs Meer hinabsenkt. Alle bis auf Ba, die ihr gewohntes Witwenweiß trägt und Gujarat erst zum dritten Mal in ihrem Leben verlassen hat. Die Männer tragen Krawatten und Blazer, bestickte Kurta-Pyjamas und Safarianzüge. Es gibt ungewöhnlich viele Kinder. Wer weiß, woher sie kommen – aber sie sind hier, rennen mit Blumen im Haar herum und tragen bunte Ausgehkleider.

Zuerst Darayus: Er steht am Rand der Szene und überwacht alles. Er hat ein Auge auf die Caterer und vergewissert sich, dass sie ihre Handschuhe und Schürzen anhaben. Darayus beobachtet alle, besonders seinen ihm entfremdeten Sohn Neville und dessen Frau Farah. Ja, die beiden sind auch hier. Seit dreizehn Jahren haben sie zum ersten Mal die lange Reise von New York hierher zurück unternommen und stehen mit den anderen von ferne angereisten Gästen zusammen, dem walisischen Kontingent: Owen, Huw, Carole und den Zwillingen Gareth und Ed, die alle wie zum Kirchgang angezogen sind, nur Carole sieht eher aus, als wollte sie zum Pferderennen, in einem zu engen fuchsiafarbenen Kleid und mit einem ebenfalls fuchsiafarbenem, gefiederten Hut. Die von ferne angereisten Gäste setzen sich auf die ausgebreiteten bunten Matratzen und warten darauf, dass man ihnen sagt, was sie tun sollen. Darayus wird auch auf sie ein Auge haben, und nur wenn es etwas sehr Dringendes gibt, etwas, das keinen Aufschub duldet, wird er Cyrus holen, damit *der* sich darum kümmern kann. Darayus wird sich im Hintergrund halten und nicht in Panik versetzen lassen, wird sich benehmen und alles beobachten.

Dann Prem Kumar und Ba: Die beiden haben zwei prominente Plätze auf Plastikstühlen bekommen, weil *er* schwache Knie und *sie* schwache Augen hat. Es fällt kein Wort zwischen Mutter und Sohn, zumindest kein hörbares. Vielleicht missfällt Ba ja Prem Kumars beigefarbener Safarianzug, der eine Kopie des gleichen alten Safarianzugs ist, den er immer zu wichtigen Anlässen trägt. Nur, dass dieser nicht neu aussieht und so traurig an ihm hängt, wie es bei alten Männern oft der Fall ist. Ein Hosenbein klemmt in einer Socke und ein paar Knöpfe sind auf. Vielleicht wünscht sie sich, Ignatius wäre mitgekommen, um neben ihr sitzen und sie unterhalten zu können, während das Hochzeitsspektakel seinen Lauf nimmt. Aber Ignatius meinte: »Nein, danke. Gott allein weiß, wie sich diese Madrassis einem wie mir gegenüber verhalten würden. Ich bleibe lieber hier und passe auf alles auf.«

Prem Kumar sagt nichts. Nichts über das Auf und Ab seines Lebens, seine Enkelinnen, die aufwachsen, ohne ihn zu kennen,

Mayuri, die den Jungen heiratet, mit dem Trishala nicht einverstanden war, und Bean, die nach London will, wo vor Jahren alle Schwierigkeiten angefangen haben. Er sagt auch nichts über seinen jüngsten Sohn, der, da ist er sicher, für die Sünde bezahlt, mit einer unwürdigen Frau Unzucht getrieben zu haben. Seit Jahren hört er nur: Rinky dies und Rinky das. *Rinky dinky dink*. Prem Kumar wusste von allem Anfang an, dass Rinky Damani als Schwiegertochter nicht in Betracht kam. Sich das vorzustellen! Wie sie in ihren hochhackigen Schuhen herumstolziert war, wie eine Schönheitskönigin. Sein jüngster Sohn kommt ihm vor wie ein metallisch schillernder Eisvogel im Flug, eine kleine, kostbare Träne vor dem Licht des Himmels. Aber Prem Kumar sagt nichts von alledem, nicht zu Ba, nicht, wenn die Familie auf eine Weise versammelt ist, wie sie es nie wieder sein wird.

Dolly, Meenal und die Einbrauen: Sie leuchten mehr als alle anderen, besonders die Einbrauen, die beide innerhalb eines Jahres geheiratet haben. Die sich ihrer Einbrauen entledigt haben und jetzt einigermaßen attraktiv sind. Die sich geschworen haben, gegen ihre Fetti-Bumbaletti-Gene anzukämpfen, indem sie sich am Rand der Anorexie entlangbewegen und wie Ameisen essen. Sie sind dünn und werden es bis zu ihren ersten Babys auch bleiben. Dann werden die Gene den Sieg davontragen, dann wird der Fluch der Birnengestalt seinen hässlichen Hintern durchsetzen. Im Moment tragen beide aber noch ein helles Gelb, befinden sich im ersten Ehetaumel – die eine hat einen Computeringenieur geheiratet, die andere einen Musikproduzenten aus Bollywood – und schleppen den Make-up-Koffer der Braut mit sich herum. Zwei gelbe Entenkinder im Sand.

Die Tanten Meenal und Dolly eilen trotz ihres Gewichts hin und her, in rostroten und ockerfarbenen Saris im Stil der Gujaratis, mit stuckartigem Make-up und komplizierten Ringellockenfrisuren. Sie kümmern sich um die Dinge, die ihnen von

Anfang an hätten zugeteilt werden sollen. *Wo sind die Kokosnüsse, wo die Pendas, wo die Silbermünzen, die Mayuri verteilen muss, wo sind die Blumenkränze und wo um alles in der Welt ist der Pujari?* Zwischendurch müssen sie in ihren Saris immer wieder neben Prem Kumar in die Hocke gehen, um zu fragen, ob er etwas braucht, mehr aber noch, damit er sieht, dass man ihm Beachtung zollt, das ist das Wichtigste. Seine Nachtschwester Sonam ist nie weit weg. Sonam, mit ihren übergroßen Augen und ihrem übergroßen Körper, unterhält sich mit der Sekretärin Jyothi, der dritten und letzten Sekretärin von Sanbo Enterprises, einer strengen, vogelartigen Frau, deren Treue zur Familie ihre mittelmäßigen Tippfähigkeiten aufwiegt. Sonam und Jyothi, eine weibliche indische Version von Laurel und Hardy, eine Choti und eine Moti, die bei den anderen Helfern stehen.

Selvi führt die Helfer an. Sie trägt einen türkisgestreiften Polyester-Sari, wie ihn eine großbusige Frau wirklich nicht tragen sollte, hat sich das Haar zu einem zotteligen Knoten gebunden, und die goldenen Stecker in ihrer Nase beben heftig, weil sie die Gruppe nicht dazu bringen kann, ihr gemeinsam Beachtung zu schenken. So ist der Plan: Zuerst wird die Zeremonie beendet, dann werden die Gäste essen. Anschließend sollen sich sämtliche Helfer, einschließlich der Fahrer, so schnell und ruhig wie möglich an die langen Tische setzen, die für das Essen aufgestellt sind. Es gibt reichlich für alle, natürlich ausschließlich vegetarisch, aber wenigstens fünf verschiedene Süßspeisen. Fürs Erste jedoch sollen die Fahrer ihren Kaffee trinken und gehen. *Was ist mit Schnaps? Es gibt keinen Schnaps, du unverschämter Hurensohn.* Zu trinken gibt es später, nach der Zeremonie, wenn vielleicht auch getanzt wird. Aber beides, Tanzen und Alkohol, ist den Fahrern streng untersagt. *Ach wirklich? Du hältst dich wohl für eine wohlriechende Lilie, du dreckiges Gehänge eines streunenden Hundes. Nein, nicht ihr.* Sie wendet sich schnell an die jungen Mechaniker, die jungen Männer, die mit Cyrus Sir in der

Garage arbeiten und hier eindeutig überfordert wirken. »Ihr gehört zu den Gästen«, sagt sie und drängt sie in die Mitte. »Los, setzt euch. Setzt euch auf die Matratzen. Es geht gleich los.« Die jungen Männer mit den ordentlich zurechtgestutzten Schnurrbärten, die sich ihre saubersten Hemden und besten Jeans angezogen haben, mit ihrem Kokosnussölhaar aber dennoch wie Arbeiter aussehen, nehmen sich Gläser mit Pepsi vom vorbeieilenden Kellner und setzen sich den von ferne angereisten Gästen gegenüber.

Die Freunde: Es sind die Freunde von Mayuri und Bean. Mädchen, die aufs College gehen oder das College gerade beendet haben. Bean treibt die Tanzgruppe zusammen, um noch einmal den Ablauf durchzusprechen. Sie sind zu siebt, mit einem Kurzauftritt von Cyrus am Ende, von dem nicht mal Mayuri etwas weiß. *Das* wird das Beste. *Das* wird saukomisch. Cyrus hat keine nennenswerten Hüften, er ist völlig unkoordiniert, aber er wird sich bemühen. Einen ganzen Monat lang haben sie jeden Abend *Pehla Pehla Pyar*, den Hit aus dem letzten Jahr, auf der Terrasse der Sylvan Lodge einstudiert, weil das der einzige Ort war, wo sie weitgehend für sich waren und wo es ausreichend Platz gab. Trotzdem mussten sie leise sein und sich zurückhalten, weil Chotu Kaka gleich nebenan saß. Jetzt muss sich keiner mehr zurückhalten.

Unter den Freunden wird heftig getuschelt und gekichert. Mehnaz ist aus Bombay gekommen, mit ihrem sagenhaft reichen, hässlichen Ali, der im Moment bei den von ferne angereisten Gästen steht. Mehnaz ist rund wie ein weicher Ballon geworden, hat weite Hüften und einen ausladenden Busen bekommen und trägt einen sehr alten, leichten, pfirsichfarbenen Benares-Sari, der effektvoll gegen ihre strahlende Haut schimmert. Beans nicht ganz so enge Freundinnen Parvathi, Immaculate und Saira sind auch da, zusammen mit Mayuris Brautjungfern Sunaina und dem Mischling Rachel sind sie in verschiedene Grüntöne gekleidet, von einem blassen Wickengrün bis zu einem leuchtenden Papageiengrün. Rachel ist mit einem Jungen in Amerika verlobt, und deshalb spricht sie mit einem amerikanischen Akzent. Bean und Mehnaz machen ihre affektierte Ausdrucksweise nach, wenn sie denken, dass Rachel sie nicht hören kann.

Bean trägt als Einzige keinen Sari, sondern einen traditionellen Chanya Choli aus Gujarat, einen langen, mit Volants besetzten burgunderroten Rock, der sich wie ein Schirm öffnet, wenn sie sich dreht, und dazu eine knappe Wildseidenbluse und ein besticktes Odhni, das ihr ständig von den Schultern rutscht. Um ihren Hals liegen Trishalas Rubine, sie sind ihr einziger wirklicher Schmuck. Aber sie hat es mit den Jasminblüten übertrieben, oder besser: Pamela Annes Mädchen bei Cuts & Curls haben es übertrieben. Sie haben ihr eine Hochfrisur toupiert, die sie gar nicht wollte. Sie wollte ihre Haare nur mit etwas Haarspray aus dem Gesicht gehalten haben. Wenn es dunkel ist, wird ihr der Jasminhaufen wie ein Stück ausgefranstes Tau bis halb auf den Rücken hinuntergerutscht sein, und sie wird den Großteil ihrer burgunderroten Armreifen zerbrochen haben, aber im Moment ist sie noch makellos, perfekt.

»Hallo, Süße«, sagt Rahul und kommt mit seiner verhuschten Frau aus Maharashtra auf sie zu. Wenn Rahul sie noch vor ein paar Jahren öffentlich »Süße« genannt hätte, wäre Bean für Tage rot angelaufen und hätte ihrem bunten Notizbuch anvertraut: *Habe heute R. gesehen. Und weißt du was? Er hat mich vor allen anderen ›Süße‹ genannt. Er ist sooooo hinreißend!* Aber seit seiner enttäuschenden Ehe mit der verhuschten Frau aus Maharashtra ist Bean nicht mehr so verliebt in ihn. Mit Rahul ist geschehen, was mit vielen jungen Männern geschieht: Er ist vor der Zeit zu einem Onkel geworden. Wenn sie ihn heute ansieht, würde sie niemals denken, dass er einmal der schnellste Hürdenläufer der Schule war, dass er mit seinem dunkelblonden Haar und den meerblauen Augen einmal Beans *Bonnie Bobby Shaftoe* war. Es ist schon komisch, wie sich die Geschicke wenden, denkt Bean, als sie ihm eine Kusshand zubläst, sich dabei sehr schön fühlt und schnell außer Sicht eilt, weil sie Onkel Keshav wie eine Dampflok auf sich zusteuern sieht, bereit, ihr wie verrückt in die Wangen zu kneifen.

Dann Babo und Siân: Die zögerlich lächelnd nebeneinanderstehen. Die herumgehen und dafür sorgen sollten, dass sich die Gäste auf der Hochzeit ihrer ältesten Tochter wohlfühlen, die tatsächlich aber ratlos sind. Natürlich sollten sie mit Neville und Farah, den Eltern des Bräutigams, sprechen, oder mit Huw, Owen und den Jungs. Aber nein, sie stehen bei ihren Freunden Keshav und Praveen, die sich kräftig am Whisky aus ihren Flachmännern bedienen, und dem bleichgesichtigen Shyam, der verzweifelt versucht, mit ihnen mitzuhalten. Jan und Darlene tragen ebenfalls Saris und sehen aus wie Alt-Hippies. Ihre Haut ist schlaff und voller Leberflecken nach all den Jahren in der Sonne von Madras. Sie sehen verlebt aus, im Gegensatz zu Siân, die sich, wie Dolly den Mädchen gegenüber ganz richtig bemerkt, »bestens gehalten hat, oder?«.

Siân und Babo, die auf den Tag genau fünfundzwanzig Jahre verheiratet sind. Fünfundzwanzig Jahre! Könnte ihnen vielleicht mal jemand sagen, was genau sie ein Vierteljahrhundert lang getan haben? Und wie sie an diesen Punkt ihrer Geschichte gelangt sind? Sie sind das schönste Paar am Strand. Sie können nichts dafür. Babo musste dreimal zu Syed Bawkher, bis der Anzug richtig passte, während Siân ihn die ganze Zeit damit aufzog, er solle besser weniger Scotch trinken und sich vor allem mit dem Nutty-Boy-Eis zurückhalten. Am besten lasse er seinen Cholesterinspiegel einmal prüfen und nehme auch seine morgendlichen Spaziergänge wieder auf – *am besten am besten am besten*. Babo hört zu, lächelt und tut, was ihm gefällt. Im Knopfloch seines neuen dunkelgrauen Anzugs trägt er eine Rose, und das rosa Hemd hebt sich wunderbar von seiner walnussfarbenen Haut ab. Sein Haar ist kurz geschnitten und lässt nichts mehr von seiner früheren Lockenpracht erkennen. Seine grauen Augen verhärten sich etwas, weil er entschlossen ist, sich nicht von seinen Gefühlen überwältigen zu lassen. Er nimmt einen Schluck Macallan, denn den braucht er, um gefasst zu bleiben, wenn er zu all den Leuten hier spricht. Über Wochen hat er sich darauf vorbereitet und seine kleine Rede in der Brieftasche mit sich herumgetragen, damit er sie gleich hervorholen konnte, wenn er einen Moment für sich hatte. Er hat die Worte auswendig gelernt, und doch wird er aufstehen und sie vom Papier ablesen, nur für den Fall. Und natürlich machen sich seine Gefühle doch bemerkbar. Seine Stimme zittert schon, als er den ersten Satz sagt: »Einige von euch haben einen weiten Weg hinter sich gebracht. Siân und ich freuen uns so, euch alle hier zu sehen …«

Siân hat sich für einen Sari entschieden, weil sie denkt, es würde nicht richtig aussehen, wenn sie auf den Bildern etwas Westliches trüge und die Mädchen indisch gekleidet wären. Ihr Sari ist kastanienbraun, ein sattes Braun, mit einer eleganten, zurückhaltenden Zardosi-Stickerei. Sie trägt Gold, keine Diamanten – nicht zu viel –, sie will nicht zu sehr glänzen. Aber wenn Babo und sie zusammen sind, überstrahlen sie immer alles, es ist unvermeidlich. Sie stehen ganz nah beieinander und geben ein so herrliches Bild ab mit ihrem strahlenden Lächeln und ihren funkelnden Zähnen. Sie sind auf dem Gipfel von etwas, das sehen alle. Nicht der Jugend, nicht der Schönheit, sondern von so etwas wie grenzenloser Liebe, vorbehaltloser, allumfassender Liebe. Auf dem Gipfel, was ein fataler Ort ist, denn was aufsteigt, muss auch wieder herunterkommen.

Als Nächster Chotu: Der es trotz allem geschafft hat. Chotu, der einen geradezu majestätischen schwarzen Sherwani trägt und auf der Matratze vor den Singhanias sitzt, die Beine unter sich gezogen, was ihn ziemlich klein erscheinen lässt. Seine Schwestern Meenal und Dolly sinken hinunter auf die fetten Knie und fragen ihn, ob er etwas braucht. Die eine bringt ihm Kokosmilch, die andere Limettensaft. »Hört auf«, bellt er. »Geht und seht nach, ob der verdammte Pujari endlich da ist. Geht und macht euch nützlich.« Die Schwestern lassen ihm die Getränke da, bevor sie zwischen den Gästen verschwinden. Chotu nimmt den Saft und trinkt ihn. Ist er glücklich? Ja. Es ist ein bittersüßer Moment für ihn. Er denkt nicht einmal an Rinky Damani. Darauf ist er stolz. Er glaubt, dass er sie aus seinem Körper und seinem Denken verbannt hat, und begreift nicht, dass sie immer da sein wird – sobald er aufwacht und bevor er einschläft –, durch seine Adern pulsiert und ihn verhöhnt, weil er es zulässt. Aber nicht hier, nicht an diesem Abend. Nicht, während alle darauf warten, Zeuge von etwas Schönem zu werden, wie an einem kühlen Januartag in Anjar vor fünfundzwanzig Jahren.

Mayuri und Cyrus: endlich. Mayuri wird Mayuri Mazda werden. Es ist nicht so merkwürdig, wie sie es sich vorgestellt hat. Sie kann es nicht ganz glauben. Vor so langer Zeit hat sie es schon beschlossen. Sie liebt diesen Mann seit zehn Jahren! Seit zehn langen Jahren, und es gab nie die Garantie, dass es einmal so weit kommen würde. Und es wäre vielleicht auch nicht so weit gekommen, wenn sie die Dinge nicht zur Sprache gebracht hätte: »Wie lange, denkst du, können wir diese Teenager-Sache aufrechterhalten?« – *Wie meinst du das?* Der liebe, süße Cyrus. Der nie dachte, dass sie etwas anderes wollen könnte. Dass sie eines Tages erwachsen werden und Entscheidungen treffen müssten. »Nun, entweder ziehen wir einfach so zusammen oder wir heiraten vorher. Ich bin es leid, zwischen deinem und meinem Haus hin- und herzulaufen.«

So wohnten sie eine Weile in Cyrus' Zimmer, in Darayus' Haus neben der Sylvan Lodge. Was für Mayuris Geschmack ein wenig zu nah war und nicht wirklich das, was sie wollte. Nicht die Schränke mit den ausgehängten Türen, die Helme und die Taschen voller Werkzeug überall, und dazu noch Autoplakate an den Wänden. Um Himmels willen. Sie wollte ein Haus am Strand, mit hohen Glastüren, die auf eine Veranda mit Meerblick hinausführten. Holz, Fenster, Glas. Ein Haus, das sie mit Dingen aus aller Welt füllen konnte – der Welt, durch die sie bald schon reisen würden –, mit Talavera-Tellern aus Mexiko, Emailliertem aus Italien, Lampen aus Indonesien und überall Bougainvilleen. Ein, zwei Hunde würden sie auch haben, und Cyrus konnte eine Garage mit einem kaputten Jeep bekommen oder einem Jaguar oder was immer er darin wollte. Und abends würden sie draußen sitzen, sie mit ihrem Glas Roten und er mit seinem Apfelsaft, dem Ozean lauschen und darüber nachdenken, was ihre Bestimmung war.

Aber das fängt jetzt alles erst an, denn hier sitzt sie, mit übereinandergeschlagenen Beinen, im Hochzeitssari ihrer Urgroßmutter, dem edlen rotgoldenen Sari, den Bean unbedingt haben wollte, dessen Mottenkugelgeruch ausgelüftet ist und der ihre langen kastanienfarbenen Zöpfe verdeckt. Hier sitzt sie, mit einem Nasenring, hennabemalten Händen und Füßen und den traditionellen winzigen roten und weißen Punkten, die man ihr über die Stirn und seitlich das Gesicht hinunter geschminkt hat. Alle sehen sie und Cyrus an, der so sauber ist wie nie, und der in dieser Minute exkommuniziert wird, weil er eine Nicht-Parsi heiratet. Aber wen stört das? Seine Eltern sind hier, Neville und Farah, Fremde auf ihre Art, bereit, ihre elterliche Rolle zu spielen, bereit zu akzeptieren, was immer Cy verlangt, da sie viel zu sehr mit ihren eigenen Leben beschäftigt sind. *Cy möchte bei seinem senilen Großvater bleiben?* Gut. *Cy möchte heiraten?* Wunderbar, wir kommen. *Seufz, seufz.*

Cyrus, der in diesem Augenblick nicht an seinen flirtenden Vater oder seine Mutter denkt, der durchhält für all die Millionen, die er wert ist, der nicht an seinen Großvater denkt, der zur Abwechslung einmal tut, was man ihm gesagt hat, nicht einmal an Mayuri, die so strahlend schön ist, auf ihre besondere, außergewöhnliche Weise, und ihn ansieht, als gebe es neben ihm keinen auf dieser Welt. Cyrus denkt an sein Leben, sein Leben insgesamt. Er schiebt einen Ring auf Mayuris Finger. Er trinkt Honig aus ihren Händen.

Die ganze Familie ist also hier. Nur eine fehlt: Nerys.

Nerys, die gerade ihren zweiten Schlaganfall hatte und in ihrem Rollstuhl in Tan-y-Rhos sitzt, mit Tante Eleri, die sich alle Mühe gibt, die linke Hälfte des Gesichts ihrer Schwägerin nicht anzusehen. Nerys, deren drei Kinder sich abwechselnd um sie kümmern, selbst Siân fern aus Indien. Nerys, die bald sterben wird, wie Darayus, friedlich im Schlaf, ohne jeden Widerstand.

Nerys wird darauf warten, dass Owen mit den Fotos zurück nach Nercwys kommt. Videoaufnahmen wird es nicht geben, weil Mayuri es intim und persönlich möchte. Sie will nicht, dass die Kameraleute den Gästen beim Essen mit ihren Scheinwerfern ins Gesicht leuchten. Nerys wird den Abend also nicht in seinem ganzen Ablauf sehen, wird nicht sehen, wie der Regen niederströmt, als alles vorüber ist, als wollte der Himmel einstürzen, das große Zelt und die Bambuspfosten hinwegspülend wie ein paar Grasbüschel. Stattdessen sieht sie die Fotos, den blutunterlaufenen Madrasser Sonnenuntergang, leuchtende Farbschnipsel, Zähne und Ohren, einen Kreis von sieben Mädchen, die Stöcke durch die Luft wirbeln, mit Bean als Anführerin. Mit Bean, die bald nach London kommen wird. Bean, die zu spät kommen wird.

Sie wird den nicht näher mit der Familie verbundenen Priester sehen, wie er über dem Feuer Cyrus' und Mayuris Hände hält, eine über der anderen. Cyrus und Mayuri tragen Blumenketten um den Hals, dick wie zehn Schlangen. Cyrus und Mayuri beugen sich zu Bas Füßen hinunter, zu Babos und Siâns Füßen, zu Nevilles und Farahs Füßen, zu Meenals, Dollys und Chotus Füßen. Beugen sich, um Segen bittend. Beugen sich, beugen sich, beugen sich.

Aber die schwere Salzluft, die vom Meer heranbläst, wird Nerys nicht spüren. Nicht die dreieckigen Schweißflecken sehen, die sich trotz des Deodorants unter den Achseln der Frauen bilden. Die seltsame Mischung Menschen, die aus dem Nichts gekommen zu sein scheint, Tanten und Onkel aus dem Madrasser Gymkhana Club, Angestellte von Sanbo Enterprises und Nevilles Textilunternehmen, Mr Mustafa vom OK Stores mit seinen funkelnden Zahnreihen, Manna mit seinen asketischen Wangenknochen, der wie eine Wolke durch die Menge der Gäste schwebt, Ms Douglas mit einem der lavendelfarbenen Tücher ihrer Großmutter, die Bean bedrängt und sagt: »Du hast nicht das goldbraune Haar deiner Mutter, oder?«

Nerys wird nicht sehen, wie sich die Familie um das Feuer versammelt, während das Licht des ersten Tages des Jahres 1995 schwindet. Sie wird nicht sehen, was geschieht, als Owen Mayuri das Silbermedaillon gibt, das Nerys seit ihrer eigenen Hochzeit immer um den Hals getragen hat, und aus dem sie Bryns kleines Foto herausgenommen haben, das jetzt sicher unter dem Vergrößerungsglas auf dem Schreibtisch liegt. Sie wird nicht sehen, wie Siân, die bis dahin die Fassung bewahrt hat, zu weinen anfängt und kaum mehr aufhören kann. Wie Siân damit ein ganzes Heulkonzert auslöst bei den Frauen, die sich über Jahrhunderte darin geübt haben und diesen Überschwang der Gefühle tief in sich kennen, ohne ihn, was immer sie auch tun, im Zaum halten zu können. Dass indische Hochzeiten manchmal nur diesem einen gewidmet sind: sich die Seele aus dem Leib zu weinen und sich von seiner Tochter zu verabschieden. Weil es nichts so Erschütterndes gibt, wie sich von seiner Tochter zu verabschieden. Nein. Bei einem Sohn ist es leichter. Da ist es anders. Deine Söhne erschüttern dich auf andere Weise.

Aber wenn sich deine Töchter entscheiden zu tun, wozu sich Mayuri und Bean entschieden haben – die Richtung ihres Lebens zu ändern, sich aufzuraffen und das Haus mit dem orange-schwarzen Tor zu verlassen –, und wenn sie sich dann auch noch gleichzeitig dazu entscheiden, dann kann es erschütternder nicht sein. Als Siân zu jammern beginnt und erst wieder aufhören kann, als alles aus ihr herausgewaschen ist, beginnen auch die anderen Frauen an ihre Sorgen zu denken und lassen sie heraus, lassen sie heraus, bis es am ganzen Strand kein einziges trockenes, unverschmiertes Auge mehr gibt.

Mayuri, also diejenige, um die sie weinen sollen, weint wegen all der Veränderungen, die vor ihr liegen, all der sorgfältig aufgemalten winzigen roten und weißen Punkte, die ihr satinglattes Gesicht bedecken. Bean, die kaum eine Entschuldigung braucht, um in Selbstmitleid zu versinken, hält ihre Mutter im Arm und weint ebenfalls. *Entschuldige*, heißt das, *es tut mir so leid*. Und auch Mehnaz weint, um etwas Verlorenes, etwas, das sich nie wiederherstellen lässt, und ruiniert sich den pfirsichfarbenen Sahneteint. Die Tanten, die Einbrauen, die Helfer, Mischlinge, Freunde und von ferne Angereisten, alle, jede einzelne Frau auf dem Strand heult, als wäre die Liebe ihres Lebens gerade auf die schlimmstmögliche Weise ums Leben gekommen.

Jede einzelne Frau, nur nicht Ba. Ba weint nicht. Ba hat nach Babo gesucht, der ganz allein dasitzt und auf das tintige Meer hinaussieht. Er denkt an das erste englische Liebeslied, das er je gehört hat, Nat King Coles *Love Is A Many Splendored Thing*. Er denkt daran, wie er dieses Lied wieder und wieder in seinem Kopf gehört hat, als seine Töchter noch klein waren, als sie sich am Marina Beach auszogen und in die Wellen rannten, während Siân und er sich bei den Händen hielten. Er erinnert sich daran, wie er sich zu seiner Frau hinüberbeugte und sagte: »Das Leben hat tatsächlich im Ozean angefangen, nicht wahr?«

Als Ba sich neben ihm in den nassen Sand sinken lässt, sagt sie: »Niemand hat behauptet, dass es leicht sein würde.«

Babo legt den Kopf in ihren Schoß.

»Nur Narren und Verliebte werden es nie lernen loszulassen«, sagt Ba, öffnet den Mund in den Regen hinein und bewegt die Finger aus Gewohnheit durch Babos nicht mehr vorhandene Locken.

»Es ist nicht so, wie du denkst. Es ist nicht so, dass ich sie nicht von zuhause fortlassen will, damit sie Liebe finden und ihr Leben so leben, wie sie können. Es ist nicht so, dass ich sie für immer unschuldig sehen will. Aber was ich mich frage, was ich mich wirklich frage, ist, wie ich die Leere füllen soll, die sie hinterlassen. Womit soll sie sich füllen?«

»Füll sie mit Liebe«, murmelte Ba. »Wie du es immer getan hast. Mit Liebe und noch mehr Liebe.«

TEIL DREI

Von Lewisham nach Ganga Bazaar
1996–2001

23
Ein Fuß drinnen, ein Fuß draußen

Am Abend, bevor Bean nach London flog, saß Babo auf den Fliesen des flaschengrünen Badezimmers und weinte. Er konnte nicht schlafen. Etwas, das einem Traum ähnelte, sich aber nicht so verhalten wollte, trat ihm ständig halb ins Bewusstsein. Schien auf und verblasste wieder. Er verspürte den Drang, Siân zu wecken und zu sagen: Sind wir verrückt? Unserem Baby zu erlauben wegzugehen? So weit wegzugehen zu Bhupen und Mangala Jain in London, der Stadt, die wir vor langer Zeit beinahe zu unserer Heimat gemacht hätten?

Babo und Siân hatten am Abend eine Grillparty gegeben, anlässlich Beans Abschied, mit den gewohnten Gästen: den Krishnamurtis, den Malhotras und den Singhanias aus dem ersten Stock, deren Jungs ebenfalls kurz davor standen, das Nest zu verlassen. Für die gemischten Paare war es ein bewegender Abend. Shyam war auf dem Sprung zu einem fünfjährigen neurowissenschaftlichen Promotionsstudium an der Johns Hopkins University in Baltimore, und was Bean in London erwartete, wusste Gott allein. Babo konnte nicht wissen, dass Shyam Bean kurz vorher mit süßen Worten dazu gebracht hatte, an eine dieser Wände gelehnt mit ihm zu vögeln. »Ein Sympathie-Fick«, würde Bean Mehnaz später erzählen. Aber doch ein Fick. Shyam Malhotra war nicht die Art Mann, mit der sich Babo seine Tochter vorstellen konnte. Nicht, dass er sich eine seiner Töchter überhaupt mit einem Mann vorstellen konnte. Aber wenn er den idealen Partner für Bean hätte beschreiben sollen, wäre der sicher größer, kräftiger und weniger clever ausgefallen.

Babo dachte immer noch über den Abend nach. Drei befreundete Paare hatten auf der Veranda gesessen, Kebabs gegessen, G&Ts und Whisky mit Soda getrunken. Cyrus hatte fachmännisch den Grill bedient, während Mayuri und Siân Tabletts voller Gemüsespieße und marinierter Fleischstücke aus der Küche brachten. Es schien, als machten sie das schon seit Jahren: auf der Veranda zu sitzen und sich die immer gleichen Geschichten zu erzählen. In gewisser Weise waren es ihre Mythen. Wie sie sich aufgemacht und ihr Land verlassen, sich in der Fremde verliebt und ein weiteres Mal aufgemacht hatten, um an ihren Ausgangspunkt zurückzukehren. Vielleicht ist es unvermeidlich, dachte Babo, dass unsere Kinder unter einer ähnlichen Entwurzelung leiden und, um das Muster ihres Lebens hier zu verstehen, erst einmal weggehen müssen.

Dieser Tage, während die Streitereien zwischen Prem Kumar und Chotu eskalierten, saß Babo an seinem Schreibtisch im Büro von Sanbo Enterprises und hing immer häufiger Erinnerungen an seine wenig verheißungsvollen ersten Tage in London nach. Wie er gleich nach seiner Ankunft von dem Sardaji-Taxifahrer ausgenommen worden war, an das ganze Trara mit Nat und Lila und wie ihn die Frauen in der Cafeteria mit extra Käsesandwiches und Vanillepudding aufzupäppeln versucht hatten. Er sehnte sich nach diesem Gefühl zurück, diesem Neuen, der Anonymität und sogar der fürchterlichen Einsamkeit.

Babo fragte sich, welche Gründe Bean wohl hatte, um sich aufmachen und das Haus mit dem orange-schwarzen Tor verlassen zu wollen. Zu einem gewissen Teil, das wusste er, musste es mit diesem schrecklichen Kerl, Michael Mendoza, zu tun haben, dessen Name in diesem Haus nicht ausgesprochen werden durfte und der, wie Siân herausgefunden hatte, mit seiner geschiedenen Mutter nach Australien verschwunden war. Ein weiterer Grund war wohl das College, aus dem Bean vier Jahre lang gelangweilt und mit trübem Blick nachhause gekommen war, wo sie keinen Freund und keine wirkliche Freundin gefunden hatte, und auch mit dem Abschluss in englischer Literatur wusste sie nichts anzufangen. Und ja, es musste noch andere Gründe geben, aber angesichts des Alkohols, den Babo schon getrunken hatte, kam er auf keine.

Endlich stand er auf und ging vorsichtig durch die Dunkelheit zu Beans Tür und öffnete sie einen Spalt. Einst hatten seine beiden Töchter in diesem Zimmer geschlafen, in zwei Rohrbetten und unter Decken, die ihre Großmutter gestrickt hatte. Dann wurde Mayuri ein Teenager und bestand darauf, das Gästezimmer für sich zu bekommen, das sie seit ihrer Hochzeit mit Cyrus Mazda vor eineinhalb Jahren nur noch benutzte, wenn ihr Mann auf Geschäftsreise war. Heute, zum ersten Mal seit vielen Jahren, sah Babo seine Töchter wieder Seite an Seite schlafen. Er blieb eine Weile in der Tür stehen, betrachtete ihre Gestalten auf dem Bett und musste an die Zeit denken, als er und Siân oft spät von Partys nachhause gekommen waren und Mayuri und Bean mit ihren Puppen im Arm auf dem Boden schlafend vorgefunden hatten, umgeben von den Resten eines mitternächtlichen Imbisses. Manchmal schliefen sie wirklich, erschöpft von der Aufregung, so lange aufbleiben zu können, wie sie wollten. Aber meist taten sie nur so, nachdem sie das Scheinwerferlicht des Fliegenden Fiats über das Gitter ihres Fensters hatten wischen sehen und zu Boden gegangen waren, weil sie wussten, dass Babo sie ins Bett tragen würde.

Als er jetzt, am Abend vor Beans Abflug, in der Tür zu ihrem Zimmer stand, fragte sich Babo, ob seine Töchter im Dunkeln wohl Chori-Chori-Blicke tauschten. Ha, ich sehe es!, wollte er sagen. Versucht nicht, mich zum Narren zu halten.

Als er sich wegdrehte, um zu seiner Frau ins Bett zurückzukehren, fiel Babos Blick auf Beans Koffer neben der Tür, und zu wissen, dass darin all ihre liebsten Besitztümer verstaut lagen, ließ ihn beinahe erneut in Tränen ausbrechen. In ein paar Stunden würde Bahadur diese Koffer auf den Autorücksitz packen, Selvi würde am Tor stehen und sich kummervoll gegen die ausladende Brust schlagen und er, Babo, würde seine Mädchen durch die immer noch schlafenden Straßen von Madras zum Flughafen Meenambakkam fahren.

Bean drehte sich Minuten später im Bett um und öffnete die Augen. Sie konnte auch nicht schlafen. Jedes Mal, wenn sie die Augen schloss, strömten Bilder von Shyam auf sie ein. Shyam, wie er flüsterte, dass er sie immer schon so geliebt habe. Shyam, der ihr versprach, aus Baltimore zu schreiben. Was war *das* jetzt wieder gewesen? Ein allerletzter Versuch, von etwas ausgefüllt zu werden? Etwas als ihres zu berühren und an sich nehmen zu können? Weil sie nichts mehr ausfüllte. Rein gar nichts. Ihre Familie nicht, ihr Leben nicht und auch nicht Madras, diese Stadt, die über die letzten Jahre eine Stadt der Abwesenheiten geworden war.

Bean konnte selbst nicht sagen, warum sie wegging. Seit Mayuri mit Cyrus in ihrem eigenen Haus lebte, war eine Leere an diesem Ort ihrer Kindheit entstanden, an die sie sich nicht gewöhnen konnte. Mehnaz war in Bombay und versuchte mit Gewalt Mutter zu werden, und Parvathi, Saira und Immaculate, ihre anderen Freundinnen, waren entweder bereits verheiratet oder auf dem besten Weg dazu. Und die Einbrauen, nun, die waren längst zertifizierte Tanten, während für sie, Bean, wie gewohnt alles unentschieden war, und sie darauf wartete, dass ihr jemand den Weg wies.

Aber statt noch weiter zu warten, hatte Bean beschlossen, dass es an der Zeit war, selbst aktiv zu werden. In ein Abenteuer aufzubrechen wie Dick Whittington und seine Katze, mit dem Ziel, London zu erobern. Alles, was Bean von London kannte, waren zusammengestückelte Kindheitserinnerungen. Die Fahrt oben in einem roten Doppeldeckerbus mit ihren Cousins Gareth und Ed, Eiskremtüten von einem Eiswagen und wie sie zu Hamley's hineingegangen waren und Siân gesagt hatte: »Benehmt euch und werdet jetzt nicht gierig.« Bean hatte genickt und »Jaja« gesagt, ihr Versprechen aber im selben Moment gebrochen, weil sie noch nie in ihrem ganzen Leben so schöne Spielzeuge gesehen hatte.

Worauf Bean tatsächlich hoffte, als sie Madras in diesem August 1996 verließ, war Liebe – die Art Liebe, wie Babo und Siân sie in London gefunden hatten. Und während der ersten drei Monate, während derer sie bei Babos alten Freunden Mangala und Bhupen Jain in ihrem einfachen Vierzimmerhaus aus roten Ziegeln mit angebauter Glasveranda und kleinem Garten in Lewisham wohnte, suchte sie genau danach: nach Liebe, reiner, unverfälschter Liebe. *Ba-ba-bumm, ba-ba-bumm, ba-ba-bumm-bumm-bumm.*

Bean hätte es wissen müssen. Sie hätte es in dem Augenblick erkennen müssen, als sie Mr Jains sauertöpfisches Gesicht sah, mit dem er sie in Heathrow willkommen hieß. In dem Augenblick, als sich Mr Jain, nachdem er sich kurz nach dem Wohlergehen und Wohlstand der Familie in Madras erkundigt hatte, zu beklagen begann, wie unglaublich teuer doch das Parken am Flughafen sei. In dem Augenblick, als er seine Litanei über die Notwendigkeit von Regeln begann.

Hätte Bean gewusst, dass sie in einem eiskalten, freudlosen Haus würde wohnen müssen, in dem niemand lachte und alles abgezählt wurde, hätte sie gewusst, wie schwer es sein würde, einen Job zu bekommen, ein Bankkonto zu eröffnen, und wie viel in jenen ersten drei Monaten auf sie zukommen würde – nicht nur das Sichvertrautmachen mit den Buslinien und das Nachhauseeilen, um in Sweatshirt und Strümpfen zu schlafen, sondern auch, dass Nerys und Darayus Mazda innerhalb weniger Tage im Schlaf aus dem Leben scheiden sollten – hätte Bean gewusst, dass es zu alldem auch den Vorfall mit Mr und Mrs Jains vierzigjährigem Sohn geben würde, mit dem sie fertig werden musste, hätte sie sich auf dem Absatz umgedreht und wäre gleich wieder nachhause geflogen.

Aber dafür war es zu spät, als sie aus dem Autofenster hinaus in den weichen – *wisch wisch* – Londoner Spätsommerregen sah, Mr Jains Klagen zusammen mit Kishore Kumars Stimme vom Oldies Goldies Sunshine Radio auf sie niedergingen und Mr Jain zwischen seinem Erstens, Zweitens, Drittens und Viertens kurz von seiner Litanei abkam und mitsummte: »Yeh tere pyar ki hai jadugari.«

Tante Mangala stand in ihrem mit Blumen bedruckten Chiffon-Sari und ihrer rosa Gandhi-Drahtbrille in der Tür des Hauses 22 Sunnydale Road, lächelte vertrottelt und winkte mit einem rosenfarbenen Tuch, das schon unendlich bessere Tage gesehen hatte.

Das Haus war ganz und gar nicht so, wie Bean es in Erinnerung hatte. Es sah kleiner aus, eingeklemmt zwischen zwei ähnlichen Häusern am runden Ende einer schattigen Straße. Bean erinnerte sich an einen Gewürzpalast, erinnerte sich daran, wie sie in ihren Manchmal-Sommern in England nach Wochen mit Messer und Gabel, nach all den Aufläufen mit Rindfleisch und Nieren von Tan-y-Rhos hergekommen waren. Hier hatten Mayuri und sie Chappathis in kleine Dreiecke zerreißen, mit den Fingern Reisbällchen formen, tischtennisballgroß, und sich in den Mund stopfen dürfen, bis Siân sagte: »Genug, genug, sonst wird euch schlecht«, und dann waren sie die mit Teppich ausgelegte Treppe hinauf ins Gästezimmer geschickt worden, bis es Zeit war aufzuwachen, um *zisch zisch zisch* zurück nach Madras zu fliegen.

»Wie war die Reise, Beena?«, fragte Tante Mangala. »War alles okay? Du musst hungrig sein. Soll ich ein paar garam-garam, scharfe-scharfe Bhajjiyas machen? Komm herein, komm herein. Das letzte Mal warst du noch ein Baby, und jetzt bist du so eine Schönheit. Komm doch, komm.«

Mr Jain knöpfte seinen Mantel auf und hängte ihn vorsichtig

in den Schrank unter der Treppe. Er sah erheblich älter aus, sein Haar war verschwunden, der Körper gebeugt, fast gebrechlich. Aber der Eindruck trog, wie Bean bald schon feststellen sollte.

»Zuhause bei deiner Mummy und deinem Daddy in Madras warst du vielleicht nicht an feste Zeiten gebunden«, fing er wieder an, »aber in diesem Haus sind *wir* für dich verantwortlich. Alles, was dir hier zustößt, liegt in *unserer* Verantwortung. Lass es mich also noch einmal sagen: Du bist spätestens abends um NEUN wieder zuhause.

Morgen gehen wir zum Eckladen, kaufen dir eine Monatskarte und fahren mit Bus und Zug zur London Bridge. Wir setzen uns mit dem Stadtplan hin, und du lernst, wie du überall hinkommst.

Und denk an das Telefon, Beena. Telefonieren ist in England sehr teuer. Zehn Minuten beim Angerufenwerden, fünf Minuten beim Selbstanrufen. Und bitte keine Auslandsgespräche von hier aus.

Keine Sorge, wir kaufen dir eine Telefonkarte mit dem günstigsten Tarif für Indien, damit du deine Mummy und deinen Daddy anrufen kannst und Mayuri. Wie geht es Mayuri? Genießt sie ihr Leben als Ehefrau?«

Während Tante Mangala in der Küche verschwand, um die Bhajjiyas zu machen, zeigte Mr Jain Bean ihr Zimmer oben im Haus und klärte sie über die morgendliche Reihenfolge im Bad auf.

»Wir sind nicht reich, Beena, nicht wie dein Daddy.« *Kicher, kicher.* »Deshalb haben wir nur ein Bad mit extra Toilette. Morgens geht Deenu zuerst, ich komme als Zweiter, dann du, dann die Tante. Okay?

Nach dem Duschen nimmst du dieses Tuch von der Fensterbank und wischst das Bad trocken. Soll ich dir zeigen, wie? Das Gleiche tust du morgens mit dem Fenster in deinem Zimmer. Warum? Weil sich die Feuchtigkeit an den Scheiben niederschlägt, das Holz wird nass, verrottet und muss sehr teuer ersetzt werden. Ich zeige dir, wie. Es ist sehr leicht. Komm, ich zeige es dir.

Und am Wochenende kannst du mir beibringen, wie man mit dem Computer umgeht und der Tante beim Hausputz helfen. Wenn du etwas nicht weißt, frag mich. Okay?«

Vor ihrer Abreise waren mit Babo und Siân keinerlei Regeln besprochen worden. Als einzigen Rat hatten die beiden Bean mit auf den Weg gegeben, sich nicht von Mr Jains *scheinbarer* Bitterkeit entmutigen zu lassen, denn dahinter verberge sich ein äußerst warmherziger und großzügiger Mann. Bean nahm an, dass sie Recht hatten. Schließlich nahm er sie in sein Haus auf, beköstigte sie, half ihr, sich zurechtzufinden und weigerte sich, dafür auch nur ein Pfund anzunehmen, war sie doch die Tochter seines besten Freundes und damit fast so etwas wie seine eigene Tochter. Und solange sie sich, im Gegensatz zu seiner tatsächlichen Tochter, an die Hausregeln hielt, würde alles gut sein.

In der Küche buk Tante Mangala in Teig gehüllte Kartoffeln in zischendem Öl aus und stapelte die knusprigen Kugeln ordentlich auf ein einzelnes Blatt Küchenpapier, um das Öl aufzusaugen. Mr Jain dirigierte Bean ans hintere Ende der Küchenbank und drückte sich neben sie. Tante Mangala stellte die Bhajjiyas auf den Tisch und setzte sich den beiden gegenüber. So würden sie immer sitzen.

Mr Jain aß seine Bhajjiyas wie ein Goldfisch. Er tauchte sie in einen Klecks Tomatenketchup und schluckte sie ohne sichtbare Kaubewegung hinunter. Bean wich seinem aufmerksamen Blick aus und schob ihre zwei Bhajjiyas auf dem Teller vor sich hin und her.

»Machst du gerade eine Diät?«, fragte Tante Mangala, lächelte ihr vertrotteltes Lächeln und legte noch zwei Bhajjiyas auf Beans Teller.

»Puppy«, sagte Mr Jain zu seiner Frau, »gib dem Mädchen nicht noch mehr, wenn sie nicht will«, und mit dem Blick zu

Bean: »Es ist nicht gut, Dinge zu verschwenden, nicht wahr, Beena?«

Bean, die es kaum fassen konnte, dass der griesgrämige Mr Jain seine Frau »Puppy« nannte, schaffte es gerade noch, zurückzukrächzen: »Da hast du absolut Recht, Onkel. Mein Großvater sagt immer, je weniger wir verschwenden, desto weniger fehlt uns.«

Die ersten Wochen über verbrachte Bean jeden Abend mit Mr Jain am Küchentisch und kreuzte in den Abendzeitungen mögliche Jobs an, die für sie infrage kamen. »Sitz nicht auf einem so hohen Ross, Missy«, schalt er sie, wenn Bean bei Worten wie *Sekretärin* und *Empfangsdame* das Gesicht verzog. »Wer anfängt, kann es sich nicht leisten, wählerisch zu sein.«

Tagsüber zeigte ihr Tante Mangala die nähere Umgebung: »Das ist Woolworth, das ist Boots (deine Mummy mag Boots), das ist Waitrose (zu teuer), das W. H. Smith (vielleicht gefällt dir der Laden wegen der Bücher?). Das ist die Bingo-Halle für alte Leute, das da das örtliche Freizeitzentrum (Mr Jain und ich können umsonst hinein, weil wir schon so lange hier wohnen), das die Bibliothek, das die Arbeitsvermittlung. Das ist Sainsbury's, da kaufen wir ein. Alles, was du willst, tust du in den Wagen, okay? Sei nicht schüchtern, okay? Alles in Ordnung?«

Bean kaufte sich eine Monatskarte für sechs Zonen. Sie fuhr mit Doppeldeckerbussen und unternahm lange Spaziergänge auf den unterschiedlichen Erhebungen der Stadt: Primrose Hill, Notting Hill, Muswell Hill, Denmark Hill, Parliament Hill, Lavender Hill, Haverstock Hill, Herne Hill, Forest Hill, Tower Hill. Sie stöberte durch Gebrauchtbuchläden, saß in Pubs, schrieb lange Briefe nachhause und zeichnete die alten Männer um sich herum, die nichts anderes zu tun hatten, als Bier zu trinken und den ganzen Tag Fußball zu schauen.

Von Ba in Anjar fühlte sich Bean so weit entfernt wie noch nie zuvor.

Ganga Bazaar ist von allen Orten dieser Welt am weistesten von London entfernt. Wenn ich die Augen schließe und mich an dein Haus zu erinnern versuche, mir die Wärme vorzustellen versuche, geht es nicht. Es ist unmöglich. Ich werde bald kommen und dich besuchen, keine Sorge. Ich weiß nur noch nicht, wann. Ich habe zu arbeiten begonnen, und ich denke, ich sollte dabeibleiben, sonst werde ich wieder eine Eintagsfliege genannt. Aber ich weiß nicht, Ba. Ich versuche immer noch, meinen Platz zu finden. Ich erinnere mich, dass du mir mal erklärt hast, man könne nur zwei Fehler auf der Reise seines Lebens machen: nicht bis ans Ende zu gehen oder gar nicht erst loszugehen. Und jetzt bin ich hier und versuche loszugehen. Es ist schwierig, aber es ist ein Anfang.

Sie vermisste ihr Zimmer im Haus mit dem orange-schwarzen Tor, ihre Mutter, ihren Vater und Selvi. Am meisten überraschte sie jedoch, wie sehr sie ihre Schwester vermisste. Bean hatte sich nie vorstellen können, dass sie und Mayuri Freundinnen sein könnten. Dass Zeit und Entfernung einen Menschen verändern könnten. Dass Blut am Ende doch dicker als Wasser war.

Mayuri hatte sich von einem tyrannischen Kind zu einer umgänglichen Frau entwickelt, die keine Angst davor hatte, ihre Abhängigkeiten einzugestehen, und Bean gegenüber zugab: »Natürlich brauche ich dich auch.« Wie war das möglich? Dazu kam, dass sich Mayuri offenbar an keine ihrer kindlichen Grausamkeiten erinnern konnte. »Habe ich das wirklich getan, Bean? Habe ich wirklich gesagt, wenn du Lippenstift benütztest, würden deine Lippen schwarz werden? Habe ich gesagt, wenn du die Barthaare eines Büffels berührtest, würdest du siebenmal zum Himmel hinaufgeworfen und wieder zurück? Wie grotesk! Ich kann mich absolut nicht daran erinnern.«

Mehr noch, mehr, wollte Bean ihr sagen. Du warst unglaublich gemein. Aber das machte alles nichts mehr, jetzt, da sie erwachsen waren, sich geändert hatten und jede ihr Leben lebte, denn Mayuri war die Einzige, die sie von Beginn an gekannt hatte. Und Bean wünschte sich, sie könnte ihre Schwester zu sich rufen, selbst wenn es nur für eine Tasse Tee in einem nahen Café wäre. Selbst wenn sie nur wortlos unter einem mitternachtsblauen Himmel säßen, voller Sterne, die sich wie Karnickel vermehrten. Hauptsache, sie begriff, warum sie so weit von dort nach hier gekommen war.

Weißt du noch, wie wir als Kinder hier waren, May? Es ist schon komisch, wie das Gedächtnis funktioniert. Ich erinnere mich an dieses Haus als eine so wunderbare Zuflucht, so einen Trost, und jetzt fühlt sich alles so verbraucht an. Alles ist geschrumpft, Tante und Onkel sind geschrumpft, durch all das Unglück, von dem sie nicht aufhören können.

Ja, doch, Tante Mangala ist nett, aber vor allem gut abgerichtet. Ich muss dir von dem Schirm erzählen, den sie mir geliehen hat, kaum dass ich angekommen war. Es war mein erster Arbeitstag, es schüttete wie aus Eimern, und Tante Mangala war so lieb, mir ihren Schirm zu leihen. Der war das jämmerlichste Ding, das du je gesehen hast. Das Gestänge war völlig verbogen, er musste unzählige Male im Regen umgeschlagen sein und war doch sorgsam verpackt, in einer Tasche von Tesco. Er muss wenigstens fünfzehn Jahre alt gewesen sein! Auf jeden Fall ging ich und kaufte an dem Tag zwei neue Schirme, und du hättest ihr Gesicht sehen sollen, als ich ihr einen davon gab. Sie hatte Tränen in den Augen. Natürlich sagte mir der alte Griesgram darauf: »Verschwende dein Geld nicht, Beena, du solltest es für deine Zukunft sparen.« Wegen einem verfluchten Schirm, Himmel noch mal!

In gewisser Weise ist es wirklich deprimierend, so viel über Geld nachdenken zu müssen, wenn du es vorher nie musstest. Und London ist so eine teure Stadt, es ist geradezu lächerlich. Ich wünschte, ich könnte mir eine eigene Wohnung suchen, aber im Moment kann ich es mir einfach nicht leisten. Also werde ich mich wohl mit den Jains abfinden müssen. Habe ich dir von Deenu, dem Sohn, erzählt? Erinnerst du dich an ihn? Nun, ich bin ziemlich sicher, dass er schwul ist. Alles muss bei ihm von Designern sein, und er benutzt viel zu viel Kölnisch Wasser. Im Übrigen ist er vierzig und lebt immer noch bei seinen Eltern! Auf jeden Fall ist er der Prinz im Haus und kommt und verschwindet mit seinem BMW, wie es ihm gefällt. Er leitet ein Restaurant in Richmond, ich sehe ihn kaum einmal. Manchmal treffen wir uns beim Frühstück in der Küche, und er sagt jedes Mal exakt das Gleiche: »Alles okay, Beena? Kommst du klar?«

Die Tochter, Indrani, ist, soweit ich weiß (weil sie kaum von ihr reden) immer noch nicht von ihrem Arbeitseinsatz mit ihrem englischen Freund in Guatemala zurück. Mama meinte, sie sei vor einer Weile mit einem Teil von Mr Jains Pension durchgebrannt, wahrscheinlich hat sie sich dünngemacht.

Trotzdem hängen überall Bilder von ihr im Haus, Schulabschluss-Bilder von beiden, mindestens vier in jedem Zimmer, nur für den Fall, dass man es noch nicht kapiert hat. Oh, und der Kaminsims, ich muss dir vom Kaminsims im Wohnzimmer erzählen. In der Mitte steht dieses riesige Taj Mahal, flankiert vom Eiffelturm auf der einen und der Freiheitsstatue auf der anderen Seite. Es ist einfach ZU geschmacklos.

Allerdings sind alle Wohnzimmer von indischen Familien so, die ich bisher hier gesehen habe. SEHT, scheinen sie alle sagen zu wollen, seht doch, wie weit wir es gebracht haben, fern unserem Dorf in der Wildnis. Wir waren in Paris, in New York, und uns gehört ein Haus in London. Gott! Frag mich nicht, wie ich die nächsten Monate überleben soll. Jedes Mal, wenn ich in dieses Haus komme, schalten alle Systeme auf höchste Alarmstufe. Ich habe das Gefühl, sie beobachten mich die ganze Zeit, um zu sehen, was ich benutze und wie viel davon. Erst gestern bin ich früh aufgewacht, habe meine Lampe angemacht und im Bett gelesen. Schon kommt Mr Griesgram höchstpersönlich zur Tür herein, und rate mal, was er mir zu sagen hatte? »Beena, ich hoffe, das Licht war nicht die GANZE Nacht an.« Und das ist nur die Spitze des Eisbergs! Jeden Abend muss ich mit ihnen fernsehen.

Da gibt es eine Quiz-Show, und es ist irre: Wann immer einer der Kandidaten beschließt, sein Geld zu riskieren, um den Jackpot zu knacken, versteckt Onkel sein Gesicht hinter einem Kissen und sagt: »Puppy, ich kann es nicht mit ansehen! Ist seine Antwort richtig?«

Bean schrieb das alles an ihre Schwester und stellte sich die Freude in Mayuris Gesicht vor, wenn sie den Brief in der Jutetasche am Tor des Strandhauses entdeckte, das sie und Cyrus gemietet hatten. Ein schmales weißes Haus mit drei Zimmern und einem Garten, in dem sie Tomaten und Basilikum zog und manchmal Kostümpartys gab. Bean konnte ihre Schwester förmlich vor sich sehen, wie sie lauthals lachte und sich an ihren Schreibtisch setzte, um ihr zu antworten.

Mayuris Neuigkeiten von zuhause waren zunächst noch vorhersehbar. Es ging um die Hitze und die Schwierigkeiten, die sie mit den Kindern der Montessori-Schule hatte, an der sie unterrichtete. Aber dann, als die Entfernung zwischen ihnen nach und nach groß genug wurde, um der Wahrheit Platz zu bieten, fing sie an, Bean zu eröffnen, was die sich nie hätte vorstellen können.

Manchmal, wenn ich neben Cyrus im Bett liege, kommt es mir vor, als wäre er ein Fremder. Ich kann alles erkennen, die langen, schlaksigen Beine, die blassen Arme und die Nase, die er so hasst. Es ist ein Bild, das ich kenne und liebe, aber manchmal, wie soll ich es erklären? Manchmal stehe ich außerhalb dieses Bildes. Ich sehe diesen Mann an, den ich meinen Ehemann nenne, und weiß nicht, wer er ist. Kannst du dir vorstellen, wie mich das erschreckt? Manchmal, wenn er seine Arme um mich legt, muss ich mich aus ihnen herauswinden und mich auf meine Seite des Bettes zurückziehen. Damit ich atmen kann. Das sind natürlich immer nur Momente. Sonst bewegen wir uns und funktionieren wie eines seiner gut geölten Autos und wissen genau, wie wir einander eine Freude machen oder uns ärgern können. Aber diese Momente, die sind das Traurigste von der Welt. Ich habe früher im-

mer an das Schicksal geglaubt, aber ich bin unsicher geworden, Bean. Mittlerweile glaube ich nur noch an das, was wir selbst schaffen.

Manchmal denke ich an Mama und Daddy und an die Samstagnachmittage, wenn sie sich in ihr Schlafzimmer einschlossen. Ich weiß noch, wie wir draußen standen und nach ihnen riefen und wie Daddy dann zur Tür kam, ganz zerzaust, und sagte, wir sollten gehen und spielen, denn das sei jetzt ihre Zeit für sich. Ich frage mich, ob sie je ihre Zweifel an diesem Sich, ihrer Zweisamkeit, hatten. Es kann nicht anders sein, und wie erstaunlich, dass sie es uns nie haben merken lassen. Aber erzähl schon. Hast du nette Männer kennen gelernt? Es muss doch viele nette Männer in London geben.

Oh, es gab Männer. Männer und immer noch mehr Männer. Wohin Bean auch sah, waren Männer. Sie beobachtete sie auf dem Weg zur Arbeit. Wie Krähen sahen sie in ihren dunklen Anzügen und mit ihren Aktentaschen aus, und Bean fragte sich, ob sich mit einem von ihnen wohl ein Leben leben ließ. Mit dem da, der so hingebungsvoll seine Zeitung las? Oder dem gutaussehenden, aufrecht dastehenden dort, der womöglich seine Frau mit einem jungen Mädchen aus dem Büro betrog, das auf hohen Absätzen dahinstöckelte und sich um seine Föhnfrisur sorgte? Oder wie wäre es mit dem Fremden, der da an der Stange lehnte und die Fotos ansah, die er gerade von Snappy Snaps abgeholt hatte? Wenn er seine Ledertasche nicht so komisch unter dem Arm geklemmt hielte und nicht so dicke Finger hätte, wäre Bean vielleicht zu ihm gegangen und hätte gesagt: »Lass uns an der nächsten Haltestelle aussteigen und gemeinsam durch die Straßen gehen. Lass uns ein Haus bauen und ein neues Leben anfangen.«

Bean suchte nach jemandem, der sie zu Feierabend abholen kam, in einem langärmeligen blauen Hemd und mit gebügelter Hose. Jemanden, der sie in die Arme nähme und an einen Ort brächte, den sie ihr Zuhause nennen würden. Sie wartete auf jemanden, der die Tür aufstieß und in ihr Leben trat, aber das war noch nicht geschehen. *Noch* nicht.

Einmal im Monat fuhr Bean Onkel Huw und Tante Carole in Brighton besuchen und erlaubte ihren Cousins Gareth und Ed, sie als die exotische Cousine aus Indien in der Stadt vorzuführen. Oder sie nahm den Zug nach Nercwys und wohnte bei ihrem Onkel Owen, der unter schrecklicher Arthritis litt, aber seine Tage immer noch im Garten verbrachte und seinen Bäumen beim Wachsen zusah.

In Nercwys wollte ihr Tante Eleri Geschichten darüber erzählen, wie jung und mutig ihre Mam gewesen war, als sie nach London und dann nach Indien ging. »Sieh hier, Liebes, das ist sie, bevor sie wegging«, sagte Tante El und deutete auf ihr Lieblingsfoto von Siân, wie sie an der Tür von Tan-y-Rhos stand und auf die Felder hinaussah, und Siâns Haar war so lang und so schön, dass Bean am liebsten gerufen hätte: Mama, Mama, warum hast du es dir nur abschneiden lassen? »Deine Mutter ist was Besonderes, das sage ich dir. Wir alle werden von Minute zu Minute älter, nur sie sieht immer noch genauso aus. Hat sich keinen Deut verändert.«

Bean versank in Tante Els makellosen Fotoalben und betrachtete die Bilder von ihren Manchmal-Sommern in Nercwys. Es gab so viele, dass Bean nicht mehr sagen konnte, was wann gewesen war. Auf ein paar Bildern von ihrer ersten Reise standen sie alle perfekt aufgereiht vor der Tür: Babo, Siân, Mayuri, Nain, Tante El, Taid und Baby Bean auf Taids Arm. Es gab auch alte Schwarz-Weiß-Aufnahmen von Nain und Taid: Nain mit Locken, so eng gedreht, dass sie wie Federn unter ihrem Hut hervorsprangen. Taid sah wie Siân in einem Männeranzug aus, mit dem gleichen schmalen, länglichen Gesicht, dem gleichen ernsten Ausdruck. Bean sah Fotos von Onkel Huw und Onkel Owen, beide mit vollem Haar und lachend, als hätte einer von ihnen gerade einen Witz erzählt. Und dann all die Bilder von Bean und

Mayuri in Kitteln und Kleidern, auf Stofftieren, Fahrrädern und den Schultern ihrer Onkel, im Badeanzug im Schwimmzentrum Rhyl und auf Ponys am Strand von Kinmel Bay. Es waren so viele, und wenn Bean sie betrachtete, konnte sie sich nicht erinnern, jemals so klein und kostbar gewesen zu sein.

Am Grab ihrer Großeltern saß Bean und versuchte zu begreifen, wie ein Teil von ihnen ein Teil von ihr sein konnte, wie auch ein Teil dieses Dorfes ein Teil von ihr war. Denn wenn sie *das* verstünde, dachte sie, dann verstünde sie vielleicht auch, wie sie in den Rest hineinpasste – in diese nebel- und regenverhangene Welt, zu diesen Häusern und Autos, diesen Menschen, die ihre Hunde ausführten und ihre Leben lebten.

Und mein Leben?, wollte Bean fragen. Wo ist mein Leben in alledem? Ist das hier mein wahres Leben oder ist es nur ein Vorspiel für etwas, bevor ich zurückkehre. Zurückkehre wohin? Warum habe ich immer das Gefühl, nur eine Besucherin zu sein, wohin ich auch gehe? Warum? Warum? Weil die Banane krumm ist. *Hast du dich so gefühlt, als du nach Indien kamst, Mama? Kann es sein, dass du dich immer noch so fühlst?* Mit einem Fuß drinnen, mit einem Fuß draußen.

24
Eine große Sünde kann durch eine kleine Tür kommen

Noch im ersten Monat nach ihrer Ankunft in London unterschrieb Bean einen Vertrag bei einer Zeitarbeitsfirma namens Working Angels, die von ihren Tipp- und Excel-Fähigkeiten so beeindruckt war, dass sie gleich zu Finanz- und Medienunternehmen in der ganzen Stadt geschickt wurde, wo sie Umschläge füllte, Werbesendungen verschickte und Dateien aktualisierte und wo sich niemand die Mühe machte, sich ihren Namen zu merken, weil sie ja doch nur ein paar Tage, im Höchstfall eine Woche, da sein würde. Wo sie, sobald sie herausbekommen hatte, wo die schicken Stifte lagen und wen sie in der IT-Abteilung anrufen musste, wenn es ein Problem gab, auch schon wieder ihren Abschied nahm und durch die Drehtür verschwand.

Als es kälter wurde, lernte Bean den Untergrund der Stadt kennen. Das komplizierte System unterirdisch verbundener Punkte, das ihr erst so verwirrend vorgekommen war, wurde jetzt in ihren Träumen zum Bau eines gigantischen Erdwurms, der sich in der Tiefe verbarg, die Menschen an einem Ort in sich aufnahm und an einem anderen wieder ausspuckte. Lange Zeit fuhr sie völlig desorientiert zu diesen Punkten, ohne eine Vorstellung davon, wie sich das alles überirdisch miteinander verband, und fand erst später heraus, dass es manchmal einfacher war, auszusteigen und zu Fuß zu gehen: von Green Park zum Piccadilly Circus zum Beispiel oder von Holborn nach Chancery Lane.

Bean liebte die Züge und die Menschen in ihnen. Was für Möglichkeiten in diesen Leuten schlummerten, was da alles verpuffte! Was sie jedoch am meisten erstaunte, waren die herrschenden Umgangsformen, die so gar nichts mit Indien und seinem Übermaß an Chaos und Lärm gemein hatten. Hier beschwerte sich niemand, wenn der Zug einmal fünf Minuten zwischen zwei Bahnhöfen stehen blieb. Hier zog man höchstens die Brauen hoch, wandte den Blick kurz von der Zeitung ab, ansonsten schienen die Leute völlig unberührt, kleine, in sich abgeschlossene Inseln. Zwischendurch gab es allerdings auch Ausnahmen – irgendeinen armen Narren, der versuchte, sich noch durch die Waggontüren zu schieben, als sie bereits zugingen, weil er dachte, wenn er die zwei Minuten auf den nächsten Zug warten müsste, wäre sein Leben verpfuscht. Und einmal, am Bahnhof Baker Street, sah Bean, wie sich ein Mann umbringen wollte, indem er sich auf die Gleise warf. Der Vorfall erschütterte sie so sehr, dass sie all ihre indischen Instinkte unterdrückte, aufhörte, sich mit den Ellbogen immer ganz nach vorn zu drängen, und weit hinter der gelben Linie wartete, bis die Züge zum Stehen kamen.

Ende September wurde Bean in einen kleinen Verlag in Islington geschickt, Stonewell's, der sich auf Bed-&-Breakfast-Führer für die Britischen Inseln spezialisiert hatte. Beans Aufgabe bestand darin, die Besitzer der B&Bs anzurufen und zu fragen, ob sie noch die gleiche Zulassung hatten, ob zusätzliche Informationen aufgenommen werden sollten und wie viele von ihren Gästen im letzten Jahr Stonewell's als Hauptinformationsquelle genannt hatten. Es war ein langweiliger, aber sicherer Job.

Al Stonewell, der Besitzer des Verlags, war ein liebenswürdiger, leicht zerzauster Mann, der jeden Morgen mit seinem Mops Lizzie hereinstürmte, verspätet, hinter dem Berg Papier auf seinem Schreibtisch verschwand und erst nachmittags wieder auftauchte, um seinen Mitarbeitern einen Tee zu kochen – was er später im Pub ganz nebenbei zur Sprache bringen würde, um zu beweisen, dass er ein Verfechter von Gleichheitsprinzipien war.

Es gab nur noch zwei weitere Angestellte bei Stonewell's:

Tom McDonald und Allegra Edwards. Lektor Tom trug immer nur Anzughemden und Pullover mit V-Ausschnitt. Er war noch jung und hatte in Oxford studiert, aber wenn man es schaffte, ihn in ein Gespräch über klassische Musik oder Tennis zu verwickeln, verlor er seinen verklemmten Ausdruck und quoll schier über vor unerwarteter Begeisterung. Sein genereller Modus Operandi bestand jedoch darin, still in seiner Ecke zu sitzen und die Hände träge und leidenschaftslos über die Tastatur seines Computers gleiten zu lassen.

Allegra war von Beruf Webdesignerin, der Neigung nach Porträtmalerin (fluktuierenden Talents, zugegebenermaßen). Sie war eine jener energischen, sinnlichen Frauen, von denen Bean dachte, dass sie sich als Mann von ihnen angezogen fühlen würde, groß und auf eine Meryl-Streep-hafte Weise eindrucksvoll, nahm im Übrigen nichts zu ernst und war in solcher Fülle mit jener wunderbaren englischen Eigenschaft des Sich-selbst-auf-die-Schippe-nehmen-Könnens gesegnet, dass Bean etliche Nachmittage mit zusammengedrückten Schenkeln an ihrem Schreibtisch saß und an jene lange vergangenen Tage in der Sylvan Lodge zurückdenken musste, da Mayuri und sie, nachdem sie vor Lachen nicht mehr ein noch aus gewusst hatten, nach oben gerannt waren und sich Po an Po aufs Töpfchen gedrängt hatten.

Als sie bereits einen Monat im Verlag war, setzte sich Al Stonewell mit Bean zusammen und erklärte ihr, dass ihm die Working Angels zehn Pfund pro Stunde für sie in Rechnung stellten, ihr aber nur acht Pfund ausbezahlten. Wie wäre es also, wenn sie die Agentur vergaßen, und er stellte sie für neun Pfund ein?

Beans Leben gewann bald schon an Regelmäßigkeit. Morgens ging es mit der U-Bahn nach Islington bis zur Angel Station an Abel, dem Friseur, vorbei, der sie unbedingt fürs Wochenende nach Paris einladen wollte, und dann bei Sergei, der mit ihr flirtete, was das Zeug hielt, wenn er ihr Lunch-Baguette mit Tunfisch und Mais füllte. Und zuletzt, bereits im Verlagsgebäude, kam sie auch noch an der Glastür des Zwei-Mann-Architekturbüros vorbei, in das Bean auch von ihrem Schreitisch hineinsehen konnte, wenn sie sich nur ein Stück nach links beugte.

Bean verbrachte Stunden damit, sich nach links hinüberzubeugen, um den spanischen Architekten mit den rabenschwarzen Haaren und graugrünen Augen zu beobachten. Sie wusste, wie viele Tassen Kaffee er trank, wie er sich die Fingernägel säuberte, während er telefonierte, und wie er seinen kompakten Körper aus seinem goldenen Vauxhall und wieder hinein bugsierte. Sie wusste, dass er sie schließlich, wenn sie nur langsam und demonstrativ genug an der Glasscheibe vorbeiging und Blickkontakt suchte, dass er sie dann sehen und ihr ein kleines Lächeln schenken würde. Allegra und Bean schlossen Wetten über den spanischen Architekten ab: Würden sie ihn dazu bringen, ihnen zuzuwinken? Hatte er eine Frau? Mochte er Frauen überhaupt? Wie breit waren die kräftigen Waden unter den Jeans? Und sie legten eine stetig wachsende Liste möglicher Namen für ihn an: Raphael, Francis, Enrique, Fernando, Juan, Gabriel, Jorge.

In Bean wuchs das Gefühl, dass sie schon ewig so lebte. Sie zahlte wöchentlich Schecks auf das erste Bankkonto ein, das sie je gehabt hatte, ging nach der Arbeit mit den anderen in die Fitzroy Tavern, um etwas zu trinken, und hoffte darauf, dass irgendwann der spanische Architekt durch die Tür hereinkäme, verpasste ihn aber jedes Mal, weil sie zu schnell nachhause nach Lewisham musste, wo Mr Jain ungeduldig in der Tür wartete, weil Bean wieder mal den Neun-Uhr-Zapfenstreich um ein paar Minuten verpasst hatte. »Wir sind hier in England, Missy. In ENGLAND.«

Drei Monate tat Bean das alles, bis es zu dem Vorfall mit Deenu kam. Da packte Bean ihre Taschen und floh ins überangesagte Euro-Trash-Viertel South Kensington. Dort zog sie in Allegras Gästezimmer, für einen Mietbeitrag von vierhundert Pfund monatlich plus einmal pro Woche nackt Modell Sitzen, was Bean unter den gegebenen Umständen nicht ablehnen konnte. Damit wurde Bean vom Mädchen zur Erwachsenen, warf ihre Kinderängste über Bord – und verliebte sich wie nie zuvor: in einen russischen Raketenwissenschaftler, einen brasilianischen Tänzer, einen griechischen Musiker, einen englischen Schauspieler, einen nigerianischen Investmentbanker, einen kanadischen Kletterer und, endlich, einen spanischen Architekten. Bean, die zum ersten Mal in ihrem Leben mit ihrem eigenen Schlüssel *ka-tsching ka-tsching* kommen und gehen konnte, wann sie wollte.

Zu dem Vorfall mit Deenu kam es im November 1996. Die Stonewell-Belegschaft war früher als sonst in den Pub gegangen, weil Tom zurück nach Oxford wechselte, wo er eine Stelle im Gesundheitsministerium antrat. Bean rückte damit einen Platz auf. Das war Grund genug zum Feiern.

»Scheiß auf den Alten«, sagte Allegra, als Bean um acht gehen wollte. »Scheiß auf ihn. Geh nachhause, wenn es dir verdammt noch mal passt. Was kann er schon machen? Tom«, rief sie, »hol unserer Lektorin Bean hier noch einen Chardonnay.«

Bean, begeistert von der Idee einer möglichen Revolte, trank ihr drittes Glas Wein und ihr viertes, dachte, es würde schon in Ordnung gehen, nur dieses eine Mal, wo sie doch befördert worden war.

Zum ersten Mal blieb Bean bis zum Ende, bis sie gemeinsam Richtung U-Bahn wankten. Der spanische Architekt war nicht aufgetaucht, nur sein englischer Partner George, die weniger aufregende Hälfte der Zwei-Mann-Firma.

»Ich wusste, er würde nicht kommen, Liebes«, lallte Allegra. »Das ist nicht sein Ding, dafür isser zu alt. Wahrscheinlich hat er 'ne süße Spanierin Zuhause.«

Bean sah, wie sich die Stadt nachts veränderte, wie die Leute ihre Haltung verloren. Mit ein bisschen Alkohol im Blut wurden die Engländer plötzlich mutig und gingen aus sich heraus.

Als sie endlich die Sunnydale Road hinunterrannte, muss es bereits nach Mitternacht gewesen sein, denn als Mr Jain die Tür öffnete, nachdem er sie eine Weile draußen hatte frieren lassen, sah er auf die Uhr und sagte: »Drei Stunden und zehn Minuten zu spät«, das Gesicht verkniffen, verbraucht und grausam.

Bean zog die Stiefel im dunklen Flur aus, ließ aber die dicken Socken an, um keine kalten Füße zu bekommen. Sie hängte ihren Mantel in den Flurschrank und schaltete das Licht in der Küche ein, wo ihr Teller noch auf dem Tisch stand, wie ein vereinsamter Mond. Sie aß ihr Essen kalt, ohne Freude, spülte den Teller ab und stellte ihn in das Abtropfgestell. Dann ging sie nach oben, tastete sich durch die Dunkelheit ins Bad, wo sie sich das Gesicht mit kaltem Wasser wusch, sich die Zähne putzte und das Becken auswischte. Anschließend ging sie aufs Klo, spülte nur kurz und wartete, bis das Gurgeln aufhörte, bevor sie die Tür öffnete. Wieder tastete sie sich durch die Dunkelheit, jetzt in ihr Zimmer, zog ihren Pyjama, einen Pullover und ihre Schlafsocken an und kroch ins Bett. Bean schlief ein, so wie immer, ängstlich und mit Schwierigkeiten.

Später hörte sie Wasser rauschen und Schritte. Dieses Haus war so kalt und hatte so dünne Wände. Bean zitterte in ihrem Bett und konnte Mr und Mrs Jain nebenan hören. Ihr Schnarchen und Furzen. Später, viel später, öffnete sich die Tür und *kratz kratz kratzte* über den Teppich. Ah, dachte Bean, jemand kommt, um die Heizung zu reparieren. Endlich. Aber dieser Mann kam nicht, um die Heizung zu reparieren. Nein. Er legte sich zu ihr ins Bett und fing an, ihr übers Haar zu streichen. Bean konnte das nicht verstehen. Warum hielt Deenu sie, als wäre sie sein Kind?

Habe ich nach dir gerufen? Habe ich deinen Namen gerufen, damit du kommst?

Bean war jetzt wach und sah ihn mit ihren Kohleaugen an. Sie roch Aftershave, Zahnpasta und Alkohol.

»Okay?«, fragte er.

»Jaja«, sagte Bean automatisch.

Er berührte ihre Wange und sagte dann wieder sanft: »Bist du okay?«

Keine Antwort. Bean konnte nicht sprechen.

»Du bist wundervoll, weißt du? So wundervoll.«

Kein Wort.

Deenu drehte sich zu Bean. Sie konnte an ihrem Bein fühlen, wie er hart wurde. Sie wollte würgen, schreien, etwas tun, aber da war nur ein Vogel in ihrer Kehle, und der sagte: »Nein, nein, nein.« Deenu musste den Vogel gehört haben, denn er sah sie verwirrt an und sagte: »Willst du, dass ich gehe?«

»Ja«, sagte Bean. Mehr brachte sie nicht heraus.

»Entschuldige«, murmelte er. »Entschuldige.«

Deenu stand aus dem Bett auf, und im Weggehen sah Bean die kahle Stelle unter seinem dünnen Haar im Mondlicht glänzen. Er kratzte die Tür auf und zu und anschließend die Tür zu seinem Zimmer. Bean hörte ihn auf seinen Designersocken zu seinem Bett schlurfen. Dann herrschte nur noch Stille.

»Ich sage dir, aus heiterem Himmel.«

Bean stand in der Telefonzelle beim Freizeitzentrum Lewisham und versuchte Siân den Vorfall mit Deenu zu erklären.

Sie versuchte ihrer Mutter zu erklären, dass sie nichts getan hatte, um Deenu zu seinem Verhalten zu ermutigen. NICHTS. Ihr Verhältnis war von Beginn an völlig oberflächlich gewesen. *Okay? Wie geht's? Brauchst du Hilfe mit deiner Bewerbung?* Mehr nicht. Wenn überhaupt, hatte er höchstens so gewirkt, als wollte er sich für seine Eltern entschuldigen: dafür, wie sorgfältig seine Mutter sämtliche Plastiktaschen aufbewahrte und das Gemüse im Kühlschrank zählte, und wie sein Vater wie ein altes Aufziehspielzeug im Garten herumwerkelte, in seinen zerschlissenen Pullovern und Siebziger-Jahre-Hosen.

Deenu, für den kein Zapfenstreich galt – der außerhalb der Regeln seines Vaters lebte. Der seinen Eltern die Monatsraten für das Haus bezahlte und jährlich zwei Flugtickets nach Baroda, in der Nebensaison. Der im Vergleich mit der durchgebrannten Tochter ein Mustersohn war.

»Pst«, machte Siân. »Mein Schatz, hör zu, wir haben wirklich schlechte Nachrichten.«

Aber Bean hörte ihrer Mutter nicht zu. Sie wollte Babo sprechen. Sie wollte ihn fragen: Was wirst du jetzt unternehmen, Daddy? Sag mir, was wirst du tun?

»So hör mir doch zu, Kleines«, sagte Siân. »Bitte, hör zu. Chotu Kaka ist sehr krank. Es fing damit an, dass er vor ein paar Monaten Schluckbeschwerden bekam, und die Ärzte, nun, die haben ihre Tests gemacht und, ja, es ist wirklich ernst, Bean. Er hat Speiseröhrenkrebs und macht gerade seine zweite Chemo. Aber der Krebs hat sich schon ausgebreitet.

Bean?

Bean?«

Da war der Vogel wieder in Beans Kehle. »Warum sagt ihr mir das erst jetzt?«, flüsterte sie.

»Wir wollten es dir ja schon längst erzählen, wirklich, aber es kam alles so plötzlich, und du warst noch dabei, dich einzugewöhnen. Das Ganze ist ein einziger Albtraum. Daddy wohnt praktisch im Krankenhaus. Es sieht nicht gut aus, mein Schatz. Der Arzt sagt, Chotu hat noch sechs Monate, wenn er Glück hat.«

»Ich will mit Daddy sprechen. Kann ich bitte mit Daddy sprechen?«

Der arme Babo, der versuchte, sich um seinen sterbenden Bruder zu kümmern, und jetzt auch noch die Nachricht zu verdauen hatte, dass seine Tochter vom Sohn seines ältesten Freundes angegangen worden war. Was konnte er dazu sagen? *Vielleicht hat Deenu wirklich geschlafwandelt, wie er sagte. Vielleicht war das alles nur ein schlimmes Missverständnis. Konnte Bean das nicht allein regeln? Ging das nicht?*

Welchen Vorschlag konnte er machen? *Komm nachhause?*

Komm zurück? Geh und zieh zu deinem Onkel Huw? Geh und zieh zu deinem Onkel Owen?

Keine Onkel mehr. Da war mit Bean nicht zu reden.

Was willst du dann tun, Bean? Sag mir, was du tun willst?

Bean würde ihre Taschen packen und ins nächste Flugzeug nach Madras steigen.

25
Wo Gräber sind, gibt es auch Auferstehungen

In den sechs Monaten, die Chotu zum Sterben brauchte, wollte er nur Babo bei sich haben. »Bhai«, sagte er, »verlass mich nicht. Wann kommst du zurück? Warum bleibst du nicht?«

Babo wusste nicht, ob er kam oder ging. Er war ständig unterwegs, von zuhause ins Krankenhaus in die Syhran Lodge. Ein Leben zwischen Teepausen und Bestrahlungssitzungen. Er erlitt einen kurzen, aber intensiven Rückfall ins Rauchertum. Die Gold Flakes boten die einzige Erlösung von der Klaustrophobie des Krankenhauses und seiner Wartezimmer.

Das Apollo-Krebskrankenhaus füllte sich allmorgendlich mit besorgten Freunden und Anverwandten. Babo erkannte sie bald schon an ihren bußfertigen Gesichtern und den armseligen Tröstungen wie Kissen und Zeitschriften, die sie mitbrachten. Erst gingen sie in den Tempel im Erdgeschoss, um Gott um ein Wunder zu bitten, dann in die Krankenhausapotheke, um das Versprechen eines Wunders in Pulver- oder Pillenform zu kaufen, und schließlich redeten sie mit den Ärzten, die sie daran erinnerten, dass es um Krebs im finalen Stadium ging – da erwartete man besser keine Wunder und bereitete sich auf das Unvermeidliche vor.

Wie profan die Wege des Todes am Ende doch sind, dachte Babo, und zog an einer seiner Gold Flakes. So schlimm es auch wurde, jemand musste sich um die letzten Papiere kümmern, die Krankenhausrechnungen bezahlen, bei der Zeitung einen Nachruf hinterlegen und dafür sorgen, dass der Totenschein ausgestellt wurde. All das galt es zu regeln und sich trotzdem, trotz aller Entmenschlichung durch den Tod, die Fähigkeit zur Trauer zu bewahren. Babo beobachtete sie alle, die Lebenden und die dem Tode Zueilenden, Menschen, die einst Liebende gewesen waren und sich an irgendeinem Punkt ihres Lebens für unbesiegbar gehalten haben mussten. Nachts, wenn er neben seinem kranken Bruder in einem zweiten Krankenhausbett lag, stellte er sich vor, wie jemand all die zerstörten Körper entfesselte: *di-schumm di-schumm …*

»Was hältst du von Dr. Rangaraj?«, wollte Chotu wissen. »Denkst du, wir sollten uns an seine Diagnose halten, oder wollen wir etwas anderes probieren?«

Chotu war sehr fürs Probieren. Jeden Abend, wenn die Berichte und Testresultate des Tages kamen, strich er darüber, als wären es Karten, die darauf warteten, entziffert zu werden. Er legte die Seiten vor sich auf das Bett, die farbigen Kurven und die Röntgenaufnahmen, und betrachtete sie. Als könnte das Leben so einfach sein. Als müsste man nur alles vor sich ausbreiten und seine Wahl treffen: Welchen Weg nehmen wir nun?

In jenen Tagen war keine Rede von Rinky Damani, keine Rede von der Vergangenheit. »Wenn ich hier rauskomme, Bhai, werde ich reisen. Ich werde mir die Welt ansehen. Das hätte ich schon vor langer Zeit tun sollen.«

»Oh, dafür hast du noch reichlich Zeit, Schwergewichtler«, sagte Babo fröhlich. »Reichlich Zeit.«

Wenn Dolly und Meenal nachmittags kamen und ihn ablösten, fuhr Babo nachhause, um zu duschen, sich umzuziehen und sich zu Siân auf ihr großes Doppelbett aus Kaschmir zu legen. *Schabing-schabang*. Danach wollte Babo über seine Kindheit reden. Er wollte alles benennen, einzeln herausgreifen und benennen, weil er dachte, sonst könnte es zusammen mit Chotu verschwinden.

So hörte Siân, wie Babo dafür bestraft worden war, dass er den zweijährigen Chotu auf den Schultern nach Marina Beach getragen hatte, damit sie den Fischern zusehen konnten, die auf ihren

Katamaranen hinausfuhren. Wie sie in den Gassen um die Sylvan Lodge herum Cricket gespielt hatten, und manchmal, wenn sie genug Spieler waren, auch auf das Spielfeld an der Barnabas Road gegangen waren, wo es richtige Begrenzungen und Wickets gab. »Das war alles vor England«, seufzte Babo, denn ob es tatsächlich so war oder nicht, *dieses* Ereignis wurde als Wendepunkt für die ganze Familie angesehen. *Vor England* nahm Babo Chotu mit, um gegen die Akash-Ganga-Colony-Jungs anzutreten, und sie fegten sie vom Platz, obwohl Chotu da noch winzig war, ein kleiner Kerl mit dürren Beinchen.

»Und weißt du noch, wie wir ihn nach Bombay mitgenommen haben, Charlie? Wie er Lance Gibbs in der Lobby vom Taj entdeckte, zu ihm hinging und ihn um ein Autogramm bat? Und dann hinterher? Erinnerst du dich an den Mann mit dem Rogallo-Gleiter, der von den Express Towers sprang? Weißt du, was ich da zu Chotu gesagt habe? ›Da wünscht man sich doch, an etwas zu glauben, oder? Wenn ein Mensch so durch die Luft fliegt.‹ Und weißt du, was Chotu darauf geantwortet hat? ›Natürlich, Bhai‹, hat er gesagt, ›was gibt es schon, woran man nicht glauben kann?‹«

Aber Babo sah das nicht mehr so. Er fragte sich, woran man überhaupt noch glauben konnte, jetzt, wo sie so schnell hintereinander so viele liebe Menschen verloren: Bryn, Trishala, Nerys, Darayus und nun auch noch Chotu. Die Trauer zog an seinen Augen, Wangen und Mundwinkeln und nahm ihm Jahre über Jahre, einfach so.

Prem Kumar blickte genauso drein hinter seinen flaschenbodendicken Brillengläsern. Wie in seinen alten braunen Sessel hineingewachsen, saß er den ganzen Tag im Wohnzimmer. Jetzt, da er nicht mehr ins Büro ging, gab es nichts mehr für ihn zu tun, als in der Sylvan Lodge zu sitzen, Hof zu halten und verzagte Verwandte zu empfangen, die wie eine Prozession Versager an ihm vorbeizogen. Er weigerte sich, ins Krankenhaus zu fahren. »Ich warte, bis mein Sohn nachhause kommt«, sagte er, obwohl Babo ihm doch erklärt hatte, dass es Chotu vielleicht nie wieder gut genug gehen würde, um nachhause zu kommen. Hatte Prem Kumar das nicht alles mit Trishala schon erlebt? War er da nicht rastlos über die Flure der Krankenhäuser gelaufen, nur um sich die Lügen der Ärzte anzuhören? Musste er das alles mit seinem Sohn noch einmal durchmachen?

Nein. Auch wenn Trishala wie ein Taifun durch seine schlaflosen Nächte geisterte und ihn wegen seiner Ängste ausschalt. Auch wenn seine Mutter wieder und wieder aus dem fernen Anjar anrief, um ihm zu sagen, dass er nie in Frieden würde sterben können, nie ins Siddhashila gelangen würde – den Ort, den die reinen Seelen aufsuchten, um ihre wahre Natur zu erfahren –, wenn er nicht wenigstens eine Nacht am Bett seines Sohnes verbrachte. Er konnte es nicht. Morgens, nachdem Sonan, seine Krankenschwester, ihm seinen Neen-Stab zum Zähneputzen gebracht hatte, stellte er sich vor, zu Babo ins Krankenhaus zu gehen, stellte sich vor, ihn nachhause zu schicken, so dass er sich rasieren und ausruhen und vor allem diesen furchtbaren Gestank lowerden könnte. Doch dann dachte er daran, wie es sein würde, Chotu zu sehen, gegen ein Kissen gelehnt, ausgezehrt, so als alle Luft aus ihm herausgesogen wäre – und brachte es nicht über sich.

Babo berichtete ihm, dass die Nieren zu versagen drohten, und Chotu sich weigerte, eine Bettpfanne zu benutzen. Würde Prem Kumar seinem Sohn, einem erwachsenen Mann, zur Toilette helfen können? Der Gedanke ließ seine Knie heftig zittern. Was sollte er Chotu überhaupt sagen? Seinem Sohn Chotu, der so viel sturer und selbstgerechter war als Babo und Prem Kumar ähnlicher, als beide zugeben wollten. Wie würden sie weitermachen können, wenn es vorbei war? Dieser endlose Albtraum hatte mit Trishalas Brüsten begonnen und lebte jetzt in den zerstörten Wänden von Chotus Speiseröhre.

Nein. Es war leichter, im Schneidersitz auf seinem Sessel zu sitzen, in seinem Dhoti, mit zerschlissenem Unterhemd und einer Schachtel Betelnüsse neben sich. Babo würde ihm auch weiter Bericht erstatten, ihm jedes verflixte Wort übermitteln, das die Ärzte äußerten. Und abends, wenn die Gespräche immer rührseliger wurden und Dolly und Meenal ihren Bruder mit ihrer Heulerei den letzten Nerv raubten, bis er sich zum Gehen wandte, noch bevor es so weit war zu gehen, dann brachte Prem Kumar das Gespräch auf die eigene angeschlagene Gesundheit, seine Harnwegsinfektion und die Schlaflosigkeit, die sein Leben zu so einer Qual machte.

Im November kam Ba zu Besuch. Die Familie musste jetzt zusammenhalten, mehr denn je. In Madras war Monsunzeit, und die Straßen waren nass und aufgerissen von all dem Regen. Sie schienen Gedanken zu verschlucken, einfach so.

Dolly und Meenal, die ihre Ehemänner, den Diamantenhändler und den Schiffsmakler, zuhause gelassen hatten, teilten sich wieder ihr altes Zimmer unten in der Sylvan Lodge. Ba bekam das Zimmer neben dem von Prem Kumar. Siân und Babo schlossen ihre Wohnung im Haus mit dem orange-schwarzen Tor ab und zogen in Chotus halb renoviertes Zimmer unter dem Dach, das Zimmer, in dem sie während ihrer zweijährigen Probezeit in Madras schon gewohnt hatten.

Siân verfiel in alte, lang vergessene Gewohnheiten, wusste, wann sie besser schwieg und wann sie etwas sagen sollte. Sie war wieder die junge Braut, trug Saris, saß Erbsen pulend auf dem Küchenboden und suchte nach einsamen, tröstlichen Orten, weil sich die Türen in diesem Haus immer noch nicht schließen ließen. Ständig kam jemand hereingestürmt, sagte: »Komm, Bhabi, lass uns Karten spielen, lass uns etwas *tun*«, oder: »Bhabi, komm, hilf Meenal und mir, Mummys alte Schmuckschatullen durchzusehen. Da ist so viel Ramsch drin.«

Wenn Babo zu ihr kam, roch er nicht mehr nach Gold Flakes oder Mimosen, sondern nach Formaldehyd, dem durchdringenden Geruch des Todes.

Manchmal, mitten am Tag, geriet Siân in Panik, weil sie sich nicht erinnern konnte, wie Chotu ausgesehen hatte, als sie nach Indien gekommen war. Nichts in seinem heutigen Aussehen erinnerte sie an den knubbligen Zwölfjährigen, der er damals gewesen war. Mittlerweile lag da ein Fremder unter der Decke, mit dürren Beinen und einem Gesicht ohne allen Pfiff.

Ba fand Siân in versteckten Ecken hockend. »Es ist schrecklich«, sagte sie, »schrecklich unnötig, dieser Wahnsinn mit den Krankenhäusern. Sag Babo, er soll ihn nachhause holen. Chotu sollte zuhause sterben.«

Seit Wochen wollte Siân, dass Babo Bean anrief. *Sie sollte es wissen. Jetzt. Bevor es zu spät ist.* Aber Babo rief sie nicht an. Es laut auszusprechen bedeutete, die letzte Hoffnung zu zerstören, dass vielleicht doch noch alles wieder in Ordnung kam.

Die Normalität brach mit Gewalt in ihre Tage. Es musste immer noch Wäsche gewaschen, Essen gekocht werden. Manchmal fühlte es sich aber auch an, als wären sie in einem ihrer langen, erdrückenden Familienurlaube, denn trotz allem gab es viel Langeweile, endlose Stunden des Wartens. Sollten Dolly und Meenal vielleicht eins der Mädchen von Cuts & Curls für eine Pediküre bestellen oder Saris kaufen gehen? Nur Chotu fehlte, war verreist, mit Bean beim Schwimmen oder in seinem europäischen »Anstatt«-Urlaub. Er würde schon bald zurückkommen, da waren sie sicher.

Und dann schlug die Schuld zu. Gewöhnlich war es eine der Schwestern, die nach dem Mittagessen ihren Erinnerungen nachhing, bis Ba ihren Teller von sich wegschob, aufstand und sagte: »Das kann es nicht sein. Das kann es einfach nicht sein.«

Abends ließen sich Prem Kumars alte Kartenspielfreunde auf den durchgesessenen braunen Sofas nieder, schlürften Tee und redeten über Geschäfte und Politik, nie über den Tod. Später kam Mayuri, nach dem Unterricht in der Abacus-Montessori-Schule, um Siân zu retten. Mutter und Tochter setzten sich auf Chotus Bett und stickten Kreuzstichmuster, die nie gerahmt und aufgehängt werden, sondern nutzlos unten in einer Schublade verschwinden würden. Aber so verging die Zeit schneller, und man musste sich nicht unterhalten. Später, nach der Arbeit in der Garage, kam auch Cyrus, mit Motoröl an den Händen und in seinem schmalen, lieben Gesicht. »Brauchst du etwas, Tante? Warum bleibt Mayuri nicht hier bei dir? Wirklich, das geht schon. Sag uns, was wir tun können.«

Aber Siân erlaubte es nicht. Es war nicht die Zeit dafür im Leben der beiden, die schon mit Darayus' Tod zu kämpfen gehabt hatten. Darayus, der gebadet, in weißen Stoff gewickelt und in einer Kühlbox nach Bombay geschickt werden musste, damit er in die Türme des Schweigens gebracht werden konnte. »Fahrt nachhause, Liebes, alle beide. Fahrt nachhause.«

Siân dachte an ihre Mutter und ihren Vater. Sie lagen auf dem Friedhof in Nercwys, nebeneinander unter der Erde, im Tode vereint: ein Haufen Knochen, in die wilde Gänseblümchen ihre Wurzeln senkten. Mussten die Dinge auf diese Weise enden?, dachte sie. Und Babo und sie selbst? Wie könnten sie vereint werden, wenn sie begraben wurde und er verbrannt?

»Ich will eine Feuerbestattung«, sagte Siân zu Babo, als die Zeit näher kam. Weil sie begriff, dass nichts diese Welt überleben würde. Aber wussten sie das nicht bereits? Waren ihre beiden Töchter nicht verschwunden, *wusch wusch* das lange Geländer der Sylvan Lodge hinunter und durch das orange-schwarze Tor hinaus?

Wie schon in ihrem blauen Zimmer in der Finchley Road erklärte Babo Siân, dass er nicht an Vorstellungen wie Erlösung und Schuld glaubte. Er wusste noch, wie er Trishala einmal in einem Anfall jugendlicher Wut verkündet hatte, die Idee der Reinkarnation sei die größte Verdrängung von allen, und daran glaubte er immer noch: Nach dem Tod konnte es nichts geben. *Ein Mensch wird allein geboren und stirbt allein.* Doch dieser Tage keimte eine neue Hoffnung in ihm auf: Dass nach der vollständigen Auflösung auf dem Scheiterhaufen doch etwas blieb.

Nach Jahren des Unglaubens begann Babo, die Idee des Phönix anzunehmen, die Auferstehung aus der Asche.

Siân fand ihn unter der Treppe der Sylvan Lodge beim Aufräumen von Chotus Schuhen, wobei er jeden Einzelnen an die Brust drückte und seine Ausmaße bestaunte. »Wie konnte er so viel größer werden als ich?«, fragte Babo. »Und wann? Wie ist er so groß geworden, um solche Schuhe zu tragen, und dann so geschrumpft?«

Als Chotu tot war, legten sie ihn im Esszimmer auf den Boden und streuten Gelbwurz um ihn herum, um die Ameisen fernzuhalten. Der Priester bereitete Chotu für die Bestattung vor und schuf einen Durchlass für alle unreinen Elemente, damit seine Seele aus der Krone des Kopfes entweichen konnte. Während der Bestattung regnete es, und es dauerte zwei Stunden, bis das Feuer endlich die Oberhand gewann und den Körper zu Asche verbrannte.

Bean war da und sah alles. Sie sah Prem Kumar zu Chotu wanken und eine letzte Blumengirlande auf seinen toten Körper legen. Sie sah Ba Honig über Chotus Füße gießen. Als die Männer Chotu wegbrachten, sank Bean zusammen mit Mayuri, Siân, ihren Tanten und den Einbrauen gegen die pistaziengrünen Mauern der Sylvan Lodge. Nach der Bestattung sah sie Babo ins Meer hinauswaten, knietief im Wasser stehen und die Reste seines Bruders verstreuen. Blumen, Weihrauch, Asche, die verbrannten Krebszellen, die verbrannten kaputten Nieren, die verbrannte Sturheit. Sie sah ihren Vater, den Kopf in die Hände gestützt, wie er den verschmutzten Küstenstreifen der Stadt hinauf- und hinuntersah, der Stadt, die er einst geliebt hatte und die jetzt, das wusste er, für ihn verloren war, genau wie sein Bruder. Wie er weinte, weil es an einem Regentag geschehen war.

Bean beobachtete ihre Tanten Meenal und Dolly, Frauen, die einmal Mädchen gewesen waren, schlank wie Bohnenstangen, und dann in die Breite gegangen waren, Planeten mit Mehrfachringen. Die Tanten trugen Mayuri und ihr auf, nach oben zu sehen. Sie gaben ihnen Gebetsperlen und wiesen sie an, sie sollten für Chotus Seele beten, denn wenn Chotus Seele noch im Haus gefangen sei, wenn sie noch immer unglücklich sei, könnten alle möglichen schrecklichen Dinge geschehen. Die Tanten sagten, erst wenn ein Mann gestorben sei, könne seine Seele über die Dinge in seinem Leben nachdenken, die ihm Schmerz oder Freude bereitet hätten. Erst dann könne er daran denken, der Vielzahl seiner Kümmernisse zu entfliehen. Denn all das musste ein Mann hinter sich lassen auf dem Weg zur Reinheit, und sie mussten ihm dabei helfen, die Gebete an ihren Fingern abzählen, *klick-klick klick-klick*, damit seine Seele wusste, wohin sie sich wenden sollte. Damit seine Reise sicher verlief.

Bean und Mayuri saßen mit den Gebetsperlen in der Hand auf der roten Ziegelterrasse. Jetzt, wo sie einander so nah waren, dass sie sich berühren konnten, vermochten sie nicht wirklich miteinander zu reden. Nicht von den Briefen, nicht von den Ängsten. Nicht einmal von Chotu, der gerade vor ihren Augen verschwunden war, verschwunden, verschwunden, bis nichts von ihm übrig geblieben war.

Zurück im Haus mit dem orange-schwarzen Tor, hielt Babo seine Frau und spürte ihre harten und weichen Stellen. Nebenan schliefen seine Töchter. Für eine Weile hatte Babo alle drei wieder unter seinem Dach. Morgens, nach dem Frühstück, ging er zum neuen Fischteich hinten im Garten, ließ liebevoll Futter auf die grüne Oberfläche rieseln und wartete auf die goldene Farbe, die *schluck schluck* im Schilf auftauchte. »Sie warten auf mich«, sagte er glücklich zu Mayuri und Bean und zählte die Körper, um sicherzugehen, dass die Katzen vom punjabischen Frauenverein kein Unheil angerichtet hatten.

Babo fand Trost in seinen Ritualen. Um elf Uhr morgens fuhr er mit seiner Lunchdose und seiner abgeschabten Aktentasche, *John Denver's Greatest Hits* in der Stereoanlage, zu Sanbo Enterprises. Nach dem Mittagessen rief er seine Frau an, wie er es jeden Tag seines Ehelebens getan hatte, sagte erwartungsvoll: »Charlie?«, und lauschte darauf, dass sie das Schweigen mit etwas füllte, mit irgendetwas, das ihn bis zu seiner Rückkehr abends begleiten würde. Nachts hielt er seine Frau und fragte sich, wie sie letztendlich ihr Blut hatten verbinden und so für ihre eigene Unsterblichkeit sorgen können. Babo, der wusste, Kinder zu zeugen war wie die Schaffung einer eigenen Religion. Der wusste, dass die Dunkelheit ein unverzichtbarer Teil der Schönheit war.

Und dann, als Mayuri, was unvermeidlich war, zurück in ihr Haus am Strand zog und Bean sagte: »Daddy, es ist Zeit, zurück nach London zu gehen. Oder willst du, dass ich bleibe? Sag es mir, denn wenn es so ist, gehe ich nicht«, wünschte Babo, sie hätte nicht gefragt. Ihre Frage bedeutete, dass er nicht ja sagen konnte. *Ja, bleib bei uns. Geh nie wieder weg.* Denn seinen Bruder zu verlieren war fast so gewesen, wie sein eigenes Leben zu verlieren, und die Tränen, mit denen er den Marmorkörper seiner Frau benetzte, waren egoistische Tränen über sein eigenes Sichverlieren und hatten kaum etwas mit der vorübergehenden Leere zu tun, die Chotu hinterlassen hatte.

Babo wollte, dass seine Töchter verstanden, dass die Veränderungen in der Welt ohne seine Zustimmung stattfanden, blitzschnell und bruchstückhaft. Die Straßen waren geschrumpft und hatten sich unversehens zu einem einzigen steinigen Pfad vereint, der abrupt in die Berge führte. So fühlte es sich für ihn an, das wollte er seinen Mädchen erklären – als ginge es ins Land hinter den sieben Bergen, weit, weit weg von dem Ort, an dem er wirklich sein wollte, zusammen mit Siân irgendwo auf dieser Welt, unter einem nachtblauen Himmel übersät mit Sternen, und nur das Gewicht ihrer eigenen Körper hielt sie auf der Erde. Nichts hielt sie. Nur das Band der Liebe zwischen sich, das immer ausgereicht hatte, mehr als ausgereicht hatte.

26
Wenn etwas nicht richtig ist, ist es falsch

Bean träumte wieder. Sie ging mit Mayuri durch die Räume des Hauses mit dem orange-schwarzen Tor und legte sich auf die Bodenmosaiken: Kopf an Fuß, Fuß an Kopf, lernte, sich in der Dunkelheit fortzubewegen.

Wenn Bean in London aus dieser Dunkelheit erwachte, war das Bett immer noch nass, aber von anderen Dingen. Jeden Morgen stand Bean auf und wusch sich, denn die Liebe in dieser Stadt war gefährlich. Wohin sie auch sah, waren Männer. Männer mit Bedürfnissen und Forderungen, die aber nie lange genug blieben, dass Bean dachte, das ist es, das ist das Ekam, von dem Ba gesprochen hat. Wenn sie am Ende aufstanden, um durch die Tür zu verschwinden, folgte ihnen immer ein erleichtertes Aufseufzen. Es war nie unerträglich.

»Gib ihm eine Chance«, sagte Allegra immer, und sie hatte Recht, denn Bean blies durch sie hindurch wie der Wind. Ihre Liebesaffären waren so kurz und unbedeutend, dass sie auch ungeschehen hätten bleiben können.

Der brasilianische Tänzer war der Älteste: dreiundvierzig. Einen schöneren Körper als seinen hatte Bean nie gesehen. Er war wie aus Gold geformt, geschmeidig, unbehaart, ein Frauenkörper mit zwei blassrosa Rosetten statt weiblicher Fülle. Wenn sie sich liebten, wollte der brasilianische Tänzer, dass Bean fest daran saugte. »Beiß mich, Baby«, sagte er, denn es half ihm zu kommen. In seinem Alter dauerte das länger. Das unterschied ihn von dem nigerianischen Investmentbanker und dem griechischen Musiker, die beide jung und gierig waren und immer bereit. Genau wie der russische Raketenwissenschaftler, der es gern einmal vor dem Abendessen machte und dann noch zweimal danach, wenn sie vom Alkohol leicht benommen waren.

Der englische Schauspieler war ein Flirt-Experte. Er liebte Frauenkörper, fasste sie ständig in aller Öffentlichkeit an, strich ihr im Taxi innen an den Schenkeln entlang, streichelte ihre Kniekehlen und führte sie, indem er die Hand fest in die Wölbung über ihrem Hintern legte. »Die Stelle mag ich am liebsten«, sagte er im Bett, hob Beans Haar an und fuhr ihr mit seinem breiten, stoppeligen Kinn über den Nacken. Die Rückseiten waren es, die Bögen, und nach drei Monaten intensiver Turtelei, nachdem er Bean heftig und wirkungsvoll in jedem einzelnen Zimmer seiner Villa genommen hatte, sagte er: »Das war schön, was? Ich werde dich vermissen«, und verschwand, um einen Film zu drehen, rief einmal in der Woche an, dann einmal im Monat und bald gar nicht mehr, bis die Erinnerung an ihn zu einem blassen Lackmusblau verblich, wie bei den anderen auch.

Nur der kanadische Bergsteiger weigerte sich, gleich wieder zu entschwinden. Er verliebte sich wirklich in Bean. Als sie das erste Mal im Schlafzimmer seines Mitbewohners unten im Souterrain vögelten und er sah, wie sich winzige Schweißtropfen zwischen Beans Brüsten bildeten, sagte er, sie sei die Frau, auf die er sein ganzes Leben gewartet habe, wobei der Bergsteiger eigentlich nicht Beans Typ war. Sein Körper war drahtig, kraftvoll und dicht behaart.

»Ich hätte nicht gedacht, dass ich auf haarig stehe«, sagte Bean zu Allegra, aber was machte das schon, wenn die Chemie stimmte?

Der Bergsteiger nahm sie gern wie ein Erdrutsch: fest, hart und unvermittelt. Vielleicht wäre es länger mit ihnen gegangen, wenn er sie nachts nicht auch so gehalten hätte. Er drückte sie so fest an sich, dass sie kaum mehr Luft bekam. »Ich gehe zurück nach Indien«, log sie schließlich. »Meine Eltern haben jemanden ausgesucht, den ich heiraten werde. Es tut mir leid.«

Und dann, endlich, geschah *es*. Nachdem sie Monate über Monate durch sein Fenster gesehen und den schwarzhaarigen spanischen Architekten mit reiner Willenskraft dazu zu bringen versucht hatte, Blickkontakt mit ihr aufzunehmen, wurde sie ihm auf einer Party vorgestellt, oben auf einer Dachterrasse mit Flamingos in Kensington. Bean trug ein türkises Kleid, das ihre Schulterknochen und den Bronzeton ihrer Haut betonte, er dunkelblaue Jeans, ein langärmeliges Hemd und einen Kordblazer. Bean freute sich wie ein Kind, endlich seinen Namen zu erfahren. Javier. *CHA-BIE-JEE*. Auf den waren Allegra und sie nicht gekommen.

Javier und Bean setzten sich nebeneinander, ohne etwas zu essen. Der trockene, kompakte Javier, der Bean nach sieben Wodka Tonic ins Ohr hauchte: »Ich will dich lieben. Wohin können wir gehen, damit ich dich lieben kann?«

Javier, der sie hielt, der sie berührte und sich an ihr rieb, der sie aber nicht küssen wollte, nicht nehmen wollte – noch nicht. »Was für eine schöne weiche Haut du hast, als wärst du gar nicht wirklich. Und was für einen wundervollen Hintern.« Obenherum nackt. Brust an Brust. Haut auf Haut. »Ich will dich vögeln, aber ich tu's nicht.« Javier und Bean, die sich wieder und wieder gegenseitig beim Namen nannten in jener allerersten Nacht in Beans Bett. »Du bist unglaublich, weißt du? Woher kommst du, dass du so in meinem Leben landest?« Bean, auf die Ellbogen gestützt, strahlte.

An ihrem ersten gemeinsamen Wochenende in Barcelona, Javiers Heimatstadt, kamen sie kaum aus dem Hotelzimmer. Bean wartete auf ihn, auf dem Bettrand sitzend, der Rock die Schenkel heraufgerutscht. »*Weißt du nicht, was das bei mir auslöst?*« Javier legte ihr die Hand zwischen die Beine und berührte sie auf eine Weise, wie sie nie berührt worden war.

Wenn sich Bean und Javier liebten, hielten sie beide die Augen weit offen. Javier auf Bean, das Gewicht seines stämmigen Körpers überrollte sie wie eine Welle. Bean, die ihn bis an die Kante der Couch zog und sich auf ihn setzte, ihre Hüfte gegen seine bewegte, so dass ihre kleinen Brüste wie Früchte auf und ab tanzten. Hinterher lagen sie erschöpft da, die Beine ineinander verschränkt, und versuchten den Moment so lange festzuhalten wie möglich. Sie bestellten teuren Wein und Tintenfisch, badeten gemeinsam lange und ausgiebig und seiften sich gegenseitig die Rücken ein, als wären sie schon immer zusammen. In flauschigen weißen Bademänteln saßen sie auf dem Balkon, sahen dem Sonnenuntergang zu und besprachen, was sie als Nächstes unternehmen sollten.

»Können wir uns nicht die Casa Batlló ansehen, Gaudís Schädel- und Knochenhaus? Willst du es mir nicht zeigen? Oder das Miró-Museum? Ich kann doch nicht wieder fahren, ohne etwas von dieser Stadt gesehen zu haben.«

»Dafür haben wir noch so viel Zeit, *mi alma*. Den ganzen Rest unseres Leben.«

Mi alma. Meine Seele.

Als es Zeit war, zurück nach London zu fliegen, weinte Javier. Er legte den Kopf in Beans Schoß und weinte wie ein Baby. Da war so viel in seinem Herzen, so viel, was er ändern wollte. »Ich liebe dich«, sagte er. »Es ist ganz einfach. Ich kann mir nicht vorstellen, dich nicht in meinem Leben zu haben.«

»Dann tu es nicht«, flüsterte Bean. »Es *ist* einfach. Du hast mich. Hier bin ich.«

Manchmal war das Verlangen nach ihm so stark, dass Bean von ihrem Schreibtisch aus nicht mehr durchs Fenster sehen durfte. Es war ein Verlangen, das sie innehalten und mit einem Pochen zwischen den Beinen verharren ließ. Es nahm ihr den Atem, Bean verstand das nicht. Es hatte nichts mit seinem Körper zu tun, denn sie hatte schon schönere Körper gesehen. Es war auch nicht sein Geist, sein Humor oder sonst etwas Spezielles. Es war die Art, wie er ihr erlaubte, in ihm zu ertrinken, und verlangte, im Zentrum ihres Lebens zu stehen, genau wie sie im Zentrum seines Lebens stand. Es waren die ständigen Mitteilungen und Telefonate, das »Ich komme nicht durch den Tag ohne dich«. Das unglaubliche Bedürfnis nacheinander.

Javier steckte ihr Ringe an die Finger und öffnete sich ganz. »Ich will dir alles über mein Leben erzählen. Ich wünschte, ich hätte dich kennen gelernt, als ich jünger war. Nie habe ich mit so etwas gerechnet, mit so einer Liebe.« Er war zehn Jahre älter als Bean. »Wenn ich nicht mit dir zusammen bin, habe ich das Gefühl, mein Blut fließt in die falsche Richtung.«

Natürlich wollte Javier alles über ihre alten Lieben wissen, und Bean reihte sie für ihn auf. Michael Mendoza mit seinen bemalten Jeans und Metallica-Ringen führte die Riege an. All ihre Liebhaber hatten Teile von ihr beansprucht und mit sich genommen – Dinge, die für andere nicht mehr da waren. Den gepiercten Nabel, die Unterlippe, den Hüftknochen. Das tränenförmige Muttermal, eine weinend am Erkerfenster verbrachte Nacht. Bean sammelte all diese fehlenden Dinge, weil sie ganz sein musste, wenn sie geben wollte. Und das wollte sie. Für Javier wollte sie wieder so werden wie mit sechzehn: so rein und leer, dass dieser Mann für immer bei ihr bleiben wollte.

»Eines Tages fahren wir nach Madras«, sagte Javier mit seinem rollenden, trillernden »r«. »Denkst du, deine Familie wird mich mögen? Wem ähnelst du mehr, deiner Mutter oder deinem Vater?«

Bean öffnete ihre Alben und zeigte ihm Bilder von Babo und Siân, als sie jung gewesen und in ihrem Fliegenden Fiat durch Indien gefahren waren. Sie erzählte ihm die Liebesgeschichte ihrer Eltern, die vor fast dreißig Jahren in London ihren Anfang genommen hatte. Wie sich die beiden in der Kantine gesehen hatten, und wie sie seitdem einander gesucht hatten. Sie zeigte ihm Bilder von Ba in Anjar und von Chotu. »Ist es nicht erschreckend, wie wir in einem Moment noch da sind und im nächsten schon nicht mehr? Und das ist Mayuri. Sehen wir nicht aus wie Schwestern?«

»War es eine magische Zeit für euch, eure Kindheit?«, fragte Javier. »Das muss es gewesen sein.«

»Ich hätte gern, dass meine Kinder in Indien geboren werden«, sagte Bean und sah ihn ernst an. »Und dass sie da aufwachsen.« Bean hatte bisher noch nie darüber nachgedacht, Kinder zu bekommen, geschweige denn, wo sie geboren und groß werden sollten. Aber Javier konnte sie schon vor sich sehen. Einen Jungen und ein Mädchen mit olivbrauner Haut und blendend weißen Zähnen.

Von Anfang an hielt Bean Mayuri auf dem Laufenden:

Ich kann es nicht erklären. Ich habe noch nie so etwas empfunden. Es ist etwas Chemisches, Unmittelbares. Und, May, ich habe es mit meinem Willen herbeigezwungen, Monate, bevor wir uns überhaupt kennen gelernt haben. Ich habe es erzwungen. Er ist alles, was ich mir von einem Mann wünschen könnte, stark, lieb und sanft. Und er liebt mich. Er liebt mich so sehr. Er kennt *mich. Obwohl wir aus zwei völlig verschiedenen Kulturen kommen, sind wir beide in London zuhause. Plötzlich erscheint mir hier nichts mehr fremd und schwierig. Er will mich heiraten. Ganz am Anfang schon hat er es gesagt, am ersten Wochenende, das wir zusammen verbracht haben. Er ging weg, kaufte mir einen Diamantring und sagte, ich wünschte, ich könnte dich heiraten.*

So schnell wird es jedoch nicht so weit kommen. Er sagt, er muss noch ein paar Dinge klären. Aber ich bin so glücklich und bereit, so lange zu warten, wie ich muss. Wenn so eine Liebe über dich kommt, kannst du am Ende nur noch an Schicksal glauben.

Was Bean Mayuri nicht schreibt, ist, was sie kaum sich selbst gegenüber zugibt: Sie kann Javier nicht heiraten. Noch nicht. Nicht, solange seine kleine blonde Frau in ihren bequemen

Halbschuhen und die drei Kinder mit den einheitlich schlammgrünen Augen noch da sind.

Wenn Javier nicht weg kann, stellt sich Bean vor, wie er seine Kinder ins Bett bringt und mit seiner Frau schläft. Bean stellt ihn sich vor, wie er all die Dinge in Anspruch nimmt, die ihm gehören, unverbrüchlich: *sein* Haus, *seine* Frau, *seine* Kinder. All die Dinge, die er sein Eigen zu nennen hatte. Und was hatte Bean? Bean hatte Allegra, die sagte: »Sei vorsichtig, Bean, das ist eine schwierige Situation. Nimm dir Zeit.«

Aber dafür war es zu spät. Weil ihr Javier so nah war, so nah. Das war sie, die höchste Einheit, Ekam. Da war Bean sicher.

27
Dann sollen alle Männer Seeleute sein, bis das Leben sie freigibt

Im Sommer 2000, da dauerte ihre Liebesaffäre bereits zwei Jahre, verbrachten Bean und Javier ein Wochenende im Lake District, um ein für alle Mal zu einer Entscheidung zu kommen. Wie fast alle ihre gemeinsamen Wochenenden war auch dieses emotionsgeladen: Langes, intensives Sichlieben wechselte sich mit Weinen ab. Javier erklärte Bean, dass sie ihn entzweireiße, die Schuld. Es sei, als schnitten ihm Messer tief in den Leib. »Ich weiß nicht, was ich machen soll«, sagte er. »Manchmal wünschte ich, sie beschuldigte mich, dann könnte ich es zugeben.«

»Warum gestehst du es ihr nicht einfach?«

»Das kann ich nicht. Ich bin die erste Liebe ihres Lebens. Der einzige Mann, mit dem sie je zusammen war. Ihr Vater liegt im Sterben, und wir haben drei wunderbare Kinder. Wie kann ich ihr das antun?«

Javier und Bean wanderten um den Lake Windermere, im Regen, und hielten sich bei den Händen. »Ich vermisse mein Zuhause«, sagte Bean. Die Landschaft erinnerte sie irgendwie an Anjar. Die Hügel, die grünen Terrassen, der lange blaue Horizont.

»Ich bin es so leid. Es ist ganz unerträglich. Ich will mein Leben ganz mit dir verbringen können. Ich kann so nicht weitermachen – aufhören, anfangen und gleich wieder aufhören. Mein ganzes Leben ist in Wartestellung. Ich warte darauf, dass sich etwas ändert, aber das tut es nicht.«

Sie fuhren getrennt zurück in die Stadt. Bean nahm den Zug,

Javier die Autobahn. Die gewohnte SMS von Javier blieb am Abend aus, und er rief auch nicht an, um sicherzugehen, dass sie gut zuhause angekommen war. Nichts. Sehen wir mal, wie lange es dauert, dachte Bean, als sie ins Bett ging, darauf vertrauend, dass er in der Nacht noch oder gleich früh am Morgen eine SMS schicken würde: *Mi alma, ich kann nicht ohne dich leben, das weißt du. Lass uns einen Weg finden.*

Aber auch am Morgen hatte sich Javier noch nicht gemeldet, und durch ihr Fenster im Büro sah Bean nur George telefonieren und wie ein Tier im Käfig zwischen den Schreibtischen hin und her laufen. Den ganzen Tag über wartete sie auf etwas, ein Zeichen, das Piepsen ihres Telefons. »Es ist etwas passiert«, sagte sie zu Allegra. »Ich kann es fühlen. Es ist seine Frau. Sie weiß Bescheid.«

Bean stellte sich alles Mögliche vor: Dass Javier nachhause gekommen war und die Vergeblichkeit seines Doppelspiels hatte erkennen müssen, seine Frau einen von Beans zahlreichen Liebesbriefen entdeckt und ihn damit konfrontiert hatte, worauf er geständig zusammengebrochen war. Aber in jedem ihrer Szenarios kam Javier am Ende zurück zu ihr, denn das hatten sie doch längst entschieden, oder etwa nicht? Eine Liebe wie ihre war selten. Egal, wie schwer es wurde, sie würden es wagen.

Dann am Abend, als sie immer noch nichts von ihm gehört hatte, begann Bean sich Sorgen zu machen. Es war das erste Mal, so lange sie sich kannten, dass vierundzwanzig Stunden ohne jeden Kontakt verstrichen. Es hatte etwas Unwirkliches, als hätte sie die letzten zwei Jahre ihres Lebens mit diesem plötzlich verschwundenen Mann nur geträumt. Sie lag im Bett, konnte weder schlafen noch weinen und rief seine Handynummer an. Seine Frau meldete sich. »Hallo«, sagte sie. »Hallo, wer ist da?«

Auch am nächsten Morgen noch nichts von Javier. Bean starrte durchs Fenster und versuchte, ihn durch schiere Willenskraft herbeizuzwingen. Jedes Mal, wenn das Telefon klingelte, stürzte Bean sich darauf, überzeugt, dass er es war, mit einer Erklärung. »Ich verstehe das nicht«, sagte sie zu Allegra. »Warum ruft er nicht wenigstens an, um zu sagen, was los ist?«

Bean bewegte sich wie ein Roboter durch den Tag. Sie drohte jeden Moment in Tränen auszubrechen, womit die Illusion der Ruhe ein Ende gefunden hätte. Sie ging zu Fuß nachhause und redete unablässig mit sich. Wie eine Verrückte, dachte sie. Ich bin eine dieser verrückten Frauen geworden. Endlich, um Mitternacht, als sie sich gerade ihrer Müdigkeit ergeben wollte, klingelte das Handy. Es vibrierte wie wild auf ihrem Nachttisch. »Wo bist du?«, rief sie. »Was ist passiert?« Atem kehrte in ihren Körper zurück. Seine Stimme zu hören bedeutete, dass alles in Ordnung kommen würde. Es würde alles wieder so werden, wie es gewesen war.

»Ich hatte einen Unfall«, sagte Javier und klang so anders, so gedämpft und weit weg. »Es ist in Ordnung, mir geht es gut. Mir ist nichts passiert. Es war ein Wunder.«

Javier war auf seiner Fahrt nachhause von einem Lastwagen von der Autobahn gedrängt und sein goldener Vauxhall wie ein Kartoffelchip zerdrückt worden, er selbst aber unverletzt geblieben.

»Ich habe mein Leben nicht vor mir ablaufen sehen«, erklärte er Bean. »Nichts in der Art. Ich dachte nur, wenn ich sterbe, wird meine Frau keinen Mann mehr haben, und meine Kinder haben keinen Vater mehr.«

»Was erzählst du mir da?«

»Ich habe Renatta alles gestanden, als ich nachhause kam. Ich habe ihr deine Bilder und deine Briefe gezeigt. Ich habe ihr gesagt, wie sehr ich dich liebe. Darauf hat sie mich schreiend aus dem Haus geworfen, und o mein Gott, die Kinder. Rosie ist alt genug, um diese Dinge zu verstehen. Sie sagte: ›Daddy, ich will nicht, dass du in ein anderes Haus ziehst.‹ Es war schrecklich. Es waren zwei fürchterliche Tage. Ich habe Renatta angebettelt, doch zu verstehen. Und wir haben geredet. Wir haben geredet wie seit fünfzehn Jahren nicht mehr.«

»*Mi alma?*«

»Sie will mir noch eine Chance geben. Und ich muss meiner Familie noch eine Chance geben. Lasse ich dich im Stich? Sag mir, fühlst du dich im Stich gelassen?«

Bean stellte sich Javier vor, wie er weinte, bettelte und beteuerte, er wisse nicht, was über ihn gekommen sei. Es müsse etwas mit seinem Alter zu tun haben, mit der Art, wie Bean auf diesem Dach mit den Flamingos vor ihm aufgetaucht sei. Das sei solch eine Versuchung gewesen. Alles sei so schön gewesen, *sie* sei so schön gewesen. Er habe Angst gehabt, sie zu bekommen, genauso, wie sie nicht zu bekommen. Javier, wie er alle Verzweiflung aus sich herausheulte. Bean wusste, wie sich sein Kopf bewegte, wenn er weinte, wie sich die Traurigkeit aus ihm herauswölbte und ihr die Hände füllte. Weil Javier wusste, wie er Dinge loslassen konnte. Bean wusste es nicht.

»Du musst tun, was du für richtig hältst«, sagte Bean. Natürlich ließ er sie im Stich, aber das würde sie nicht sagen. Sie würde nicht sagen: Das passiert, wenn man sich hingibt, ohne ein Recht darauf zu haben. Weißt du, wie ich mich jetzt fühle? Verlassen fühle ich mich, ganz allein in der dunkelsten Ecke des Raumes.

»Sie weiß, dass ich mit dir spreche. Ich muss ihr alles sagen, sonst geht es nicht wieder mit uns. Ich weiß nicht, was ich tun soll. Ich bin so verwirrt. Ich habe das Gefühl, dass ich mit allem, was ich tue, jedes Mal, wenn ich den Mund aufmache, jemanden verletze. Sie sagte, ich könne dich anrufen, um dir alles zu erklären, aber wir fliegen morgen nach Spanien, für ein paar Wochen, vielleicht für länger. Um zu versuchen, alles wieder ins Lot zu bringen. Ich denke jeden Tag an dich.«

Bean konnte es nicht begreifen. Wie sich ein Mann, der nicht ohne sie durch den Tag gekommen war, plötzlich von ihr lösen konnte. Wie eine Frau, die wusste, dass ihr Mann eine andere geliebt und berührt hatte, auch nur im Traum daran denken konnte, ihn zurückzunehmen. Ist es damit nicht verdorben?, wollte sie fragen. Wie kannst du nur auf etwas so Zerrüttetes bauen?

Bean saß mit Allegra zusammen und erklärte es weg. Sie habe ihn schon vor langer Zeit als den erkannt, als der er sich jetzt zeige. Vor ein paar Wochen im Park, als er ohne Hemd auf einer Bank am Bach gesessen habe ... Nein, da sei er schon nicht mehr der jungenhafte Mann gewesen, den sie so geliebt habe. Der leichte Bauchansatz, das Haar darauf, die bleiche Haut von den langen Stunden im Büro. Nein, schon da habe sie sich nichts von Dauer mehr mit ihm vorstellen können. Und was für ein Mann musste er sein, dass er ihr so etwas antat? Sie etwas glauben machte und es dann in den Boden trat?

»Ich werde jetzt nicht damit kommen, dass ich es dir vorher gesagt habe«, meinte Allegra. »Oder doch. Ich *habe* dir gesagt, dass sie ihre Frauen niemals verlassen, Bean. Niemals. Und drei Kinder? Vergiss es!«

Loszulassen war für Bean kein Prozess, nichts Langsames. Es war unmittelbar: eine Offenbarung. Denn nur so konnte sie mit ihren Illusionen fertigwerden. So erklärte sich ihr das Universum, in einer Sekunde, zwischen zwei Atemzügen. Nicht mit einem Wimmern, sondern mit einem Knall.

Bean sah ihr Leben vor sich, wie es auf sie wartete, damit sie neu zu ihm aufschloss. Sie würde ihren Rock raffen und über den Sand zu ihm hinrennen, wo es tanzte und rief: Wo warst du ohne mich? Sie dachte daran, zurück nachhause zu gehen und dort zu bleiben.

Nachhause. Nachhause. Mayuri schrieb von jenseits des Wassers und hatte selbst schlimme Neuigkeiten.

Ich hatte wieder eine Fehlgeburt, Bean, die zweite in diesem Jahr. Ich weiß nicht, was mit mir nicht stimmt, aber Cyrus will so unbedingt Kinder, und ich bin mir da gar nicht so sicher. Das Ganze ist so mühsam. Zu einer vorgegebenen Zeit und auf eine vorgegebene Weise miteinander schlafen zu müssen, und dann das ständige Nachprüfen und Sichsorgen. Ich weiß nicht, es nimmt einem die ganze Freude. Und wenn der Arzt meint, ich kann, aus welchem Grund auch immer, keine Kinder haben, will Cyrus welche adoptieren. Aber ich weiß nicht, Bean. Ich will mein eigen Fleisch und Blut. Ich vermisse dich hier. Vermisst du Zuhause nicht? Willst du nicht zurückkommen?

Als wäre ein Zuhause etwas so Festes und Klares, dass es sich nicht leugnen ließe. Als müsste man nur das Wort sagen und wüsste gleich, was es bedeutet.

Bean wusste, wie es sein würde, wenn sie wieder in die Luft von Madras eintauchte, in den Geruch von Staub und Tabak, Rosenwasser und Jasmin. Alles würde so vertraut sein: Die alte Frau mit der Krächzstimme, die ihre Kokosnüsse verkaufte, der Mann mit dem Leistenbruch, der an ihrer Straßenecke saß, dazu die in der Gosse Cricket spielenden Kinder. *Wieder zuhause, wieder zuhause, zick und zack*.

Aber ein Teil von Bean stand immer noch draußen, sah hinein und sagte: So etwas wie ein Zuhause gibt es nicht. Wenn du es erst einmal aufgegeben hast und aus dem Kreis getreten bist, gibt es kein Zurück, nichts, was du als dein Eigentum beanspruchen könntest. Wie könnte es auch, wo du dich so aufgeteilt hattest? Es würde immer so sein: In welcher Stadt du dich auch befändest, säßest du doch immer auch noch in den Winkeln der anderen fest. Hatte Bean es nicht versucht? War sie nicht weggegangen, um etwas von sich zurückzugewinnen, und war daran gescheitert?

Bean verlor jetzt schon eine Weile Richtung und Grenzen. Sie wollte einen Ort, der magisch und warm war, und auch wenn Babo und Siân sie zurück ins Haus mit dem orange-schwarzen Tor riefen: »Komm zurück, komm zurück, wir müssen reden«, und auch wenn Mayuri schrieb: *Cy und ich, wir vermissen dich*, wusste Bean, dass sie so schnell noch nicht nach Madras zurückkonnte.

Bean brauchte den Pulsschlag eines Menschen, der ihr durch die Nacht half. Sie wollte, dass etwas Endgültiges mit ihr geschah. Etwas wie ein Lastwagen, der sie von der Straße fegte und sie ihr Leben in einem einzigen Moment der Klarheit erkennen ließ. Sie wollte nach Ganga Bazaar. Wo die Türen immer offen waren. Wo Ba wie eine weißhaarige Göttin wartete, mit Salben für ihre Seele.

»Ich habe ihn verlassen, Mayuri. Ich bin endlich fertig damit, und ich muss hier weg.«

»Manchmal ist das Richtige das Schwerere, Bean.«

»Es gibt noch etwas.«

Wie soll ich es sagen? Ist das nicht pure Ironie? Ich bin wieder schwanger. Ein kleiner Same wächst in mir, Javiers kleiner Same, und diesmal werde ich mein Kind behalten.

»Versprich mir, Mama und Daddy nichts zu verraten. Ich will nicht, dass sie es jetzt schon wissen.«

»Hast du es ihm gesagt, Bean? Er sollte es wissen, er verdient es.«

Es war der Anfang eines Traumes, den Bean träumte, bevor sie London verließ, und sie konnte sich und ihre Zukunft wie ein sanftes Leuchten darin erkennen, so dünn und durchsichtig war er. Javier ging einen Strand entlang. Er hielt einen Strauß Lilien in der Hand, den er ihr bringen wollte. Es war Beans Chance – sich dieses Bild anzusehen und ihn gehen zu lassen. Die Blumen zu nehmen und zu sagen: Machen wir das jetzt nicht. Dort, in einer der Buchten, wollte die Frau Erklärungen, die Kinder weinten. Ist schon gut, wollte Bean ihnen sagen. *Daddy hat seine Midlife-Crisis beim Kragen gepackt und erwürgt.* Bean sah ihn davongehen, nach Lilien und Licht riechend. Sie prägte sich dieses Bild ein: Javier mit den langen, bis zu den Ellbogen aufgekrempelten Ärmeln. Diese unbeständigen Hände, durch die sie gefallen war. Er trieb vorbei.

28
Leben nach dem Fallen

Es war eine seltsame Wildnis, dieses Dazwischen, ohne irgendwo zu sein. Bean flog um die Welt, flog in die Stadt der Käfige und Slums, nach Bombay, das Siân nach ihrer Ankunft in Indien so unbedingt wieder hatte vergessen wollen, weil es so gar nicht zu ihrer Vorstellung passte. Bean wollte auch gleich weiter. Sie bestieg den Zug nach Ahmedabad, wo sie den Bus nach Anjar nehmen wollte, genau wie es Babo als junger Mann getan hatte, nur anhaltend, um Regenwolken für Ba zu sammeln.

Um ins Dorf Ganga Bazaar zu gelangen, musste man große Strecken des Schweigens hinter sich bringen, Geröll- und Steinwüsten durchqueren, vorbei an Höhlen und dunklen Gasthäusern, musste den Weg durch die Träume seiner Kindheit finden. Bean war diese unwirklichen Landschaften gewöhnt. Sie setzte sich ans Fenster, um in sie hinauszusehen, und packte ihr Essen aus, Jeera Aloo, eingelegte Gurken, Chappathis und einen Karton Buttermilch. Seit Wochen, seit dem Ende ihrer morgendlichen Übelkeit, hatte sie einen wahren Heißhunger auf den Geschmack herber, selbstgemachter Gewürze auf der Zunge. Ihre Mitreisenden breiteten Zeitungsstücke aus und aßen ebenfalls, bemüht, es sich auf den harten Plastiksitzen bequem zu machen.

Bean aß schnell und ging den Gang hinunter, um die letzten Sonnenstrahlen zu genießen. An der Tür stehend, wollte sie die Landschaft vorübergleiten sehen. In diesem Licht konnte sie kaum den Unterschied zwischen den schattigen Akazien und den hübschen, zylindrischen Teakbäumen erkennen, die da draußen unter dem riesigen Himmel standen, zusammen mit den schirmartig geformten Jambul-Bäumen und ihren tiefdunklen, fast schwarzlila Früchten. Wenn sie als Kinder im Sommer nach Anjar gefahren waren, hatten Mayuri und sie auch so hier gestanden, an der offenen Tür, mit Siân hinter sich, die sagte, sie sollten sich gut festhalten.

Bean sah hinaus in die Endlosigkeit, hinaus auf Baumwoll- und Erdnussfelder, ungezähmte Graslandschaften, Tempel, Moscheen, Minarette und Grabmale. Es war eine Landschaft, die niemandem gehörte, keinem König, keinem Augenblick der Geschichte. Bean stand diesem Zauber verfallen da, bis sie hielten und übermächtiger Uringestank und eine Welle Hausierer in den Zug einfielen – aber schon fuhren sie wieder, und aufs Neue gehörte es ihr, dieses sich wiegende, berauschende Land, das mit zunehmender Geschwindigkeit immer weiter zurückwich.

Bei Anbruch der Nacht kehrte Bean zu ihrem Sitz zurück und versuchte zu schlafen. Sie war jetzt schon so lange unterwegs, aus den üppigen Wäldern Maharashtras hinaus in die Wüste von Gujarat. Die Trockenheit war nur schwer zu fassen für den Geist. Bean sehnte sich nach Regen. Dass alles von einer wahren Flut überschwemmt würde. Dass sich winzige Ströme in die Haut der ausgetrockneten Erde grüben. Denn sie hatte bereits eine Wüste hinter sich gelassen, die fauchende Großstadtwüste Londons, und mit ihr Javier auf dem Rasen seines Vorgartens in der Elsworthy Road, der seine Tochter Rosie wie ein Pinguin auf den Füßen balancierte. Javier im blassen englischen Herbstlicht, der mit seinen Vorstellungen von Liebe und Ehe nicht zurechtkam.

Angenommen, Javier hätte sie davon überzeugen können, dass *Liebe immer neu ist, eine Ewigkeit*, hätte Bean dann ihr Leben dort leben können? Hätte sie ihr Zuhause und ihre Familie hinter sich lassen können, wie Siân es vor Jahren für Babo getan hatte? *Aber sicher. Ganz sicher.*

Bean hätte nicht lange nachdenken müssen. Bean, die überzeugt war, wie ihr Daddy zu sein, die aber nichts von Babos Standfestigkeit hatte und am Ende genau wie Siân geworden war, geplagt von Trennungen. Deshalb sagte Siân immer »Benimm dich« zu Bean, nie zu Mayuri, denn Siân wusste, wenn einer kam und zu Bean sagte: Komm her zu mir, bring mein Leben zum Glitzern, würde Bean genau das tun, das, was auch sie getan hatte, würde alle verlassen und demjenigen folgen. Mayuri war anders. Mayuri wollte in ihrer Erde verwurzelt bleiben, mit ihrem Blut verbunden. *Blut. Blut.* Bean glaubte nicht an die Kraft des Blutes.

Ba erklärte ihr später alles: Dass sie nie Angst vor dem eigenen Blut haben müsse. Dass sie sich nach jemandem sehnen könne, der lange aus ihrem Leben verschwunden sei, aber auch nach jemanden, der noch gar nicht auf der Welt war, nach Javier, ihrem ungeborenen Kind. Ba sagte, sie müsse diese beiden Welten als eine verstehen. Locker und leicht sein, damit sie springen könne, wenn der Augenblick komme. Damit sie nicht erst am Rand stand, ohne die nötige Kraft in den Beinen, sondern gleich hineinspringen könne, ohne sich den Kopf auf dem Rosenholzboden einzuschlagen. Und wieder auftauchen, mit Taschen voller Perlen.

Sonst würde es immer so bleiben, oder? Dass sie nahe herankam, aber nicht nahe genug. All die Zeit zwischen Aufnehmen und Loslassen. Waren das nicht die Brüche, durch die ein Mensch fallen konnte? Wie Ikarus – zu nahe an der Sonne, geschmolzene Flügel und teigweiße Beine, die für immer von den Fluten verschluckt wurden.

In Amroli machte der Bus eine spätabendliche Toilettenpause. Eine alte Frau auf der anderen Seite des Gangs streckte die Hand aus und fragte, ob Bean ihr hinaushelfen könne. Die Hand der Frau war so weich und faltig, als käme sie gerade aus dem Wasser. Bean nahm sie und führte die alte Frau zu der Strohhütte auf der anderen Seite der Straße, in der normalerweise Kühe gehalten wurden und wo sie sich mit hochgerafften Röcken hinhocken mussten, um sich zu erleichtern, eine in jede Ecke.

Als sie fertig waren, nahm Bean wieder die Hand der Frau und führte sie zurück über die Straße, neben der Kinder ihre Springseile zurückgelassen hatten. Auf den Veranden der heruntergekommenen Häuser ringsum schliefen Mütter und Väter auf einfachen Betten und hofften auf ein sanft fächelndes mitternächtliches Lüftchen. Nur die Nachtvögel waren zu hören, gepunktete Eulenjunge und Nachtschwalben, dazu das Lachen von jungen, Karten spielenden Männern unter einem Pepul-Baum. Zurück im Bus, gab Bean die Hand der alten Frau frei und sah zu, wie sie zurück auf den Platz neben ihrem Mann wankte, einem dürren, schrumpeligen Alten mit offen stehendem Mund: Wie müde es die beiden sein mussten, miteinander zu leben.

Die ganze Nacht, während sie sich weiter Ganga Bazaar näherten, spürte Bean die Hand der alten Frau in ihrer. Es war ein ohnmächtiges Gefühl. Chotu Kakas Hände hatten sich gegen Ende auch so angefühlt, nur dass bei ihm der Verfall noch schneller vonstatten gegangen war.

Der Bus erreichte Ganga Bazaar bei Anbruch der Morgendämmerung, als die Schakale in ihre Höhlen zurückkehrten und die ersten Sonnenstrahlen den Rand des Dorfes wie einen verschwommenen Streifen glühender Kohlen aufleuchten ließen. Bean stieg zusammen mit den anderen Passagieren aus und zog ihren Koffer durch die vertrauten, im Dämmerlicht liegenden Gassen, über Schlaglöcher und an schmalen Zinnsteinen entlang, vorbei am Amba-Mata-Tempel mit den sich sanft wiegenden Zuckerrohrfeldern im Hintergrund, vorbei an der Zam Zam Lodge und den Reihen blechgedeckter Betonhäuser, deren Türen und Fenster weit offen standen, die Vorgärten voller Tulsi-Büsche, die die Luft mit magischer Kraft erfüllten.

Überall sah Bean junge Frauen, die Steine aus dem Reis suchten, leuchtend bunte Röcke und Odhnis zum Trocknen aufhängten, sich gegenseitig die Haare ölten und kämmten und ihr zuwinkten, als sie vorüberging.

Früher einmal hätten die Frauen dieses Dorfes bösartig zu tratschen angefangen, hätten ihre Türen verschlossen und die Augen abgewandt, hätten sie gewusst, dass da eine unverheiratete schwangere Frau vorbeikam. Aber Ba hatte sie gut erzogen. Ba, die in ihrem dreiundfünfzigsten Jahr erkannt hatte, wie die Wirklichkeit beschaffen war und seitdem die Frauen von Ganga Bazaar darin unterrichtete. Ba, deren Schwester mit einem jungen Muslim durchgebrannt war und deren Enkel eine weiße Frau geheiratet hatte. Ba würde auch Bean unterrichten, wie Liebe von Betrug zu scheiden war, Zorn von Verlassenheit. Sie würde Bean helfen, all ihre zerbrochenen Teile aufzusammeln und den Weg zurück nachhause zu finden.

Bean hatte das Gefühl, in ein Trugbild einzutreten. Die Frauen sahen sie an, als wären sie älter als die Zeit. Als wären sie den Mythen entsprungen. Diese geschäftigen Frauen mit ihrem offenen Haar und *ka-tsching ka-tsching* auf ihren Hüften klingelnden Schlüsseln, kohlefarbenen Augen und einem leuchtend roten Kumkum-Punkt mitten auf der Stirn wirkten auf Bean, als verwandelten sie sich nachts in Baumgeister und blaugesichtige Bootsfrauen, als könnten sie Lotus in ihrem Nacken wachsen lassen, die langen Beine öffnen und die gesamte Pflanzenwelt dieser Erde gebären.

Ba saß auf den Stufen ihres Hauses, im Schatten des Jamun-Baumes. Sie trug ihren weißen Witwensari, zerteilte Granatäpfel und gab die roten Kerne in die Blechschüssel neben sich. Ihre trüben Augen blinzelten ins Licht. Das durchscheinende knielange Haar lag ihr locker geflochten auf dem Rücken, wie ein Tau aus glitzerndem Schnee.

Alles um sie herum war üppig, geheimnisvoll, trotz der Trockenheit, trotz der Hitze. Die Pfauen pickten im Boden nach Körnern, und durch die offene Tür konnte Bean die roten Garoli-Eidechsen sehen, wie sie den Putz von den Wänden fraßen.

Wie eine Sirene erhob sich die Morgensonne über das Land, schlug mit den Fäusten auf das Blechdach und schickte ihr Licht in den Bambus hinter dem Haus, bis zu Ignatius' Hütte ganz hinten.

»Der Wind ist heute gut zu mir«, sagte Ba und lächelte ihr leicht schiefes, bogenförmiges Lächeln.

Bean ließ ihr Gepäck fallen, setzte sich neben sie und legte ihr das Gesicht gegen die Brust. So verharrte sie eine lange Zeit, denn es war etwas Altgewohntes, Sicheres, wie im Schneidersitz auf dem Küchenboden der Sylvan Lodge zu sitzen und von Trishala gefüttert zu werden, sie zusammen mit Mayuri. Wie sich in Selvams Schoß zu verstecken, als der Geist mit dem grasigen Haar und den verdrehten Füßen die von Portia-Bäumen gesäumte Sterling Road herunterkam.

Jeden Abend wurden Jutematten in Bas Zimmer mit den Schaukeln ausgerollt, damit die Leute kommen und miteinander reden oder auch einfach nur dasitzen und zuhören konnten, wie Bean es tat. Die meisten Besucher waren Frauen. Gelegentlich kam jedoch auch ein Mann – Vinod-Bhai, der Goldschmied, oder Moti Lal Mehta, der Oberste des Dorfes, der ein Mittel gegen Verstopfung brauchte, vielleicht auch einen Rat, wie er seine keifende Frau zur Ruhe bringen konnte. Wer jeden Tag, ohne Ausnahme, kam, war Ignatius. Ignatius, der es auf sich nahm, der Vater von Beans ungeborenem Kind zu sein.

»Glaubst du, es wird sich daran stören, dass sein Vater ein Mädchen ist?«, fragte Ignatius eines Tages mit seiner heiseren Stimme. »Aber wenigstens bin ich ein hübsches Mädchen, nicht wahr, Beena? Wenn ich hässlich wäre, würde ich es ja verstehen. Dann könnte es schwierig für das Kind werden, es zu akzeptieren. Aber ich bin nun mal ziemlich hübsch, vielleicht sogar hübscher als du. Was meinst du?

Ach, jetzt mach kein Gesicht, als hättest du eine Kröte verschluckt. Denkst du, deine Sorgen bedeuten das Ende der Welt?

Bloß weil so ein Dreckskerl seine Frau und seine Familie nicht für dich verlassen will? Glaubst du, das ist das Schlimmste, was dir in deinem Leben passieren wird? Ich will dir was sagen: Wach erst mal auf und stelle fest, dass die ganze Welt anders ist als du. Dass die ganze menschliche Rasse aufgeteilt ist in eine Hälfte mit einem Schwanz und eine andere mit einer Muschi, und nur ganz wenige haben einen Mini-Schwanz und eine Mini-Muschi. Du denkst, es ist schwer, ein Mischling zu sein? Schlüpf nur mal einen Tag in meine Haut und sieh, was es heißt, mit diesen nutzlosen schrumpeligen Stücken Fleisch leben zu müssen. *Dann* stürzt die Welt um dich ein.

Zeig mir mal, wie er aussieht. Dein großer Held. Hast du ein Foto? Lass mich sehen, was so toll an ihm ist.«

»Ach nein!«, jammerte Ignatius, als Bean das einzige Bild hervorholte, das sie von sich und Javier behalten hatte. Javier und sie in Anoraks am Lake Windermere, Beans Gesicht etwas verschwommen im Profil, wie sie Javier auf die Wange küsst, Javier sieht direkt in die Kamera und lächelt sein unsicheres halbes Lächeln.

»Das ist er? Jetzt verstehe ich, warum es heißt, Liebe macht blind«, kicherte Ignatius. »Seine Eltern finden wahrscheinlich sogar ein Beuteltier wunderschön, und sein Partner steht auf Mulis. Aber, Beena, hättest du dich nicht in jemanden verlieben können, der etwas jünger ist? Du solltest froh sein, dass du den Mistkerl los bist. Er hätte dich genauso behandelt, wie er seine Frau behandelt hat. Solchen Männern ist nicht zu trauen, die denken nur mit der Schlange in ihrer Hose. Ich sage dir, Beena, freu dich auf dein Baby. Was für eine wunderbare Sache, ein Baby zu bekommen.«

In den Monaten, die Bean in Bas Haus verbrachte, spürte sie, wie sich ihr siebenundzwanzigjähriger Körper ausdehnte und aus den Vertäuungen löste, die sie mit der Welt verbanden. Ihr Körper veränderte sich jeden Tag mehr und bewegte sich mit einer Schwere, die sie nie zuvor gespürt hatte. Ihre Brüste wurden erheblich größer, genau wie ihr Hintern. O nein!, dachte Bean. Die Fetti-Bumbaletti-Gene melden sich zu Wort. Jeden Tag maß sie den Umfang von Schenkeln und Hüfte. Was würde der brasilianische Tänzer zu diesem Attentat auf ihren Körper sagen? Ihre Laune wurde so wechselhaft, dass Ba die Einzige war, die noch mit ihr reden konnte, ohne einen hysterischen Lachanfall oder wahre Tränenfluten auszulösen.

»So war es immer schon, Beena. An dem, was mit dir passiert, ist nichts Neues, bis auf den Umstand, dass es für dich das erste Mal ist. Davon abgesehen, gibt es das schon, solange es die Welt gibt.«

»Ich verstehe diese Welt aber nicht mehr, Ba. Ich kann nicht schlafen, ich kann mich nicht konzentrieren, und die meiste Zeit fühle ich mich unendlich traurig. Ich hatte mit Freude gerechnet, mit so viel Freude, doch hauptsächlich empfinde ich Scham. Ich habe noch nicht einmal Mama oder Daddy davon erzählen können. Nur Mayuri weiß Bescheid.«

»Aber du darfst keine Scham in deinem Körper zulassen, Beena. Unser ganzes Universum ist aus Verlangen entstanden. Das Verlangen war das erste Samenkorn des Geistes. Wenn wir uns fortpflanzen, erschaffen wir unser eigenes Universum.«

Bean wusste das. So war es ihr immer schon gesagt worden: Was im Universum existiert, existiert auch im menschlichen Körper. *Dein Körper ist dein Universum.* Es gab Flüsse und Sterne, Sonne und Mond, Ozeane, Berge und Pilgerstätten im Körper. In der Erkenntnis des Körpers lag die Fähigkeit, großes Glück zu erkennen. Bean wusste das alles, dennoch empfand sie *Scham Scham Kinderscham*, unauslöschliche Scham. Nicht nur wegen Javier, sondern auch wegen allem vor ihm.

Keine der Frauen aus Ganga Bazaar bedrängte Bean, nicht eine. Ba hatte sie rechtzeitig gewarnt. Während also alle liebend gern darüber gemutmaßt hätten, ob es nun ein Junge oder ein Mädchen werden würde, während sie gern Beans Bluse angehoben, ihren trommelstrammen Bauch berührt und ihr eine Perle der eigenen Weisheit geschenkt hätten, tat keine etwas dergleichen, nur Shakambari steckte Bean ein paar unbekannte Wurzeln und Kräuter zu und sagte, sie solle sie unter ihr Kopfkissen legen. »Frag jetzt nicht *wie-was-warum*, ich erkläre es dir später. Tu's einfach.«

Allein Ignatius war keine Zurückhaltung auferlegt. Er saß jeden Tag bei Bean, massierte ihr Füße und Schultern und versuchte sie dazu zu bringen, ihre Traurigkeit abzuschütteln, denn näher als jetzt würde er einer Elternschaft in diesem Leben nie kommen, und er wollte verflucht sein, wenn er zuließ, dass Bean es ihm verdarb.

In den schwärzesten der schwarzen Anjar-Nächte weinte Bean um Javier. Als sie nach Anjar gekommen war, im neunten Monat des neuen Millenniums, als sie noch das Zittern des Busses spüren konnte, der sie zu Ba gebracht hatte, noch das Gerede und Geplappere um sich herum hörte, da spürte sie ihn noch in ihrem Blut, spürte, wie er sich wehrte, sie zu verlassen.

Meine Kinder sind wunderbar, weißt du. Ich liebe meine Kinder. In ihren Adern fließt mein Blut.

Fa-fi-fo-fumm.

Wenn ich nicht mit dir zusammen bin, habe ich das Gefühl, mein Blut fließt in die falsche Richtung. Habe ich dich im Stich gelassen? Sag mir die Wahrheit. Habe ich dich im Stich gelassen?

Wenn Bean jetzt an ihn dachte, spürte sie nur noch, wie ihr das Blut zu Kopf stieg, genau wie bei dem Spiel zum Zählenlernen, das sie früher mit Babo gespielt hatte und bei dem sie auf seinem Schoß saß und sich bis zu seinen Zehen hinunterbeugen musste.

Tief, tief, tief hinein ins Meer, wie viele Fische sieht mein Bär?
Eins, zwei, drei, vier, fünf, sechs, sieben, acht, neun, zehn …

Ja, es war genau wie bei diesem Spiel, oder etwa nicht?

Als sähe sie Monster und Engel, Hand in Hand, oder eine Sekunde lang die Flosse eines Hais am Rand ihres Gesichtsfeldes auftauchen und gleich wieder im Weiß verschwinden. Als stünde Javier in der Tür und sagte: Ich sehe dich überall, und sie ginge einfach durch ihn durch.

In jenen ersten Wochen fragte Bean ihre Urgroßmutter, warum die Liebe so wichtig sei. Warum sie uns derart binde. Weil da immer noch ein Körper durch sie toste, und auch wenn sie ihn hatte gehen lassen, wollte sie sich doch immer noch an ihm wärmen und ihn halten.

»Liebe heißt, die Gottheit in deinem Körper zu ehren«, erklärte ihr Ba. »Es heißt nicht, mit der Welt zu hadern.«

Wie konnte Bean erklären, dass ihre Melancholie wegen Javier durch etwas weit Ernsteres ersetzt worden war? Eine viel konkretere Angst, die mit einem früheren Fehlverhalten zu tun hatte, mit Michael Mendoza und der Jayalakshmi Ladies Clinic in Alwarpet? Wie konnte Bean diesen Bewahrern des Körpers erklären, dass sie sich damals wie ein Stück Fleisch hingelegt hatte, damit sie etwas aus ihr herausschnitten, etwas, das sie nun zu nähren und zu schützen suchte?

Mit sechzehn. Da war Bean noch ein Mädchen gewesen. Ein kleines Mädchen. Und sie waren so verschwiegen gewesen, Michael Mendoza und Mehnaz, die sie an den Ort gebracht hatte, wo sie ihr die Scham rasierten und in die Augen leuchteten. »Du wirst nichts spüren«, sagten sie. Aber Bean spürte alles. Sie wachte mit Baumwollkompressen zwischen den Beinen auf, rot gefärbt: die Farbe der Frau, die Farbe der Schöpfung. Bean war vor Michael Mendoza davongelaufen, sie hatte ihre Unschuld verloren. *Tschack-tschack*. Sie ging mit einem flachen, kinderlosen Bauch schlafen. Siân musste es gewusst haben. Mayuri musste es gewusst haben. Aber sie sagten nichts, denn sie waren ihre Familie, und in der war es immer nur ums Schöne, Harmonische gegangen.

Bean sorgte sich, dass sie, als sie sechzehn gewesen war, *da unten* etwas beschädigt hatten. Als sie so darauf aus gewesen war, alles aus sich herausgeräumt zu bekommen. Sie sorgte sich, dass mit ihr etwas nicht stimmte. Bean hatte gedacht, dass sie nie jemandem davon erzählen würde, aber hier im Dorf Ganga Bazaar, wo alles möglich war, würde sie es gerade deswegen erzählen. Sie musste von Ba und Ignatius erfahren, ob sie ihr Baby bekommen konnte.

Ignatius und Ba sagten nichts. Sie hoben sie hoch und trugen sie nach draußen. Sie nahmen die Bretter vom Brunnen, ließen Bean auf einem Hocker in ihn hinab und riefen von oben: »Zieh alles aus und bleibe eine Weile so, unter Wasser. Und halte dich fest.«

»Aber was …«

»Kein Aber, Beena. Zieh alles aus und bleibe eine Weile im Wasser.«

Bean zog ihren Batikrock und die Baumwollbluse aus und ließ sich ins Wasser gleiten, bis ihre neuen, weiblichen Brüste ganz untergetaucht waren, bis die heißen Ringe unter ihren Augen ertranken. Eine Weile blieb sie in dieser tiefen Schwärze, dann hörte sie Kinderstimmen unter der Oberfläche des Wassers, eine ganze Klasse, die ein Kinderlied sang: »All the king's horses and all the king's men, couldn't put Humpty together again.«

Michael Mendoza war auch da. Mit seinen Grübchen in den Wangen und seinen Markasit-Augen saß er in der dunklen Höhle des Brunnens und hielt immer noch ihr faustgroßes, pochendes Herz in Händen. *War es nicht merkwürdig, ihn da zu sehen?* Bean war es nicht gewohnt, Menschen an Orten zu sehen, an die sie nicht gehörten. Sie schrumpfte, fiel zurück in ihre sechzehnjährige Gestalt, die schlanken Hüften, den weichen Rücken. Sie erklärte ihm, dass er die Leidenschaft in ihr geweckt habe. Sie hatte es damals noch nicht gewusst, aber der Erste, der das tat, verfolgt dich für den Rest deiner Tage.

»Du bist zu einem Gespenst meines Lebens geworden«, sagte sie.

Michael Mendoza trug sein schwarzes T-Shirt und die bemalte Jeans. Er lächelte. »Wenn wir wollten«, sagte er, »könnten wir uns zurück in jene Zeit wünschen.« Sie könnte am Erkerfenster ihres Zimmers auf ihn warten, er könnte jener Junge von damals für sie sein, und dieses Mal müssten sie ihr keine Baumwollkompressen zwischen die Beine legen. Dieses Mal könnten sie es behalten. Aber Bean würde sich nicht mehr von ihm hinreißen lassen. Sie würde ihm nicht mehr erlauben, in sie hinein- und hinauszuschlüpfen und die salzigen Wunden ihres Körpers zu lecken.

»Es ist gut jetzt, Beena. Ich ziehe dich wieder hoch«, rief Ignatius von oben, eine Erscheinung in apfelrotem Petticoat und Bluse, die ihren Körper mit ihren Zwitterhänden und -armen in die Höhe zog.

Ignatius trug Bean ins Haus, wo Ba mit lauter Sundari-Mangos saß, aus denen sie das Fleisch löffelte, um Bean mit Süße und Kraft zu füttern. »Mit der Suche geht es los«, sagte Ba. »Versuche nicht, davor davonzulaufen, zweifle nicht an deiner Fähigkeit, selbst Glanz zu verbreiten.«

Ignatius wickelte Bean in ein baumwollenes Badetuch. Er sagte ihr, alles werde gut, denn er habe ein Kind sich im Hibiskusbusch verstecken sehen. Ein kleines Mädchen mit knielangen Haaren und durchscheinenden grauen Augen, das alle möglichen Arten goldenen Lichts um sich verbreitete.

29
Alle sollten einzeln zum heimwehkranken Herzen sprechen

Mayuri saß im Schlafzimmer ihrer Eltern, im Haus mit dem orange-schwarzen Tor, und wartete darauf, dass Siân aus dem Garten der Erlösung zurückkehrte. Es war Zeit zu reden. Es ihr zu sagen. Vor drei Wochen waren Babo, Siân, Cyrus und sie ausgegangen, um das neue Jahr und ihren gemeinsamen Hochzeitstag zu feiern. Cyrus hatte einen Tisch im teuersten Restaurant der Stadt reserviert, wo sie winzige Portionen zu essen bekamen und große Mengen Champagner tranken. Mayuri hatte an dem Abend über Bean reden wollen, aber ihre Mutter so strahlen zu sehen, in ihrem meerblauen Seidenkleid und mit den großen, glänzenden Lapislazuli-Steinen um den Hals, dazu Babo, der sie so intensiv ansah, das ließ sie zögern.

Früher wäre es ihr nicht so schwergefallen. Da hätte Mayuri es gesagt, weil es richtig gewesen wäre, es zu sagen. Aber richtig und falsch waren nicht mehr, was sie einmal gewesen waren, und ihre Eltern wirkten endlich wieder so glücklich und stark, jetzt, wo die Last von Chotus Tod langsam von ihnen wich. Babo und Siân hatten wieder Zeit füreinander. Nach Jahren des Daheimbleibens dachten sie daran, Reisen zu unternehmen, hatten verrückte, romantische Ideen, wollten nach Afrika auf Safari oder mit einem Kreuzfahrtschiff durchs Mittelmeer.

Natürlich hatten Mayuris Fehlgeburten die beiden schwer getroffen. Besonders Siân, die sich so nach einem Enkel sehnte. Sie weinte am Telefon, als Mayuri sie anrief, das erste Mal mitten in der Nacht, und genauso beim zweiten Mal, als die Krämpfe und Blutungen in der Schule angefangen hatten. »Vielleicht solltest du dir eine Auszeit nehmen und etwas ausruhen«, sagte Siân. »Du musst besser auf dich achten, Liebes.«

Mayuri hatte ihr erklärt, dass Cyrus und sie im Moment nicht weiter versuchen wollten, ein Baby zu bekommen. »Es ist es nicht wert, Ma. Es zerstört unsere Beziehung.« Und, Ma, wollte sie sagen, du wirst ja Großmutter, nur, dass es nicht mein Kind ist. Und dann dachte sie daran, wie enttäuscht Siân sein würde. Sie stellte sich ihr vernichtendes Missfallen darüber vor, dass Bean »diesen Weg« mit einem verheirateten Mann genommen hatte: Was erwartete Bean? Was würden die Leute sagen? Alles das. Also schwieg Mayuri.

Aber es war unheimlich, wie Mütter Dinge erahnten. Vor ein paar Tagen hatte Siân angerufen und gesagt, sie habe das Gefühl, mit Bean stimme etwas nicht. Sie hatte versucht, sie zu erreichen, um endlich einmal richtig mit ihr zu reden, aber jedes Mal, wenn sie Bean an den Hörer bekam, wimmelte die sie mit der Ausrede ab, sie habe in der Küche zu tun, und reichte sie schnell an Ba oder Ignatius weiter. Seit wann setzte Bean einen Fuß in die Küche?

»Es ist komisch«, sagte Siân, »ich habe das Gefühl, dass sie nach mir ruft. Ich weiß, es klingt völlig verrückt, aber so war es auch mit Nain, vor ihrem Schlaganfall. Monatelang habe ich mir eingebildet, ihre Stimme zu hören, und jetzt ist es genauso, nur dass es Beans Stimme ist. Wenn ich unterwegs bin oder im Garten herumtue, höre ich plötzlich ihre Stimme: Mama, Mama. Es ist unerträglich. Ich weiß nicht, ich habe das Gefühl, dass sie in Schwierigkeiten ist und sich nicht traut, uns davon zu erzählen. Deshalb haben Daddy und ich beschlossen, nach Anjar zu fahren, um nach ihr zu sehen.«

Das hätte der Augenblick sein können, um es ihr zu sagen. *Mama, du hast Recht, Bean ist in Schwierigkeiten. Sie ist schwanger. Ist das zu glauben?* Aber selbst diese Gelegenheit hatte Mayuri ungenutzt verstreichen lassen, weil sie an das Versprechen dachte, das sie Bean gegeben hatte.

Heute Morgen hatte Babo angerufen, um sie über die Einzelheiten zu informieren. »Morgen fliegen wir nach Bombay«, hatte er gesagt. »Da bleiben wir ein paar Tage bei Meenal, und dann, dachten wir, wollen wir uns ein Auto mieten und nach Gujarat fahren, so wie wir es zu unserer Hochzeit gemacht haben. Wir haben schon so lange keine Autoreise mehr unternommen, und mit dem Wagen sollten wir es rechtzeitig zum langen Republic-Day-Wochenende nach Anjar schaffen.«

»Habt ihr Bean Bescheid gegeben?«

»Nein, natürlich nicht. Wir werden sie überraschen.«

»Oh.«

»Und noch etwas«, sagte Babo. »Könntest du jeden zweiten Tag herkommen und die Fische füttern?«

Als sie hörte, wie das Tor geöffnet wurde und das Auto hereinfuhr, stand Mayuri auf und trat ans Fenster. Der Flammenbaum draußen leuchtete wie eine scharlachrote Laterne. Mayuri sah sich im Spiegel an und erkannte sich kaum. Am Morgen nach dem Hochzeitstag hatte sie einen Termin bei Cuts & Curls vereinbart, um ihre kastanienbraunen Zöpfe abzuschneiden. Sie wollte sich leicht und anders fühlen. Pamela Anne war eine halbe Stunde mit blitzender Schere um sie herumgehuscht und hatte sie wieder und wieder gefragt: »Sind Sie sicher, Madam, sind Sie wirklich sicher, dass Sie das wollen? So schönes Haar, wollen Sie es wirklich abschneiden?« Und Mayuri hatte mit den Zähnen geknirscht und gesagt, sie solle endlich anfangen. Jetzt war ihr Haar kurz, reichte ihr gerade noch über die Ohren und öffnete ihr Gesicht auf eine Weise, wie es vorher nicht möglich gewesen war. Im Spiegel sah sie, wie sehr sie Bean ähnelte.

Als Siân durch die Haustür trat, formte Mayuri die ersten Worte im Mund. Sie hatte etwas zu sagen.

In den frühen Morgenstunden des 26. Januar 2001 kletterten Bean und Ignatius in Mansuk-Bhais Taxi. Sie hatten zwei Reisetaschen und einen Korb mit noch nicht ganz reifen Chikoos dabei. Es war noch dunkel, als Mansuk-Bhai sie abholte, der Auspuff seines 118 NE ließ ein leises, fortdauerndes Klappergeräusch hören, wie ein Nager, der nach einer durchjagten Nacht in der Kanalisation dem heimischen Bau zustrebte. »Heute ist Feiertag«, beschwerte sich Mansuk-Bhai. »Alle ruhen sich aus am Republic Day, nur Mansuk Kotadia nicht. Warum? Weil ihr meine besten Kunden seid, muss ich euch selbst fahren. Aber ihr zahlt mir auch mehr, oder? Ihr zahlt mir mehr.«

Ba, die gerade erst aufgestanden war, schlich in ihrem weißen Sari herum und steckte den Kopf durchs Taxifenster. »Vergesst nicht, Chimanlal die Chikoos zu bringen, und denkt an die zehn Kilo Datteln und Mandeln für das Ghari. Wir brauchen genug für Montag.«

»Du könntest auch mitkommen, weißt du?«, sagte Bean.

»Wofür? In die modernen Häuser des Todes? Nein, Dhikri, du nimmst Ignatius mit und siehst dir Lolas Foto an. Ich warte hier auf euch.«

Lolas Foto war der Hauptgrund für Ignatius' und Beans Expedition nach Bhuj. Lola war Ignatius' Name der Wahl für Beans ungeborenes Kind, das über drei Wochen um sich getreten hatte wie Diego Maradona, aber seit ein paar Tagen rührten sich Lolas kräftige Füßchen plötzlich nicht mehr. Kaum mehr ein leichtes Zittern drang aus den Tiefen von Beans Leib, und diese energielose Ruhe versetzte Ignatius in für ihn ungewöhnliche Aufregung.

»Das ist in diesem Stadium so«, hatte Ba ihm zu erklären versucht. »Der Kopf beginnt sich nach unten zu bewegen. Lola macht sich bereit, herauszukommen.«

Ignatius dachte dennoch, es sei klüger, sicherzugehen und nachzusehen. Im Übrigen war es eine willkommene Entschuldigung für ihn, über Nacht in Bhuj zu bleiben, Vorräte für die

New Pinch Boutique zu besorgen und Bablu, seinen besten Freund, zu besuchen, der früher Perlenfischer in Jamnagar gewesen war und dem heute das Aina Mahal Annexe gehörte, Bhujs beliebtestes Gästehaus.

Bean und Ignatius waren über die Monate regelmäßig nach Bhuj gefahren, um Dr. Gladys Pinto zu konsultieren, eine Gynäkologin und Spezialistin für Kinderheilkunde. Dr. Pintos Praxis lag versteckt am oberen Ende einer wackligen Treppe irgendwo im geschundenen Labyrinth der Altstadt. Auf der Wand über ihrem orangefarbenen Neonnamensschild stand der vernünftige Hinweis: *Hier nicht spucken oder urinieren.* Wenn man in ihre Praxis hereinkam, gab es links von der Empfangstheke eine Spielecke mit Holzpferden und allen möglichen anderen Spielzeugen für mitgebrachte Kinder, auf die zuhause niemand aufpassen konnte. In der Mitte des Raums, unter einem sich langsam drehenden Ventilator, stand ein runder Rohrtisch mit alten Zeitungen und Film-Magazinen. Ein Fernseher, der nie eingeschaltet zu werden schien, war so abenteuerlich an der Wand befestigt, dass er ständig herunterzufallen drohte. Links und rechts von ihm hingen gerahmte Bilder von idyllischen Stränden an der pfirsichfarbenen Wand, mit Fischerbooten, weißem Sand, türkisem Wasser und Palmen – um die Augen zu beruhigen und vielleicht auch als Erinnerung an Gladys Pintos Heimat Goa, die sie vor langer Zeit verlassen hatte, um ihrer medizinischen Berufung zu folgen.

Gladys Pinto hatte keine Partner in ihrer Praxis, dafür aber ein ganzes Schwesternheer, fünf zum christlichen Glauben konvertierte Frauen in weißen Uniformen mit gestärkten, an der linken Seite ihrer Brust festgesteckten Taschentüchern und makellos weißen Bata-Turnschuhen an den Füßen, in denen sie leise über den gefliesten Boden eilten. Diese Schwestern hatten alle Abläufe in der Hand, einschließlich der Entscheidung, wer zuerst zum Doktor vorgelassen wurde, so dass es jedes Mal, wenn eine von ihnen auf dem Flur auftauchte, zu einem kleinen Einschmeichel-Wettbewerb kam: »Schwester, solche Probleme, ich habe die ganze Nacht nur gespuckt!«, oder: »Schwester, Schwester, bitte mich als Nächste, mir ist ganz schwindlig.«

Immer war das Wartezimmer von Dr. Pinto voller Frauen, die meisten von ihnen kugelrund und hormonell im Ausnahmezustand, ob sie nun schwanger waren oder nicht. Mütter, Töchter, Schwestern, ein großer Teil davon Muslime, die von Kopf bis Fuß in schwarzen Burkas steckten, aus denen sie Bean und Ignatius mit leicht konsternierten, wenn nicht gar vorwurfsvollen Blicken musterten. »Als ob«, fauchte Bean einmal, als es ihr zu viel wurde, »als ob sie alle verdammte Fälle unbefleckter Empfängnis wären. Als hätten sie sich nicht hingelegt und die Beine breit gemacht, um in diesen Zustand zu kommen.«

»Psst, Beena«, schalt Ignatius sie sofort, weil er fürchtete, dass sie so die kleinen Bevorzugungen, die er bereits für sie erwirkt hatte, zunichte machen würde.

Manchmal, selten genug, tauchte auch ein Mann auf, setzte sich neben seine Frau und blätterte geduldig durch eine zehn Tage alte Zeitung, während sie sich mürrisch den Bauch hielt. Und einmal, nur ein einziges Mal, kam ein dürres, minderjähriges Mädchen herein, allein, das Gesicht so leer wie der Morgenhimmel, und Bean wusste instinktiv, dass Gladys Pinto ihr dabei helfen würde, mit einem flachen, kinderlosen Bauch zurück nachhause zu gehen, ganz wie es die Schwestern in der Jayalakshmi Ladies Clinic vor Jahren bei ihr getan hatten.

Das letzte Mal, als Bean bei Gladys Pinto gewesen war, hatte sie über Müdigkeit und Kopfschmerzen geklagt. Sie aß die ganze Zeit, bekam nicht genug Schlaf, und ihr Bauch war ihr ständig im Weg. »Sie haben es bald geschafft«, hatte Dr. Pinto ihr versichert. »Stellen Sie sich nur vor, Miss Patel, Ihre Lola kann in der Gebärmutter bereits Licht und Dunkel spüren. Sie kann Ihren Herzschlag hören, Ihren Verdauungsapparat, Ihre Stimme.«

»Was ist mit meiner Stimme?«, unterbrach Ignatius sie.

»Ja, Lola kann auch Ihre Stimme hören. Aber nicht so wie

ich. Für Lola ist es mehr wie unter Wasser. Es ist ein gedämpftes Hören, verstehen Sie?«

»Ja«, sagte Bean. »Das kann ich mir sehr gut vorstellen.«

Dann hob Gladys Pinto Beans Bluse, bedeckte ihren weiten Leib mit Gel und bewegte den Fühler des Ultraschallgeräts von Rippe zu Rippe, in sanften Wellen, wüstenwindgleich, während Ignatius ehrfurchtsvoll staunend neben ihr stand und zusah, wie sich die kleine Lola bewegte. Er erkannte ihre Wimpern, Finger und Zehen, und sogar das Herz sah er schlagen.

»Glaubst du wirklich, heute wird es nicht voll?«, fragte Bean und blickte aus dem Fenster, während Mansuk-Bhai den unbefestigten Weg hinaus aus Anjar zur Schnellstraße Richtung Bhuj fuhr.

»Glaub mir, wir werden allein sein.«

Bean sah zu, wie das erste Licht langsam den Tag füllte. Es war ein kühler Morgen, der sie an das frühe Aufstehen für ihr Schwimmtraining mit Chotu erinnerte. An die Einsamkeit im Haus mit dem orange-schwarzen Tor, als alle noch schliefen, bis auf Selvi, die sich mit zerzaustem Haarknoten von ihrer Jutematte erhoben hatte, um Bean ihre Schultasche und die Lunchdose in die Hand zu drücken.

»Verdammt, Mansuk-Bhai«, knurrte Ignatius. »Versuchst du es darauf anzulegen, das Wenige, was ich an Genitalien habe, ganz in sich zusammenschrumpfen und absterben zu lassen? Mach das Fenster zu, Alter, ich friere fürchterlich.«

Der Tag, der vor ihnen lag, würde lang werden. Ignatius hatte bereits aufgezählt, was alles zu erledigen war. Erst kamen die Ultraschallbilder, dann mussten die Chikoos ausgeliefert und ein dreigängiges chinesisches Essen im Chopsticks verspeist werden. Es galt, die vielen Eingänge und Gassen Bhujs nach Perlen und Patola-Seide, Holzklötzen und Färbemitteln zu durchsuchen. Zwischendurch mussten sie zu Dee Pee's am Harmisar-See, um die getrockneten Früchte für Ba zu besorgen, und ganz am Ende würde es noch ein unerlaubtes Glas eiskaltes Kingfisher-Bier mit Bablu auf der Terrasse des Aina Mahal Annexe geben.

Beans letzter Gedanke an jenem Republic-Day-Morgen, bevor sich die Welt veränderte, war, wie damenhaft Ignatius wirkte, wenn sich die Muskeln in seinem Nacken entspannten. So, wie er vor ihr auf dem Beifahrersitz saß, mit ausgebreiteten Armen und nach hinten gelegtem Kopf, sah er fast aus wie ein fliegender Schwan. Gerade als Bean spürte, dass sie in eine ähnliche Selbstvergessenheit trieb, ruckte das Taxi plötzlich und schleuderte gegen einen Baum am Straßenrand. Ignatius hob sofort instinktiv den Kopf und griff beschützend hinter sich, Mansuk-Bhai schrie wie eine Frau, als ihm das Glas der Windschutzscheibe ins Gesicht splitterte, und Bean, die auf ihrem Sitz vorgeschleudert wurde, hatte das Gefühl, unter die Füße der Welt geworfen zu werden. *Wamm-bamm, wamm-bamm,* und dann das Nichts.

30
Nach Fußabdrücken von Vögeln am Himmel suchen

Es begann mit einem Zittern unter der Oberfläche der Erde, das Kraft sammelte wie eine Flamme, die im Dunkel um sich griff. Es war ein Sturz wie nie zuvor. Anjar wurde auf den Kopf gestellt, auseinandergerissen, als zöge eine Armee stahlgepanzerter Marodeure unter ihr durch, risse alle Gebäude zu Boden und schleuderte die guten braven Männer und Frauen der Stadt wie Stoffpuppen hin und her. Als wären ihre Häuser bloße Spielzeuge.

Seht doch, die Zam Zam Lodge, in der Babo sechs Monate lang epische Briefe an Siân geschrieben hatte – eingestürzt. Der Amba-Mata-Tempel, in dem die Familie Patel ihren Ursprung gefunden hatte, die New Pinch Boutique, Hira Lal's Juwelierladen – alles lag am Boden. Jede einzelne dämmrige Gasse von Ganga Bazaar zerstört wie eine jener neumodischen gläsernen Diwali-Dekorationen. Alles in tausend Stücken. Die Erde tanzte, wiegte die Hüften, *schamack-schimack schamack-schimack*, und obwohl der Tag erst begann, versank alles in Finsternis.

Männer rannten aus ihren zerschlagenen Häusern, voller Schmutz und Blut. Kinder saßen auf Schutthaufen und weinten. Pfauen stellten ihre Federn zu zuckenden Rädern auf, wie Seidenpapier – *dja-djatta, dja-djatta* –, und aus ihren Kronen drang blaues Licht. Und die Schakale, die sich sonst von Sonnenaufgang bis Sonnenuntergang versteckten, standen in den Rinnsteinen und heulten mit ihren teilnahmslosen Gesichtern nach dem Ende des Endes und dem Anfang des Anfangs.

Zwei Tage nach dem Republic-Day-Erdbeben von der Stärke 7,9 auf der Richter-Skala mit Epizentrum in Bhuj, Gujarat, gab es immer noch keine Nachrichten aus Ganga Bazaar. Sämtliche Telefonverbindungen waren zusammengebrochen. Babo und Siân saßen umgeben von Zeitungen in der Wohnung Meenals und ihres Schiffsmaklers. Babo brachte Stunden damit zu, jede einzelne Spalte, jede einzelne Zeile zu lesen, auf der Suche nach Informationen, die BBC und NDTV nicht geben konnten oder wollten. Siân hockte wie gelähmt auf dem Sofa, während der Fernseher ein Bild nach dem anderen zeigte, und hörte den Sprechern zu, die mit ernster, gemessener Stimme, die traurigsten Geschichten ein ums andere Mal wiederholten.

Alle wussten längst von den dreihundertfünfzig Schülern in Anjar, die während ihrer Republic-Day-Parade getötet worden waren, und deren Familien einhunderttausend Rupien Entschädigung bekommen sollten, weil ihre Kinder ihre Leben in »Ausübung einer patriotischen Pflicht« gelassen hatten. Ihre Eltern und Großeltern waren interviewt worden, und ihre Babybilder hatten die Wohnzimmer überall im Land mit flimmerndem Licht erfüllt. Die Lehrer, die überlebt hatten, vergossen Tränen wie Hydranten, und beteuerten, was für gute Kinder es doch gewesen seien, jedes einzelne von ihnen, Engel in menschlicher Gestalt.

Und die Diamanten-Arbeiter aus Bapunagar – was das für eine Geschichte war! Auch sie waren interviewt worden und hatten der Welt erzählt, dass ihre Arbeitgeber sie eingesperrt hatten, richtiggehend eingesperrt, um dafür zu sorgen, dass sie ihnen nicht mit den Diamanten davonliefen. Die, die das Glück hatten, noch zu leben – die nicht in Panik ausgebrochen und aus den Fenstern gesprungen waren –, standen vor der Kamera und dankten den Göttern über ihnen, dem festen Boden unter ihren Füßen und ihren weiblichen Kollegen, die so viel gesunden Menschenverstand bewiesen hatten, ihre Saris zu einem Seil zu verknoten, an dem sie in Sicherheit gelangen konnten.

Meenals Telefon klingelte ohne Unterlass. Mayuri und Cyrus in ihrem Strandhaus in Madras wollten wissen, was es Neues von Bean gebe, was von Ba. Auch Sonam, die Nachtschwester aus der Sylvan Lodge, rief an: »Ich kann nicht sagen, woher er es weiß, denn der Fernseher war seit Tagen nicht an, aber, Sir, er fragt ständig nach seiner Mutter. Sie sprechen besser mit ihm. Ich weiß nicht, was ich ihm sagen soll.« Prem Kumar, dessen Gedächtnis sich von Nacht zu Nacht forthangelte, fragte nach seiner Frau, die seit fast zwanzig Jahren tot war, lächelte dann und fügte schnell an: »Nein, nein, natürlich ist sie nicht hier. Aber wo ist Mayuri? Wo ist Beena? Kann mir jemand sagen, wo meine Mutter ist?«

Endlich, nach zweitägigen Verhandlungen, gelang es Meenals Schiffsmakler-Mann, einen Fahrer zu finden. »Bhai«, sagte Meenal zu Babo. »Die Leute kommen jetzt durch. Es wird Zeit für dich und Bhabi.«

Babos und Siâns gefahrvolle Reise nach Anjar begann in einem himmelblauen Ambassador vor Meenals Wohnblock. Während sie auf Prakash, den Fahrer, warteten, wägte Babo das Für und Wider eines neuerlichen Rückfalls ins Rauchen ab. Siân und die Einbrauen packten die Rückbank mit Medikamenten, Verbandszeug, Essen und Wasser voll, alles organisiert von der örtlichen Jain-Gemeinde.

Um elf Uhr kam Prakash, ein junger Mann mit breitem, ehrlichem Gesicht, verunziert nur durch seine Hakennase und einen strengen Mittelscheitel mit nach links und rechts geklebtem Kraushaar. Als er den himmelblauen Ambassador sah, verschloss sich sein breites, ehrliches Gesicht jedoch. »Es tut mir leid«, sagte er, »aber damit kann ich nicht fahren.«

»Warum nicht?«, schrie Meenal. »Elender Nichtsnutz. Ich habe doch gesagt, wir sollten ihn nicht vorab schon bezahlen!«

»Madam, da ist kein Gott«, sagte Prakash und deutete auf das Armaturenbrett des Wagens. »Wollen Sie, dass ich so eine Reise ohne Gott unternehme?«

»Aber wir glauben nicht an die Kraft von Gottesbildern in unserem Wagen«, sagte der Schiffsmakler. »Wir sind Jains.«

»Nun, und ich glaube nicht daran, einfach so mein Leben zu riskieren«, sagte Prakash hochmütig. »Wenn Sie wollen, dass ich mit dem Wagen fahre, besorgen Sie besser einen Gott.«

Am Ende fanden sie in einem nahen Laden einen Plastik-Ganesh mit Lichterkette, den sie am Armaturenbrett anbrachten, und nachdem Prakash feierlich die Hände gefaltet und mehrfach den Kopf hatte vorkippen lassen, setzte sich der himmelblaue Ambassador schließlich in Bewegung.

»Fahrt vorsichtig«, sagte Meenal und berührte Babos Arm, womit sie ihn an einen Moment vor Jahren erinnerte, auf der roten Ziegelterrasse der Sylvan Lodge, als sie beide noch dünn und unschuldig gewesen waren und Meenal ihm einen von Falgunis tränenbefleckten Briefen in die Hand gedrückt hatte.

Babo und Siân saßen auf der plastiküberzogenen Rückbank und hielten sich bei den Händen. Babo trug das Platinmedaillon seines Urgroßvaters, das ihm Prem Kumar am Morgen seiner Abreise nach London gegeben hatte. Das letzte Mal hatte er es auf dem Rückflug nach Madras getragen, als Prem Kumar ihn mit Trishalas angeblicher Krankheit zurückgelockt hatte. Es war Babo zufällig in die Hände gefallen, als er die Sachen für die Reise gepackt hatte. In einer alten Zigarrenkiste hatte es gelegen und so verlassen und vergessen ausgesehen, dass er es zu seinem Rasierzeug gab, weil er dachte, Ba würde es vielleicht gern noch einmal sehen.

Sie brauchten zwanzig Stunden von Bombay nach Ahmedabad und mussten noch ein ganzes Stück weiter, am Golf von Cambay vorbei, durch Sanand, Surenda Nagar, Rajkot, Tankara und Jetpur, Städte, deren Namen ein lange verstummtes Pochen in seiner Brust hervorriefen. Babo hatte ihre zerklüfteten Umrisse einst bestens gekannt, wie das filigrane blaugrüne Muster auf dem Körper seiner Frau. Aber jetzt wirkte alles ganz anders, wie fremdländisches Territorium.

Die Frauen kamen nach Tagen der Suche und setzten sich auf Bas Steinboden. »Was sollen wir tun?«, fragten sie mit trockenen Augen. Für Tränen fehlte ihnen die Kraft, und so fragten sie einfach nur: Wie machen wir jetzt weiter?

Tagsüber durchwühlten sie den Schutt nach Dingen, die noch brauchbar waren. Einige kochten in den großen Stahltöpfen, die aus dem Amba-Mata-Tempel gerettet worden waren. Andere, die einen Körper festhalten und mit ordentlichen Stichen, ohne Betäubung, Wunden nähen konnten, begleiteten die Ärzte. Abends setzten sie sich zusammen und besprachen die Ereignisse des Tages. Sie redeten von den Arbeitern im Krematorium, die bereits einen Zwei-Jahres-Vorrat an Brennholz verfeuert hatten, nur noch Körper auf Körper warfen und die Toten anonym und unregistriert verbrannten. Sie sorgten sich um das Wasser. Was sie noch hatten, würde nicht mehr lange ausreichen, und es gab bereits Fälle von Cholera, Typhus und Ruhr. Sie sprachen gedämpft und versuchten die Schuld ihres Überlebens aufzuteilen. »Warum?«, fragten sie. »Warum sie und nicht wir?«

Babo bewegte sich rückwärts. Zurück, zurück. Vorbei an sonnenbraunen Gesichtern und Salzebenen. Weiter und weiter, bis er da war und vor der Tür seiner Kindheit stand, in Ganga Bazaar, wo sein Großvater ihm erlaubte, seine Münzen zu zählen und zu ordnen. Babos rostgesichtiger Bapa, der mit seinen Gefühlen und seinem Geld gleichermaßen knauserte, nur bei seinem Lieblingsenkel nicht.

Babo kam an allem vorbei, den stolzen Kühen Gujarats, deren Hörner die schönsten von ganz Indien waren, den Flüssen Tapti, Narmada und Sabarmati, dem Marschland und den tief liegenden Salzsümpfen, die Kutch vom Rest des Landes abtrennten.

Babo musste daran denken, wie ihn seine Ba und sein Bapa eines Winters hierhergebracht hatten, weil er die Flamingos sehen wollte. Wenn eines der anderen Kinder darum gebeten hätte, hätte es den Gürtel zu spüren bekommen und wäre einen Tag lang in den Vorratsraum gesperrt worden. Aber weil Babo der Lieblingsenkel war und weil er seiner Großmutter schöntat und ihr ins Ohr flüsterte, dass er »am allerliebsten« die rosafarbenen Flamingos sehen würde, wie die in Afrika, weil es Babos Wunsch war, stiegen sie alle, Meenal, Dolly, Trishala, Ba und Bapa, auf Suraj-Bhais Ochsenkarren und unternahmen die zweitägige Reise von Ganga Bazaar nach Khavda, wo sich nach dem Monsun zehntausende Flamingos in Kolonien über den Wassermarschen verteilt hatten, um zu brüten.

Babo wollte seine Erinnerung mit Siân teilen: Wie er seinen Schwestern erklärt hatte, die Flamingos hinterließen rosa Fußabdrücke am Himmel, und er der Ersten, die einen von ihnen entdeckte, zwei Annas versprach. Meenal hatte schnell die Lust verloren und nach einer Stunde alle Flamingos vergessen. Aber Dolly hielt durch, lag auf dem Rücken, den Kopf auf Babos Schoß, und ließ den Himmel nicht aus den Augen. Ihr sollte kein rosa Abdruck entgehen. Als sie schließlich ankamen, weinte sie, weil sie sich den Nacken verrenkt hatte. Trishala, die herausfand, was geschehen war, ohrfeigte Babo, bis er selbst ganz rosa war. »Rosa Fußabdrücke! Ich geb dir rosa Fußabdrücke!«, rief sie. »Immer hast du nur Unsinn im Kopf!« Aber Ba ging dazwischen, und Bapa lächelte nur und nannte ihn einen Schlingel. Bapa hob Babo auf die knochigen Schultern, damit er das glitzernde rosa Federmeer über dem Wasser besser sehen konnte, und Babo, nach all den Jahren, dachte auch heute nicht, dass er je etwas Wundervolleres gesehen hatte.

Babo schloss die Augen und versuchte sich das Bild zurück ins Gedächtnis zu rufen. Er wollte es in seinem Kopf verankern, um andere Gedanken daraus fernzuhalten. Es schien ihm sicherer, in der Vergangenheit zu verweilen, denn was vor ihm lag, ängstigte ihn zu sehr. Was er seiner Frau sagen wollte, war das: Dass alles gut werden würde. Anders ging es nicht. Er hatte sich gerade erst mit dem Tod seines Bruders abgefunden. Sich eine

Welt ohne Bean oder Ba auch nur vorzustellen, war unmöglich, undenkbar. Etwas Grausameres gäbe es nicht.

Siân blickte wie versteinert aus dem Fenster. Der Knoten in ihrem Hals wurde immer größer, bis sie dachte, sie müsse ersticken. Sie hatte die ganze Zeit nicht über Bean sprechen wollen und sich an die Fakten gehalten, an das, was die Zeitungen zu vermelden wussten.

Die Zeitungen schrieben von Babys, die unter den Trümmern entdeckt worden waren, Familien, die sich aneinanderklammerten, mit verzerrten Gesichtern und Tränen in den Augen, einem Mann, der unter seinem Haus begraben worden war, eine Tasche mit dreihundert alten Goldmünzen an die Brust gedrückt. Sie schrieben von fehlendem Strom, von zu wenig Wasser, zu wenig medizinischer Ausrüstung und dem Zusammenbruch des Telefonnetzes.

Ein Reporter, der mit dem Hubschrauber über Anjar geflogen war, schrieb, er habe die Toten riechen können. Von ganz da oben hatte er die Toten riechen können, und was er unter sich gesehen hatte, war kaputtes Land, waren blaue Notzelte und Geier, die sich durch das Chaos wühlten und fraßen.

Aber es gab auch hoffnungsvolle Meldungen. Babo hatte sie zusammengesucht und Siân präsentiert. Geschichten von Frauen, die auf den Sportwiesen Gemeinschaftsküchen errichtet hatten, von Motorrikscha-Fahrern, die ihre Taxis und Transporter zu Krankenwagen gemacht hatten, Ärzten, die sich Tag und Nacht durch den Schutt kämpften und die Opfer mit allem, was sie hatten, behandelten. Von Hindus und Muslimen, die Seite an Seite auf den Böden der Häuser schliefen, die stehen geblieben waren.

Und natürlich gab es die sprichwörtlichen Wunder: ein frisch verheiratetes Paar, das sechsunddreißig Stunden unter dem Schutt von vier Stockwerken überlebt hatte, einen Achtzigjährigen, den das Erdbeben in seinem Bett überrascht hatte und der zwei Tage später genau dort unter Trümmern begraben gefunden wurde und sich nur über leichte Halsschmerzen und Verstopfung beklagte, einen Zwölfjährigen, der seine ganze Familie verloren hatte und sagte, ein Engel habe ihn gerettet, indem er ihm Tag und Nacht in die Ohren gesungen habe.

Und unter all diesen Wundern hoffte Babo auch seine hundertjährige Großmutter zu finden, einen Hermaphroditen namens Ignatius und seine schwangere Tochter.

31
Marienkäfer, Marienkäfer

Bei Anbruch der Dämmerung rollte der himmelblaue Ambassador in die zerstörte Stadt Anjar. Siân war durstig. Seit ihrem letzten Halt in Amroli, wo Ganeshs Lichtgirlanden verloschen waren, hatte sie nichts mehr getrunken. Gesagt hatte sie seit dem Abend zuvor nichts mehr, als sie außerhalb von Ahmedabad angehalten hatten, um ein paar Stunden zu schlafen. Unter einem wolkenlosen Himmel und in Schweigen gehüllt, fuhren sie durch die vor ihnen liegende, sich verdunkelnde Welt. Wohin Siân auch sah, lagen Trümmer. Eingestürzte Häuser und in sich zusammengefallene Mauern säumten die Straßen. Es war wie eine Szenerie aus der Unterwelt.

Die Einfahrt ins Dorf Ganga Bazaar war voller Leute. »Bist du sicher?«, fragte Siân. »Bist du sicher, das ist es?«, denn nichts sah mehr so aus, wie sie es kannte. Die Menschen wirkten verängstigt, Schreien und Weinen füllte die Luft.

Als der Wagen ins Dorf bog, hielt sie ein Polizist an und wollte wissen, ob sie zu einer nationalen oder internationalen Hilfsorganisation gehörten. Babo erklärte ihm, dass seine Großmutter und seine Tochter in Ganga Bazaar lebten, dass sie nichts von ihnen gehört hätten und deshalb hergefahren seien, um nach ihnen zu suchen.

»Oh«, sagte der Polizist. »Dann stellen Sie den Wagen besser hier ab und gehen den Rest des Wegs zu Fuß. Die Gassen sind so schmal und die Häuser wegen des billigen Zements fast alle schon bei der ersten Erschütterung eingestürzt.«

Babo und Siân trugen jeder eine Kiste mit Vorräten. Prakash hatten sie am Wagen zurückgelassen. Sie kamen an Plünderern und Gesindel vorbei, an Dorfbewohnern, die sich in Reihen aufstellten, um ankommende Hilfsgüter abzufangen, Soldaten, die schwankende Mauern sprengten, und Trauernden, die nach ihren toten Verwandten riefen und den Geruch des Todes mit Weihrauch zu übertünchen versuchten.

Nichts wird je wieder so sein, wie es einmal war. Das war Siâns einziger Gedanke, als sie sich ihren Weg durch die Trümmer bahnten. Babo richtete den Strahl einer Taschenlampe vor sie auf den Boden, damit sie sahen, wohin sie traten. Keine der Laternen funktionierte, und selbst die Sterne am Himmel schienen sich mit ihrem Licht zurückzuhalten, als wollten sie es in andere, sicherere Teile des Universums schicken.

Endlich kamen sie zu einem Haus, das als Einziges in der ganzen Straße noch stand. Bas Haus war völlig intakt, bis auf das Blechdach, das wie ein fliegender Teppich davongeflogen war, wie Shakambari ihnen später erzählte. Babo und Siân stiegen die Eingangsstufen hinauf und folgten der Spur leuchtender Öllampen. Sie kamen in den Raum mit den Schaukeln, der voller Frauen war. Im schwachen Licht saßen sie in Grüppchen zusammen und nähten Stoffteile aneinander, wie ein Bienenschwarm summend.

Shakambari sah sie als Erste. »Gott sei Dank seid ihr gekommen«, sagte sie und erhob sich mit sichtlicher Anstrengung vom Boden. »Kommt mit zu Hansa-Behn. Sie wurde von einem herabfallenden Holzbalken verletzt. Es geht ihr aber gut, sie ist nur sehr schwach.«

»Und Bean?«, fragte Siân. »Was ist mit Bean?«

Shakambari verstummte. »Ich glaube, es ist besser, Hansa-Behn sagt es euch.«

Ba lag auf einer Matratze in der Ecke ihres Zimmers, den Körper der Wand zugekehrt. Über ihr saß eine leise kauende Gruppe roter Garoli-Eidechsen und wachte über sie.

Babo war sofort bei ihr. »Ba«, sagte er und legte ihr die Hand auf den geschwächten Arm. »Ich bin da.«

Ba drehte sich zu ihm hin.

»Ich kann dich nicht sehen«, sagte sie. »Es ist dunkel, ich sehe nichts. Was soll ich dir sagen? Ignatius und Bean sind ein paar Stunden vor dem Erdbeben zur Ärztin nach Bhuj gefahren. Wir haben nichts von ihnen gehört. Niemand kann hier weg. Und, Babo, ich kann auch nichts riechen. Alles ist weg, verschwunden, einfach so.«

In dieser Nacht schliefen Babo und Siân bei Ba, während sich die Frauen im Raum mit den Schaukeln auf den Boden legten, eng aneinandergedrängt wie säugende Welpen, um warm zu bleiben. Siân versuchte nicht an Bean zu denken und daran, wie oft sie zu ihr gesagt hatte: »Benimm dich, benimm dich«, und wie oft Bean einfach getan hatte, was ihr gefiel. Bean, die als Zweitgeborene immer gedacht hatte, sie würde weniger geliebt. Bean, die sich am sichersten fühlte, wenn sie zwischen ihrer Mutter und ihrem Vater schlief, und die nachts zurück in ihr Zimmer geführt werden musste, wo sie das Licht angemacht hatten. *Siehst du, Bean? Da ist kein schwarzer Mann. Da sind keine Schlangen. Versuche, etwas Schönes zu träumen.* Bean, die an dir zerren konnte, bis du keinen Knochen mehr im Leib hattest.

Wo war ihre Familie? Bean musste ihnen etwas sagen. Es begann mit einem Trommeln – *dramm dramm dramm* – wie ein alter Schwarz-Weiß-Film, der vor ihren Augen zerfiel. Und dann beschleunigte sich alles, überschlug sich kintopphaft. Vieh und langhaarige Schweine rannten wie verrückt umher, und ein Mann mit einem verstümmelten Kind in den Armen tauchte aus den Trümmern auf. Sie konnte nicht atmen, ihre Brust war wie verschnürt. *Dramm dramm dramm.*

»Festhalten, Beena«, sagte Ignatius, aber was für ein Wahnsinn war denn das? Wände und Decken stürzten um sie herum ein. Bewegten und schüttelten sich. Leute rannten wie wild in alle Richtungen. Und dann Stille. Bean hörte nichts mehr. Sie war auf einem Boot draußen auf dem Ozean, schaukelte sanft dahin, während es unter der Wasseroberfläche rumorte und sich neues Unheil zusammenzubrauen schien.

Ignatius legte sie an einen Ort, wo es noch Wände und eine Decke gab. Er säuberte ihr Stirn und Schultern mit dem Ende seiner Dupatta und legte das Ohr auf ihren gedunsenen Leib. »Was für eine Sache«, sagte er, schnalzte mit der Zunge und ging dann wieder hinaus in den Wahnsinn, mit einer Brechstange in der Hand. Mansuk-Bhai ging mit ihm, die Ärmel bis zu den Ellbogen aufgekrempelt.

Zieht ihr in den Krieg? Was ist hier los?, wollte Bean fragen. *Gegen wen kämpfen wir? Lasst mich nicht allein. Kommt zurück!*

Aber Ignatius war schon weg, seine silbernen Armreifen klimperten bedrohlich in der Morgensonne.

Bean musste Mayuri finden. Sie wollte ihr sagen, dass sie ihre Leben am Ende doch zusammen gelebt hatten, wollte noch einmal das Geländer in der Sylvan Lodge mit ihr hinunterrutschen, *wusch wusch*, in Jeansröcken, *zoom zoom*, gemeinsam mit ihr in die Tiefe fallen.

Sie wollte, dass ihr Vater und ihre Mutter sie bei der Hand nahmen, mit ihr durch die kaputten Räume gingen und die Dinge benannten: Tisch, Stuhl, Schrank. Mutter, Vater, Schwester. Würde es so einfach sein, alles wiederherzustellen? Alles wieder ganz zu machen?

Bean konnte Farben riechen. Die Fabrik ihres Vaters während des Diwali-Festes, eine Fünfhundert-Pfund-Bombe, die, wie es schien, über Stunden, explodierte – *phatt phatt phattaphatt*. Diwali. Der Gott Ram brachte die Göttin Sita zurück ins Königreich. Der Triumph des Guten über das Böse. Die Einbrauen, die Lampen, Ölbäder, neue Kleider. Selvi und Selvam, dunkel wie polierte Kaffeebohnen, die von Siân schön verpackte Geschenke bekamen. Es ging um das neue Jahr, um Schutz. Ihre Mutter und ihr Vater, Siân und Babo, eine Verbindung ihres Namens auf Dosen voller Farbe, die auf den Wänden der Menschen verteilt wurde, Monsune und Heiraten überlebte. Und was war jetzt mit diesen Häusern? Eingestürzt, zerstört. Alles in sich zusammengefallen. *Marienkäfer, Marienkäfer, flieg zurück, dein Haus steht in Flammen, deine Kinder sind weg ...* Babo in seinen farbverschmierten Hemden, Siân mit dem milchigen Geruch der Liebe zwischen den Brüsten. Mutter. Vater.

Das war es, dachte Bean. Der Augenblick, den ich mir gewünscht habe: Mein Augenblick blendender Klarheit. Fünfundvierzig Sekunden lang. Bean hatte nicht an Javier gedacht. Sie hatte an ihr Baby gedacht, an Ba. Daran, was Babo, Siân und Mayuri ohne sie in dieser Welt tun würden.

Vier Tage hatte sie in der Dunkelheit verbracht, was sie an den Zyklon in Madras 1984 erinnerte, als sie im Haus mit dem orange-schwarzen Tor festgesessen hatten. Fast eine ganze Woche gab es keine Schule, kein Büro. Nur Regen, der auf Telefonleitungen prasselte, Äste von Bäumen riss. Vor der Dunkelheit hatte Bean keine Angst gehabt. Siân und Selvi hatten das Haus mit Kerzen gefüllt. Babo hatte Mayuri und ihr Rommé beigebracht. Den ganzen Tag hatten sie Karten gespielt, erst um Pistazienschalen, dann um Fünfundzwanzig-Paise-Münzen. »Es besteht kein Zweifel an den Gujju-Genen dieser Mädchen«, lachte Babo, als Mayuri und Bean ihm alles abnahmen. Nachts schliefen sie wie eine perfekte Familie: Babo und Siân seitlich in ihrem großen Bett aus Kaschmir, Bean und Mayuri zwischen sich. Und dann geschah das Unvermeidliche: Der Regen wurde weniger und hörte schließlich ganz auf. Die Lichter gingen an, und es wurde unangenehm hell. Sie verfielen wieder in ihren gewohnten Alltag und schliefen in ihren eigenen Betten. Bald danach fand Selvi Bean am Sicherungskasten. »Was machst du denn da, Kind? Bist du verrückt geworden?« Aber Bean konnte nicht anders. Sie hatte sich in die Dunkelheit verliebt, selbst wenn es die gleiche Dunkelheit war, in der der schwarze Mann umherstrich.

Das jetzt war eine andere Dunkelheit. Fast ohne Essen und Schlaf, mit dem Gestank faulenden, verwesenden Fleisches um sie herum. Nachts war es still, doch zwischendurch klang ein gurgelndes Lachen aus einer schwarzen Ecke, ein verbotenes Geräusch. Seltsam, dachte Bean, selbst in Zeiten wie diesen müssen wir lachen, und vielleicht hielten sich irgendwo auch ein Mann und seine Frau in den Armen und schliefen miteinander, froh, noch zu leben. Oder ein Liebespaar. Ganz, wie es sein sollte.

Bean legte sich die Hände auf den Leib. Sie spürte, wie ihr Baby sich bewegte. Sanft, aber nachdrücklich. *Klopf klopf*.

Fünfundvierzig Sekunden. Das reichte, um ein Leben zu ändern.

Bean wusste nicht, wann Ignatius zurückgekommen war. Vor ein paar Stunden, vor einem Tag. »Es ist alles in Ordnung«, erklärte ihm Bean. »Lola geht es gut. Ich kann sie spüren.«

»Wir verschwinden von hier«, sagte Ignatius. »Jetzt gleich. Komm, lass uns gehen. Ich habe jemanden gefunden, der uns fährt. Einen alten Liebhaber. Vertraue der Vergangenheit. Komm schon, Beena. Ich helfe dir.«

Ignatius trug Bean in einen hellgelben Lastwagen. Der neue Tag brach an, und obwohl die Straßen voller Schutt lagen und der Himmel Löcher zu haben schien, strahlte die Sonne von ihm herab, als wäre nichts geschehen. Um sie herum herrschten die Nachwehen des Kampfes. Es war genau wie in dem Gedicht, das Bean in der Schule gelernt hatte: Die Hunde kehrten zu ihrem Hundeleben zurück, und alles wandte sich geruhsam von der Katastrophe ab.

Ba hörte es als Erste, das sich auftürmende Grollen des Donners, das durch die Luft rollte, als räusperte sich der Himmel, *katt-fatt katt-fatt*, und bereitete sich darauf vor, alles hervorzuwürgen, was er erlebt hatte. Dann kam der Geruch. Erst eine berauschende Brise mit dem Duft von Bakul-Blüten und nassem Gras, und dann von weit her, über lange Kilometer Schutt und Trümmer, über Leichen und die heulenden Seelen von Schakalen und Pfauen, Kindern und Nachbarn wehend, kam der Geruch von Gewürzen und Eiskrem, von Messing, Sex und Blut.

Ba schlug die Decke zur Seite und erhob sich von der Matratze, auf der sie so viele Tage und Nächte gelegen hatte. Die Beine unsicher, wie Wassersäulen. Sie schob sich Zentimeter um Zentimeter den Flur entlang und staunte über die Wände ihres Hauses. Diese Wände, die noch standen. Es mussten die roten Garoli-Eidechsen gewesen sein, die sie gerettet hatten, ihr jahrelanges Kauen und Speicheln, das alles fest miteinander verbunden hatte.

Am Waschbecken öffnete Ba ihre langen weißen Zöpfe. Der Spiegel war heruntergefallen und gesprungen. Aus dem Hahn kam kein Tropfen Wasser, aber auf dem Boden stand ein Eimer, voll bis an den Rand. Sie hatten das Brunnenwasser rationiert: zwei große Tassen pro Person und Tag. Mehr gab es nicht, um zu trinken, sich zu waschen, Wunden zu reinigen und zu kochen.

Ba zog einen Plastikhocker zum Eimer, zog sich aus und hängte ihre Kleider an den Badezimmerhaken. Ihre Lunge rasselte, als sie sich auf dem Hocker niederließ. Sie schöpfte eine Tasse Wasser aus dem Eimer und tauchte die Finger hinein. Das Wasser war kalt. Sie benetzte die Finger noch einmal und spritzte sich ein paar Tropfen ins Gesicht. Ihre Augen brannten vor Wonne.

Ba dachte daran, wie sie als junges Mädchen zum Baden an den Fluss gegangen war. Vollständig bekleidet waren sie ins Wasser gewatet und mit den Köpfen voran untergetaucht. Das Gefühl von Wasser auf der Haut. Gab es etwas Sinnlicheres, Erotischeres? Sie wollte es wieder fühlen, sich in der gleichen Seligkeit auflösen, und schüttete sich die Tasse Wasser über den Kopf. Dann noch eine und noch eine, bis ihr das Haar wie eine

Wasserpflanze am Körper klebte. Sie keuchte und zitterte. Die Kälte des Wassers, seine Sauberkeit. Tasse um Tasse schüttete sie über sich, bis der Eimer leer war. Dann wickelte sie sich in ein Handtuch und griff nach einer sauberen Bluse. Es war nicht leicht, sie anzuziehen. Die Narbe auf ihrer Schulter schmerzte, und auch die Wunden auf der Stirn und dem Schlüsselbein, wo der Balken sie getroffen hatte, waren noch nicht verheilt. Wenige Minuten später war sie wieder angekleidet. Die Haken geschlossen, der Sari neu gebunden.

Bevor sie hinausging, tastete sie nach ihrem Kamm und der Silberdose mit dem Kajal, kämmte sich das Haar, löste Knoten und Nester und spürte, wie ihr lange Strähnen ausgingen. Dann öffnete sie die Silberdose und steckte den Ringfinger hinein. Sie brauchte keinen Spiegel, um die unteren Ränder ihrer Augen zu finden, die sie mit Schwärze markieren wollte.

Ba verließ das Bad, durchquerte das Zimmer mit den Schaukeln und ging zur Tür. Von draußen klang Lärm herein. Sie konnte Shakambari und Durga-Behn darüber streiten hören, wie viel Chilipulver in etwas hineinkam. Sie konnte Rukku hören, die sagte: »Nein, nein, nicht so. Schneid es so. Wir brauchen so viele Zelte wie möglich.«

Als sie auf die hölzerne Schwelle trat und sich so hinzustellen versuchte, dass sie nicht zu wacklig wirkte, bemerkten sie die Frauen von Ganga Bazaar endlich und stießen einen Schrei aus. »Hansa-Behn, was machst du denn? Warum bist du aufgestanden?«

»Geht und holt Babo«, sagte sie. »Sagt ihm, er soll nirgends hinfahren.«

Babo und Siân wollten in ihrem himmelblauen Ambassador nach Bhuj. »Was ist?«, rief Babo und kam zu ihr gelaufen. »Brauchst du einen Arzt? Ist alles in Ordnung mit dir?«

Ba konnte die roten Garolis von den Wänden plumpsen hören. Das Blechdach war jedoch weg, da war sie sicher, und hatte die Pfauen mitgenommen.

»Wo denkst du hin«, sagte sie. »Sie kommen, Babo. Sie kommen nachhause. Ich kann sie riechen. Kommt, setzt euch zu mir. Kommt«, sagte sie und zog an Siâns Hand. »Setzt euch zu mir und wartet.«

Ba setzte sich auf die Eingangsstufen und sah gerade vor sich hin, ihre zuckerkranken Augen geronnen, das durchscheinende, ungeflochtene Haar nass der vergifteten Luft ausgesetzt.

Als die ersten Tropfen fielen, wusste Ba, dass sie da waren. Babo und Siân rannten, zertraten die Erde, als wäre es ein Teppich aus buttergelben Blumen. Ignatius kam auf sie zu und hob die zarten Arme wie die Flügel eines roten Drachens. Bean war bei ihm und lachte durch die schweren Regenschleier.

Damit ist es gut, dachte Ba. Ihre Geschichte hatte ihr Ende gefunden. Die Frauen würden nicht nackt auf die zerstörten Felder hinausgehen müssen, um sich vor die Pflüge zu binden. Sie würden sich nicht über die ausgetrockneten Furchen schleppen müssen, um die Erde wieder fruchtbar zu machen. Stattdessen konnten sie ihre Körper mit Schlamm bedecken, sich hineinlegen und den Mund der gefallenen Welt öffnen.

Glossar

Ahimsa – Gewaltlosigkeit, eines der zentralen Prinzipien des Jainismus
Almirah – Schrank, Kommode
Arihant – spirituelle Führer im Jainismus, die durch Meditation einen Zustand der Loslösung von allen Irdischen erreicht haben
Ashram – klosterähnliches Meditationszentrum
Asuras – dämonische, himmlische Wesen; Gegenspieler der Götter
Ayah – Kinderfrau

Ba – Großmutter
Bahul – Bahul-Baum, auch Spanische Kirsche genannt
Bapa – Großvater
Bapuji – Papa
Behn – Schwester
Beta – Sohn
Bhabhi – Schwägerin
Bharatanatgyam – einer von acht klassischen indischen Tanzstilen
Bhai – Bruder
Bhajjiya – in Teig ausgebackene scharfe Snacks, meist Zwiebeln
Bhel Puri – Puffreis-Gericht aus Bombay
Bidi – indische Rauchware aus Tabak oder anderen Kräutern

Bindi – ein mit farbigem Puder auf der Stirn zwischen den Brauen aufgetragener Punkt
Bonda Bhajji – südindischer Snack, in Teig ausgebackenes Gemüse, meist Kartoffeln

Chanya Choli – dreiteilige Kombination aus langem Rock, kurzem Oberteil und Tuch, meist aufwändig verziert
Chappathi – indisches Fladenbrot
Chikoos – sehr große süße Beeren, ähneln im Geschmack reifen Birnen
Chola – tamilisch-indische Volksgruppe; das Chola-Reich war eines der bedeutendsten indischen und hinduistischen Reiche überhaupt
Choo Mantar – Zauberformel, um etwas verschwinden zu lassen
Chori-Chori – »Chori Chori Chupke Chupke« (wörtl.: »Versteckt versteckt leise leise«) ist ein Bollywoodfilm von 2001 (dt.: »Das Liebesdreieck«)

Daal – Linsengericht
Daal Dhokri – herzhafte Linsensuppe mit Einlage aus Gujarat
Dau – hölzernes Schiff mit bis zu drei Masten
Dev Anand – indischer Schauspieler und Filmschaffender
Dharma – Religion, Ethik, Moral
Dhikri – Kosename, besonders für Kinder
Dhokla – würzige Beilage aus Gujarat, zubereitet aus gedämpften Kichererbsen
Dhoti – das traditionelle Beinkleid des indischen Mannes, das Gegenstück zum Sari der Frauen
Diwali – hinduistisches Lichterfest im Oktober, gehört zu den spektakulärsten und buntesten religiösen Festen Indiens
Dosa – dünner, knuspriger Pfannkuchen aus Linsen- und Reismehl
Dupatta – langer, breiter Schal

Ekam – die höchste Einheit (aus dem Tamilischen)

garam – scharf, heiß
Garba Griha – das innere Heiligtum eines Tempels
Ghagra – klassischer langer Rock, wird mit einer Choli-Bluse, getragen
Ghari – Süßigkeit aus Gujarat, süß gefüllter Puri-Teig
Gujarat – indischer Bundesstaat im Südwesten an der Grenze zu Pakistan
Gujarati – Sprache, Bewohner Gujarats
Gujju – umgangssprachlich für jemanden aus Gujarat
Gur – unraffiniertes Zuckerprodukt, wird zum Süßen von Speisen verwendet oder pur als Süßigkeit verzehrt
Guru – religiöser Lehrer
Gymkhara – Motorsportart, die als Breitensport auf die Geschicklichkeit des Fahrers abzielt

Hijras – Mitglieder des traditionellen »dritten« Geschlechts in südasiatischen Gesellschaften, männlich geboren, empfinden sie sich gefühlsmäßig als weiblich

Iddli – flacher runder Kuchen aus Linsen und Reis

Jainismus – indische Religion, die etwa gleichzeitig mit dem Buddhismus entstand
Jalebi – in Sirup eingelegte, frittierte Teigkringel
Jina – der Siegreiche, Ehrentitel für Mahavira

Kabaddi – südasiatischer Mannschaftssport ohne Ball, bei dem die Gegner abgeschlagen oder gefangen werden müssen
Kaka – respektvolle Anrede für älteren Bruder, Cousin, Onkel
Karma – das die Form der Wiedergeburt des Menschen bestimmende Handeln und durch früheres Handeln bestimmte Schicksal

Kati Roll – Fladenbrotrolle mit verschiedenen Füllungen
Krishna – hinduistische Gottheit; die Krishnaverehrung ist auch in westlichen Ländern populär
Kumkum – Pulver aus rotem Kurkuma, mit dem man sich aus gesellschaftlichen oder religiösen Gründen einen Punkt zwischen die Augenbrauen tupft
Kurta – einfaches, kragenloses, weit geschnittenes Hemd, hauptsächlich von Männern getragen

Mahavira – 24. Tirthankara und Begründer des Jainismus
Masala – verschiedene Gewürzmischungen zur Zubereitung von Currys
Moksha – Erlösung, Befreiung, Erleuchtung
Mylapore – Stadtteil von Madras

Naan – Fladenbrot
Nanak Dev – Guru, Heiliger und Begründer des Sikhismus
Nargis – Künstlername der indischen Filmschauspielerin Fatima Rashid (1929–1981)
Navkar Mantra – fundamentales Gebet des Jainismus, das zu jeder Tageszeit rezitiert werden kann
Navrati – neuntägiges Tanzfest zu Ehren der Göttin Amba
Neem-Baum – vielfältig verwendbare Medizinalpflanze, deren Äste zur Zahnreinigung gekaut werden

Odhni – Umhängetuch, Schal, der meist über dem Kopf getragen wird

Paan – in Betelblätter gewickelte Kräuter und Gewürze, die zur Unterstützung der Verdauung und zur Atemerfrischung gekaut werden
Pakora – Gemüse oder Obst im Kichererbsenteigmantel
Pappads, Pappadams – sehr dünne, frittierte Chips aus Linsen- und Reismehl

Parsi – Anhänger des Parsismus, einer aus dem damaligen Persien stammenden monotheistischen Religion
Parvati – hinduistische Göttin, Gattin des Shiva
Penda – Süßigkeit, auf Milchbasis hergestellt
Prana – Lebenskraft, Lebensenergie
Pranayama – Yoga-Atemübungen
Puja – Verehrung, Ehrerweisung; Fest zur Verehrung einzelner Götter
Pujari – Priester; derjenige, der Gott im Tempel die Ehrerbietung (Puja) erweist
Puri – frittiertes Fladenbrot, wird hauptsächlich zum Frühstück verzehrt

Raj – die englische Kolonialherrschaft in Südostasien (»reign«) von Mitte des 19. bis Mitte des 20. Jahrhunderts
Rajputen – Volksgruppe aus dem heutigen indischen Bundesstaat Rajasthan, eigene Kaste
Rasgulla – Nachtisch, eine Art Kloß aus indischem Hüttenkäse

Sadhus und Sadhvis – Männer und Frauen, die allen weltlichen Dingen entsagen und Mönche oder Nonnen werden
Saira Banu – Bollywood-Star, geb. 1944
Sambar – südindisches Linsengericht
Samosas – mit verschiedenen Zutaten gefüllte und frittierte Teigtaschen
Sanskrit – klassisch gewordene Form des Altindischen, Gelehrtensprache und bis heute auch die heilige Sprache der Brahmanen (oberste Kaste der Hindus)
Sardaji – umgangssprachliche, respektvolle Bezeichnung für einen Sikh
Sardani – hier: Angehörige des Sikhismus
Shalabhanjika – Baumgöttin, Fruchtbarkeitssymbol
Sherwani – mantellange Jacke für Männer

Siddhashila – höchster Bereich des Jain-Kosmos, jenseits des Samsara und des Einflussbereichs des Karma, in dem die von der Welt losgelösten Seelen Moksha erreichen
Sikh – Anhänger des Sikhismus oder der Sikh-Religion

Tamil Nadu – indischer Bundesstaat mit der Hauptstadt Chennai, früher Madras
Tava – flache indische Pfanne, die zum Beispiel für die Zubereitung von Chappathis und Dosas benutzt wird
Thali – Zusammenstellung verschiedener indischer Gerichte
Tirthankara – spiritueller Führer im Jainismus, Mittler zwischen materieller und spiritueller Welt

Upadhyaya – religiöser Lehrer des Hinduismus, Jainismus, Buddhismus oder Sikhismus

Vindaloo – scharfes, ursprünglich portugiesisches Gericht aus unterschiedlichen Fleischsorten

Yaar – Anrede: Freund, Kumpel
Yama – hier: Totengott

Zardosi – spezielle indische Stickerei mit Gold-, Silber- und farbigen Metallfäden

Kamila Shamsie

»Ein Roman, den man wie im Rausch liest.«
KulturSpiegel

Kamila Shamsie
Verglühte Schatten

Indien, 1947. Hiroko, die ihren Verlobten Konrad verloren hat, reist auf der Suche nach einem Neuanfang nach Delhi, wo sie Konrads Schwester Elizabeth kennenlernt. Sie verliebt sich in den junge Sajjad und flieht mit ihm nach Pakistan, wo die beiden ein Zuhause finden. Hiroko und Elizabeth gehen unterschiedliche Wege, verlieren sich aber nie. Ihre Freundschaft wird andauern und die beiden an einen anderen Ort in einer anderen Zeit erneut zusammenführen.

»Kamila Shamsie glückt große zeitgeschichtliche Literatur.«
Brigitte

Weitere Informationen: www.bloomsbury-verlag.de

bloomsbury
taschenbuch